U0463140

中国古典
诗词品汇

苏轼诗词品汇

谭新红　朱彦霖　撰

长江出版传媒

崇文书局

图书在版编目（CIP）数据

苏轼诗词品汇 / 谭新红，朱彦霖撰. -- 武汉 ：崇
文书局，2024. 9. --（中国古典诗词品汇）. -- ISBN
978-7-5403-7799-1

Ⅰ . I207.227.442

中国国家版本馆 CIP 数据核字第 20243JT573 号

出 品 人　韩　敏
责任编辑　李利霞
封面设计　甘淑媛
责任校对　董　颖
责任印制　李佳超

苏轼诗词品汇
SUSHI SHI CI PIN HUI

出版发行　长江出版传媒　崇文书局

地　　址　武汉市雄楚大街 268 号 C 座 11 层

电　　话　(027)87677133　邮政编码　430070

印　　刷　湖北新华印务有限公司

开　　本　880 mm×1230 mm　　1/32

印　　张　13.25

字　　数　320 千

版　　次　2024 年 9 月第 1 版

印　　次　2024 年 9 月第 1 次印刷

定　　价　59.00 元

（如发现印装质量问题，影响阅读，由本社负责调换）

　　本作品之出版权（含电子版权）、发行权、改编权、翻译权等著作权以
及本作品装帧设计的著作权均受我国著作权法及有关国际版权公约保护。任
何非经我社许可的仿制、改编、转载、印刷、销售、传播之行为，我社将追
究其法律责任。

前　言

　　宋代是中国古代社会一个十分重要的阶段，处于中古与近古的转型期。宋人在各个领域的开拓精神，使中国近古文明呈现出整体发达的辉煌状态。朱熹曾骄傲地宣称："国朝文明之盛，前世莫及。"① 陈寅恪先生亦云："华夏民族之文化，历数千载之演进，造极于赵宋之世。"② 邓广铭先生更是说："两宋期内的物质文明和精神文明所达到的高度，在中国整个封建社会历史时期之内，可以说是空前绝后的。"③ 在中国文化史上，有几个朝代是一向相提并论的：文学就说"唐宋"，绘画就说"宋元"，学术思想就说"汉宋"——都得数到宋代。④ 而苏轼就是宋代文化建设者中的杰出代表。他天才纵逸，诗、词、文、赋、书法、绘画无所不能，且都在他的手里达到了高峰。

　　"苏文忠公，宋代诗祖。"⑤ 苏轼存诗 2700 多首，内容博大精深，风格丰富多样，艺术技巧高超娴熟，代表着宋诗的最高成就。胡仔《苕溪渔隐丛话》后集卷三十三引蔡絛《诗评》

① 汪瑷，汪仲弘. 楚辞集解 [M]. 上海：上海古籍出版社，1979.

② 陈寅恪. 金明馆丛稿二编 [M]. 北京：生活·读书·新知三联书店，2001.

③ 邓广铭. 谈谈有关宋史研究的几个问题 [J]. 社会科学战线，1986，2.

④ 中国社会科学院文学研究所. 中国文学史 [M]. 北京：知识产权出版社，2010.

⑤ 杨慎. 升庵诗话新笺证 [M]. 北京：中华书局，2008.

即云其诗的内容具有无比丰富性："东坡诗天才宏放，宜与日月争光。凡古人所不到处，发明殆尽，万斛泉源，未为过也。"叶燮《原诗》卷一亦云："苏轼之诗，其境界皆开辟古今之所未有，天地万物，嬉笑怒骂，无不鼓舞于笔端。"刘克庄《后村诗话》则评东坡诗的风格"有汗漫者，有典严者，有丽缛者，有简淡者，翕张开阖，千变万态"。其中最能体现宋诗特质、也最具开创性的是其诗富有理趣和人生哲理，而这种理趣和哲理，蕴含在生动的艺术形象和具体的审美感受之中，比很多诗歌只是通过议论来阐发道理或见解要高妙得多。

苏轼诗深受人们的喜爱，往往是刚一落笔，就为人传诵。其后在历朝历代都是备受推崇，如陆游诗学杜甫、苏轼，元好问学诗也是从苏轼入手，然后上溯李、杜。即使是在不怎么欣赏宋诗的明代，人们也多爱东坡诗，如公安派袁宏道就称赞"苏公诗无一字不佳者"，认为他兼有李、杜之长，"卓绝千古"（《答梅客生开府》），甚至推为"前无作者"的"诗神"（《与冯琢庵师》）。清代更是东坡诗接受的高峰期，两百余年中，不仅"大人先生殆无不濡染及之者"（陈衍《知稼轩诗叙》），甚至是"五尺童子，皆能上口矣"（张崇兰《角山楼苏诗评注汇钞》序），可见其普及程度。诗评家也给予苏轼诗至高的评价，如吕留良、吴之振、吴自牧编《宋诗钞》认为东坡诗是"子美之后，一人而已"，赵翼《瓯北诗话》卷五也视其为继李、杜之后又一大家，可谓推崇备至。

诗歌是宋诗的最高典范，东坡词也是宋代一大家。宋词发展至柳永而一变，至苏轼又一变，他们都开创了词的新局面。苏轼对词的变革主要体现在开拓词的题材内容和改变词的风格上。就题材内容而言，除了闺怨爱恋、感时伤事和羁旅行役等传统题材外，苏轼填词是"无意不可入，无事不可言"（刘熙载《艺概》卷四），举凡咏史怀古、咏物节序、伤别悼亡、谈玄说理、赠答酬和、山水田园等惯用诗歌表现的题材无一不被他写进词里，极大地扩大了词的表现功能，开拓了词的艺术境界。

苏轼在词史上的另一贡献是创造了新的风格。苏轼之前的词以婉约为主，苏轼则有意识地突破这一传统，开创了豪放词风。他在《与鲜于子骏书》中说："近却颇作小词，虽无柳七郎风味，亦自是一家。呵呵！数日前猎于郊外，所获颇多，作得一阕，令东州壮士抵掌顿足而歌之，吹笛击鼓以为节，颇壮观也。"其《答陈季常书》亦云："又惠新词，句句警拔，诗人之雄，非小词也。但豪放太过，恐造物者不容人如此快活，一枕无碍睡，辄亦得之耳。""自是一家""诗人之雄，非小词"的说法，表明苏轼高度认同豪放风格的词，他是有意识地在开创词的新风格。豪放词在东坡词中尽管只是少数，却改变了唐宋词徒具阴柔之美的单一格局，阳刚之美昂首进入词的世界。苏轼开创并确立的新词风在当时及后世虽然屡遭非议，却也不乏追随者和支持者。从创作层面看，在北宋有晁补之、黄庭坚等传人，南宋有叶梦得、陈与义、张元幹、张孝祥、陆游、陈亮、刘克庄等继承发扬，直至辛弃疾攀登至最高峰；从批评角度言，自从明人张綖在《诗馀图谱》凡例中提出婉约、豪放二分法后，豪放词取得了与婉约词并肩的地位。到了清代，王士禛、徐釚更称豪放词为英雄之词，均可见出其对后世的影响。

要之，令词自二晏、欧阳修以降，已达至高潮，若不生变化，词的发展势必走向末路。柳永、苏轼遂应运而生，柳永发展了慢词长调，增强了词的表现能力；苏轼则扩充了词的情感内涵，丰富了词的表现方式，使词朝着独立抒情诗体的方向发展。其豪放词风更是打破了狭窄的藩篱，为长短句歌词注入了新的生命，成为词史上永不衰竭的优良传统。

本编选录苏轼诗歌 94 首，词 64 阕，所录诗以王文诰辑注、孔凡礼点校《苏轼诗集》（中华书局 1982 年版）为底本，词以唐圭璋编纂、王仲闻参订、孔凡礼补辑《全宋词》（中华书局 1999 年版）为底本，诗词分列，每一类大体按创作时间的先后排列。选择的依据是历代诗评家和词评家的评论，即选择那些在接受过程中被高度评价的苏轼诗词名篇。本编"评析"部分紧密结合历代评语，注重挖掘诗词的意蕴、结构特点、艺术技巧等方面，进而揭示该诗词之所以被高度评价的原因。"注释"部分主要是注作品中的用典、名物。在编写过程中，主要参考了张志烈、马德富、周裕锴校注《苏轼全集校注》，陶文鹏《苏轼诗词艺术论》，王水照、朱刚《苏轼诗词文选评》，唐圭璋《唐宋词简释》，俞平伯《唐宋词选释》，龙榆生《唐宋名家词选》，沈祖棻《宋词赏析》，上海辞书出版社《唐宋词鉴赏辞典》等著作，在此一并深致谢意！

谭新红

2024 年 5 月

目 录

诗

苏轼诗词品汇

诗

神女庙^①

大江从西来，上有千仞山。
江山自环拥，恢诡富神奸^②。
深渊鼍鳖横^③，巨壑蛇龙顽。
旌阳斩长蛟，雷雨移沧湾。
蜀守降老蹇^④，至今带连环。
纵横若无主，荡逸侵人寰。
上帝降瑶姬^⑤，来处荆巫间。
神仙岂在猛？玉座幽且闲^⑥。
飘萧驾风驭^⑦，弭节朝天关^⑧。
倏忽巡四方，不知道里艰。
古妆具法服^⑨，邃殿罗烟鬟^⑩。
百神自奔走，杂沓来趋班。
云兴灵怪聚，云散鬼神还。
茫茫夜潭静，皎皎秋月弯。
还应摇玉佩，来听水潺潺。

【注释】

① 嘉祐四年（1059）冬南行途中作。神女庙：在今重庆巫山县东，峡之北岸。

② 恢诡：离奇怪诞。《庄子·齐物论》：“恢诡谲怪，道通为一。”神奸：鬼神作怪为害。

③ 鼍（tuó）：一名“鼍龙”或“猪婆龙”，鳄鱼之一种。鳖：形似鼍，亦名“甲鱼”或“团鱼”。

④蜀守：即李冰，战国秦昭王时为蜀郡太守。曾率民凿离堆，修都江堰，清除水患。

⑤瑶姬：西王母之女，称云华夫人。

⑥玉座：此指神女宝座。

⑦飘萧：轻举飞翔貌。驾风驭：即驭风而行。

⑧弭节：按节徐行。天关：天上宫阙。李白《飞龙引二首》之二："骑龙攀天造天关。造天关，闻天语。"

⑨法服：仙道之法衣。

⑩烟鬟：女子鬓发。韩愈《题炭谷湫祠堂》："祠堂像侔真，擢玉纤烟鬟。"

【评析】

嘉祐四年十月，母丧服除，苏轼兄弟侍父离开眉州赴京师，一路沿江游览，所作颇多，此诗即途经巫山神女庙时苏轼所作。神女庙历史悠久，具有浓厚的神话色彩，宋玉《高唐赋》记载的楚王与神女巫山欢会的故事，更是为神女庙的传说增添了浓墨重彩的一笔。苏轼此诗在描写神奇壮丽自然风光的同时，也讲述了神女庙的神话传说，想象奇特，充满浪漫主义气息。

诗分三层，"大江"句至"荡逸侵人寰"为第一层，描绘了当地陡峭险恶的地势和兴风作浪的怪兽，为神女的出场做铺垫。首二句起笔不凡，短短十字刻画出重峦叠嶂的山势和奔腾不息的江水，展现出巫山巫峡险峻雄奇的自然风光，厚重有力，领起下文。"江山"句紧承前文，言壮丽的山川风貌孕育了神奇诡谲的传说。"深渊"四句言此地地势险恶，有鼍鳌、蛇龙蛰伏，为接下来人物的出场做进一步的铺垫。"蜀守"四句引用《神异记》传说，言蜀守李冰降毒龙塞氏锁之于江上，洪水灾害得以平息，进而夸赞其治理之功：

若非太守将怪兽控制住，它们一定还会在人间作恶。

"上帝"句至"云散鬼神还"为第二层，讲述了苏轼参观神女庙时所见，描绘了瑶姬的气质和神力，并想象治水成功后的情形。西王母之女瑶姬出场，她奉上帝之命前来，更显其神力无边。"神仙"二句言其纵横无迹的脱俗气质，王文诰《苏文忠公诗编注集成总案》卷一云："落墨高洁之甚，'玉座'句扫除凡秒，出落清楚。公乃特意下'幽闲'二字，又不欲着迹。""飘萧"四句言瑶姬协助大禹治水时御风奔走的样子，倏忽之间已巡游千里，道路坎坷却浑然不觉，再现其功力非凡。"古妆"二句始为苏轼进入神女庙后所见，"邃殿"指幽深的神殿，此处即指神女庙，二句言其妆饰古雅，衣着法服，鬓发乌黑，散发着高雅又清冷的气质。"百神"二句言众神纷纷奔走，前来追随瑶姬的盛况，暗指瑶姬已治水成功，并受到了众神的肯定与追慕。此处妙在一个"自"字，言此二句为苏轼想象之辞。"云兴"二句言时间流转，忽聚忽散之间，传说已为陈事。

"茫茫"句起为第三层，言苏轼参观神女庙后的夜色，收束全诗。据《入蜀记》记载，八月十五月明之时，神女峰上常有丝竹之音。眼前夜色茫茫，一片静谧，只有皎洁的弯月相伴。结句回扣神女主题，用宋玉《神女赋》中描写神女即将离去时的场景，言自己也将离开此地，惹人遐想，韵味无穷。王文诰《苏文忠公诗编注集成总案》卷一云："结有远神，通篇藏'水'字不露，至末句出落'水'字，点明诗旨。"纪昀评《苏文忠公诗集》卷一亦云："结得恍惚杳冥，极为洒脱。无所取义之题，只可如此取姿。"结尾点明"水"这一主旨，与首句"大江"形成呼应，浑然一体，意韵悠远。从开篇江水的奔腾之势到结尾潺潺的流水之态，此亦是神女治水之功。

不同于宋玉《神女赋》中婀娜柔美的神女形象，苏轼打破了人们的想象，借助神女治水这一传说，为读者构建了一个高洁悠闲、法力无边的神女形象，令人耳目一新。汪师韩《苏诗选评笺释》卷一云："徐徊神境，仿像仙踪，不袭用'玉色''颒颜'及'望帷''褰帱'一切猥琐漫亵之语。"神女不仅是人们朝思暮想试图接近的神仙，更是守护一方水土换来安宁的英雄。整首诗打破传统，构思新颖，辞藻华丽，气魄雄伟，为读者构建了一个奇幻的世界。诚如纪昀评《苏文忠公诗集》卷一所言："神女诗不作艳词，亦不作庄论，是本领过人处。"

辛丑十一月十九日，既与子由别于郑州西门之外，马上赋诗一篇寄之 ①

不饮胡为醉兀兀 ②，此心已逐归鞍发。
归人犹自念庭闱 ③，今我何以慰寂寞。
登高回首坡垅隔，但见乌帽出复没 ④。
苦寒念尔衣裘薄，独骑瘦马踏残月。
路人行歌居人乐，童仆怪我苦凄恻。
亦知人生要有别，但恐岁月去飘忽 ⑤。
寒灯相对记畴昔 ⑥，夜雨何时听萧瑟 ⑦。
君知此意不可忘，慎勿苦爱高官职。

【注释】

① 嘉祐六年（1061）十一月十九日作。时苏轼赴签书凤翔府判官任，苏辙送至郑州，轼作此诗。

② 兀兀：昏沉貌。白居易《对酒》："所以刘阮辈，终年醉兀兀。"

6

③归人：指子由。

④乌帽：唐宋时士庶之便帽，色黑。杜甫《相逢歌赠严二别驾》："乌帽拂尘青螺粟。"

⑤飘忽：迅疾貌。陆机《叹逝赋》："时飘忽而不载。"

⑥畴昔：往昔。《左传·宣公二年》："畴昔之羊，子为政；今日之事，我为政。"

⑦"夜雨"句：苏轼《感旧诗》叙云："嘉祐中，予与子由同举制策，寓居怀远驿，时年二十六，而子由二十三耳。一日秋风起，雨作，中夜翛然，始有感慨离合之意。自尔宦游四方，不相见者十尝七八。每夏秋之交，风雨作，木落草衰，辄凄然有此感，盖三十年矣。"

【评析】

嘉祐六年，苏氏兄弟参加制科考试，双双得中。苏轼离京赴任凤翔府签判，苏辙在郑州为他送行时，苏轼作此诗。

这是苏氏兄弟的第一次分别。诗歌首二句写虽未曾饮酒，但却头脑昏沉，神志恍惚，还没有离别，苏轼就已经想着归来了。弟弟子由要留在家里侍奉父亲，我一个人奔赴他乡，该多么寂寞！对比之下，进一步突出了离情之苦。"登高"四句抒发别后思念弟弟之情。登高翘望，因坡垅阻隔，只有子由的乌帽时隐时现，吴师道《吴礼部诗话》谓"模写甚工"。"苦寒"二句既是担心弟弟衣衫单薄，独骑夜行，又担心弟弟仕途失意，受到打击，这种孤独悲凉的情绪通过薄衣、独骑、瘦马、残月四个凄冷的意象点染出来，虽然是想象，却如在眼前，情感饱满真挚，极富感染力。

诗作的前半部分写依依送别的场景，苏轼仿佛还在酒醉之中，而"路人"句以下迅速切换场景，以旁人的欢歌反衬自己离别之苦，忽然拓开，不可思议。苏轼的情绪低沉，以至于身边的童仆对于苏轼即将赴任却意兴阑珊的样子感到奇怪，于是又引发下文的解释，王文诰《苏海识余》卷一云"上句纵放甚远，下句自为注解，却将上句注入童仆意中，故能立地收转"，信然！"亦知人生要有别"二句是对"苦凄恻"之由的阐释，也是苏轼的自我排解：时间倏忽而逝，人生总归会面临分别。"转进一层，曲折迷宕。"（汪师韩《苏诗选评笺释》卷二语）身边的童仆无法理解苏轼的凄苦，唯有子由明白自己的心意，故结尾再次怀念与子由对床夜语的场景，并以此劝诫子由切勿一味地追求高官俸禄而忘记了手足之情，故王文诰《苏海识余》卷一评曰："此意透，则寄诗之意不必更道，故结二句反以诫勉子由。"苏辙《逍遥堂会宿二首》诗引云："辙幼从子瞻读书，未尝一日相舍。既壮，将宦游四方，读韦苏州诗至'宁知风雪夜，复此对床眠'，恻然感之，乃相约早退，为闲居之乐。故子瞻始为凤翔幕府，留诗为别曰：'夜雨何时听萧瑟。'"这就是苏氏兄弟"对床夜语"的由来，也成了苏氏兄弟情同手足的代名词。

整首诗先叙分别之深情，次写苏轼之感怀，最后忆昔年之旧约。层次分明，蕴藉深沉，与弟弟子由的深情可见一斑。汪师韩《苏诗选评笺释》卷二叹曰："轼是年甫二十六，而诗格老成如是。"

和子由渑池怀旧 ①

人生到处知何似，应似飞鸿踏雪泥。
泥上偶然留指爪，鸿飞那复计东西。②
老僧已死成新塔，坏壁无由见旧题。③
往日崎岖还记否 ④，路长人困蹇驴嘶。⑤

【注释】

　　① 嘉祐六年（1061）十一月作。苏轼、苏辙郑州分手后，苏辙有《怀渑池寄子瞻兄》诗，此为和作。渑池：县名，今属河南省。

　　②"泥上"二句：苏辙原诗前二句云："相携话别郑原上，共道长途怕雪泥。"和诗由"雪泥"二字触发，感慨人生飘忽，遂生出奇妙想象。

　　③"老僧"二句：苏辙诗注云："昔与子瞻应举，过宿县中寺舍，题老僧奉闲之壁。"苏轼至渑池时，奉闲已死，骨灰藏入新塔，寺壁已坏。无由重睹旧日所题，故云。

　　④ 往日：指嘉祐元年（1056）苏洵率苏轼、苏辙由蜀赴京经殽、渑之时。

　　⑤ 蹇：跛足。

【评析】

　　嘉祐六年冬，苏辙送苏轼至郑州，分手回京，作诗《怀渑池寄子瞻兄》："相携话别郑原上，共道长途怕雪泥。归骑还寻大梁陌，行人已度古崤西。曾为县吏民知否？旧宿僧房壁共题。遥想独游佳味少，无言骓马但鸣嘶。"本诗是苏轼的和作，也是苏轼的名篇。

　　诗的前四句受苏辙原诗中"雪泥"二字触发，抒发人生哲理。起句发问，引人思考。次句答首句，以雪泥鸿爪比喻人生，言人生譬如飞鸿踏在雪地之上。范季随《陵阳室中语》卷十七曾评论道："子瞻作诗，长于譬喻。""雪泥鸿爪"这一比喻更是脍炙人口，是苏轼的名句。次联两句分别又以"泥""鸿"领起，用顶针格进一步议论：当飞鸿远去之后，除了在雪泥上偶然留下几处爪痕之外，又有谁会管它是要向东还是往西呢！苏轼以雪泥、鸿爪作喻，直叙人生飘泊不定、匆匆无常之理，比喻形象生动，想象大胆奇妙。值得一提的是，颔联还打破了律诗惯常的对仗写法，律诗的三四两句本来要作成对仗，意思两两相对。本诗却有意打破限制，单行入律，体现出苏诗大胆创新的特色。诚如刘埙《隐居通议》卷十所言："此诗若绳以唐人律体，大概疏直欠工。然'鸿泥'之喻，真是造理，前人所未到也。且悠然感慨，令人动情，世不可率尔读之，要须具眼。"纪昀评《苏文忠公诗集》卷三中更是表达了对于"东坡本色"的肯定："前四句单行入律，唐人旧格；而意境恣逸，则东坡本色。"目前学界普遍认同查慎行在《苏诗补注》中的观点，即此喻化用《景德传灯录》中天衣义怀禅师"雁过长空，影沉寒水，雁无遗迹之意，水无留影之心"之语。王文诰《苏文忠公诗编注集成总案》卷三则认为查注"诬罔已极"，"凡此类诗，皆性灵所发，实以禅语，则诗为糟粕"。事实上，无论此句是否由佛典化用而来，都体现出苏轼不落窠臼的创作构思和运笔自如的写作风格，化哲理于形象之中，流露出苏轼的生命意识和对于人生离别的独到体验，确为佳作。

颈联起紧扣"怀旧"这一主题。苏辙十九岁时曾被任命为渑池县主簿，未到任即中进士。他与苏轼赴京应试路经渑池，同住县中僧舍，同于老僧奉闲壁上题诗。如今苏轼赴陕西凤翔做官，又经过渑池，奉闲已死，骨灰藏入新塔，寺壁已经损坏，往日的题写已无法辨认。此二句以新旧对比的方式再写世事无常，饱含感慨。尾联承接颈联，列举当年兄弟二人在崎岖的山路上骑蹇驴前行之事，提醒弟弟不要忘记了二人共同的回忆，更是勉励弟弟要珍惜现在，开拓将来。

整首诗以巧妙的比喻抒发了对今昔变迁的感慨，说明了世事无常、人生如寄的哲理，全篇打破旧格，起势超隽，运笔自如，行文舒展，意绪畅达，意境恣逸而苍凉，既是东坡本色，又显出宋代七律的新特色，成为历代传诵的名篇。

凤翔八观① 并叙

　　《凤翔八观》诗，记可观者八也。昔司马子长登会稽，探禹穴，不远千里；而李太白亦以七泽之观至荆州。二子盖悲世悼俗，自伤不见古人，而欲一观其遗迹，故其勤如此。凤翔当秦、蜀之交。士大夫之所朝夕往来此八观者，又皆跬步可至，而好事者有不能遍观焉，故作诗以告欲观而不知者②

其一　石鼓歌③

冬十二月岁辛丑，我初从政见鲁叟④。

旧闻石鼓今见之，文字郁律蛟蛇走⑤。

细观初以指画肚，欲读嗟如钳在口⑥。

韩公好古生已迟⑦，我今况又百年后。

强寻偏傍推点画，时得一二遗八九。

我车既攻马亦同，其鱼维鲔贯之柳。

古器纵横犹识鼎，众星错落仅名斗。

模糊半已隐瘢胝，诘曲犹能辨跟肘⑧。

娟娟缺月隐云雾，濯濯嘉禾秀稂莠⑨。

漂流百战偶然存，独立千载谁与友。

上追轩、颉相唯诺⑩，下揖冰、斯同㲮㲮⑪。

忆昔周宣歌《鸿雁》⑫，当时籀史变蝌蚪⑬。

厌乱人方思圣贤⑭，中兴天为生耆耇⑮。

东征徐虏阚虓虎⑯，北伏犬戎随指嗾⑰。

象胥杂沓贡狼鹿⑱，方、召联翩赐圭卣⑲。

11

遂因鼓鼙思将帅，岂为考击烦矇瞍^⑳。
何人作颂比《嵩高》^㉑？万古斯文齐岣嵝^㉒。
勋劳至大不矜伐，文、武未远犹忠厚。
欲寻年岁无甲乙，岂有名字记谁某^㉓。
自从周衰更七国^㉔，竟使秦人有九有。
圛除诗书诵法律，投弃俎豆陈鞭杻^㉕。
当年何人佐祖龙^㉖，上蔡公子牵黄狗^㉗。
登山刻石颂功烈，后者无继前无偶。
皆云皇帝巡四国，烹灭强暴救黔首^㉘。
《六经》既已委灰尘^㉙，此鼓亦当遭击剖^㉚。
传闻九鼎沦泗上，欲使万夫沉水取。
暴君纵欲穷人力^㉛，神物义不污秦垢。
是时石鼓何处避，无乃天工令鬼守。
兴亡百变物自闲，富贵一朝名不朽^㉜。
细思物理坐叹息，人生安得如汝寿？

【注释】

　　① 八诗写作时间不一。一说作于嘉祐八年（1063），王文诰《苏文忠公诗编注集成总案》卷三认为八诗作于嘉祐六年（1061）末至嘉祐七年（1062）春。凤翔：府名，宋属秦凤路，治所在今陕西凤翔。

　　② 会稽：山名，在今浙江绍兴东南，一名"防山""栋山"。禹穴：传说为夏禹葬地。跬步可至：言其近也。跬步，半步。《大戴礼记·劝学》："不积跬步，无以致千里。"

　　③ 石鼓：《元和郡县图志》卷二："石鼓文，在县（天兴，凤翔府治）南二十里许，石形如鼓，其数有十，盖纪周宣王畋猎之事，其文即史籀之迹也。"

④鲁叟：指孔子。陶渊明《饮酒》："汲汲鲁中叟。"

⑤"文字"句：形容石鼓文笔势劲健。郁律：蜿蜒盘曲状。郭璞《江赋》："时郁律其如烟。"蛟蛇走：杜甫《李潮八分小篆歌》："蛟龙盘拿肉屈强。"

⑥"细观"二句：用手指在腹上画字形，以推测是何字。张怀瓘《书断》下："闻虞眠布被中，恒手画肚。"钳在口：言读之难。韩愈《苦寒》："口角如衔钳。"

⑦韩公：即韩愈。其《石鼓歌》云："嗟余好古生苦晚，对此涕泪双滂沱。"

⑧"模糊"二句：谓石鼓文字漫灭缺损，模糊难辨。

⑨"娟娟"二句：谓字之见存者，如云雾中之缺月，稂莠间之嘉禾也。

⑩轩：轩辕，即黄帝。颉：即仓颉，相传为黄帝史臣。

⑪"下揖"句：言下视李斯、李阳冰之篆书，乃如同雏鸟婴孩般幼稚。冰：李阳冰，唐赵郡人，字少温，一作"仲温"。擅长篆书，学李斯而能独创一格。斯：李斯，战国末楚上蔡人，曾为秦丞相，旧传曾变籀文为小篆。鷇：待哺之雏鸟。縠：哺乳，引申为吃奶之婴孩。

⑫周宣：周宣王。《鸿雁》：《诗经·小雅》篇名。

⑬籀史：周宣王时史官，名籀。蝌蚪：古文字之一，多头粗尾细，形如蝌蚪。传说史籀变蝌蚪文为籀文（大篆）。

⑭厌乱：厌周夷王、厉王之乱。圣贤：此指周宣王。

⑮耆耇：老人，此指下文之方叔、召虎等。

⑯"东征"句：周公灭奄，太公灭蒲姑，淮夷、徐夷仍不服，宣王讨之。《诗经·大雅·常武》："左右陈行，戒我师旅。率彼淮浦，省此徐土。"阚（hǎn）虓（xiāo）虎：言将士之武勇。阚，虎怒貌。虓虎，咆哮之虎。

⑰犬戎：古戎族之一支，居周西北，亦名"猃狁"。随指嗾（sǒu）：言将士随其指挥。嗾，以口作声指使狗。

⑱象胥：古代接待四方使者的官员，特指翻译官。贡狼鹿：《国语·周语上》："周穆王征犬戎，得四白狼、四白鹿以归。"

⑲方、召：方叔、召虎，周宣王之臣。方叔南征荆，召虎东征淮，均建殊勋。圭（guī）：玉制礼器，上尖下方。卣（yǒu）：中型酒樽，亦礼器。

⑳考击：敲击。矇瞍：乐师，古以盲者为之。

㉑《嵩高》：《诗经·大雅》篇名。

㉒齐岣嵝（gǒulǒu）：与岣嵝碑齐名。岣嵝碑，又称"禹碑"，相传为夏禹治水的纪功碑。

㉓"欲寻"二句：言石鼓非矜伐功劳，故上无年月、姓名可考。甲乙：天干名，古人用以纪年。

㉔七国：东周末年，秦、楚、齐、燕、韩、赵、魏七国并立。

㉕俎豆：古代礼器。杻（chǒu）：刑具，手铐一类。

㉖祖龙：指秦始皇。

㉗上蔡公子：李斯，上蔡人。

㉘"登山"四句：据《史记·秦始皇本纪》，始皇于二十八年、二十九年、三十二年、三十七年四次刻石颂秦德。《之罘》之词曰："皇帝东游，巡登之罘。……烹灭强暴，振救黔首。"强暴：指秦以外的六国。黔首：指黎民。

㉙《六经》：指《诗》《书》《礼》《易》《乐》《春秋》。

㉚击剖：击而碎之。

㉛九鼎：古代象征国家政权之传国宝。

㉜"兴亡"二句：言自周至宋，兴亡百变，而石鼓却自安闲，阅尽人世沧桑；人世富贵止乎一期，而石鼓却永存人间。

【评析】

《凤翔八观》这组诗作于凤翔任上，苏轼在描写景观的同时书写自己的政治见解，并借此抒发感慨。翁方纲《石洲诗话》卷三云："苏《石鼓歌》，《凤翔八观》之一也。凤翔，汉右扶风，周、秦遗迹皆在焉。昔刘原父出守长安，尝集古簠、敦、镜、甗、尊、彝之属，著《先秦古器记》一编。是则其地秦迹尤多。"诗中所写石鼓文，是我国最早的石刻文字，其制作年代众说纷纭。唐代韩愈在意识到其史学价值和文学价值后创作了一首《石鼓歌》，呼吁朝廷重视保护石鼓。几百年后，苏轼到凤翔任官，见到了传说中的石鼓，遂作本诗。王士禛认为二诗难分伯仲，其《带经堂诗话》卷二曰："子瞻作《凤翔八观》诗中《石鼓》一篇，别自出奇，乃是韩公劲敌。"

整首诗可分四部分，首句至"下揖冰、斯同鷇彀"句为第一部分，写出了苏轼初见石鼓的直观感受。"旧闻石鼓今见之"，写出了苏轼初见石鼓的欣喜之情，接着苏轼从石鼓文的笔法特征、文字的保留情况进行描述。韩愈尚且因年代久远而无法辨认石鼓的文字，自己只能根据笔画强作推演，终于辨认出了"我车既攻马亦同，其鱼维鲂贯之柳"两句。对此，苏轼高兴地说，好像自己在纵横成堆的古玩器中只识得了古鼎，又好像从那错落的众星辰中仅仅辨出了北斗。接着继续写石鼓文的保留状况：石鼓表面多半模糊得像疮痕和手掌的老茧，根据残余的笔画辨析字迹，就像只能依稀辨认出足跟与臂肘。这些残存的文字犹如娟娟弯月隐藏到云雾中，又像长势良好的禾苗躲藏在杂草中。一连串比喻详尽地写出了石鼓文字的形态，精巧细致，摹写入微。"漂流"四句收束本段，历经成百上千年的漂流辗转，幸得保存，上可与轩辕、颉帝古文奇字抗礼，下可承接李冰阳和李斯的小篆。

第二部分从"忆昔"起，追溯石鼓的历史——石鼓文歌颂了周宣王的历史功绩，在人们厌恶夷王、厉王时，方叔、召虎出现了，他们帮助宣王东征徐虏，北伏犬戎，周王满载而归，于是赐予他们丰厚的赏赐。"遂因"二句分别用典，具体说明制鼓的原因。《礼记·乐记》云："君子听鼓鼙之声，则思将帅之臣。"《诗经·周颂·有瞽》云："有瞽有瞽，在周之庭……永观厥成。"宣王制鼓乃为崇尚武功，非自娱自乐。因此苏轼断定，这些石鼓有如《嵩高》，千年不朽。戴第元《唐宋诗本》卷十评曰："唐世诸儒以石鼓为无所据，至谓田猎之碣，盖未知古自有制也。据此，则东坡先生'遂因鼓鼙思将帅'等语，至为典切。"接着赞扬宣王勋功极大而又不矜夸居功占为己有、文臣武将们又老实忠厚。此段苏轼以史书的方式记录往事，气势纵横，酣恣淋漓。"欲寻"二句作一转折——然而如今的石鼓上已经无法找寻到年岁甲乙，更不用说人物的名字了。一切波澜壮阔的历史都烟消云散，就如同石鼓上面的文字随着时间的流逝而逐渐变得模糊。

第三部分从"自从周衰更七国"起，写周王之后的历史变迁：七国并立，秦朝统一，他放弃了祭祀祖先的仪式，以法律惩戒代替诗书教化，还登山刻石记录自己的功绩，前后对比之下，对于周王、秦王的态度昭然可见。纪昀评《苏文忠公诗集》卷四赞曰："妙以刻石与石鼓相关照，不是强生事端，泛作感慨。陡合捷便。"韦应物《石鼓歌》也写到"秦家祖龙还刻石，碣石之罘李斯迹。世人好古犹共传，持来比此殊悬隔"。但苏轼除了说明史料外，还加入了自己的情感态度，对于史料的挖掘更深刻，政治态度更加鲜明。戴第元《唐宋诗本》卷十曰："苏公《石鼓歌》末一段用秦事，亦本韦左司诗，而魄力雄大胜之远矣。且从凤翔览古意，包括秦迹，则较诸左司为尤切实也。"纪昀评《苏文忠公诗集》卷四亦曰："看似顺次写下，却是随手生出波澜，展开境界，文情如风水之相遭。"

在这样的历史背景下，苏轼表达了对于石鼓的担忧。"传闻"句又引入了当时象征国家政权的国宝：周鼎。《史记·秦始皇本纪》载："还过彭城，斋戒祷祠，欲出周鼎泗水，使千人没水求之，弗得。"因此苏轼感慨：不同于鼎的命运，石鼓在秦代没有被击碎和毁灭，这一定是鬼神的功劳吧！"传闻"句起宕开一笔，写秦代统治者不惜民力，命令万民沉入泗水之下捞取沉没的九鼎，对此纪昀评《苏文忠公诗集》卷四云："'传闻'数语又起一波，更为满足深厚。前路犀利之极，真有千尺建瓴之势。非如此层层起伏潆洄，则收束不住矣。"而且苏轼借此对比了周宣王和秦始皇的政治理念，谴责了秦始皇的暴政行为，阐明了自己的政治理念，这也是这篇《石鼓文》高于韩愈《石鼓文》之处。翁方纲《石洲诗话》卷三曰："所以此篇后段，忽从嬴氏刻石颂功发出感慨，不特就地生发，兼复包括无数古迹矣，非随手泛泛作《过秦论》也。苏诗此歌，魄力雄大，不让韩公。"汪师韩《苏诗选评笺释》卷一亦言："气魄与韩退之之作相垺，而研炼过之。"整段叙述气势开合，章法严谨，流走生动，意境开阔，方东树《昭昧詹言》卷十二言"雄文健笔，句奇语重""有不可一世之概"，信然。

第四部分从"兴亡"句起至结尾，从对历史的追忆回到现实之中，抒发了兴亡之叹，引发了对于人生哲理的思考：人生如何才能像石鼓一样长寿呢？结尾与开头"旧闻石鼓今见之"形成照应，同时也与诗中盛衰得失之叹形成呼应。

整首诗将石鼓的形态、历史一一道来，并结合后代的历史进行衬托，阐明了苏轼自己的政治观点，笔力驰骤，波澜起伏，"浑转溜亮，酣恣淋漓"，于娓娓叙述中展现出苏轼阔大的视野格局和深厚的文学功力，可谓"典制之式"（方东树《昭昧詹言》卷十二语）。王士禛《带经堂诗话》卷二赞曰："苏文忠公《凤翔八观》诗，古今奇作，与杜子美、韩退之鼎峙。"高步瀛在《唐宋诗举要》卷三引中亦曰："此苏诗之极整练者，句句排偶，而俊逸之气自不可掩，所以为难。"可见本诗的地位。作为凤翔时期的系列代表作品，这一阶段的创作展现出苏轼学韩的倾向，也初步奠定了苏轼雄奇壮阔、豪迈恣肆的诗风。

凤翔八观

其三　王维吴道子画①

何处访吴画？普门与开元②。

开元有东塔，摩诘留手痕。

吾观画品中，莫如二子尊。

道子实雄放，浩如海波翻。

当其下手风雨快③，笔所未到气已吞。

亭亭双林间④，彩晕扶桑暾⑤。

中有至人谈寂灭⑥，悟者悲涕迷者手自扪。

蛮君鬼伯千万万，相排竞进头如鼋⑦。

摩诘本诗老，佩芷袭芳荪⑧。

今观此壁画，亦若其诗清且敦⑨。

祇园弟子尽鹤骨⑩，心如死灰不复温⑪。

门前两丛竹，雪节贯霜根。

交柯乱叶动无数，一一皆可寻其源。

吴生虽妙绝，犹以画工论⑫。

摩诘得之于象外⑬，有如仙翮谢笼樊⑭。

吾观二子皆神俊，又于维也敛衽无间言^⑮。

【注释】

① 王维：字摩诘，唐太原祁（今山西祁县）人。开元九年（721）进士及第，天宝末为给事中，后官至尚书右丞，世称王右丞。新旧《唐书》有传。吴道子：唐阳翟（今河南禹州）人。开元中召入供奉，为内教博士，改名道玄。

② 普门：普门寺，《陕西通志》卷二八："在凤翔府东一里，唐建。"开元：开元寺，《凤翔府志》卷三："在凤翔城北街，唐开元时建。"

③ "当其"句：形容吴道子运笔迅捷，气势酣畅。杜甫《寄李十二白二十韵》："笔落惊风雨。"

④ 双林：娑罗双树，在印度拘尸那迦城附近，为释迦牟尼涅槃处。

⑤ 彩晕：指释迦牟尼头上之五彩光环。扶桑：古神木名，传说日出之处。曘：旭日。

⑥ 至人：指释迦牟尼。寂灭：佛家语，涅槃之意译，意谓超脱一切境界入不生不灭之门。

⑦ 头如鼋（yuán）：头如鼋长伸。鼋，大鳖。

⑧ 芷：香草名。袭：熏染。荪：香草名，即荃。

⑨ 清且敦：清秀敦厚。

⑩ 祇（zhǐ）园弟子：泛指僧徒。祇园，祇树给孤独园之略称，为释迦牟尼去舍卫城说法时与僧徒停居之处。尽鹤骨：喻画中人物清癯。

⑪ 心如死灰：《庄子·齐物论》："形固可使如槁木，而心固可使如死灰乎？"

⑫ 画工：指画艺平庸、气格不高的画家。苏轼后来对吴道子的评论有所改变。

⑬象外：犹物外，物象之外。司空图《与极浦书》："象外之象，景外之景，岂容易可谈哉！"

⑭仙翮（hé）：即仙鸟。谢笼樊：辞却樊笼。

⑮敛衽：整饬衣襟，表示恭敬。《战国策·楚一》："一国之众，见君莫不敛衽而拜，抚委而服。"间言：异议。

【评析】

这首诗是苏轼在开元寺观王维、吴道子画后所写。王维与吴道子并为唐代开元、天宝年间的著名画家，吴道子画擅长道释人物及山水，笔法超妙，有"画圣"之称。王维精于水墨山水，亦长于佛像人物。唐代朱景元《画断》以吴画为"神品"，以王画为"妙品"。全诗依次点评了收藏于普门寺、开元寺的吴、王二人的画作，浩瀚淋漓，生气迥出，翁方纲《石洲诗话》赞其为"苏公独立千古之作"，方东树《昭昧詹言》卷十二亦称此诗为"典制之式"，可见后人对本诗的评价之高。

整首诗可分为四个部分，首句以下六句为第一部分，讲述观览吴、王二人画的地点。"莫如二子尊"句奠定了苏轼对于吴、王二人画作的态度：他认为此二人的画都是画中精品，具有相当的地位，并由此引发下面的论述。

"道子实雄放"以下十句写吴道子的画。"雄放"一词概括出吴道子画的整体特征；"浩如海波翻"，以波浪为喻，写出吴画波澜壮阔的特征。"当其"句进一步写吴道子作画如疾风迅雨、作品气势磅礴的风格特点。一连四句，一气呵成，方东树《昭昧詹言》卷十二赞曰："神品妙品，笔势奇纵。神变气变，浑脱溜亮。一气奔赴中，又顿挫沉郁。"赵翼《瓯北诗话》卷五亦叹曰："坡诗不尚雄杰一派，其绝人处在乎议论英爽，笔锋精锐，举重若轻，读之似不甚用力，而力已透十分，此天才也。""亭亭"句以下具体写画作的样貌：在两棵亭亭而立的娑罗树间，灿烂的朝阳冉冉升起，在天际留下彩色的光晕。接着以信徒们各不相同的面部描写，诸位天王、鬼王纷至沓来的景象衬托出众人对释迦牟尼的敬仰和不舍。据记载："凤翔府开元寺大殿九间，后壁吴道玄画……如佛灭度，比丘众躄踊哭泣，皆若不自胜者。虽飞鸟走兽之属，亦作号顿之状。独菩萨淡然在旁如平时，略无哀戚之容。"（见邵博《邵氏闻见后录》卷二八）同时他以"极古今天下之妙"评价吴画，可见吴道子画技之高超。

"摩诘本诗老"之下十句写王维的画。"佩芷袭芳荪"句化用屈原《离骚》"扈江离与辟芷兮，纫秋兰以为佩"之意，以喻王维气质及诗风之清醇典雅。"亦若其诗"说明王维诗画风格皆形象清秀，韵味敦厚。"祇园"句起描述画中的人物情态：弟子们清癯枯瘦，情绪低落，与上述吴画中人物奔走哭号、情绪外露的风格形成鲜明反差，风格更加含蓄内敛。"门前"四句则转向景物描写，竹子的根部被霜雪掩埋却风姿犹存，呼应"清且敦"；枝叶交错纷乱却根源分明，此句不仅是写竹子的状态，亦是写摩诘形散而神不散的画风，看似纷杂多变，实则历历可辨，诚如王文诰《苏文忠公诗编注集成总案》卷四所云："本集独不传画法，以上四句，即公之画法也。"

"吴生"句起抒发观画所感：吴画虽然绝妙，但依旧只能列入画工之辈，摩诘作画时看到了物象之外的神韵，犹如仙鸟飞离樊笼，毫无痕迹。最后两句表明自己的观点：吴、王二人的画皆能描绘出事物的神彩和样貌，看到王维的画，苏轼更是恭敬佩服地整理好衣服，一句批评的话都说不出。这一部分在总结二人的画作特征时，也提出了"得于象外"的观点。苏轼认为，作画不能局限于形态是否逼真，更要注重精神气韵的传达，诚如他在《书鄢陵王主簿所画折枝》

中所论："论画以形似，见与儿童邻。赋诗必此诗，定非知诗人。"以是否相像作为评论画作好坏的标准，这种见解和小孩子差不多。写诗只限于摹写形象，不讲究神韵和意境，这种人一定不是懂得诗的人。

在观赏吴、王二人画作、总结各自风格特征的同时，还能提出自己的绘画见解，这正是苏轼的高超之处。在苏轼看来，若以是否"得于象外"作为评价标准，王维显然技高一筹，所以在标题中，王维在前，吴道子在后；而在叙述过程中，苏轼却将吴道子置前，从而更加突出自己在诗末的论点。汪师韩《苏诗选评笺释》卷一即云："将言吴不如王，乃先于道子极意形容，正是尊题法也。后称王维只云画如其诗，而所以誉其画笔者甚淡。顾其妙在笔墨之外者，自能使人于言下领悟。"

赵翼《瓯北诗话》卷五高度评价本诗曰："此皆坡诗中最上乘，读者可见其才分之高，不在功力之苦也。"整首诗以纵横开合的气势、精妙传神的笔法描绘了吴道子、王维二人的画作，突出了吴作气势酣畅的特点和王画清秀敦厚的风格，在表达对二人作品赞赏的同时，也抒发自己评画的标准。五言七言错落有致，结构层次分明，波澜起伏，运笔自如，诚如汪师韩《苏诗选评笺释》卷一所言："以史迁合传论赞之体作诗，开合离奇，音节疏古。道子下笔如神，篇中摹写亦不遗余力。"

次韵子由论书 ①

吾虽不善书，晓书莫如我。

苟能通其意，常谓不学可。

貌妍容有矉②，璧美何妨椭③。

端庄杂流丽，刚健含婀娜。

好之每自讥，不独子亦颇④。

书成辄弃去，谬被旁人裹。

体势本阔落⑤，结束入细么⑥。

子诗亦见推，语重未敢荷。

尔来又学射，力薄愁官笴⑦。

多好竟无成，不精安用夥⑧。

何当尽屏去，万事付懒惰。

吾闻古书法，守骏莫如跛⑨。

世俗笔苦骄⑩，众中强鬼騀⑪。

钟、张忽已远，此语与时左。

【注释】

①此诗一说作于嘉祐八年（1063），王文诰《苏文忠公诗编注集成总案》卷五以诗有"尔来又学射，力薄愁官笴"句，编于治平元年（1064）《次韵和子由闻予善射》诗后。

②矉：同"颦"，皱眉。

③璧：平圆形，中心有孔之玉。

④颇：偏，不正。

⑤体势：字的结构、笔势。阔落：疏散。

⑥结束：约束。《文选·古诗十九首》之十二："荡涤放情志，何为自结束。"细么：细小。

⑦笴：箭杆。《周礼·考工记》："妢胡之笴。"注云："笴，矢干也。"

⑧ 夥（huǒ）：多。司马相如《上林赋》："万物众夥。"

⑨ 骏：良马，此处指书法工巧端整。跛：一足瘸，此处指书法欹斜不正。

⑩ 笔苦骄：运笔矜持做作。

⑪ 嵬騀：嵬、騀，皆高大之意。

【评析】

本诗是苏诗五古名篇，苏轼以幽默的笔调阐释了自己的书论，体现出其超脱世俗的审美风格。

整首诗可分为五个部分。首四句总论书法，"吾虽不善书，晓书莫如我"，苏轼开篇以幽默的笔调说明自己不善书法，但通晓欣赏书法。此二句是苏轼自谦的说辞，北宋四大书法家"苏黄米蔡"，苏轼位于四人之首，王文治《论书绝句》亦赞曰："坡翁奇气本超伦，挥洒纵横欲绝尘。"可见其书法成就。"苟能"二句言若能通晓书法的意趣妙理，即使不临池苦学书法，也是可以创作出好作品来的。此句亦是用诙谐的笔调，强调与其拘泥于苦学，不如通晓其中的精神义理，但并非如字面"不研习书法就能创作出佳作"之意。此二句统领全诗，提出论点：学习书法的最终目标是"通其意"。查慎行《初白庵诗评》卷上言此二句"直是以文为诗，何意不达"，正是这种论述性的阐释，使得诗意纵横自如地表达出来。

"貌妍"以下四句为第二部分，"貌妍"二句言：若容貌像西施一样美丽，蹙眉也是惹人怜爱的；若璧玉质地温润美好，那么无论是圆形还是椭圆形都无伤大雅。此二句以人和玉作比，言在书法作品的整体美中，应该容许有不美的存在。"端庄"二句言自己对于书法艺术风格的追求：既端庄又流丽，既刚健又婀娜。在苏轼看来，不同风格之间存在对立统一的辩证关系，因此他主张兼容并包，将多种风格相统一，反对拘守一种风格。此二句是整首诗论书的主旨，"拈出二语，大旨已尽，所谓'通其意'也"（赵克宜《角山楼苏诗评注汇钞》卷二）。

"好之"以下八句针对苏辙"余虽谬学文，书字每慵堕。……逾年学举足，渐亦行駃騠"而发，言不独弟弟子由如此，苏轼自己爱好书法，却也常常自我讥讽和否定。书作写成以后就丢弃到一边，却被旁人错误地裹之而去。此句亦是戏笔，实际是说自己墨迹被他人珍藏。"体势"句总结自己的书写风格：从结构、笔势上看，我的字疏散不结密，若是着意约束，又显得细密，总不能如意，与其《书砚》一文"大字难结密，小字常局促"所言相似，语言刻画形象生动，读者"宛然见轼书法也"。"子诗"二句言子由《子瞻寄示岐阳十五碑》诗中的"吾兄自善书，所取无不可"评价分量太重了，实不敢当，体现出苏轼谦虚的态度。

"尔来"以下六句为第四部分，讲述自己学射箭的情形和其他的爱好，可谓"奇峰忽插，轩然波起"（汪师韩《苏诗选评笺释》卷一语）。此处苏轼自注："官箭十二把，吾能十一把箭耳。"言我近日在学习射箭，但自己力气微薄，难以学好。此处笔法，纪昀评《苏文忠公诗集》卷四称"插入一波，便意境生动"。接着苏轼又说自己爱好很多，但一事无成，"何当"二句对"射箭"部分进行收束：这些都应当摒弃掉，万事都以懒惰的态度来对待。这当然都是谦逊之语，苏轼以自嘲的方式为论述增添了趣味性与可读性。

"吾闻"句至结尾为第五部分，再回到"论书"上来，提出"守骏莫如跛"的书法美学主张：在古人的书法概念中，若要守住严整的笔阵，写作时需要略微欹斜。如今世俗之人书写时，运笔常常矜持做作，又虚张架势，逞强争能，与古人崇尚的风格形成鲜明反差。最后两句抒发感叹：钟繇、张芝等书法先辈们已经离我们远去了，"守骏莫如跛"这一观点已与现在的主流追求相左。这一部分以俗书反托，结醒"论"字，在阐明自己观点的同时呼应标题。

　　整首诗围绕"次韵"话题展开，在回复苏辙高度评价的同时，以幽默的笔调反思了自己书作中的不足。结合论述性的语言，以散文的句法和辞语入诗，采取对比、比喻的方式，使得诗意纵横自如地表达。在鲜明地提出书写标准的同时，也展现出苏轼不随波逐流的独立意识和审美主张，是苏轼论书诗的代表，也是其五古佳篇。

和董传留别 ①

粗缯大布裹生涯 ②，腹有诗书气自华 ③。
厌伴老儒烹瓠叶 ④，强随举子踏槐花 ⑤。
囊空不办寻春马 ⑥，眼乱行看择婿车。
得意犹堪夸世俗，诏黄新湿字如鸦 ⑦。

【注释】

　　① 治平元年（1064）十二月十七日，苏轼罢凤翔签判任，此诗为返京途中与董传话别时所作。董传：字至和，洛阳人，家居长安二曲，曾在凤翔与苏轼交游，后穷困早卒。

　　② 粗缯：劣质粗布。大布：粗布。

　　③ "腹有"句：赞扬董传学识渊博，气质非凡。

　　④ 瓠：葫芦。瓠叶为双关语，明指瓠瓜的叶，暗指《诗经·小雅》的篇名，首章两句为："幡幡瓠叶，采之亨之。"

　　⑤ 踏槐花：宋代有俚语"槐花黄，举子忙"，踏槐花即忙于科举考试。

⑥囊空：口袋里空空的，比喻没有钱。杜甫《空囊》诗："囊空恐羞涩，留得一钱看。"不办：无力置办。寻春：唐宋时进士及第后，按惯例要举办宴会。

⑦诏黄：以黄麻纸书写的中式或任官的诏书。字如鸦：指诏书上醒目的墨字。语出唐人卢仝《示添丁》："忽来案上翻墨汁，涂抹诗书如老鸦。"

【评析】

董传在历史上并不出名，但关于他的诗句"腹有诗书气自华"却是千古流传。这句诗出自苏轼写给董传的赠别诗，称颂了董传学识渊博、不随流俗的气质，表达了对友人美好的祝愿。

诗作首联即为人称道，写的是董传一生朴素度日，常身着粗布麻衣，但饱读诗书，学识丰富，因而气度不凡，高雅脱俗。物质生活与精神世界形成鲜明的反差，令人印象深刻。此二句是对董传勤奋读书的高度肯定，饱含作者对董传的敬意，同时阐述了知识的滋养和熏陶带给人气质的巨大变化，凝练地概括了读书的意义，含蓄地批判了浮躁功利的学风，可谓新颖巧妙又精辟警策，具有哲理意味。谭元春在明刻《东坡诗选》中评此句曰："'腹有诗书气自华'，使人不敢空慕清华之气。语亦大妙。"

颔联写董传的志向抱负：他不喜欢陪伴着老儒整天闲散度日，因而决定随从举子们参加科举考试。"厌伴""强随"表明董传读书并非出于功利的目的，又不屑于同周围之人为伍；"烹瓠叶"一语双关，典出《诗经》，全诗写的是农家的宴饮待客之风，这里代指老儒们自由散漫的生活；"踏槐花"则化用俗语，工巧自然，含蓄中又带有幽默的意味。此二句进一步说明董传"腹有诗书气自华"的原因，展现出董传超凡脱俗的气质。

颈联写董传对于奢华生活的冷淡态度：虽然囊中羞涩，不能置办马车、骑马看花，但却有机会被那"选婿车"包围，让自己眼花缭乱。"寻春马"化用孟郊《登科后》诗："春风得意马蹄疾，一日看尽长安花。"此二句写的是董传虽然生活简朴，但学识渊博，极有可能中第，饱含对友人的期待。尾联则进一步劝慰和鼓励友人：中举仍然可以向世俗之人夸耀，毕竟诏书上写着你名字的墨字还没干呢！"字如鸦"，指诏书写的黑字，源自卢仝诗《示添丁》，苏轼在此是设想董传中第，是用诙谐的口吻表达祝福。赵克宜《角山楼苏诗评注汇钞》卷二云："涂鸦之典如此用，亦未确。"虽然此处用典是否得当存在争议，但也因此展现出苏轼不拘常法、敢于大胆创新的风格。以上四句言董传对于买马寻花、择婿等热闹场面不感兴趣，一心苦读，他日必将金榜题名。四句连用典故，也使得董传饱读诗书的寒儒形象更加鲜明可感。虽然在诗作开篇诗人勉励友人"腹有诗书气自华"，不必在意世俗的目光，但在结尾依旧向友人送上了早日中举的祝福。无论一个人多么有才华，最终大家都还是希望他能够借此获得功名利禄，这实在令人唏嘘。诚如纪昀评《苏文忠公诗集》卷五所言："结二句乃期许之词，言外有炎凉之感，非有所不足于董传也。"

整首诗文思斐然，"句句老练"（纪昀评《苏文忠公诗集》卷五语），多处用典，含蓄蕴藉，称赞了董传的不慕名利的气节，向友人表达了一举中第的祝愿，同时也引出了追求功名利禄与精神财富之间的关系，引人深思。

次韵张安道读杜诗①

《大雅》初微缺，流风困暴豪②。
张为词客赋，变作楚臣《骚》③。
展转更崩坏，纷纶阅俊髦④。
地偏蕃怪产，源失乱狂涛。
粉黛迷真色⑤，鱼虾易豢牢⑥。
谁知杜陵杰⑦，名与谪仙高。
扫地收千轨⑧，争标看两艘⑨。
诗人例穷苦，天意遣奔逃⑩。
尘暗人亡鹿⑪，溟翻帝斩鳌⑫。
艰危思李牧，述作谢王褒⑬。
失意各千里，哀鸣闻九皋⑭。
骑鲸遁沧海⑮，捋虎得绨袍⑯。
巨笔屠龙手⑰，微官似马曹。
迂疏无事业，醉饱死游遨。
简牍仪型在，儿童篆刻劳。
今谁主文字？公合抱旌旄⑱。
开卷遥相忆，知音两不遭。
般斤思郢质⑲，鲲化陋鯈濠⑳。
恨我无佳句，时蒙致白醪㉑。
殷勤理黄菊㉒，未遣没蓬蒿。

29

【注释】

① 熙宁四年（1071）七月作于陈州。张安道（1007—1091）：名方平，应天府宋城（今河南商丘）人，号乐全居士。少颖悟，读书过目不忘。景祐元年（1034）进士。历知谏院、知制诰、权知开封府，进翰林学士、拜御史中丞，改三司使。因反对王安石变法，熙宁三年（1070）正月出知陈州。其守蜀日，得三苏父子，一见目为国士，深为器重。后轼下狱，张又抗章相救，故轼终身敬事之。

② 流风：指《诗经》的流风遗韵，亦即雅正的诗统。暴豪：粗横之作。

③ 楚臣：指屈原、宋玉、景差、唐勒等。《骚》：骚体或楚辞体。屈原作《离骚》，后人遂以"骚"名其体。

④ 俊髦：才能杰出之后辈。

⑤ 粉黛：妇女化妆品，此指形式的华艳。

⑥ 鱼虾：喻琐屑。牢牢：祭祀所用之牺牲。

⑦ 杜陵杰：杜甫。因其曾居于长安杜陵，自称"杜陵布衣"，故云。

⑧ 扫地：尽数全部之意。千轨：喻各家风格。扫地收千轨，即吸取诸家之所长。

⑨ 争标：争夺锦标。

⑩ "诗人"二句：欧阳修《梅圣俞诗集》序："诗人少达而多穷。""非诗之能穷人，殆穷者而后工也。"苏轼此类议论甚多。

⑪ 尘暗：喻战乱。亡鹿：喻失去政权，此指安史之乱。《汉书·蒯通传》："秦失其鹿，天下共逐之。"

⑫ 溟：大海。帝斩鳌：指唐肃宗平定安史之乱。

⑬ "艰危"二句：谓时值兵乱之际，朝廷尚武而轻文，故杜甫才能不得重用。李牧：战国时赵之名将。王褒：汉代文士。

⑭ 九皋：深远的水泽淤地。《诗经·小雅·鹤鸣》："鹤鸣于九皋，

声闻于天。"

⑮ 骑鲸：指李白。

⑯ 捋虎：指杜甫。

⑰ 屠龙手：《庄子·列御寇》："朱泙漫学屠龙于支离益，单（殚）千金之家，三年技成，而无所用其巧。"此喻杜甫文才高超。

⑱ 公：指张安道。合：应当。抱旌旄：喻主持文坛。

⑲ 般斤：鲁般之斧。

⑳ 鲲化：指鲲化而为鹏。《庄子·逍遥游》："北冥（溟）有鱼，其名为鲲，鲲之大，不知其几千里也；化而为鸟，其名为鹏，鹏之背，不知其几千里也。"儵（tiáo）濠：即濠中之儵。儵，小白鱼。《庄子·秋水》："庄子与惠子游于濠梁之上。庄子曰：'儵鱼出游从容，是鱼之乐也。'"此句"鲲化"喻张安道诗艺之不凡，"儵濠"为苏轼自谦，说自己的诗作没有张安道好。

㉑ 白醪（láo）：白酒。

㉒ 理黄菊：暗指致力于诗道。

【评析】

　　宋神宗熙宁四年，苏轼任杭州通判，上任途中路经陈州，拜访父亲的旧友、知府张方平（字安道）时作此诗。张方平作有《读杜工部诗》，本诗是次韵之作，层次分明，逻辑清晰，论述了杜诗产生的背景、杜诗的风格特征以及杜诗风格式微的现状，抒发了对杜诗的赞叹与景仰，是苏轼论诗的代表作之一。

　　"《大雅》"以下十句为第一部分。首六句点明背景，言诗歌衰亡而演为辞赋，文学创作流于粗横凌暴，后发展为赋，演变成骚体诗。此后文学体式愈发崩裂，才俊辈出。开篇即以宏大的视角、豪壮的气势交代了商周时期诗歌的发展历程。李白《古风》云："《大雅》久不作，吾衰竟谁陈。……正声何微茫，哀怨起骚人。"本诗即有对应白诗而作之意，汪师韩《苏诗选评笺释》卷一曰："此诗以太白《古风》提唱，即以太白对做，是难中之难也。""地偏"以下四句广譬曲喻，言诗歌发展的境地："地偏"句比喻诗歌走入偏地，离奇怪异之作层出不穷，这些作品背离了诗歌的本源，掀起了浊浪狂涛，并以粉黛、鱼虾为喻，言诗作中以假乱真、以琐屑代崇高的现象愈发普遍，好像用化妆品装点粉饰，又好像用鱼虾替换了祭祀用的牛羊。这一部分率先回顾了诗歌发展的轨迹，并为接下来杜甫的出场做好铺垫。

"谁知"以下二十句为第二部分，点明论述的对象。杜甫曾居于长安杜陵，自称"杜陵布衣"，故此处以"杜陵"代称。汪师韩《苏诗选评笺释》卷一曰："转入杜陵，只用'杰'字一言之褒，而其起衰式靡、立极千古者，已意无不尽。"从"杰"字入手，苏轼进而言杜甫与李白并驾齐驱，难分高下，赞赏了杜甫在作诗方面的卓越成就。以下就欧阳修"穷而后工"的观点进行说明，这一观点在苏轼的其他诗作中亦有阐发，如"诗人例穷蹇，秀句出寒饿"（《病中，大雪数日，未尝起，观颙令赵荐以诗相属，戏用其韵答之》），"清诗出穷愁"（《九日次定国韵》）。"诗人"二句言杜甫一生穷苦困顿，生活颠沛流离，虽然安史之乱得以平定，但李氏王朝的政权从此不再稳固。在此际遇下，朝廷尚武而轻文，故杜甫才能不得重用。"失意"二句用《诗经》典，言李白、杜甫各自失意流落，遂各自创作了优秀的作品，"骑鲸""捋虎"二句分别代指李白、杜甫的失意生活：李白骑鲸漂游海上，杜甫则依傍严武生活。赵克宜《角山楼苏诗评注汇钞》卷二评曰："点杜陵，牵李伴说。……'巨笔'以下四语，叙老杜生平已毕。"但即便仕途失意，终身不得重用，但杜甫的作品依旧堪称"简牍仪型"，为后人创作提供了典范。

"今谁"以下为第三部分,回归到"次韵"的主题上来。"公合抱旌旄",言张安道主持文坛,地位颇高。"开卷"二句进一步说明张安道推崇杜甫的文学风格:他视杜甫为知音,可惜时代所隔,二人不能相逢。"般斤"二句用《扬子法言》《庄子》典,言张安道诗艺高超,若张安道之诗可喻为鲲鹏,那自己的作品大概就是濠中之鲦吧。"恨我"二句反用杜甫"猥诵佳句新"句,苏轼谦虚地表示自己才能不足,要向张安道致酒,"殷勤"二句则有自勉之意,苏轼《题李伯时〈渊明东篱图〉》言:"东篱理黄菊,意不在芳醪。"此二句也是指自己将致力于诗道传承,大含元气,细入无间。纪昀评《苏文忠公诗集》卷六曰:"结意蕴藉,此为诗人之笔。"

　　杜甫擅长五言诗,本篇以铺张排比之势介绍了杜诗的成就,语意沉着,气息逼杜,但矜慎之中又有相当灵活的技巧。王文诰《苏文忠公诗编注集成总案》卷六评曰:"诗家以五排为长城,而欲以难韵和《读杜》,又欲全幅似杜,已属棘手。此诗以太白《古风》提唱,即以太白对做,是难中之难也。却又主宾判然,疏密相间,于排比之中,寓流走之法,面目是杜,气骨是苏,非杜不能步步为营,非苏不能句句直下,其驱遣难韵,若无其事焉者,不知何以辏泊至是,而杜排无此难作诗也。"纪昀评《苏文忠公诗集》卷六亦以"字字深稳,句句飞动"作评,可见后人对本诗的认可。

颍州初别子由二首 ①

其　二

近别不改容,远别涕沾胸。

咫尺不相见，实与千里同。

人生无离别，谁知恩爱重^②。

始我来宛丘^③，牵衣舞儿童^④。

便知有此恨，留我过秋风。

秋风亦已过，别恨终无穷。

问我何年归，我言岁在东^⑤。

离合既循环，忧喜迭相攻。

语此长太息，我生如飞蓬。

多忧发早白，不见六一翁^⑥。

【注释】

① 熙宁四年（1071）九月，苏辙送苏轼赴杭至颍州，诗即作于别时。

② "人生"二句：曹植《赠白马王彪》："恩爱苟不亏，在远分日亲。"

③ 宛丘：县名，陈州州治所在，即今河南淮阳。

④ "牵衣"句：儿童牵衣舞之意。儿童：指苏辙子女。李白《南陵别儿童入京》："儿女嬉笑牵人衣。"

⑤ 岁在东：即甲寅年，亦即熙宁七年（1074）。宋制文官一般三年一任，苏轼熙宁四年冬到杭州任，熙宁七年任满，故约以为归期。岁，岁星，十二年绕天一周，古人用以纪年。

⑥ 六一翁：指欧阳修。欧阳修晚年自号"六一居士"。

【评析】

《宋史·苏辙传》云："辙与兄进退出处，无不相同，患难之中，友爱弥笃，无少怨尤，近古罕见。"苏氏手足之情发自真性，终生如一。熙宁四年七月，苏轼出任杭州通判，时苏辙在陈州任州学教授，苏轼先到陈州与弟相会，九月离去，苏辙送兄至颖州而别。本诗即作于此时，虽然话题是送别，但苏轼由送别联想到人生的离别和际遇，将主题进行升华，使得这首诗既饱含手足之情，又充满了哲理意味。

"近别"二句直切主题：若是二人相距不远，离别时尚能控制情绪；若是二人即将相隔千里，分别时难免泣涕沾襟。此二句紧扣"别"字，为后面铺垫。"咫尺"二句是苏轼的自我宽慰和排解：若是相距不远却不能相见，那与相隔千里也没有什么不同。"人生"二句更进一步，言离别更让自己感受到了兄弟之间的牵挂：若没有经历分别，怎知二人情深意重？"始我"以下六句插入回忆：自己刚刚到陈州时，孩子们牵着我的衣襟，我就知道自己会留在这里；如今秋天已过，终究是到了离别的时候。此处将人生离别同季节更替这一自然现象关联起来，秋去秋来，人聚人散，这些都是人无法左右的，人生中的离愁别恨终将是没有尽头的。叙述婉转自然，语言真挚动人，感情悱恻深至，查慎行《初白庵诗评》卷中云："骨肉情话，自应有此曲折。"赵克宜《角山楼苏诗评注汇钞》卷二亦评曰："第赋斯时惜别，语便无奇。追溯初来早知有此，又因离别，愈形恩爱，节节相生，自在流出，读之无不心肯，此境正不易到。"

"问我"二句是弟弟询问自己的归期，分离与团圆、忧愁和喜悦本就是相伴相生，循环往复的。这一观点在苏轼赠子由的诗词作品中反复出现，如"人有悲欢离合，月有阴晴圆缺，此事古难全"（《水调歌头》）、"别离随处有，悲恼缘爱结"（《罢徐州，往南京，马上走笔寄子由五首》其一），可见苏轼通达的人生观。苏轼进而长叹感慨，人生漂泊不定如飞蓬，心中忧愁只会徒增白发，就像六一居士一样了。在欧阳修中年时期的作品中就常常可见"白发"这一意象，如"白发新年出""今日逢春头已白"等，此处苏轼以诙谐的笔调劝慰弟弟不要过于为离别担忧，为这首送别之作增添一分幽默，也淡去了离别的忧伤。诚如纪昀评《苏文忠公诗集》卷六所言："曲折之至，而爽朗如话，盖情真而笔亦足以达之，遂为绝调。"

整首诗以送别为主题，却力求超脱"别离"一事，以更加长远的人生视角超越短暂的离合悲喜，使诗具有哲理意味。苏轼不断地重复离别是人生常事，分离和团圆如同自然规律一样，这不仅是对弟弟的安慰，也是不断给自己心理暗示，汪师韩《苏诗选评笺释》卷一评曰："本是直抒胸臆，读之乃觉中心菀结之至者，此汉魏人绝调也。"

泗州僧伽塔①

我昔南行舟系汴②，逆风三日沙吹面。
舟人共劝祷灵塔，香火未收旗脚转③。
回头顷刻失长桥，却到龟山未朝饭④。
至人无心何厚薄⑤，我自怀私欣所便。
耕田欲雨刈欲晴，去得顺风来者怨⑥。
若使人人祷辄遂，造物应须日千变。
今我身世两悠悠，去无所逐来无恋⑦。
得行固愿留不恶，每到有求神亦倦。
退之旧云三百尺，澄观所营今已换⑧。
不嫌俗士污丹梯⑨，一看云山绕淮甸⑩。

【注释】

①熙宁四年（1071）十月作于赴杭途中。泗州：故城在今江苏盱眙东北。僧伽：释赞《宋高僧传》卷一八《唐泗州普光王寺僧伽传》："释

僧伽者，葱岭北何国人也。自言俗姓何氏。"

②"我昔"句：指治平三年（1066），苏轼护父丧还蜀，舟行经由汴河入淮之事。

③舳脚转：谓风向转变，由逆风变顺风。

④龟山：《方舆胜览》卷四十七："龟山在盱眙县北三十里，其西南上有绝壁，下有重渊。"

⑤至人：指思想、道德等方面达最高境界之人。《庄子·逍遥游》："至人无己。"

⑥"耕田"二句：宋史绳祖《学斋占毕》卷二谓此二句："乃隐括刘禹锡《何卜赋》中语，曰：'同涉于川，其时在风，沿者之吉，溯者之凶。同刈于野，其时在泽，伊种之利，乃稑之厄。'坡以一联十四字而包尽禹锡四对三十二字之义，盖夺胎换骨之妙也。"

⑦"今我"二句：王文诰《苏文忠公诗编注集成总案》卷六曰："公以攻新法被出，反去为奉行新法之官，是此官无可做也。此句是通篇主脑，却不道破。其在广陵与刘贡父诗，有'吾邦正喧哄'句，即'去无所逐'四字注脚也。即前之'我行日夜向江海'句，后之'我生飘荡去何求'句，一线穿下，皆同此意。"

⑧"退之"二句：言澄观所重建之僧伽塔，高三百尺，今塔已非旧观。退之：韩愈。澄观：唐僧名。韩愈《送僧澄观》："僧伽后出淮泗上，势到众佛尤恢奇。

⑨丹梯：红色阶梯。谢灵运《拟魏太子邺中集诗八首·阮瑀》："蹑步陵丹梯，并坐侍君子。"

⑩淮甸：淮水流域之原野，此指泗州一带。高适《酬裴员外以诗代书》："拥旄出淮甸，入幕征楚材。"

【评析】

本诗是述理之作，苏轼通过回忆僧伽塔祈风的经历，感慨人生哲理。赵翼《瓯北诗话》卷五称本诗为"坡诗中最上乘"。

诗歌先回忆了治平年间护父丧归蜀途中的经历：当年乘船南下途经汴水，逆风三日，黄沙扑面，同船之人劝我们去向僧伽寺祈祷，果然，一炷香还未烧尽，风向就已经转变。此句化用梅尧臣"舟人请予往，出庙旌脚转"之句，将风向转变写得细腻生动，流畅自然。小舟顺风而下，回头的片刻，长桥就消失在视线中，到龟山的时候还没到吃早饭的时间。此六句借助回忆，书写自己去僧伽寺祈风成功的经历，为此地增添了神秘的色彩。

"至人"二句转向写自己的感悟：境界高尚的人不会厚此薄彼，而我心怀私愿，所以前去祈求出行的便利。"耕田"二句由"祈风"这一件事推想到世间众人的祈祷：耕田的人祈祷下雨，收割的人希望天晴，离去的人希望顺风，但前来的人就会对逆风抱怨。若使人人祈祷都如愿，只能让事物不断地变化。此四句言任何事物皆有两个方面，不能满足每一个人的需求和愿望，展现出苏轼达观的思想境界。查慎行《初白庵诗评》卷中言"耕田"八句"说透至理"，信然。史绳祖《学斋占毕》、宋长白《柳亭诗话》皆认为此处隐括刘禹锡"同涉于川，其时在风，沿者之吉，溯者之凶。同刈于野，其时在泽，伊种之利，乃稑之厄"之句。宋长白特别指出，苏轼此二句"语气全用刘梦得"。陈师道《后山诗钞》曾言"苏诗始学刘禹锡"，本诗可为一证。

"今我"句起转向自己当下处境的介绍：熙宁四年苏轼受到王安石派的攻击，于是自请出京任职，"身世两悠悠"即言此事，而面对这样的排挤，苏轼能以豁达的心胸泰然处之，实属不易。"得行"二句回到"僧塔祈风"这一事件上来：如果求得顺风固然值得欣喜，但若不得已留下来也没关系，毕竟如果每次来求神，神仙也会厌倦。此四句是苏轼由自己身世引发的感慨，苏轼敬重神佛，却不完全寄希望于其中，以通俗生动的语言展现出苏轼通明达观的追求境界，故蒋鸿翮《寒塘诗话》曰："此真有道之言。"汪师韩《苏诗选评笺释》卷二亦评曰："至理奇文，只是眼前景物口头语。透辟无碍，是广长舌。"

"退之"四句重新点题，收束全诗：韩愈曾言僧塔有三百尺，但如今的僧塔已不是澄观苦心经营所建的。如果僧塔不嫌弃我，那就请允许我登塔欣赏泗州一带的美丽风光。整首诗由泗州拜佛塔有感而发，而结尾忽然由说理转回行舟途中，云山层层叠叠，流水蜿蜒无穷，深折蕴藉，意在言外，纪昀评《苏文忠公诗集》卷十八即言："层层波澜，一齐卷尽，只就塔作结，简便之至。"

苏轼针对时人寄希望于拜佛求神这一现象展开思考，以简单朴素的语言论述了"不必事事期待神佛的护佑"这一主题，展现其通透豁达的思想高度，气势开阔，波澜起伏，又饱含理趣，故纪昀评《苏文忠公诗集》卷一八称本诗"极力作摆脱语，纯涉理路，而仍清空如话"。赵翼《瓯北诗话》卷五更是盛赞曰："坡诗不尚雄杰一派，其绝人处在乎议论英爽，笔锋精锐，举重若轻，读之似不甚用力，而力已透十分，此天才也。"

游金山寺①

我家江水初发源②，宦游直送江入海。
闻道潮头一丈高，天寒尚有沙痕在。

中泠南畔石盘陀③，古来出没随涛波。

试登绝顶望乡国，江南江北青山多。

羁愁畏晚寻归楫，山僧苦留看落日。

微风万顷靴文细④，断霞半空鱼尾赤⑤。

是时江月初生魄⑥，二更月落天深黑。

江心似有炬火明，飞焰照山栖鸟惊。

怅然归卧心莫识，非鬼非人竟何物。

江山如此不归山，江神见怪惊我顽。

我谢江神岂得已，有田不归如江水。

【注释】

① 熙宁四年（1071）十一月苏轼赴杭途中，游金山寺，访宝觉、圆通二僧，夜宿金山寺时作。金山在润州（今江苏镇江）西北，旧在长江之中，后沙涨成陆，遂与南岸相连。寺在山上，旧名泽心寺，又名"龙游寺""江天寺"。

② "我家"句：长江上源沱沱河，出青海省唐古拉山脉格拉丹冬雪山，然古人多以为源出岷。《尚书·禹贡》："岷山导江。"岷山在蜀，苏轼为蜀人，故云"我家江水初发源"。

③ 中泠：泉名，在金山西北。盘陀：石不平貌。王建《北邙行》："涧底盘陀石渐稀，尽向坟前作羊虎。"

④ 靴文细：水波微泛，细如靴纹。

⑤ 鱼尾赤：《诗经·周南·汝坟》："鲂鱼赪尾。"此以鱼尾之赤色形容断霞。

⑥ 初生魄：乃月初时的景象。《礼记·乡饮酒义》："月者三日则成魄。"

【评析】

这是苏轼途经江苏镇江金山寺时所作，全诗描绘了行舟途中的景致，抒发了思念故土、渴望归隐的情怀。

诗歌起笔不凡：苏轼是眉州人，靠近岷江，故曰"我家江水初发源"；金山寺位于今江苏镇江附近，顺流而下即入海。此时苏轼正在赴杭州任途中，感慨于自己一路顺江而下的经历，故言"宦游直送江入海"。此二句将自己的生平经历与浩荡的长江关联起来，"放笔快意，一泻千里。"（赵翼《瓯北诗话》语）汪师韩《苏诗选评笺释》卷一云："起二句将万里程、半生事一笔道尽，恰好由岷山遵江至此处海门归宿，为入题之语。"陈衍《宋诗精华录》卷二亦赞曰："一起高屋建瓴，为蜀人独足夸口处。""闻道"四句言江水的气势：听闻此地的浪潮有一丈高，现在天气寒冷，虽不见汹涌的浪潮，但依旧能辨认出巨浪拍打沙岸留下的痕迹。中泠泉南畔山石巍峨，随着波涛时隐时现。此处将传说与现实相结合，以所见推想传闻，以描写沙岸和山石衬托波涛之汹涌、江流之澎湃，别开生面，新颖别致，为读者留下丰富的想象空间。"试登"二句言自己登上金山眺望家乡，俯瞰江岸两侧的美景，呼应开篇，展现出羁旅游子思念故乡的殷切心情，故王文濡《宋元明诗评注读本》卷二称"有怀乡去国之思"。以上八句为本诗的第一部分，苏轼依次描写白天顺流而下及登高远眺之所见，勾勒出一幅波澜壮阔的图景。

时间不知不觉流逝，"羁愁畏晚寻归楫"一句情感丰富，既有羁旅的愁绪，又有日暮归去的不舍。在山僧的挽留下，苏轼目睹了壮观的江心落日图：微风吹拂，宽广的江面微波粼粼，半空中的晚霞如鱼尾般火红鲜艳，水天相映，动静相谐。"微风"二句对仗工整严谨，叶矫然《龙性堂诗话初集》称"语以幽胜而实奇"，汪师韩《苏诗选评笺释》卷一谓"空旷，幽静之致"，此时诗人站在最高处远眺，画面的色彩亦达到最饱和的状态，故而此二句是本诗高潮所在。接下来"是时"四句忽而转向月夜书写：弯月初现，二更的黑夜笼罩着江面，江心处似有通明的炬火，惊飞了山中栖息的鸟雀。巧心经营，动中有静。这种特异现象被古人称为"阴火"，《太平广记》卷四六六引《岭南异物志》云："海中水遇阴晦，波如然火满海，以物击之，迸散如星火，有月即不复见。"以上八句为本诗第二部分，苏轼在山僧的挽留下夜宿金山寺，欣赏了壮丽的江心落日，江上弯月，看到了月夜阴火这一自然现象，光影变幻，动静交迭，于壮美中又增添一份神秘的氛围。

　　"怅然"句起为本诗的第三部分，由所见抒所感，并就金山寺之行进一步生发议论：目睹奇观后不禁好奇所见为何物；江山风景如此美丽而神秘，我若是流连忘返执意不归，江神切莫责怪我生性顽固。如此这般，我也是身不由己，如果家中有田地却不回，那我宁如奔逝之江水！一个"顽"字，看似苏轼玩世不恭，其实是苏轼羁旅行役、无可奈何的写照，苏轼在此处以游戏的笔法进行处理，巧妙地避开了忧愁烦闷的情绪，也为诗作增添了一份幽默。"如江水"是古人发誓的一种方式，黄彻《䂬溪诗话》卷八云："盖与江神指水为誓耳。"此处照应开篇"我家江水初发源"句，以委婉的方式表达渴望归隐的愿望。纪昀评《苏文忠公诗集》卷七曰："首尾谨严，笔笔矫健，节短而波澜甚阔。"汪师韩曰："思及'江神见怪'，而终之以'归田'，矜奇之语，见道之言，想见登眺徘徊，俯视一切。"

　　整首诗层次分明，"起结奇横"（查慎行《初白庵诗评》卷中语），中间叙述一气而下，以精妙细腻的笔触描绘了金山寺江岸的风光，故高步瀛在《唐宋诗举要》卷三中赞曰："公诗佳处，全在兴象超妙，此首尤其显著者。"同时，苏轼由绵延的江水联想到归乡的愿望，由此寄托身世之感，使得整首诗情感丰富饱满。陈衍《宋诗精华录》卷二云此诗"通篇遂全就望乡归山落想，可作《庄子·秋水篇》读"。全篇将游寺观景与望乡归山挽合，寄慨深沉，想象奇特，兴象超妙，波澜阔大又章法严谨，是宋代山水游览诗的名篇。

腊日游孤山，访惠勤、惠思二僧①

天欲雪，云满湖，楼台明灭山有无。

水清石出鱼可数，林深无人鸟相呼②。

腊日不归对妻孥，名寻道人实自娱③。

道人之居在何许？宝云山前路盘纡④。

孤山孤绝谁肯庐，道人有道山不孤。

纸窗竹屋深自暖，拥褐坐睡依团蒲⑤。

天寒路远愁仆夫，整驾催归及未晡⑥。

出山回望云木合，但见野鹘盘浮图⑦。

兹游淡薄欢有余，到家恍如梦蘧蘧⑧。

作诗火急追亡逋⑨，清景一失后难摹。

【注释】

　①熙宁四年（1071）十二月腊日作于杭州。腊日：岁终祭祀祖先及百神之日。孤山：潜说友《咸淳临安志》卷二十三："孤山在西湖中，稍西，一屿耸立，傍无联附，为湖山胜绝处，旧有智果观音院、玛瑙实胜院、报恩院、广化寺。"惠勤：钱塘诗僧。惠思：即张惕山人，亦钱塘诗僧，与欧阳修有旧，后还俗。

　②鸟相呼：杜甫《倦夜》："暗飞萤自照，水宿鸟相呼。"

③道人：指和尚。赵翼《陔馀丛考》卷三十八《僧称》："晋宋间，佛家初行，其徒犹未有僧称，通曰道人。"

④宝云山：《施注苏诗》卷四："宝云寺，乾德二年吴越王钱氏建，寺有宝云庵。"盘纡：曲折盘旋。沈约《宿东园诗》："野径既盘纡，荒阡亦交互。"

⑤团蒲：即蒲团。僧人坐禅所用之圆形坐垫，以蒲草编成，故名。

⑥晡：近黄昏时。《玉篇》："晡，申时也。"

⑦鹘：猛禽名，隼类。浮图：梵语，塔之音译。

⑧梦蘧蘧：《庄子·齐物论》："昔者庄周梦为蝴蝶，栩栩然蝴蝶也，自喻适志与，不知周也。俄然觉，则蘧蘧然周也。"成玄英疏："蘧蘧，惊动之貌也。"

⑨亡逋：逃亡者，此指将逝之清景。

【评析】

这首诗作于苏轼初到杭州任上，是苏轼创作的第一首杭州西湖诗。惠勤、惠思乃钱塘诗僧，二人皆有学问，惠勤尤擅长写诗。苏轼拜访惠勤经过，其《跋文忠公〈送惠勤〉诗后》有载："熙宁辛亥，余出倅钱塘，过汝阴见公（欧阳修），屡属余致谢勤。到官不及月，以腊日见勤于孤山下。"整首诗记叙了入山、访友、出山的过程，在描绘山景的同时也抒发感悟。

起笔四句绘西湖冬景。"天欲雪"二句，从远景入手，写出了阴云笼罩、雾气弥漫的朦胧湖景。"水清"二句则从近景切入，人迹罕至之境，湖水清澈，鱼儿可辨，鸟儿相呼，为冬日西湖增添了一份生机。此四句以白描手法，清晰地勾勒出冬日里孤山西湖清幽淡远、空明迷离的景象。

"腊日"句起切入主题：腊日不和妻子儿女团聚，特地入山访僧，名义上是去拜访僧友，实际是为自娱自乐。接着以"宝云山前路盘纡"点明僧人住在道路盘曲的孤山深处。"孤山孤绝谁肯庐，道人有道山不孤"以自问自答的方式，赞美了惠勤、惠思二僧潜修佛道、甘于寂寞的情怀，赵克宜《角山楼苏诗评注汇钞》卷三称此处"接法妙绝，二语自为开合，亦以字面错综，复出生姿"，是本诗的主旨所在。"纸窗"二句写僧人的居所和二人的日常生活状态：孤山深处，纸窗竹屋，惠勤与惠思身着僧衣，正在蒲团上打坐。此二句与前二句形成呼应：正是因为惠勤、惠思二位僧人在此潜心修行、研习佛理，才涵养了孤山深厚的文化内涵。因为远离世俗，于深山之中寻得了心灵的栖息之所，苏轼仿佛也受到了二位僧人的感染，暂时获得了心灵的解脱。

"天寒"句言仆夫因担心天寒将雪，路途遥远，催促苏轼回家。"出山"二句再次描绘了途中所见：云林相合，言大雪掩盖了树木的颜色；野鹊绕塔，又为沉寂的冬景增添了一份灵动的气息。此二句勾勒出一幅孤山冬云暮色图，汪师韩《苏诗选评笺释》卷一称"于分明处写出迷离，正与起五句相对照"，别有一番禅意。王文诰《苏海识余》卷一评曰："此等句法，无处可学，直如如来丈六金身，忽于虚空变现，公亦不自觉其然也。"

"兹游"句起写回到家中的感受，"欢有余"三字不仅写出苏轼因一路欣赏美景而欢欣，更言苏轼获得了心灵的愉悦而感到超脱，因此仿佛置身梦中，神思恍惚。"作诗火急追亡逋，清景一失后难摹。"结尾二句点明主旨：自己急忙把这次出游访友的经历记录下来，生怕清丽的景色在脑海中消失，无法描摹。此二句不仅收束全诗，抒发留恋之情，也体现了苏轼诗歌创作的主张：作诗要一气呵成，挥笔而就，记录瞬间的所见所感，这一诗论与他在《文与可画筼筜谷偃竹记》中提出的"急起从之，振笔直遂，以追其所见，如兔起鹘落，少纵则逝矣"这一画论不谋而合，都强调捕捉自然界瞬息万变的景象，以展现自然之美。"清景"二字为整首诗作结：冬日的孤山和西湖清幽迷离，惠勤、惠思二僧不慕名利，清逸淡薄，所访之地、所访之人，一个"清"字即可概括。汪师韩《苏诗选评笺释》卷一评云："结句'清景'二字，一篇之大旨。"王国维在《人间词话》中亦云："夫境界之呈于吾心而见于外物者，皆须臾之物。惟诗人能以此须臾之物，镌诸不朽之文字，使读者自得之。"便是对苏轼这一美学观点的理论发挥。

这首诗不仅描摹孤山西湖之美景，而且展现了苏轼的精神境界，因此具有丰富的意蕴，方东树《昭昧詹言》卷十二更是以"神妙"高度评价这首诗。在技法方面，采用远景、近景相交迭，动态、静态相呼应的方式，使得景物的描摹更加生动形象，鲜明可感。在音韵方面，纪昀评《苏文忠公诗集》卷七称本诗"音节之妙，动合天然，不容凑拍"，全诗通篇平声韵，一气贯注，读之朗朗上口。

吉祥寺赏牡丹①

人老簪花不自羞，花应羞上老人头。
醉归扶路人应笑，十里珠帘半上钩②。

【注释】

① 熙宁五年（1072）三月二十三日作于杭州。吉祥寺：《咸淳临安志》卷七十六："吉祥院，乾德三年，光禄大夫、检校睦州刺史薛温舍地建寺。……寺地广袤，最多牡丹。名人巨公皆所游赏，具见题咏。"

② 珠帘半上钩：白居易《府西池北新葺水斋，即事招宾，偶题十六韵》："洞户斜开扇，疏帘半上钩。"又杜牧《赠别》："春风十里扬

州路，卷上珠帘总不如。"

【评析】

苏轼《牡丹记叙》云："熙宁五年三月二十三日，余从太守沈公观花于吉祥寺僧守璘之圃。圃中花千本，其品以百数。酒酣乐作，州人大集，金盘彩篮以献于坐者，五十有三人。饮酒乐甚，素不饮者皆醉。自与台皂隶皆插花以从，观者数万人。"诗即写苏轼一行人在吉祥寺游乐赏花及众人围观的盛况。

"人老簪花不自羞，花应羞上老人头。"此二句写苏轼簪花之趣。头戴簪花通常是少女的行为，此时苏轼已过而立之年，却在赏花时学着少女的样子头戴牡丹，牡丹花大概都会因为自己被插在老人头上而感到难为情，可苏轼却毫无羞愧之色，以拟人的手法想象牡丹花的娇羞之态，更突出苏轼天真不羁、无拘无束的形象。张侃《张氏拙轩集》卷五评曰："'花应羞上老人头'，意思尤长。"苏轼对此二句诗相当偏爱，五六年后，他在胶西答陈述古绝句时感叹曰："城西亦有红千叶，人老簪花却自羞。"（《答陈述古二首》其一）后二句与本诗的意态迥然不同，叶寘《爱日斋丛钞》卷三言"遂反前诗言之，未必不感吉祥旧游也"。"醉归扶路人应笑"是写自己酒醉后猜想自己的行为举止会引人发笑，赏花插花后，苏轼随大家饮酒欢乐，沉醉其中，故而猜想自己醉酒的样子滑稽不堪。"十里珠帘半上钩"，此句苏轼化用杜牧《赠别》一诗，十里街市上的百姓卷起帘子看苏轼一行人的醉态，再次展现出苏轼的真性情。赵克宜《角山楼苏诗评注汇钞》卷三评此二句曰："雅音，亦熟调。"

整首诗以通俗诙谐的笔调讲述自己与友人观赏吉祥寺牡丹并簪花自娱的经历，营造出轻松愉快的气氛，刻画了苏轼直爽幽默的性格特征和自由不羁的人物形象，字里行间充满了诗人的愉悦之情。

苏轼对吉祥寺的牡丹十分喜爱，后来他还作有《吉祥寺花将落而述古不至》《述古闻之，明日即至，坐上复用前韵同赋》等诗歌，后一首中"仙衣不用剪刀裁，国色初酣卯酒来。太守问花花有语，为君零落为君开"，亦别有韵味。

六月二十七日望湖楼醉书五绝①

其 一

黑云翻墨未遮山，白雨跳珠乱入船。
卷地风来忽吹散，望湖楼下水如天②。

【注释】

①熙宁五年（1072）作于杭州。《乾道临安志》卷三："望湖楼，一名'看经楼'。乾德七年忠懿王钱氏建。去钱塘一里。"

②水如天：湖水与天空一色。柳宗元《别舍弟宗一》："桂岭瘴来云似墨，洞庭春尽水如天。"

【评析】

本诗作于苏轼杭州任上，是观雨中西湖有感之作。据周密《武林旧事》卷五载："望湖楼又名先得楼。"《六月二十七日望湖楼醉书》一题下有五首绝句，本诗是第一首，也是流传最广的一首。

"黑云翻墨未遮山"，起笔开阔，描绘了湖面阴云密布、风起云涌的场景。"白雨跳珠乱入船"，以跳脱的笔法言骤雨突至、雨滴四溅的细节。"跳""乱"两个动词写尽了雨势之大、之急，极具动态画面感。此二句从空间的视角出发，由上至下，由远及近，由天空转向水面和游船，空间层次错落有致，黑白色彩差异分明，宛如一幅天然的水墨画。"卷地风来忽吹散"，一场大风忽而将这场骤雨吹散，黑云、山峦、雨珠、游船皆消失不见，只有望湖楼下平静的水面与天空相连，仿佛之前的疾风骤雨都不曾发生，一切归于平静。在前两句的衬托下，后两句水面如镜的场景更显出自然界瞬息万变的神奇。起笔从空中的黑云入手，结句重新将视角转向天空，首尾相映，浑然天成，韵味无穷。整首诗描绘了西湖骤雨及雨后的场景，从阴云、急雨至天晴，由远及近再至远，一句一景，瞬息万变，视角转换神速，用笔跌宕起伏，遂产生戏剧式的效果，使读者应接不暇，是苏轼"作诗火急追亡逋，清景一失后难摹"的生动写照。诗作对句工整，音韵协美，王文诰《苏文忠公诗编注集成总案》卷七称《六月二十七日望湖楼醉书五绝》"随手拈出，皆得西湖之神，可谓天才"，而这一首显然又是五首中的名篇。

苏轼善于捕捉自然界的瞬间变化，他在《答谢民师书》中曾说："求物之妙，如系风捕影。"他在诗歌中经常描绘变幻莫测的自然景象，使读者仿佛置身梦境。诚如褚人获《褚氏杂说》所云："阴阳变化开阖于俄顷之间，气雄语壮，后人不能及也。"

夜泛西湖五绝 [①]

其 一

新月生魄迹未安 [②]，才破五六渐盘桓 [③]。
今夜吐艳如半璧，游人得向三更看。

其 二

三更向阑月渐垂④，欲落未落景特奇。
明朝人事谁料得，看到苍龙西没时⑤。

其 三

苍龙已没牛斗横，东方芒角升长庚⑥。
渔人收筒及未晓⑦，船过惟有菰蒲声。

其 四

菰蒲无边水茫茫，荷花夜开风露香。
渐见灯明出远寺，更待月黑看湖光。

其 五

湖光非鬼亦非仙，风恬浪静光满川。
须臾两两入寺去，就视不见空茫然。

【注释】

①此诗各编年本均系于熙宁五年（1072）七月。西湖：在杭州。

②迟未安：杜甫《初月》："光细弦初上，影斜轮未安。"

③破：犹过也。五六：此处指初五、初六。盘桓：犹徘徊。

④向阑：夜向阑，夜深之意。垂：下落。

⑤苍龙：东方七宿之合称，即角、亢、氐、房、心、尾、箕七宿。
此七宿夜半而没。

⑥芒角：此指光芒闪烁。长庚：星名，亦名"金星""太白""启明"。

⑦筒：捕鱼具。

50

【评析】

《夜泛西湖五绝》作于苏轼杭州任上。五首诗按时间顺序依次排列，分别描绘了半月如璧、残月将落、泛舟游湖、菡萏飘香、神秘湖光的西湖夜景。五首诗都紧扣"夜泛"二字着笔，既描写了西湖夜景，又记录了自己的行船经历，是描写西湖的佳作。

第一首写月亮的形态。新月渐满而又未满，入夜之际，仿佛害羞得不肯展现自己；而今夜的月亮皎洁明亮，如半璧当空，光辉四射，如此美丽的夜景，要看到三更时分才能满足。此处的"游人"即苏轼一行，"游人得向三更看"，为之后的夜游西湖做好铺垫。

第二首紧承前一首，借残月将落抒怀。三更之时，月将落而未落，一切都笼罩在朦胧的氛围之中，在半明半暗之际，湖面的光景显得尤为神秘。在黑夜与白昼交替之际，苏轼联想到变幻莫测、难以预料的"明朝人事"，在描绘自然时节交替的过程中寄寓了深沉的人生感慨。苍龙星渐渐隐匿于天际，预示着夜将尽，时间于不知不觉间悄然流逝，苏轼陶醉于美丽的夜色之中，恍然惊觉拂晓将至。

第三首紧承第二首，"苍龙"二句言牛斗星接替苍龙星横亘空中，长庚星的微光已经渐渐显现，通过描绘斗转星移的变换，暗示时间进一步流逝，"没""横""升"三个动词连用，为星宿增添了动态的趣味性。"渔人"二句言打鱼人收好器具返回时天还没有亮，渔船经过时只有菰蒲窸窸窣窣的声音。此二句以动衬静，侧面烘托出周围安静的气氛，同时也暗示了此时作者已坐在游船之上，与标题中的"夜泛"相呼应。苏轼自注曰："湖上禁渔，皆盗钓者也。"苏轼作为杭州通判，遇到不守禁令之人，却不加过问，此处也体现出苏轼对于当时的政令并不完全认同，对于百姓，他也多有体谅和关怀。

第四首紧承第三首，由湖中菰蒲入手，在茫茫水中，伴着游船经过的声音，空气中飘来荷花的清香，此二句营造出幽静清雅的氛围，使人仿佛置身仙境。汪师韩《苏诗选评笺释》卷一赞曰："写景之妙，尤为脱尽恒蹊。"游船继续行驶，渐渐可以望见对岸的灯火和远处的寺庙，但苏轼更加期待见到"湖光"，可见苏轼对于这一自然现象的好奇与关注，并进一步引发下一首的叙述。

第五首紧承第四首，描绘"湖光"的样貌：神秘莫测的湖光通常在风平浪静时出现，光芒四射，映满湖面。此处的"湖光"即古人常说的"阴火"，是湖面上磷化氢自燃的结果，苏轼在《游金山寺》中也曾提到："江心似有炬火明，飞焰照山栖鸟惊。怅然归卧心莫识，非鬼非人竟何物。""须臾"二句言随着游船的行进，湖光渐渐成双成对地消失于寺庙中，视野中只剩下茫茫的湖水，给读者怅然若失之感。

五首诗均紧扣"夜泛"二字着笔，依次描绘了夜空的弦月、星宿，湖中的渔人、菰蒲、荷花、湖光，为读者展现了一幅安宁静谧的西湖夜景图。翁方纲《石洲诗话》卷三高度评价曰："《夜泛西湖五绝》，以真境大而能化。在绝句中，固已空绝古人矣。"同时，作者采用蝉联格，每首的结尾都是下一首的开头，而又略具变化：二、四首的开头是一、三首结尾的五、六两字；第三首的开头四字是第二首结句第三至第六四个字，但变"西没"为"已没"；第五首的开头二字是第四首的结尾二字。这样，既珠联璧合又错落有致，为诗作增添了趣味性。查慎行《初白庵诗评》卷中评曰："五首章法联络不断，前人所未有，亦先生集中变格也。其三其四潇洒浑脱，笔墨俱化，此种境界，浅人不易解。"《唐宋诗醇》亦云："五绝蝉联而下，体制从三百篇出，清苍突兀。三、四两作写景之妙，尤为脱尽恒蹊。昔陈思《赠白马王彪》诗，《艺苑卮言》谓其体全仿《大雅》

文王之什。至谢康乐《登临海峤》四章，《文选》直合为一首，注亦更不分其一、其二。若此诗亦必作一首读，乃见其妙耳。"可以说，无论是从诗作内容上，还是技巧手法上，这组诗都是苏轼的绝句佳作。

吴中田妇叹 ①

今年粳稻熟苦迟，庶见霜风来几时 ②。
霜风来时雨如泻，杷头出菌镰生衣 ③。
眼枯泪尽雨不尽，忍见黄穗卧青泥。
茅苫一月陇上宿，天晴获稻随车归。
汗流肩赪载入市 ④，价贱乞与如糠粞 ⑤。
卖牛纳税拆屋炊，虑浅不及明年饥。
官今要钱不要米 ⑥，西北万里招羌儿 ⑦。
龚黄满朝人更苦 ⑧，不如却作河伯妇 ⑨。

【注释】

① 熙宁五年（1072）秋作于湖州。

② 庶：庶几，表推测之意。来几时：来勿多时。

③ 杷：同"耙"，有齿，平田器，亦可用于翻晒谷物。出菌：指发霉。镰生衣：镰刀生锈。

④ 赪：红色。肩赪：肩头因负重而泛红。

⑤ 粞：碎米。

⑥ "官今"句：当时推行的新法规定，交税、免役均用现钞。农民必须把实物换成钱币，结果市场上出现了"钱荒米贱"的现象，导致田地荒疏，农民躲避税收而流离失所。

⑦ 招羌儿：招抚西北边境羌人。

⑧ 龚：龚遂，汉渤海太守。黄：黄霸，汉颍川太守。二人皆汉著名官员，事迹见《汉书·循吏传》。此处借指推行新法之官员，意含讽刺。

⑨ 河伯：指河神。

【评析】

王安石新法的推行虽然有助于缓解宋朝危局，但也为百姓带来了不小的税收压力。适逢江南雨水成灾，庄稼收成欠佳，许多百姓举步维艰。苏轼有感于此，遂作此诗。

诗歌分三部分，首四句记叙创作背景。今年的庄稼成熟期本来就迟，大家都翘首期待秋风的到来。接着笔锋一转，直写雨灾——谁知秋风来时暴雨倾盆，钉耙、镰刀这些农具或是长出了霉菌，或是生了铁锈。此句用互文修辞，钉耙生锈、长出霉菌，镰刀也遭到了同样的损坏，所表现的是一系列农具因受潮而废弃的状态，诗句形象地写出了灾情之深重，侧面烘托民生之疾苦，体现出诗人对于农事生活细致入微的观察，纪昀评《苏文忠公诗集》卷八谓"常景写成奇句"，信然。

"眼枯"句起以下八句切换至田妇的视角，记录其艰苦的日常生活：眼睁睁地看着金黄的稻穗泡在泥地里，眼泪都流尽了，可雨还是下个没完没了。"眼枯"句化用杜甫《新安吏》"莫自使眼枯，收汝泪纵横。眼枯即见骨，天地终无情"之意，真切地刻画出田妇忧愁的心理。"茅苫"二句言田妇的生活状态：一个多月以来睡在田地垄头的茅草棚里，一遇到晴天就赶紧抢收稻谷运载而归。汗流浃背，肩头被压得通红，好不容易把稻米运到集市上，然而集市上的米价却低得同糠米和碎米一样。"卖牛"二句进一步写农民无钱纳税，生活艰辛：无奈之下，只好卖牛换钱去交税，拆屋取木来煮饭，思虑短浅，根本顾不上来年的饥饱。司马光在《应诏言朝政阙失状》中称"若值凶年，无谷可粜，吏责其钱不已，欲卖田，则家家卖田；欲卖屋，则家家卖屋；欲卖牛，则家家卖牛"，可见此二句并非夸张，而是真实地反映出新法聚敛财富的实质，暗含抨击之意。赵克宜《角山楼苏诗评注汇钞》卷三评曰："'卖牛'二句用笔透过一层，语极深至。"

"官今"句起则由对田妇生活的描绘转向思考：如今朝廷征收钱饷而不收粮食，是因为王安石采用王韶的建议，对西北沿边羌人蕃部采取招抚政策，导致开销巨大，钱荒严重。正如苏轼后来在《论役法差雇利害起请画一状》中论述免役法流弊时所言："行之数年，钱愈重，谷帛愈轻，田宅愈贱。"钱米之间的比价，因地因时因人而异，地方官吏因缘为奸，受害的还是"贫下之人"。最后二句揭露钱荒的原因：整个朝廷都是推行新法的官员，才导致百姓的生活越来越苦。龚、黄二人本是历史上著名的能臣，此处颇有讽刺意味。"河伯"用《史记》中西门豹的故事，河伯是敲诈勒索、残害百姓的恶神，此句言不如跳下河里做河伯之妇，百姓的艰苦处境由此可以想见。此二句以夸张、反语的手法，痛陈民隐，不嫌于尽，鲜血淋漓地批判了新法的弊病和当政者无视民生疾苦、只顾大肆敛财的冷漠，具有相当的现实意义。

诗作的前半部分写天灾，后半部分是人祸，整首诗借一位田妇之口，写出了当地农民饱受天灾和苛政的双重压力，刻画了贫苦无助的劳苦大众的形象，表达了苏轼对于底层劳动人民处境的同情，对于新政的不满，以及对于掌权者的抨击，展现了苏轼心系百姓的胸怀，也表现出反对新法的政治主张，是反映民生疾苦的佳作。

王复秀才所居双桧二首^①

其 二

凛然相对敢相欺，直干凌空未要奇。
根到九泉无曲处，世间惟有蛰龙知^②。

【注释】

　　① 熙宁五年（1072）作。王复：钱塘人。苏轼《种德亭并叙》云：
"处士王复，家于钱塘。为人多技能，而医尤精，期于活人而已，不志
于利。筑室候潮门外，治园圃，作亭榭，以与贤士大夫游，惟恐不及，
然终无所求。"

　　② 蛰龙：蛰伏穴中之龙。《易经·系辞下》："龙蛇之蛰，以存
身也。"

【评析】

　　苏轼的友人王复在乡间行医，悬壶济世，不慕盈利，口碑甚好。
其家中有桧树两棵，郁郁葱葱，直插云霄，苏轼作诗二首以赠之。
第二首中，苏轼借王复家中的桧树抒发自己的理想与抱负，寓旨遥深。

　　"凛然相对敢相欺，直干凌空未要奇。"此二句是写桧树笔直
不屈的姿态：两桧相对，傲然挺立，笔直的枝干直指天空，展现出
一种不可侵犯的气势，营造出庄重肃穆的气氛。苏轼称这两棵百年
古桧如此高大本不奇怪，因为它们的根也直直地扎于地下，即便在
九泉之处也毫无弯曲，只有潜伏地下的蛰龙才能了解桧树之根的样
子。诗作的前两句描写桧树笔挺的风姿，后两句写桧树树根笔直的

形态，为桧树树立了凛然不屈、一身正气的伟岸形象。而这样的气度、风骨也正是苏轼一生的追求。汪师韩《苏诗选评笺释》卷二评曰："摛词无懦，涉笔见其磊落光明。"

七年后，"乌台诗案"爆发，苏轼受御史台官员攻击，被贬入狱，本诗亦颇受争议。据叶梦得《石林诗话》卷上、葛立方《韵语阳秋》卷五记载，有官员称苏轼有不臣意，并列举本诗为例，向宋神宗控告："陛下龙飞在天，轼以为不知己，而求之地下之蛰龙，非不臣而何？"最后在章惇的辩解下，苏轼才免于重罚。故刘辰翁评曰："其气浩然，固宜俗子警怪。"（载明刻《苏东坡诗集》）

饮湖上初晴后雨二首①

其　二

水光潋滟晴方好②，山色空濛雨亦奇③。
若把西湖比西子④，淡妆浓抹总相宜。

【注释】

①熙宁六年（1073）作于杭州。

②潋滟：水纹波动貌。《昭明文选》中，木华《海赋》云："澎濞潋艳，浮天无岸。"

③空濛：细雨迷茫、若有若无之情形。谢朓《观朝雨诗》："空濛如薄雾。"

④西子：西施，春秋时越国美女。以西施比西湖，苏诗中尚有《次韵刘景文登介亭》："西湖真西子，烟树点眉目。"《次前韵答马忠玉》：

"只有西湖似西子，故应宛转为君容。"

【评析】

苏轼对于杭州西湖情有独钟，在杭州任通判时，苏轼就创作了大量描写西湖美景的诗词，离开西湖后，亦常常作诗怀念西湖美景。《饮湖上初晴后雨》共两首，其中第二首广为流传，脍炙人口，不仅是描写西湖的名篇，也是苏轼的代表作品。陈善《扪虱新话》卷八就曾高度评价本诗曰："要识西子，但看西湖；要识西湖，但看此诗。"

在《饮湖上初晴后雨二首》其一中，苏轼写道："朝曦迎客艳重冈，晚雨留人入醉乡。此意自佳君不会，一杯当属水仙王。"苏轼此次来西湖游赏，来时朝霞满天，归时阴雨绵绵，一天之内，苏轼看到了西湖的两种面貌，更觉心情舒畅愉悦，他不禁感叹"此意自佳"，甚至希望能借雨与水仙王庙里的钱塘龙君畅饮，也就不在乎晚归时的雨了。

第二首紧承前一首，依旧是对一日之内西湖先晴后雨的天气变化展开进一步描写：晴天的时候，湖面波光粼粼，光彩熠熠，美丽动人，而下雨时，周围的山峰笼罩在阴雨之中，空蒙迷离，亦别有一番情调。此二句紧扣标题中的"初晴后雨"，多维地描绘了西湖特征，也展现出苏轼乐观豁达的心胸。查慎行《初白庵诗评》高度评价此二句云："多少西湖诗被二语扫尽，何处着一毫脂粉颜色！"后二句被陈衍《宋诗精华录》赞为"西湖定评"，更是广为传唱：无论是晴光照水还是烟雨迷蒙，西湖的美景都引人入胜，就好像把西湖比作美丽的西施，那么无论是浓施粉黛还是淡扫蛾眉，都各有风姿。以西施的浓妆淡抹喻西湖的阴晴景象，颇有游戏之意。袁文《瓮牖闲评》卷五曰："（西湖）虽与妇人不相涉，而比拟恰好，且其言妙丽新奇，使人赏玩不已，非善戏谑者能若是乎？"王文濡《宋元明诗评注读本》卷四亦赞曰："因西湖而忆及西子，比例殊妙！"此二句不仅与前二句衔接得浑然一体，更是以精妙的譬喻画龙点睛，阐发苏轼的审美体验：同一事物的不同维度和特征都值得欣赏与肯定，要善于多角度地发现事物的美。苏轼山水诗之所以"有汗漫者，有典严者，有丽缛者，有简淡者，翕张开合，千变万态"（刘克庄《后村诗话》前集之语），呈现出多姿多彩的艺术风格，正是他在这一美学思想指导下努力实践的结果。

整首诗在短短二十八字内概括了不同天气时的西湖景色特征，并以比喻的手法进行哲理阐释，使诗作具有强烈的感染力，同时也为西湖增添了相当的文化内涵，因此受到了古今读者的一致称赞。诚如王文诰《苏文忠公诗编注集成总案》卷九所言："此是名篇，可谓前无古人，后无来者。"

新城道中二首 ①

其 一

东风知我欲山行，吹断檐间积雨声。
岭上晴云披絮帽 ②，树头初日挂铜钲 ③。
野桃含笑竹篱短，溪柳自摇沙水清。
西崦人家应最乐 ④，煮芹烧笋饷春耕。

【注释】

① 熙宁六年（1073）二月自富阳往新城道中作。新城：县名，治所

在今浙江杭州富阳西南。

　　②晴云披絮帽：言初晴时山顶白云缭绕，如絮帽然。韩愈《晚寄张十八助教周郎博士》："晴云如擘絮。"

　　③铜钲：铜锣。

　　④西崦：犹西山。

【评析】

　　熙宁六年二月，苏轼巡视杭州属县，在赴新城道上时作此诗。诗作描绘了行道途中美丽的山村风光和山民们的淳朴生活，饱含着苏轼对于山村生活的向往与喜爱。

　　诗作起笔便有情致：东风仿佛知道我要去山中赶路，吹散了连绵的阴雨。"檐间积雨"言不断的檐雨声，可以想见连日雨势之连绵。而当苏轼要前往山中，阴雨便散。此二句以拟人手法，写苏轼即将赶路之际迎来了久违的晴天，心情也随之开心起来。此处苏轼将天公视为能够通晓自己心意的知己，诗人乐观幽默的情绪便展现出来。方回《瀛奎律髓》卷一四评曰："起句十四字妙。"纪昀评《苏文忠公诗集》卷九亦曰："起有神致。"雨消云散，朝阳初升，也暗示了苏轼已行至深山之中。白色的雾霭笼罩着高高的山顶，仿佛山峰戴了一顶白丝绵制的头巾；一轮朝阳正冉冉升起，远远望去，仿佛树梢上挂着一面又圆又亮的铜钲。白云、旭日皆是日常所见，却鲜有人以"絮帽""铜钲"为喻，此二句体现出苏轼别出心裁的构思。方回《瀛奎律髓》卷一四称"三、四乃是早行诗也"，信然。

　　颈联二句再言行道途中之景：娇艳的桃花如同少女的笑靥，矮矮的竹篱掩映着摇摆的垂柳和清澈的小溪。此二句描绘出江南山村的韵味与风致，因为苏轼心情愉悦，所以目之所及都仿佛染上了欢快的气息。此二句倍受后人激赏，汪师韩《苏诗选评笺释》卷二赞曰：

"野桃、溪柳一联，铸语神来，常人得之便足以名世。"尾联二句概括了当地居民的生活状态：农妇烧煮青菜，为春耕的农夫送去美食，村民们生活安宁温馨，自在逍遥，一路上更是春光明媚、春意盎然。鲜艳的桃花，矮矮的竹篱，袅娜的垂柳，清澈的小溪，再加上那正在田地里忙于春耕的农民，有物有人，有动有静，有红有绿，构成了一幅画面生动、色调和谐的农家春景图。

整首诗写道中之所见，从天气状况、自然意象、人物活动的描写来看，无不透露出欢欣愉悦的情绪。语言清新质朴，又透露出幽默，颔联、颈联四句对句工整又活泼自然，展现出苏轼对于悠闲温馨的乡间生活的喜爱与向往。

有美堂暴雨①

游人脚底一声雷②，满座顽云拨不开。
天外黑风吹海立③，浙东飞雨过江来④。
十分潋滟金樽凸⑤，千杖敲铿羯鼓催⑥。
唤起谪仙泉洒面⑦，倒倾鲛室泻琼瑰⑧。

【注释】

① 熙宁六年（1073）七月作于杭州。有美堂，《乾道临安志》卷二、《淳祐临安志》卷五均谓堂在郡城吴山最高处，"左江右湖，故为登览之胜"。其为杭州知州梅挚于嘉祐二年（1057）所建，堂名取于宋仁宗赐梅挚诗"地有湖山美，东南第一州"中的二字。

② "游人"句：俗说高雷无雨，故雷自地震，即暴雨也。

③ 海立：极言水势翻腾、巨浪排空之情形，此处"海"指钱塘江入

61

海处。杜甫《朝献太清宫赋》："九天之云下垂，四海之水皆立。"

④浙东：浙江之东，唐代曾置浙江东道。江：浙江，其流经钱塘县境，称钱塘江。杭州在钱塘江之西，故此云"过江来"。

⑤金樽凸：酒面高出金樽，即将溢出之状。杜牧《羊栏浦夜陪宴会》："酒凸觥心泛艳光。"句或本此。此句比喻西湖水势。

⑥杖：鼓槌击鼓声。敲铿：韩愈《城南联句》有"树啄头敲铿"。羯鼓：古羯族乐器。此句以千杖急下之羯鼓声形容暴雨声。

⑦"唤起"句：《旧唐书·李白传》："初，贺知章见白，赏之曰：'此天上谪仙人也。'玄宗度曲，欲造乐府新词，亟召白。白已醉卧于酒肆矣。召入，以水洒面，即令秉笔。顷之，成十余章。"此句以李白自喻。

⑧鲛室：鲛人所居之室。鲛人乃神话传说中居于海底之怪人。琼瑰：珠玉。此处代指佳词妙语。此以琼瑰喻妙语佳词，而本诗句谓苏轼酒酣命笔，妙语涌出，如倾琼瑰。

【评析】

李调元《雨村诗话》卷下云："余雅不好宋诗，而独爱东坡，以其诗声如钟吕，气若江河，不失于腐，亦不流于郛。由其天分高，学力厚，故纵笔所之，无不精警动人。"《有美堂暴雨》就淋漓尽致地展现出苏轼的创作才能。诗歌记录了苏轼在杭州有美堂观雨的场景，以雄奇奔放的语言，辅以多重写作手法，描绘了暴雨由远及近直至倾泻而下的壮观场景。

诗歌起笔突兀，直入主题：低雷滚滚，乌云密布，预示着暴雨即将来临。开篇便渲染了低沉压抑的气氛，为接下来暴雨的来临做好铺垫。颔联更是别开生面，直写暴雨倾泻之势：外面的风裹挟着乌云和雨滴扑面而来，雨势大得仿佛将大海吹得倒立起来，又仿佛浙东的暴雨渡过钱塘江倾泻于西湖之上。此二句以通感、夸张、引用的修辞，绘声绘色地渲染出暴雨来临的场景：以视觉上的黑色写风势之大之迅疾，突出了暴雨来临时狂风骤起的压迫之势。以"海立"形容暴雨倾盆的场景，描摹出滂沱的雨势如海潮汹涌，想象奇特，句法夸张。"海立"语出杜诗《朝献太清宫赋》，马永卿《懒真子录》卷五引何元章之语道："'立'字最为有力，乃水涌起之貌。"洪迈《容斋随笔》卷二更是以"句语雄峻，前无古人"高度称赞本句。"浙东"句整句引自唐人殷尧藩《喜雨》诗，"飞""过""来"三个动词连用，极为生动地展现暴雨由远而近、横跨大江、呼啸奔来的壮观景象。此二句历来备受好评，方回《瀛奎律髓》卷十七云："此联壮哉！"何曰愈《退庵诗话》卷七赞曰："是何等气象，何等笔力！"李调元《雨村诗话》卷下更是以此二句为例，称："公集中无论长篇短幅，任举一句，皆具大魄力。""其声直震百里，谁能有此？"

颈联从视觉与听觉的角度再写雨势：暴雨洒落至西湖之中，西湖仿佛是一樽盛满美酒的杯子，酒满得几乎要溢出杯口。此句化用杜诗"酒凸觥心泛滟光"，不同的是，苏轼夸张的手法和奇特的想象，以湖为杯，视水为酒，仿佛天地之间不过一樽美酒，展现出苏轼豪放的气魄和不羁的情怀。"千杖"句言雨滴砸落发出的声音犹如羯鼓敲击时激切的声响，铿锵澎湃，令人振奋，比喻新颖别致，想象天马行空，语言瑰丽雄杰，仿佛为读者展现出千军万马奔腾之势。苏轼沉醉其中，不禁以李白自喻：我真想同沉醉的李白一样，用这汪洋的雨水洗面，写出像他一样雄奇瑰丽的诗篇来！

查慎行《初白庵诗评》卷下曰："通首多是摹写暴雨，章法亦奇。"整首诗以淋漓酣畅的笔势、清新雄健的语句描绘了暴雨来临时的壮观景象和苏轼内心独特的体验，辅以夸张的想象、新奇的比喻，浓墨重彩，引经据典，展现出苏轼浪漫主义的气质。

雪后书北台壁二首①

其 一

黄昏犹作雨纤纤，夜静无风势转严②。
但觉衾裯如泼水③，不知庭院已堆盐④。
五更晓色来书幌，半夜寒声落画檐。
试扫北台看马耳，未随埋没有双尖⑤。

其 二

城头初日始翻鸦，陌上晴泥已没车。
冻合玉楼寒起粟，光摇银海眩生花⑥。
遗蝗入地应千尺⑦，宿麦连云有几家⑧。
老病自嗟诗力退，空吟《冰柱》忆刘叉⑨。

【注释】

①熙宁八年（1075）正月作于密州。北台，张淏《云谷杂记》卷三：
"北台在密州之北，因城为台。马耳与常山在其南，东坡为守日，葺而
新之，子由因请名之曰超然台。"

②严：《正字通》："寒气凛冽曰严。"

③衾裯（chóu）：《诗经·召南·小星》："抱衾与裯。"毛传：
"衾，被也。裯，禅被也。"

④堆盐：指堆雪。《世说新语·言语》："谢太傅寒雪日内集，
与儿女讲论文义。俄而雪骤，公欣然曰：'白雪纷纷何所似？'兄子胡
儿（谢朗）曰：'撒盐空中差可拟。'兄女（谢道韫）曰：'未若柳絮

因风起。'"

⑤"试埽"二句：谓大地封雪，而马耳山双尖犹耸峙。埽：同"扫"。马耳：山名。苏轼《超然台记》："南望马耳、常山，出没隐见，若近若远。"

⑥"冻合"二句：赵令畤《侯鲭录》卷一："东坡在黄州日，作《雪诗》，云：'冻合玉楼寒起粟，光摇银海眩生花。'人不知其使事也。后移汝海，过金陵，见王荆公，论诗及此，云：'道家以两肩为玉楼，以目为银海，是使此否？'坡笑之，退谓叶致远曰：'学荆公者，岂有此博学哉！'"

⑦遗蝗：蝗之幼虫。

⑧宿麦：《汉书·武帝纪》："遣谒者劝有水灾郡种宿麦。"颜师古注："秋冬种之，经岁乃熟，故云宿麦。"

⑨刘叉：唐元和时人。《新唐书·韩愈传》："刘叉少任侠，后折节读书，能为诗歌。闻韩愈接天下士，步归之，作《冰柱》《雪车》二诗，出卢仝、孟郊右。樊宗师见，为独拜。"

【评析】

宋神宗熙宁七年（1074），苏轼由杭州通判改任密州知州，十一月到任。正月正是寒冬季节，前一日雨雪交加，后一日天气转晴，前后两日之景迥然有别，苏轼遂作此二诗。前一首写雨雪交织的天气从黄昏持续到天亮，后一首则写清晨登北台的所见所感。

第一首开篇就交代了时间和天气：黄昏时分，细雨绵绵，夜里无风，但天气愈发严寒。"但觉"二句由下雨过渡至飘雪：被褥盖在身上如同被泼水一样冰冷，不知不觉间庭院外的积雪已如堆盐。以盐喻雪，典出《世说新语》"撒盐空中差可拟"一句，此处苏轼不以常见的柳絮、鹅毛等意象喻雪，是刻意求新求变的结果。"五更"

二句言时间流转，半夜时分，大雪悄然飘落于画堂的屋檐，屋外一片洁白，仿佛已经到了天色渐明的五更时分，可以映雪读书了。此处"五更"并非实指五更天亮，而是强调雪势之大，仿佛把黑夜映照成拂晓，费衮《梁溪漫志》卷七赞曰："此所谓'五更'者，甲夜至戊夜尔。……此语初若平易，而实新奇，前人未尝道也。"最后写天色已亮，苏轼扫除北台之雪，登台远眺，大地封雪，只有马耳山的两尖未被大雪所没。此二句尾字"尖"，押平水韵中"十四盐"，属窄韵，后一首结尾字"叉"押"六麻韵"，也是险字。此后苏辙与王安石步原韵所和诗及苏轼再用前韵所作诗，其造语押韵亦复自然。世人佩服苏轼能在险韵中信步游行，遂以"尖叉"为险韵之代称。对此，费衮在《梁溪漫志》卷七中曾指出："作诗押韵是一奇，荆公、东坡、鲁直押韵最工，而东坡尤精于次韵，往返数四，愈出愈奇。如作梅诗、雪诗，押'瞰'字、'叉'字。"而这也是苏轼"胸中有数万卷书，左抽右取，皆出自然"（费衮《梁溪漫志》卷七语）的结果。方回《瀛奎律髓》卷二十一亦赞曰："坡知密州时作，年三十九岁。偶然用韵甚险，而再和尤佳。或谓坡诗律不及古人，然才高气雄，下笔前无古人也。观此雪诗，亦冠绝古今矣。"

第二首紧承第一首，开篇继续写登台所见：朝阳初升，成群的乌鸦掠过城墙，小路上融化的积雪已经没过了车轮。此二句写天气转晴，气温回暖，为冬天的北台增添一分生机。"冻合"二句写晶莹的积雪：雪后的城楼似仙人居住的玉楼，冷得人皮肤凸起，阳光照在白雪皑皑的大地上，仿佛是阳光洒在银色的海面之上，让人目眩眼花。此二句极言雪后苍茫辽阔之景象，展现了一个仙境般的画面。据吴沆《环溪诗话》卷下，此二句实写人之身躯："只是银海、玉楼皆身上事，海不是海、楼不是楼，所以为佳耳。"方回《瀛奎律髓》卷二十一进一步指出："'玉楼'为肩，'银海'为眼，用道家语……

盖《黄庭》一种书，相传有此说。"但也有人认为，此说有附会之嫌，"玉楼""银海"当是实际所见，如纪昀在《瀛奎律髓刊误》卷二一中批评道："'银海'为目，义尚可通。'冻合'两肩，更成何语？且自宋迄今，亦无确指出何道书者，不如依文解之为是。"袁枚《随园诗话》卷一亦称"东坡雪诗用银海、玉楼，不过言雪之白，以'银''玉'字样衬托之，亦诗家常事"。两种说法古今争论不休，目前多数学者持后一说。而这番争论也仿佛为此二句诗增添了一分朦胧别致的美感，诚如王文濡《宋元明诗评注读本》卷六所言："'玉楼''银海'一联，颇见烹炼之功。"

以上四句言雪后所见，后四句则由大雪展开联想，并结合苏轼自己的生平，抒发身世之叹。"遗蝗"二句是苏轼由雪后展开的联想：雪势如此之大，应该冻死了农田中的蝗虫，来年的冬麦一定长势喜人。虽然身处隆冬季节，但苏轼已经联想到来年庄稼的收成，并借着大雪抒发对来年丰收的希冀，体现了苏轼体察民情、关注民生的仁厚情怀。然而苏轼自嘲自己年老多病，诗才衰退，只能对空吟诵前人的诗作，聊以自娱了。自熙宁变法以来，苏轼一直与宰相王安石政见不合，此次由杭州调任密州，苏轼心中并不舒畅，此处他以老病自称，亦有感于人生的波澜。

此二诗最为人称道的当是各自尾联所押之韵。苏轼独辟蹊径，巧押险韵，工整深稳，自然高妙，《唐宋诗醇》卷三四称赞道："尖、叉韵诗，千古推为绝唱。"

和子由四首

其二　送春①

梦里青春可得追，欲将诗句绊余晖②。
酒阑病客惟思睡，蜜熟黄蜂亦懒飞。
芍药樱桃俱扫地③，鬓丝禅榻两忘机④。
凭君借取《法界观》⑤，一洗人间万事非。

【注释】

　　①熙宁八年（1075）初夏作于密州。苏辙时任齐州（治今山东济南）掌书记。原作诗题为《次韵刘敏殿丞送春》。

　　②绊：系也，又有挽留之意。余晖：此指春日之余光，残春之意。

　　③扫地：即"扫地空""扫地无"之意，亦即凋落无余。

　　④鬓丝：鬓边白丝，指年纪大。禅榻：坐禅之床。忘机：忘却机巧权变之心。李白《下终南山过斛斯山人宿置酒》："我醉君复乐，陶然共忘机。"

　　⑤《法界观》：即《华严法界观》一卷，唐代杜顺著，为佛教华严宗重要著作之一。

【评析】

　　本诗是和韵之作，苏辙原作题为《次韵刘敏殿丞送春》，诗云："春去堂堂不复追，空余草木弄晴晖。交游归雁行将尽，踪迹鸣鸠懒不飞。老大未须惊节物，醉狂兼得避危机。东风虽有经旬在，芳意从今日日非。"借自然界中花鸟草木的变化抒惜春之情。而苏轼题为《送春》，较原作更为豁达洒脱。

　　首联点题，"梦里青春"一语双关，既言草木葱茏的春日殆尽，也暗示青春岁月只存于梦中，苏轼试图追寻的不仅是流逝的春光，更有消逝的青春。"欲将"句言自己试图写诗以挽留残春，仿佛将春天视为友人，此番是作诗赠别，为伤感的追忆注入了宽慰与释然。颔联写自己的生活状态：酒兴阑珊，精神萎靡，自己只想倒头大睡，花蜜已经成熟了，黄蜂却懒得去采。蜜蜂本以勤劳著称，可因苏轼意兴阑珊，目之所及，皆毫无生机，此处言黄蜂懒飞，实则亦是苏轼心情的写照。古人作诗，往往由景及情，先比后赋，而此联却颠倒顺序，先剖析自己的生活状态，再言周遭景物，《唐宋诗醇》卷三四云："'酒阑'句是赋，'蜜熟'句是比，对句却从上句生出。作手大家，即一属对，不易测识如是。""芍药"二句紧承前句，言春花渐渐凋零，落到地上，而苏轼年岁渐长，只想忘却世间的荣辱与心机。此联化用了杜牧《题禅院》之句，与颔联形成呼应：暮春时节，蜜蜂慵懒，鲜花凋零，此二句皆写残春之景。而由酒阑病客至禅榻忘机，却经历了境界的提升：前者是自己目前的状态，后者则是自己的人生理想，一虚一实，比赋相间，构思精巧，令人称道。赵克宜《角山楼苏诗评注汇钞》卷五曰："'酒阑'四句一气挥斥，曲折排宕，惟坡公沛然为之有余，是天才不可及。"纪昀评《苏文忠公诗集》卷一三亦称此四句"对得奇变，此对面烘托之法"。尾联则道出苏轼的理想：希望自己能领悟《法界观》一书，用其中的智慧洗脱自己的烦恼，再与前句"禅榻忘机"相呼应，展现出苏轼淡泊宁静、豁达通透的人生观。

　　诗作借送春、惜春展开人生的思索，明晰了自己的精神追求和理想境界。首联点题，颔联、颈联虚实相间，直至尾联阐明自己的理想，整首诗立意新颖，境界洒脱，别有韵味。

和文与可洋川园池三十首

其十　待月台 ①

月与高人本有期，挂檐低户映蛾眉 ②。
只从昨夜十分满，渐觉冰轮出海迟 ③。

【注释】

①熙宁九年（1076）三月作于密州。文与可（1018—1079）：名同，梓州永泰（今四川盐亭东北）人。皇祐元年（1049）进士。迁太常博士、集贤校理。与苏轼交谊极厚，常相唱和。工诗文，善篆隶行草，尤以画竹著称。文与可熙宁八年（1075）知洋州（治今陕西洋县），作《守居园池杂题三十首》寄苏轼。后苏轼作《和文与可洋川园池三十首》，本诗为其中之一。

②蛾眉：蚕蛾之触须，弯曲而细长，如美人之眉。常代指美女。《诗经·卫风·硕人》："螓首蛾眉，巧笑倩兮。"

③冰轮：指月。朱庆余《十六夜月》："昨夜忽已过，冰轮始觉亏。"

【评析】

本诗为《和文与可洋川园池三十首》之第十首。文与可是苏轼从表弟，以画竹闻名。文与可曾于熙宁八年知洋州（治所在今陕西洋县），期间曾作诗若干，以邀苏轼相和。文与可《待月台》云："城端筑层台，木杪转深路。常此候明月，上到天心去。"诗作叙述了待月台的地理位置、周围环境、命名缘由以及自己对于明月的向往，通俗易懂，明白晓畅。尤其是"上到天心去"一句，极写在待月台上观月而产生的悠然神往的心境。苏轼的《待月台》正是由此句引发的和作。

诗歌前两句受"上到天心去"启发，言明月仿佛与这位文雅的高士有约定，它徐徐升起挂在房檐上，映照室内的美人。此处称文与可为"高人"，即含有对其高尚品格的肯定之意；一个"挂"字，为月亮赋予了人的情态，仿佛是娟娟初月有意与人亲近而不舍得远去，与首句相呼应，亦紧扣"待月"之名。后两句见月抒怀：只因昨夜望月满盈，今日远眺大海，便觉这皎洁的明月出来得迟缓。其实相邻两日，月亮升起的时间并无明显的差异，然而明月由盈转亏，苏轼难免心中伤感，故称月迟。以"冰轮"喻月，既写月之通透皎洁，也为其增添了一分孤高清寒的气息。此二句表面是写月亮阴晴圆缺的变化规律，实际也有人生际遇之叹：昨夜之月太过圆满，故今夜之月不仅出海时间变迟，而且形态亦有缺失，字里行间弥漫着感伤的情绪。

整首诗围绕"人月相期""月如人生"两个话题展开，以人拟物，借月抒怀，展现出苏轼对明月的神往与喜爱，对人生深沉的思索。

和孔密州五绝 [①]

其三　东栏梨花

梨花淡白柳深青，柳絮飞时花满城。
惆怅东栏二株雪，人生看得几清明 [②]。

【注释】

① 熙宁十年（1077）四月作于徐州。孔密州，即孔宗翰，字周翰，曲阜（今属山东）人。孔子四十六代孙。登进士第。嘉祐元年（1056）知仙源县。复通判陵州，为夔峡转运判官。历知虔、密、陕、扬、洪、兖州，皆以治闻。元祐初为司农少卿，进刑部侍郎，以宝文阁待制知徐州，未拜而卒。

② "人生"句：陆游《老学庵笔记》卷一〇："绍兴中，予在福州，见何晋之大著，自言尝从张文潜游，每见文潜哦此诗，以为不可及。余按杜牧之有句云：'砌下梨花一堆雪，明年谁此凭阑干。'东坡固非窃牧之诗者，然竟是前人已道之句，何文潜爱之深也，岂别有所谓乎？"

【评析】

此组诗原共五首，《东栏梨花》为第三首。时苏轼主政徐州，而孔宗翰任密州知州，苏轼遂作此诗寄孔。诗歌借观赏梨花表达了春光易逝、人生短暂的感慨。

首句描绘春景：梨花清丽洁白，柳色郁郁青青，柳树与梨花相互掩映，景色便鲜活起来。绿叶白花形成鲜明的对比，为读者呈现出一幅清丽的春日梨花图。次句进一步以柳衬花：柳絮纷飞时，梨花开满城，进一步写春意之浓，花开之盛，动静相衬，别有一番风致。"惆怅"二句化用杜牧"砌下梨花一堆雪，明年谁此凭阑干"。从情感上言，杜、苏二人均抒发了时光流逝、人生短暂之叹。不同之处在于，杜牧诗题为《初冬夜饮》，原作是借雪抒怀，而本诗中，苏轼言自己身倚东栏，梨花柳絮纷纷飘落到身上，堆积起来仿佛也如雪一般，可见柳絮之白、梨花之盛；亦可见苏轼停留时间之久，思绪之深沉；更可见苏轼点铁成金之功力。赵克宜《角山楼苏诗评注汇钞》卷六云："辞句虽与小杜略同，而笔意凄婉欲绝。"潘德與《养一斋诗话》卷九赞曰："坡公此诗之妙，自在气韵，不谓句意无人道及也。且玩其句意，正是从小杜诗脱化而出，又拓开境地，各有妙处，不能相掩。……'梨花淡白'一章，允属杰出。"相比于杜诗，此二句所营造出的凄清、惆怅的气氛更加浓重，意境更加悲凉、哀婉，因此也更有感染力。整首诗由观赏梨花联想到美好的事物脆弱而短暂，由此再引发对于人生的思考，意蕴深沉，情味无穷。俞樾《湖楼笔谈》卷五以"妙绝"称赞本诗。

潘德舆《养一斋诗话》卷九云："予又考坡公七绝甚多，而合作颇少。其高才博学，纵横驰骤，自难为弦外音。"而本诗却少了纵横恣肆，不加雕饰，纯粹是自然性情、真情实感的流露。《唐宋诗醇》卷三五评曰："浓至之情，偶于所见发露，绝句中几与刘梦得争衡。"纪昀评《苏文忠公诗集》卷十五亦称"此首较有情致"。

子由将赴南都，与余会宿于逍遥堂，作两绝句，读之殆不可为怀，因和其诗以自解。余观子由，自少旷达，天资近道，又得至人养生长年之诀，而余亦窃闻其一二。以为今者宦游相别之日浅，而异时退休相从之日长，既以自解，且以慰子由云①

其 一

别期渐近不堪闻，风雨萧萧已断魂②。
犹胜相逢不相识，形容变尽语音存。

①熙宁十年（1077）七月作于徐州。南都：即南京，地在今河南商丘南。本年苏辙受张方平辟为南京签书判官，四月随兄轼来徐州，留百余日，此时将赴南京。

②萧萧：风雨声。断魂：销魂，此喻情感哀伤。江淹《别赋》："黯然销魂者，唯别而已矣。"

【评析】

熙宁十年四月，苏轼由密州改知徐州，苏辙一路陪同。八月，苏辙将赴南京（今河南商丘）留守签判任，与东坡在徐州告别。行前，会宿逍遥堂，苏辙作《逍遥堂会宿二首》留别，诗云："逍遥堂后千寻木，长送中宵风雨声。误喜对床寻旧约，不知漂泊在彭城。""秋来东阁凉如水，客去山公醉似泥。困卧北窗呼不起，风吹松竹雨凄凄。"二诗回顾了二人的生平经历，情谊真挚，令人感慨。苏轼遂同作二诗宽慰弟弟，本诗是其中第一首。

"别期"二句言离别之期越来越近，不忍离别的情绪愈发强烈。窗外风雨萧萧，苏轼便愈发地失魂落魄。此二句以凄凉的环境烘托别离的哀伤与不舍，贝琼《江贝先生文集》卷二十赞其"有《常棣》之遗意"。"犹胜"二句用夏馥与其弟事，夏馥因受诬陷，隐匿姓名，容貌被毁，其弟闻其声才得知夏馥的身份。此处苏轼谓此次与弟子由相别，较之夏馥因党祸而变形远遁，其弟相逢不识，情形要好一些。此二句中未提及夏馥其人之名，但用其事，即"用事而不言其名"。释惠洪《冷斋夜话》卷四曰："用事琢句，妙在言其用，不言其名耳。此法唯荆公、东坡、山谷三老知之。"本诗中，苏轼以夏氏兄弟故事衬托此次兄弟之间的分别，同时也暗示了党派倾轧中的危险处境和忿懑心情，此时苏轼以尚未沦入夏馥那种可怕境地，借此来宽慰子由，也宽慰自己。故此二句一语双关，含蓄蕴藉，转益凄惘，意味深长。

用典精当是苏诗的重要特征之一，《施注苏诗》卷首云："盖其（东坡）学富而才大，自经史四库，旁及山经地志、释典道藏、方言小说，以至嬉笑怒骂，里媪灶妇之常谈，一入诗中，遂成典故。"本诗用典巧妙精当，于典故中蕴藏无限情思，宋长白《柳亭诗话》卷十二曰："末二语盖用其事，较诸梦绕云山之句，此诗尤蕴藉也。"

韩干马十四匹①

二马并驱攒八蹄②，二马宛颈鬃尾齐③。
一马任前双举后④，一马却避长鸣嘶。
老髯奚官骑且顾⑤，前身作马通马语。
后有八匹饮且行，微流赴吻若有声⑥。
前者既济出林鹤，后者欲涉鹤俯啄⑦。
最后一匹马中龙⑧，不嘶不动尾摇风。
韩生画马真是马⑨，苏子作诗如见画⑩。
世无伯乐亦无韩，此诗此画谁当看。

【注释】

①此诗诸本均系于熙宁十年（1077）徐州诗中。韩干：长安（今陕西西安）人，唐代著名画家，擅长鞍马、人物等，尤以画马著称。

②攒：聚拢。马疾奔时，前后蹄紧接，谓之攒蹄。韩愈《汴泗交流赠张仆射》："百马攒蹄近相映。"

③宛颈：屈颈相接。

④ 任前：以两前脚支撑身体。双举后：举起两后脚踢

⑤ 老鬈：年老而多须。奚官：养马官。

⑥ 微流赴吻：指马饮水之状。

⑦ 鹤俯啄：《汉书·东方朔传》："尻益高者，鹤俯啄也。"此形容马欲涉时首低臀高之状。

⑧ 马中龙：形容马体形神采不凡。《周礼·夏官》："马八尺以上为龙。"古人常以如龙状马之矫健。

⑨ 真是马：谓韩幹所画极为生动形象，得其精神。

⑩ 如见画：谓己之诗传达出画之精神，读之如见其画。

【评析】

这首七古题画诗名篇作于熙宁十年三月，苏轼时知徐州。韩幹是唐代著名画家，尤以画马著称，苏轼曾以"韩幹丹青不语诗"高度评价其画作，称其画已经达到了"画中有诗"的境界。苏轼另作有《书韩幹〈牧马图〉》《韩幹马》等诗，皆为雄浑遒妙、章法奇绝之作。

诗题曰"马十四匹"，但其实画中马的数量存在一定的争议。南宋楼钥观李公麟所临摹的韩幹画马图后，在《攻媿集·题赵尊道渥洼图》序中说："马实十六，坡诗云'十四匹'，岂误耶？"另题苏轼诗于图后，自己还作了一首次韵诗。清代赵翼在批沈德潜《宋金三家诗选·苏东坡诗选》中则称图中是十五匹马，方东树《昭昧詹言》卷十二亦持此说。对于画中马的数量的争议，一定程度上反映不同读者面对这首诗产生的不同理解。由于原画失传，目前只能依据苏轼及后人的文字进行推断。实际上，细读本诗便可知，诗中本有十六匹马，题目中的"十四匹"或是苏轼疏漏。

此诗开头四句，分三组写了六匹马。"二马并驱攒八蹄"是第一组，

描绘画面最前方的两匹马腾空跃起、前后蹄紧接的姿态，大有风驰电掣的气势；"二马宛颈鬃尾齐"是第二组，言此二马曲颈四顾，齐头并进，比前二马的速度稍慢；接下来第三组的两匹马又各不相同：第五匹以两前脚支撑身体，举起两后脚踢第六匹，第六匹则退避开前一匹，长声嘶鸣。以上四句写了前六匹马，身姿、形态各不相同，苏轼紧抓不同马的特点，将六马的形象刻画得栩栩如生。

"老髯"句起换韵换意，由写马转到写人，"骑且顾"一方面言马倌身下本有一马，另一方面言其听闻前马的嘶鸣而转头回看。"前身作马通马语"，言马倌倾身的姿态仿佛是聆听两马之间的对话，与前文衔接流畅自然，毫无痕迹，同时自然引出对后面八马的描述，可谓"于马厮身上放一奇语"。这其中的过渡却是通过"老髯"完成，看似是闲逸之笔，其实颇为关键。方东树《昭昧詹言》卷十二曰："夹写中忽入'老髯'二句议，闲情逸致，文外之文，弦外之音。"

前六马灵动鲜活，后面的八马则且饮且行，不急不徐，与前六马形成了鲜明的差异。"微流赴吻若有声"，言观者仿佛可以听见八马饮水的声音，可以想见八马安静从容的姿态，又为这一组看似静止的画面增加了灵动的气息，描绘生动，形象逼真。"前者"二句又将目前提到的十五匹马进行总括：前六匹马加上马倌所骑的一匹，这七匹马已经渡过了河岸，矫健奔腾之姿，仿佛有冲出山林之势；而后面的八马还未渡河，它们正准备像鹤俯身啄食那样低头入水，小心翼翼地过河。前者欢快，后者安稳，一静一动，对比鲜明，意趣盎然。

十五匹马依次交代清楚，最后一匹则被苏轼称为"马中龙"，它高大威武，身姿矫健，神闲气稳，不嘶不动，但那条有力甩起来的尾巴却透露出它的骠悍雄健、蓄势待发的样子，于群马之中别具风采，因此苏轼特别加以描绘。

"韩生"句起，由对画面的描写转向议论。"韩生画马真是马"，先高度肯定了韩幹高超的绘画成就；"苏子作诗如见画"，则称自己的诗作传达出画面的内容，读者读后有如见到了原画，此句也展现出苏轼对论画诗的创作追求——苏轼所期待的理想境界，即读者阅之，有如见画。最后两句收束全诗，苏轼感慨：假如世间没有伯乐发现了这些良马，又没有韩幹这样的丹青圣手画下来，那么这精美的骏马图、画马的诗作也就不会与世人见面了。言外之意是这些诗作、画作中的马之所以能被人看到、读到，依靠的正是伯乐、韩幹这样的人，字里行间表现出作者对现实生活中识拔人才者的渴望。

　　纪昀评《苏文忠公诗集》卷十五云："杜公《韦讽宅观画马》诗独创九马分写之格，此诗从彼处得法，更加变化耳。直起老横，东坡惯用此法。"方东树《昭昧詹言》卷十二则称苏轼"此以退之《画记》入诗者也"。其实苏轼此诗更有效仿韩愈《画记》之意。《画记》以"杂古今人物小画共一卷"一句启首，似乎是为读者慢慢展开一幅画轴，先描绘了各式各样的人物，此后再写各种姿态的马，然后将走兽、兵器、用具等一笔带过。这样的顺序与人们实际赏画的步骤大体一致，读文章就好像真的正在欣赏一幅画。而本诗也正是由前到后依次为读者呈现出十六匹马的不同形态，读者读罢仿佛可以想见原画的样貌。楼钥《攻媿集》卷七十言："旧读坡翁诗，恨未见此画。今日得之，便觉诗画互相映发。"这样的构思布局不可不谓之精妙。故方东树《昭昧詹言》卷十二评曰："后人能学其法，不能有其妙。"

　　整首诗为读者呈现了韩幹作品的原貌，将无声的、静止的画面转变成有声的、活动的诗境，为读者呈现出十六匹形态各异、栩栩如生的骏马的形象；以"横云断山法"巧妙地切换所描绘的对象，仿佛为读者直接呈现了画作的原貌，通篇皆神来妙笔，可谓奇作。诚如汪师韩《苏诗选评笺释》卷二所云："杜、韩开其端，苏乃尽其极。叙次历落，妙言奇趣，触绪横生，嘹然一吟，独立千载。"

芙蓉城^① 并叙

世传王迥子高与仙人周瑶英游芙蓉城。元丰元年三月，余始
识子高，问之，信然。乃作此诗，极其情而归之正，亦变风止乎
礼义之意也^②

芙蓉城中花冥冥，谁其主者石与丁。
珠帘玉案翡翠屏，霞舒云卷千娉婷。
中有一人长眉青^③，炯如微云淡疏星。
往来三世空炼形^④，竟坐误读《黄庭经》^⑤。
天门夜开飞爽灵^⑥，无复白日乘云軿^⑦。
俗缘千劫磨不尽^⑧，翠被冷落凄余馨。
因过缑山朝帝廷^⑨，夜闻笙箫弭节听^⑩。
飘然而来谁使令，皎如明月入窗棂。
忽然而去不可执，寒衾虚幌风泠泠^⑪。
仙宫洞房本不扃^⑫，梦中同蹑凤凰翎^⑬。
径度万里如奔霆，玉楼浮空耸亭亭^⑭。
天书云篆谁所铭^⑮，绕楼飞步高玲珑^⑯。
仙风锵然韵流铃，蘧蘧形开如酒醒^⑰。
芳卿寄谢空丁宁，一朝覆水不返瓶^⑱，罗巾别泪空荧
荧^⑲。
春风花开秋叶零，世间罗绮纷膻腥^⑳。
此身流浪随沧溟^㉑，偶然相值两浮萍。

愿君收视观三庭^㉒，勿与嘉谷生蝗螟^㉓。

从渠一念三千龄，下作人间尹与邢。

【注释】

① 元丰元年（1078）三月作于徐州。

② 王迥：字子高。虞部员外郎王正路之次子。其族弟王适子立为苏辙婿，故兄弟皆从二苏游。因苏轼此诗有"蘧蘧形开如酒醒"句，遂改名蘧，字子开。后官至左中散大夫。变风：旧说诗者指《诗经》中《邶风》至《豳风》一百余篇为变风，以别于《周南》《召南》之正风。

③ 长眉青：眉修长而黑。韩愈《华山女》诗："洗妆拭面著冠帔，白咽红颊长眉青。"

④ 三世：佛教以过去、现在、未来为三世。炼形：道家指修炼身形。

⑤《黄庭经》：道经名，指《上清黄庭内景经》《上清黄庭外景经》。

⑥ 爽灵：三魂之一。《云笈七签》卷一三："三魂名，一曰爽灵，二曰胎光，三曰幽精。"

⑦ 云軿（píng）：云车。軿，有帷盖之车。张说《道家四首奉敕撰》："祗应谢人俗，轻举托云軿。"

⑧ 俗缘：此指人世间的姻缘关系。韩愈《华山女》诗："仙梯难攀俗缘重。"千劫：佛教谓天地由形成到毁灭为一劫。

⑨ 缑山：在今河南洛阳偃师区，又名"缑氏山"。

⑩ 弭节：驻车。

⑪ 泠泠：风声。

⑫ 洞房：即洞府，神仙所居之地。扃：关闭。

⑬ 凤凰翎：凤凰之翎翅。杜甫《奉酬薛十二丈判官见赠》："自云帝季女，噀雨凤凰翎。"

⑭ 亭亭：高貌。张衡《西京赋》："状亭亭以苕苕。"

⑮ 天书：非人间之书体。云篆：道家符篆之字，形体如云。

⑯ 玲竮（língpíng）：同"伶俜"，孤立貌。

⑰ 蘧蘧：惊动貌。形开：此为觉醒之意。《庄子·齐物论》："其寐也魂交，其觉也形开。"

⑱ 覆水不返瓶：即覆水难收，喻事已成定局，无法挽回。《后汉书·何进传》："覆水不可收，宜深思之。"

⑲ 荧荧：闪烁貌。宋玉《高唐赋》："煌煌荧荧，夺人目睛。"

⑳ "世间"句：谓王子高自此后对世间妇女不屑一顾。罗绮：丝织品，此代指妇女。膻腥：臭恶之气味。

㉑ 沧溟：大海。

㉒ 君：指王子高。收视：目光收敛，反观自身。三庭：道家谓人体中三个重要部位，即上黄庭宫、中黄庭宫、下黄庭宫之合称。

㉓ 螟：食禾害虫。

【评析】

宋世王迥与仙人周瑶英同游芙蓉城的传说流传甚广。宋人胡微之为此而作《芙蓉城传》。元丰元年，苏轼在徐州任时，有感于盛传的芙蓉城传奇故事，遂以游戏的笔墨记录了这一神话故事，诗作序言中指出，本诗创作的目的是"极其情而归之正，亦变风止乎礼义之意也"，即宣扬传奇故事中的风气。

诗可分为三部分。开篇十二句为第一部分，介绍芙蓉城的整体情况。"珠帘"二句描绘了富丽堂皇的芙蓉宫城，仙云飘飘，娉婷纷纷，勾勒出一个缥缈奇幻的神秘世界。接下来八句描绘剑眉星目、风姿绰约的周瑶英。苏轼承袭了韩愈《华山女》诗中的描写，暗示了这名仙子曾经的女冠身份。讲述仙家宝曰《黄庭内经》，"昔有人误读句字，谪居下界"，一"空"一"误"，指出她作为仙子修炼不精，炼形未成，而这一根本原因便是"俗缘千劫磨不尽"，一切为其下凡夜游做好铺垫。

"因过"句起言周瑶英夜游的场景：经过猴山时，周瑶英忍不住驻车聆听美妙的笙箫，进而被吸引。"飘然"四句言周瑶英如月光一样轻盈地飘落至窗棂之中，此处苏轼并未具体地叙述周瑶英与王迥具体相见的场景，而是以比喻、烘托的手法言周瑶英风姿飘逸之态，为读者留下丰富的想象空间。"仙宫"句起则描绘王迥与周瑶英相伴夜游的场景：二人"同蹑"而行，如同比翼双飞之鸟，须臾之间已行过万里，周瑶英又带着王迥观赏了仙境中的楼阁亭台，一步一景，所见皆非人间之境。苏轼以奇特的想象、传神的夸张构建了一个玄幻空灵的仙境，展现出迷离缥缈的境界，神仙风度跃然纸上，引人遐思。"仙风"句起言美妙的梦境戛然而止，一切仿佛是醉酒初醒的样子，一个"空"字言一切经历都一去不返，周瑶英殷勤的寄谢、沾泪的罗巾最终未能传递到王迥处。这几句分别用《庄子》《后汉书》《高唐赋》典，皆精当熨帖，毫无堆砌之感。诚如《苕溪渔隐丛话前集》卷三十八引《温叟诗话》之评："东坡最善用事，既显而易读，又切当。"

"春风"句起重回现实世界，诗作的主旨由此得以彰显——王迥从虚无缥缈的荣华富贵中惊醒过来，恍然领悟二人的萍水相逢是一场虚幻的、不值得留恋的梦境，人生本如沧海一粟，世间的荣华富贵亦不值一顾。与其说这是王迥的领悟，不如说这是苏轼对世人的劝勉，"愿君"二句看似是苏轼对王迥的告诫，要做好自我约束，言行举止切忌不当，其实也借此点题，回归到诗作序言之中："世间罗绮纷膻腥"，纵有极情，也要"止乎礼义"。最后二句用尹、邢两夫人典，汉武帝时期尹夫人和邢婕好同时被临幸，故皇帝下诏不得相见。作者借此故事再次提醒王迥，纵使周瑶英一念之下再堕凡界，化为尹、邢之类的美人，自己也不要再次动心。教化之余，也似乎为故事的结尾留下了一个未知的结局——如果周瑶英再次下凡，王迥会有怎样的表现呢？王文诰《苏文忠公诗编注集成总案》卷一六云："公往往以开笔作收，故其余意无穷。而按之入细，则未有不一线穿下者也。"诗作以两位芙蓉城主开篇，以仙女的化身作结，首尾呼应，浑然一体，故汪师韩《苏诗选评笺释》卷二云："首言石与丁，见福地之有宰持；终后尹与邢，恐尘寰之多堕落。中间叙述，有文有情，仙踪缥缈，梦景迷离。"

诗歌叙述了王迥与仙人周瑶英游芙蓉城这一梦境，是宋代长篇叙事诗的佳作。诗人没有花费大量的笔墨营造故事情节，也没有详细叙述王迥与周瑶英来往交流的具体细节，而是强调诗境的营造，通过简单的情节勾勒和镜头式的场面组合，为读者展现出一个缥缈朦胧的梦境，为故事增添了奇幻的色彩。诗歌结尾道出了劝谏的主题，这与序言中苏轼强调的风俗教化、劝诫世人的目的是一致的，但通过前一番故事的叙述，主题的阐释就显得顺畅自然。翁方纲《石洲诗话》卷三曰："此借仙家寓言，而渺然无迹，不落言诠。"通过这样的点化主旨，亦使得整首诗不致于流为浮艳绮靡之作，纪昀评《苏文忠公诗集》卷十六亦称本诗"尤妙于庄论而非腐语，所以为诗人之笔"。整首诗三百余言，一韵到底，叙事、说理一气呵成，故胡仔《苕溪渔隐丛话》后集卷二十四盛赞曰："东坡此诗，最为流丽。"

中秋见月和子由 ①

明月未出群山高，瑞光万丈生白毫 ②。
一杯未尽银阙涌，乱云脱坏如崩涛。

谁为天公洗眸子③，应费明河千斛水。

遂令冷看世间人，照我湛然心不起。

西南火星如弹丸，角尾奕奕苍龙蟠④。

今宵注眼看不见⑤，更许萤火争清寒。

何人舣舟临古汴⑥，千灯夜作鱼龙变⑦。

曲折无心逐浪花，低昂赴节随歌板⑧。

青荧灭没转山前⑨，浪飐风回岂复坚⑩。

明月易低人易散，归来呼酒更重看。

堂前月色愈清好，咽咽寒螀鸣露草⑪。

卷帘推户寂无人，窗下咿哑惟楚老⑫。

南都从事莫羞贫⑬，对月题诗有几人。

明朝人事随日出，恍然一梦瑶台客。

【注释】

① 元丰元年（1078）八月作于徐州。查注题作《中秋见月怀子由》。

② 白毫：白色之光芒。

③ 眸子：此指月。苏轼谓月为天之眼。

④ 角尾：星宿名。苍龙：东方七宿角、亢、氐、房、心、尾、箕合称苍龙。奕奕：光明貌。

⑤ 注眼：谓集中视力看。杜甫《西阁曝日》："鼓倾烦注眼。"看不见：极言星暗以反衬月明。

⑥ 舣（yǐ）舟：船泊岸边。舣，使船拢岸。古汴：古汴河。由郑州、开封流经徐州，合泗水入淮河。此特指徐州汴、泗合流之处。

⑦ 鱼龙：指鱼灯、龙灯。

⑧ "曲折"二句：曲折状水灯排列之形，低昂状水灯上下波动。赴节：按音乐节拍。

⑨ 青荧：此指水灯之光。扬雄《羽猎赋》："眩耀青荧。"

⑩ 飐（zhǎn）：《说文解字》："飐，风吹浪动也。"

⑪ 寒螀：蝉之一种。《尔雅·释虫》："蜺，寒蜩。"郭璞注："寒螀也。似蝉而小，青赤。"

⑫ 咿哑：象声词，此指小儿语声。楚老：即苏箪，苏迈子。苏轼《与李公择十七首》其五："某辄有一孙，体甚硕重，决可以扶犁荷锄，想公亦为我喜也。八月十二日生，名楚老。"

⑬ 南都从事：指苏辙。从事，古官名。汉州刺史之佐吏如别驾、治中、主簿、功曹等，均称从事史。时苏辙为南京签判，与古从事相当。

【评析】

本诗作于元丰元年，此时苏轼主政徐州，子由任南京签书判官，中秋之夜兄弟二人无法相聚，故作诗寄托思念之情。歌十四联二十八句，是苏轼中秋诗中的长篇。

诗作开篇八句皆写中秋圆月。"明月未出群山高，瑞光万丈生白毫"，以夸张的手法、细腻的笔触言夜晚明月初升、还未露出山头时银光万缕的景象，以黑夜反衬月光之洁白，预示着满月显露后光芒万丈的场景。不到一杯酒的工夫，明月已如水流般奔涌而出，"乱云脱坏如崩涛"句和前句的"涌"字，写云雾因明月之涌如溃奔的涛水般四散开来，羁乱无缚，以云雾四散衬托出月光倾泻而下的澄澈皎洁，震撼人心，令人神往。此四句写月诗，声势奕奕，着纸生辉，与其写日诗"天门夜上宾出日，万里红波半天赤。归来平地看跳丸，一点黄金铸秋橘"相互映发，皆有劲健旷达、洒脱不羁之势。叶矫然《龙性堂诗话》续集赞曰："此等气魄，直与日月争光，李杜文章虽光焰万丈，安得不虚此老一席！""谁为"二句，大展想象，以天上皎月喻天公的眸子，谓应以银河千斛之水才能涤洗。"遂令"

二句言令它静看世间之人，照得我深感恬静，突出月光的清冷皎洁之态，有洗涤人心之功效。"西南"四句以星衬月，西南方向的火星像弹丸一样渺小难见，东方星宿则光明熠熠宛若盘卧的青龙，在月光的笼罩下，今夜月亮周围的星辰的光芒注定被湮没。

"何人"句起转变视角，由夜空星月转向人间灯火，古汴河旁的小舟刚刚靠岸，万千灯火如鱼龙舞动，水灯随着堤岸的走势排列得曲曲折折，高低错落之态仿佛对应着音乐的节拍。天上的星光与人间的灯火遥相呼应，扩展了画面的容量，纪昀评《苏文忠公诗集》卷一七云："对面写照，此是加一倍法。""青荧"二句笔调再一转，水灯的荧荧之光渐渐消失，波浪的颤动和逆船的风都不像之前那般强烈，二句暗示时间流逝，天色将明。"明月"句起方入本位，托出主旨——明月低垂，中秋之夜已过大半，就像明月无法一直高悬空中一样，人生也无法一直团圆，终有离散，只能期待着归来之际再次相会。"归来呼酒更重看"，虽然离散不断，但重逢之际依旧可以把酒言欢。此句是苏轼想象与弟弟子由再次相聚的场景，寄托了苏轼的无限感慨与期待。"堂前"二句由幻想回归现实，苏轼推门而出，月色依旧清凉如水，只有寒蝉在沾满露水的青草上鸣叫，四周寂寂无人，只有苏箪咿咿呀呀的暗哭声。继写月之后，苏轼一路摹写中秋之夜的星辰、灯火，以至寒螫露草，一切都是旁侧铺衬。汪师韩《苏诗选评笺释》卷二曰："而一片澄明之境，与夫对景怀人之情，自令人讽诵留连而不能已。盖月不可摹，摹其在月中者自见。"

"南都"二句起回归诗题，劝勉子由切莫因为贫困感到羞耻，毕竟像你我这样可以对月题诗的也没有几人。明天太阳出来以后，人间万事又将开始新的轮回运转，届时回首现在的场景，一切都仿佛是在梦中做了一回瑶台的客人。这种恍然一梦的感慨在苏轼的作品中经常可以看到，如《念奴娇·赤壁怀古》中也曾写道"人生如梦，一樽还酹江月"。对于苏轼而言，正是因为对着明月长久地思索，方才领悟了万物此消彼长、盈亏自有定数的道理；正因为人生如梦，所以他依旧能够以平和的心态面对中秋之夜的离别，理解子由"羞贫"的心态，并作此诗劝慰子由，展现出苏轼超然豁达的胸怀。

诗作采用初唐体记叙，从月升写到月落，一气而下，既形象地描绘了中秋之月，又含蓄地有所寄托。全诗景情交融，气格抑扬，体现出苏轼劲健旷达的文风和超然洒脱的格局，实为中秋咏月诗中的上乘之作。

李思训画《长江绝岛图》①

山苍苍，水茫茫，大孤小孤江中央②。
崖崩路绝猿鸟去，惟有乔木搀天长。
客舟何处来？棹歌中流声抑扬③。
沙平风软望不到，孤山久与船低昂④。
峨峨两烟鬟⑤，晓镜开新妆。
舟中贾客莫漫狂，小姑前年嫁彭郎⑥。

【注释】

①元丰元年（1078）作。李思训，唐宗室，李林甫伯父，官至左（一作右）武卫大将军，封彭国公。善画山水树石，笔格遒劲，金碧辉映，自成家法。后人画着色山水，多取其法。

②大孤小孤：大孤山在今江西九江东南鄱阳湖中，小孤山在江西彭泽北、安徽宿松东南大江中。

③棹歌：舟子行舟而歌。丘迟《旦发渔浦潭诗》："棹歌发中流。"

④ 低昂：犹俯仰。

⑤ 峨峨：高耸貌。烟鬟：女子发髻。韩愈《题炭谷湫祠堂》："摧玉纤烟鬟。"

⑥ 小姑：即小孤山。彭郎：谓澎浪矶。

【评析】

苏轼知画善画，他在《宝绘堂记》中说："凡物之可喜，足以悦人而不足以移人者，莫若书与画。"苏轼也作了大量评画、题画的诗文，本诗即是苏轼的题画名篇之一，创作于元丰元年苏轼任徐州知州之时。题中李思训为唐代著名画家，其山水画多以青绿胜，重视意境创造，有"画中有诗"之妙，明代画论家董其昌称其为山水画"北宗"的创始人。苏轼题咏的这幅《长江绝岛图》早已不存，但借本诗亦可大约窥见原作之貌。

诗歌整体可分为三部分。开篇五句交代了大孤山、小孤山的地理位置，于苍茫的山水之间，两山屹立于江中，遥相呼应，周围山势险峻，山崖笔直，猿鸟不生，只有参天的乔木直插云霄。此五句勾画出《长江绝岛图》的大致轮廓，展现出一幅奇峰险峻、双峰对峙的山水图景。

"客舟"以下四句由静态摹画转向动态描写，一只客舟顺流而下，婉转的棹歌从江中传来，若有若无，隐约可辨。"沙平"二句更进一步，从舟中游客的视角看孤山江景，沙滩平坦，微风徐来，水天相接，一望无际，江波一起一伏，苏轼观看江中孤山，也随船一起忽高忽低，时俯时仰。此二句脱胎于《出颍口初见淮山，是日至寿州》一律，其颔联有"青山久与船低昂"之言，尾联有"波平风软望不到"之句，此二句与本诗只有两字之别，可见苏轼确实是将自己置于江水之中，想象自己乘舟观山的场景，翁方纲《石洲诗话》卷三云："'沙平风软望不到',用以题画,真乃神妙,不可思议。较之自咏《望淮山》不啻十倍增味也。"由观画者转为画中人,想象大胆新奇,构思新颖巧妙,寥寥数笔,使读者仿佛身临其境,观之亦有身随江涛起伏之感。赵克宜《角山楼苏诗评注汇钞》卷七赞此二句云:"置身画中,代为设想,妙甚。"

"峨峨"句起则进一步展开想象,诗人展现了一个美丽动人的仙境:以女子发髻喻二山之峰峦,以镜喻水面,以女子晨起对镜梳妆形容江中二山,言两山如发髻屹立,正对江水之镜,两位美人正梳弄新妆。"舟中"二句紧承前句的比喻,以"小姑"代小孤山,以"彭郎"代澎浪矶,用当地民间传说,言"小姑"已心有所属,警告"舟中贾客"切莫举止轻慢。此二句将拟人、双关等表现手法融于一炉,以神秘缥缈的传说作结,意境奇丽,谐趣盎然,为诗作增添了浪漫的色彩。翁方纲《石洲诗话》卷三称此二句"极现成,极自然,缭绕萦回,神光离合,假而疑真,所以复而愈妙也"。袁枚《随园诗话》卷一六亦称"东坡谐语也,然坐实说,亦趣"。戏语之中,对江山如画的陶醉、对李思训高超的绘画技艺的赞美也自然流露出来。

整首诗除标题外,丝毫看不到"图画"痕迹,仿佛是苏轼亲临孤山所见。诗作融幽微的情思、大胆的想象、新奇的比喻、幽默的谐趣为一体,为读者展现出"诗中有画、画中有诗"的艺术境界。全篇十三句,长短参差错落,音韵婉转悠扬,使诗作具有活泼的民间歌谣风味,无怪清人方东树《昭昧詹言》称此诗"神完气足,遒转空妙"。

百步洪二首^① 并叙

　　王定国访余于彭城。一日，棹小舟，与颜长道携盼、英、卿三子游泗水，北上圣女山，南下百步洪，吹笛饮酒，乘月而归。余时以事不得往，夜著羽衣，伫立于黄楼上，相视而笑，以为李太白死，世间无此乐三百余年矣。定国既去逾月，复与参寥师放舟洪下，追怀曩游，已为陈迹，喟然而叹。故作二诗，一以遗参寥，一以寄定国，且示颜长道、舒尧文邀同赋云^②

其　一

　　长洪斗落生跳波^③，轻舟南下如投梭^④。
　　水师绝叫凫雁起^⑤，乱石一线争磋磨^⑥。
　　有如兔走鹰隼落，骏马下注千丈坡。
　　断弦离柱箭脱手，飞电过隙珠翻荷^⑦。
　　四山眩转风掠耳，但见流沫生千涡^⑧。
　　崄中得乐虽一快，何意水伯夸秋河^⑨。
　　我生乘化日夜逝^⑩，坐觉一念逾新罗^⑪。
　　纷纷争夺醉梦里，岂信荆棘埋铜驼^⑫。
　　觉来俯仰失千劫^⑬，回视此水殊委蛇^⑭。
　　君看岩边苍石上，古来篙眼如蜂窠^⑮。
　　但应此心无所住，造物虽驶如吾何^⑯。
　　回船上马各归去，多言譊譊师所呵^⑰。

【注释】

　　① 元丰元年（1078）十月作于徐州。百步洪，在徐州城东南，为泗

水流经徐州城外之一段，乱石激涛，水势湍急。

②王定国：名巩，莘县（今属山东）人。王旦之孙，王素之子，张方平之婿。颜长道：名复，彭城（今江苏徐州）人。王安石更学法后，长道等人被罢免。后元祐（1086—1094）初为太常博士，累迁中书舍人，兼国子祭酒，卒年五十七。圣女山：《明一统志》卷一八："在徐州城东北。"羽衣：《汉书·郊祀志上》："五利将军亦衣羽衣。"颜师古注："羽衣，以鸟羽为衣，取其神仙飞翔之意也。"参寥：即道潜，本姓何，於潜（今属浙江杭州临安）人。工诗。苏轼谓其诗句清绝，与林逋上下，而通了道义，见之令人萧然。参寥与苏轼知契甚深，绍圣初，因与苏轼反对变法有牵连，诗语涉嫌讥刺，获罪命还俗。后翰林学士曾肇辩其无罪，复落发为僧。崇宁（1102—1106）末示寂，赐号妙总大师。舒尧文：即舒焕，严陵（今浙江桐庐县南）人。元祐八年（1093）以左朝散郎校对秘书省黄本书籍。绍圣（1094—1098）中通判熙州。

③斗落：即陡落。《史记·封禅书》："成山斗入海。"跳波：波浪飞溅。

④投梭：喻疾速。谓激流载船，下行如梭。

⑤水师：舟子。绝叫：猛叫。

⑥一线：极言水道狭窄曲折。争磋磨：谓两岸乱石犬牙交错，与水相磋相磨。

⑦"有如"四句：以博喻法喻轻舟驶洪之疾。四句中凡用七喻。洪迈《容斋三笔》卷六"韩苏文章譬喻"条："韩、苏两公为文章，用譬喻处，重复联贯，至有七八转者。"

⑧流沫：《庄子·达生》："孔子观于吕梁，县水三十仞，流沫四十里。"涡：旋涡。

⑨"崄中"二句：谓险中得乐，虽是一快，但与河伯夸秋河无异，实微不足道。

⑩ 乘化：顺随自然之运转变化。陶渊明《归去来兮辞》："聊乘化以归尽。"

⑪ 逾：越。新罗：今朝鲜。

⑫ 荆棘埋铜驼：《晋书·索靖传》："靖有先识远量，知天下将乱，指洛阳宫门铜驼，叹曰：'会见汝在荆棘中耳！'"

⑬ 觉来：犹觉后。俯仰：喻时间短暂。千劫：佛家谓天地成毁之一个周期为一劫，千劫，极言时间久长。

⑭ 委蛇：自在、自得貌。《诗经·鄘风·君子偕老》："委委佗佗，如山如河。"佗，同"迤"。

⑮ "君看"二句：谓人事俯仰即为陈迹。

⑯ "但应"二句：《金刚经》："应无所住，而生其心。"《坛经》："无住为本。"

⑰ 譊（náo）譊：喧嚷争辩。师：指参寥。呵：斥。

【评析】

百步洪，又叫徐州洪，在今徐州市东南二里，为泗水所经，悬流湍急，乱石激涛，最为壮观，凡百余步，故名百步洪。如今已不复存在。百步洪风景优美，水势壮观，苏轼曾多次携友人前往观赏。元丰元年，苏轼友人王巩到徐州拜访他，两人曾游百步洪。一个月后，王巩已走，苏轼与禅僧参寥重游于此，作诗二首，一赠参寥，一寄王巩。此处选的是赠参寥的一首，是苏轼七言长篇的代表作之一。

"长洪"以下十二句为第一部分，言水势湍急汹涌之状。首二句言百步洪周围地势的落差之大，又为乱石所阻激，故陡起猛落，波浪飞溅，顺流而下的小舟如同投掷的梭子一样飞逝而去。次二句从侧面切入：就连经常驾船的熟练水手也忍不住喊叫，甚至惊飞了水边的野鸭；两岸乱石犬牙交错，与水相磋相磨，声势浩大。一连串飞动的意象，将洪水汹涌奔腾的动态渲染得夺人心魄。"有如"以下四句运用博喻的手法，以兔走、鹰落、骏马下坡、断弦离柱、锐箭脱手、电光飞掣、露珠翻荷七个连续又形象的比喻，把百步洪一泻千里的飞动气势形容得淋漓尽致，展现出苏轼放笔纵意、一意倾泻、奇纵不羁的诗风，具有强烈的艺术感染力，令人称奇。苏轼在诗歌创作中擅长连用比喻，对此汪师韩《苏诗选评笺释》卷二曾指出："用譬喻为文，是轼所长。此篇摹写急浪轻舟，奇势迭出，笔力破余地，亦真是险中得乐也。"但四句之内，七处譬喻，皆精当传神，实属难得。查慎行《初白庵诗评》卷中评此句云："四句联用比拟，局阵开拓，古未有此法，自先生创之。"纪昀评《苏文忠公诗集》卷十七赞曰："只用一'有如'贯下，便脱去连比之调，一句两比，尤为创格。"赵翼《瓯北诗话》卷五亦赞曰："东坡大气旋转，虽不屑屑于句法、字法中别求新奇，而笔力所到，自成创格。""形容水流迅驶，连用七喻，实古所未有。"可见此处用笔之新奇、之巧妙，后人对此四句之激赏。"四山"句起则以舟中人的视角写乘舟顺流而下的感受：四周的山峦仿佛都在旋转，疾风掠过耳畔，飞沫四溅，百旋千涡，在视觉、听觉、触觉多感官的描写下，百步洪水势的惊险得以生动地再现。"崄中"二句承上启下，一方面收束前文，言水流之激切；另一方面则抒发感慨，引出下文：险中得趣，固然快乐，但不必炫耀，否则与河伯夸耀秋河无异，实在微不足道。

"我生"以下十二句为第二部分，抒发人生哲理。苏轼先指出，人生在世，生命是随时光的推移而流逝的，譬如这奔腾的川流，日夜逝往，未有一息之停；但人的意念却可以任意驰骋，瞬息之间，就可以越过辽远的新罗。此句化用《景德传灯录》之语，以禅入诗，别有风味。"纷纷"二句言如今世人只知道攘权夺利，好似身在醉

93

梦里一般。然而世事变幻无常，当年洛阳宫门前的铜驼如今已湮没在历史的尘埃之中了。俯仰之间，世间万物都在不断的变化之中，因此"回视此水"时，这湍急的水流也显得安闲自在了。"俯仰""千劫"皆佛家语，以佛家禅语自我慰解，更增添了旷放洒脱的情怀。以上六句由眼前的流水进行人生的思索，言俯仰一瞬，人生短暂，从"君看"句起，则又转一层：请看岸边石上，篙眼密如蜂房，而来往之人，如今又身在何处？由此推之，我们的游踪亦将转瞬即逝。

"但应"二句化用《金刚经》《坛经》之语，彰显主旨：若不凝滞于物，心无所执着，则造物虽驶，亦可不忧不惧，不为所动。以禅语阐明人生哲理，语气疏宕，别开一境，展现出苏轼乐观的情怀。"回船"二句则忽然收笔：大家都该离船上马转向归途了，若再多说，参寥禅师是会斥责我的。赵翼《瓯北诗话》卷五称："诗以一笔扫之，戛然而止，省多少笔墨！"的确，在层层论述说理后，以幽默的笔调作结，淡化了长篇论述的乏味之感，也呼应了诗作"以遗参寥"的创作缘由。

在《曾国藩全集》卷九《东坡文集》中，曾国藩曾如此评价苏轼之作："东坡之文，其长处在征引史事，切实精当；又善设譬谕，凡难显之情，他人所不能达者，坡公辄以譬谕明之。"这一描述恰好为本诗前半部分对于百步洪精彩绝伦的描绘和后半部分引经据典的述理作了完美的注解。苏轼以酣畅淋漓的笔墨描绘了百步洪壮观的水势，"语皆奇逸，亦有滩起涡旋之势"（纪昀评《苏文忠公诗集》卷十七语），又从飞逝的流水中感悟人生有限，而宇宙无穷，这与《前赤壁赋》中所表达的"哀吾生之须臾，羡长江之无穷"亦有相似之处。诗作将摹景与述理完美地统一起来，可谓奇作。诚如方东树《昭昧詹言》卷一二所引惜抱先生（姚鼐）之言："此诗之妙，苏轼无及之者也，惟有《庄子》耳。"

月夜与客饮杏花下 ①

杏花飞帘散余春，明月入户寻幽人 ②。
褰衣步月踏花影，炯如流水涵青苹 ③。
花间置酒清香发，争挽长条落香雪 ④。
山城酒薄不堪饮，劝君且吸杯中月。
洞箫声断月明中，惟忧月落酒杯空。
明朝卷地春风恶，但见绿叶栖残红。

【注释】

①元丰二年（1079）一月作于徐州。《东坡志林》卷一《忆王子立》
云："仆在徐州，王子立（王适）、子敏（王通）皆馆于官舍。蜀人张
师厚来过，二王方年少，吹洞箫，饮酒杏花下。"

②幽人：幽隐之人。孔稚圭《北山移文》："或叹幽人长往。"

③"炯如"句：谓月光如水，花影参差，如水中浮萍。炯：明亮。
《说文》："炯，光也。"青苹：水中浮萍。

④香雪：指杏花花瓣。李商隐《小桃园》诗："舞多香雪翻。"

【评析】

元丰年间，新法实行已成定局，此时苏轼虽还未完全释意于新
旧党争，但也不便再措言反对，故其心态愈发超然脱俗。这一时期，
苏轼常与好友诗酒唱酬，感慨人生，创作了大量名篇佳作，既有雄
奇豪放的古体长篇，亦有短小轻快的抒情小诗。这首七言古体作于
徐州任上，记录的是苏轼与王子立（王适）、王子敏（王通）月下
赏花饮酒吹笙的美妙时光。后苏轼被贬黄州，亦以"去年花落在徐州，

对月酣歌美清夜"回忆这段经历。

诗作开篇二句从周围环境入手：暮春时节，杏花飞入帘中，明月悄然而至，来寻觅幽闲雅静之人。此二句点明时令，营造了清新雅致的月夜场景。"褰衣"二句言月光如水，花影参差，踏月寻花，影如浮萍。以流水喻月光，以浮萍喻花影，明暗交错，动静交叠，为宁静的月色增添了一份动感与生机，渲染出一个空灵绝俗、物我两忘的境界，可谓月夜神笔。此二句与苏轼后来的《记承天寺夜游》中"月色入户……庭下如积水空明，水中藻荇交横，盖竹柏影也"颇有相似。方岳《深雪偶谈》赞曰："流水青苹之喻，景趣尽矣，前人未尝道也。"纪昀评《苏文忠公诗集》卷十八称此二句"有太白之意"，汪师韩《苏诗选评笺释》卷二则认为此处描写"清幽超远，乃姜尧章所谓自然高妙者"，叶寘《爱日斋丛钞》卷三更是赞叹道："'褰衣'二句，古今写月中物影，有此入神之笔？"

"花间"句起言饮酒。在杏花的掩映下，美酒愈发地香醇。杜甫《绝句漫兴九首》诗中有"狂风挽断最长条"之句，白居易《晚春酤酒》诗中则称"百花落如雪"。"争挽长条落香雪"句化用杜诗、白诗，言花下的酒席间，杏花清香流溢，客人争攀枝条，落花纷纷如香雪。此二句呼应标题中"饮杏花下"，别有一番雅韵。酒酣之时，苏轼笑称山城酒薄，味道寡淡，不如举杯，以月代酒，想象新奇大胆，豪逸本色由此展现。

"洞箫"二句言月光流转，洞箫声尽，苏轼不禁忧从中来。这种忧虑一方面源自美酒将尽，月色渐稀，美好的时光终将结束；另一方面，苏轼想象天明之后春风将杏花纷纷吹落，情绪低回伤感。"明朝"二句言在春风的席卷之下，枝头的繁花定会纷纷落尽，只剩下绿叶和点点残红。此二句以暮春时节象征自己的人生处境，若是一场政治风暴兴起，那自己也会像这花儿一样堕入尘土之中吧！言语之间流露出在新旧党派之争下对自己命运和前途的担忧。

苏轼的诗作常以风格雄奇、用典博赡著称，而本诗纯是直写，醇厚雅致，空灵轻逸，反见新颖别致。王十朋集注本卷一〇引赵次公云："此篇不使事，语亦新造，古所未有，殆涪翁所谓不食烟火食人之语也。"其实苏轼的诗歌创作受司空图"澄澹精致"说的影响，苏轼本人亦推崇"发纤秾于简古，寄至味于淡泊"的风格，方能将一次寻常的月夜畅饮写得如此清幽超远，自然高妙。

舟中夜起①

微风萧萧吹菰蒲②，开门看雨月满湖。
舟人水鸟两同梦，大鱼惊窜如奔狐。
夜深人物不相管，我独形影相嬉娱。
暗潮生渚吊寒蚓③，落月挂柳看悬蛛。
此生忽忽忧患里④，清境过眼能须臾⑤。
鸡鸣钟动百鸟散，船头击鼓还相呼。

【注释】

①元丰二年（1079）赴湖州途中作。

②菰蒲：菰与蒲，均水草名。

③吊寒蚓：即听寒蚓之声而伤感。

④忽忽：失意貌。司马迁《报任安书》："是以肠一日而九回，居则忽忽若有所亡，出则不知所如往。"

⑤能须臾：言须臾之间耳。

【评析】

元丰二年，苏轼由徐州迁知湖州。苏轼三月从徐州出发，由泗入淮，沿大运河南下，四月抵达湖州。此诗即赴湖州途中所作。

诗作首二句交代夜起之由：诗人夜眠舟上，忽闻簌簌之声，以为天降夜雨，于是披衣而起，推门而出，却发现江月满湖，一片静谧之美，何曾有半丝雨迹！耳中所闻，原是风吹菰蒲之声。此二句从释无可《秋寄从兄贾岛》诗中"听雨寒更尽，开门落叶深"二句化出，二诗均用错觉法，将心中所想与眼前所见形成鲜明的反差，但苏诗将月色具象化，更突出月色清凉如水的澄澈，意境更为空灵。短短两句，却曲折有致，有景有意，实属难得。此二句点明创作的时间地点，总领全诗。汪师韩《苏诗选评笺释》卷二赞曰："一片空明，通神入悟，情性所至，妙不自寻。"

"舟人"以下六句详写"开门"所见：舟人与水鸟皆进入梦乡，此为静景；一条大鱼忽然受惊，如狐狸一样奔窜，此为动景。正因为四周极为安静，因此连一条鱼的活动轨迹都清晰可辨，以动衬静，可谓"妙景中有妙悟"（纪昀评《苏文忠公诗集》卷一八语）。查慎行《初白庵诗评》卷中赞此二句曰："极奇极幻，极远极近，境界俱从静中写出。""夜深"二句是苏轼的心理活动：夜色已深，人与物互不干扰，只我与月下的影子相互嬉娱。在静谧的夜色中，苏轼便细心观察起周围的环境：潮水暗涨，水声幽咽，听起来恍如蚯蚓蠕动；月落半空，悬于柳梢，犹如蜘蛛悬挂在交织的蛛网之上。"暗潮""寒蚓""落月""悬蛛"这些充满灰暗色调的意象次第排列开来，渲染出凄冷孤寂的气氛，并引发下面的论述。

"此生"句起抒发感慨：苏轼感叹自己一生都身处失意恍惚中，清境难寻，若到了明日，今夜的美景就不复存在。诗人自嘉祐五年（1060）入仕，至此已近二十载，仕途坎坷，迁任奔波，风霜屡被。诗人云此生忧患，能得此片刻清凉之境，已是幸甚至哉！接着，静谧的夜色就被打破，拂晓渐至，在鸡鸣与钟声之中，百鸟四散，船头的击鼓声响起，原来新的一天已经到来了。不知不觉，一夜已经过去，思绪自由飘飞的时刻即将结束，清晨的喧闹与夜晚的静谧形成鲜明的反差，纪昀评《苏文忠公诗集》卷一八曾评此二句云："有日出事生之感，正反托一夜之清吟。"

此诗不用典故，毫无藻饰，只从湖上夜景一一写去，在静谧澄澈的夜色中，苏轼暂且忘记所有的烦恼，仿佛达到了物我合一之境。一片风景清空如画，而诗人旷远磊落的襟怀也由是可见。方东树《昭昧詹言》卷十二评此诗曰"空旷奇逸，仙品也"，王文诰《苏海识余》卷一亦称"予谓此诗全作非复人道，乃天地自有之文"。诚哉斯言！

大风留金山两日 ①

塔上一铃独自语，明日颠风当断渡。②
朝来白浪打苍崖，倒射轩窗作飞雨。
龙骧万斛不敢过 ③，渔舟一叶从掀舞。
细思城市有底忙 ④，却笑蛟龙为谁怒。
无事久留童仆怪，此风聊得妻孥许。⑤
灊山道人独何事 ⑥，夜半不眠听粥鼓 ⑦。

【注释】

① 元丰二年（1079）四月作于赴湖州途中。

② "塔上"二句：《晋书·佛图澄传》："（石）勒死之年，天静无

风，而塔上一铃独鸣。澄谓众曰：'铃音云：国有大丧，不出今年矣。'
既而勒果死。"此处化用其事。颠风：狂风。

③龙骧：大船。《晋书·王浚传》记载，晋龙骧将军王浚修造大船
伐吴。后因以龙骧称大船。万斛：极言船之大。

④底：何。韩愈《同水部张员外籍曲江春游寄白二十二舍人》："曲
江水满花千树，有底忙时不肯来。"

⑤"无事"二句：谓童仆怪无事而久留，妻和子却喜因风而暂住。

⑥潜（qián）山道人：参寥，号潜山道人。潜山在於潜（今浙江
临安）。

⑦粥鼓：寺庙黎明时鸣鼓集食粥，称粥鼓。

【评析】

本诗是苏轼由徐州改知湖州赴任途中经镇江金山时所作。

诗作可分为两部分。"塔上"以下六句为第一部分，写风之大。
首二句用佛图澄事，言大风将至。佛图澄借铃语来说吉凶，苏轼借
铃语来预兆明日的大风，幽默诙谐。赵克宜《角山楼苏诗评注汇钞》
卷九云："发端斗峭，死事活用，落想绝奇。"根据《广韵》，"颠""当""断"
三字属端组，是苏轼以形声词模拟铃铛的声响，"'明日颠风当断渡'，
七字即铃语也"（《唐宋诗醇》卷三四语）。"朝来"二句借水势
进一步写风之大：清早的狂风裹挟着巨浪拍打在青色的崖壁上，四
散的水花又像骤雨一样弹射到窗户上。"打""射""飞"三个动
词连用，笔力雄遒，把无形的风写得有声有形，可触可感，使人身
临其境，汪师韩《苏诗选评笺释》卷二云："轩窗飞雨，写风浪之景，
真能状丹青所不能状。""龙骧"二句言天气恶劣，江中的大船不
敢行驶，只见一叶渔舟在波涛中起舞。以"龙骧"为"渔舟"对，
对句奇特。诚如释惠洪《冷斋夜话》卷四所言："以事、以意、出

处备具谓之妙。""东坡微意特奇,如曰:'见说骑鲸游汗漫,亦曾扪虱话辛酸。'……又曰:'龙骧万斛不敢过,渔舟一叶从掀舞。以"鲸"为"虱"对,以"龙骧"为"渔舟"对,大小气焰之不等,其意若玩世。谓之秀杰之气,终不可没者,此类是也。"以上六句由岸边之铃、风中之浪、水中之舟依次信笔而下,极言风势之猛烈,既有正面描绘,又有侧面烘托,纪昀评《苏文忠公诗集》卷十八更以"笔力横恣"盛赞这一场景的描绘。

"细思"以下六句为第二部分,回扣诗题,言因行程被大风中断后同行之人的不同心态。仔细思索,急着奔往湖州又有何事可忙?自己还在暗笑蛟龙掀起怒涛是为何缘故。无事却久留于此,童仆心生疑怪,妻和子却喜因风而暂住。此四句记录了苏轼因大风暂留金山寺时,急切的心情逐渐平缓的过程,展现出苏轼随遇而安、豁达自适的心态。最后两句写与苏轼同行的灅山道人的心境。据《跋秦太虚题名记》,苏轼此行途中,"至高邮,见太虚、参寥,遂载与俱"。此二句言不知灅山道人在独自想些什么,半夜不睡,静静地听着金山寺中的木鱼声。在滔天风浪的烘托下,更显出灅山道人镇定从容的形象。《唐宋诗醇》卷三四评曰:"末忽念及灅山道人,不眠而听粥鼓。想其濡墨挥毫,真有御风蓬莱,泛彼无垠之妙。"

纪昀评《苏文忠公诗集》卷十八曰:"金山阻风中,有景有人在。"诗作的前半部分展现出苏轼观察入微的捕捉能力和高超精妙的写作技巧,仿佛笔端有口,随物赋形,对语言技巧的掌握到了出神入化的地步,使人得到言可尽意的快感和美感。诚如施补华《岘佣说诗》云:"苏诗善于尽物之态。人所不能比喻者,东坡能比喻;人所不能形容者,东坡能形容。比喻之后,再用比喻;形容不尽,重加形容。"而后半部分,侧重于展现苏轼随缘自适、不以风浪为意的超脱情怀和人物形象,为本诗增加了丰富的哲理意蕴。全篇信笔挥洒,层次分明,读之令人击节。

端午遍游诸寺得禅字^①

肩舆任所适^②，遇胜辄流连。
焚香引幽步，酌茗开净筵。
微雨止还作，小窗幽更妍。
盆山不见日，草木自苍然。
忽登最高塔^③，眼界穷大千^④。
卞峰照城郭^⑤，震泽浮云天^⑥。
深沉既可喜，旷荡亦所便^⑦。
幽寻未云毕，墟落生晚烟^⑧。
归来记所历，耿耿清不眠^⑨。
道人亦未寝^⑩，孤灯同夜禅。

【注释】

① 元丰二年（1079）五月初五作于湖州，时苏轼为湖州知州。

② 肩舆：轿子。此处用为动词，谓乘坐轿子。

③ 最高塔：指飞英寺塔。《舆地纪胜》卷四："飞英寺在城北二里。寺中有塔名飞英，唐末所建。"

④ 大千：即大千世界。

⑤ 卞峰：即卞山，又名"弁山"，在湖州。

⑥ 震泽：即太湖，在湖州州治北。

⑦ 旷荡：空阔无边。马融《广成颂》："其垌场区宇，恢胎旷荡。"

⑧ 墟落：村落。陶渊明《归园田居》："暧暧远人村，依依墟里

烟。"该句从此化出。

⑨"耿耿"句：谓白日所游之胜景，夜晚仍清楚浮现于脑际，令人兴奋而难以入眠。屈原《远游》："夜耿耿而不寐兮，魂茕茕而至曙。"此处"耿耿"乃明貌。

⑩道人：指参寥。时与秦观同在湖州。

【评析】

苏轼曾在《再跋醉道士图》中自称："子瞻性好山水。"他每到一处任官，都喜欢漫游当地的山川风光。刘勰《文心雕龙·原道》说："傍及万品，动植皆文。"苏轼将所见的风光通过诗文一一再现，因此便有了诸多纪游之作。本诗作于元丰二年端午节，时苏轼与秦观共游湖州美景，秦观亦有《同子瞻端午日游诸寺赋得深字》为证。

诗歌可分为三部分。"肩舆"以下八句为第一部分，言山中之行所见。首四句言苏轼乘着肩舆拾级而上，遇到胜景就驻足流连，欣赏一番。有的寺院焚烧熏香，引人前往；有的寺院烧水煮茶，邀人品鉴。此二句与标题中"遍游诸寺"四字相呼应，可见山中寺院生活的清幽雅致。"微雨"四句绘景：细雨迷蒙，时断时续，在寺院小窗的掩映下，周围的景色更加妍丽。四周的高山遮天蔽日，草木自然生长，郁郁葱葱。此四句刻画了江南初夏烟雨迷蒙、草木葱茏的山林之景，"幽境写绝"（赵克宜《角山楼苏诗评注汇钞》卷九语），有如神笔。王士禛《带经堂诗话》卷一称此四句"古今妙绝语"，李慈铭《越缦堂诗话》卷上亦赞曰："此自非有雅人深致，不能解也。"

"忽登"句起笔锋一转，此时苏轼已登上飞英寺塔，大千世界尽收眼底：卞山的影子映照在城郭之上，太湖烟波浩渺，倒映着白云和蓝天。所见既阔，笔力亦呈壮美。一个"照"字把微雨渐止之后，夕阳斜照、城郭明灭的情景写得鲜活富有生命力，而"浮"字更是可以和杜甫的名句"乾坤日夜浮"以及作者本人的名句"江远欲浮天"相媲美，把太湖的气势表现出来了。苏轼在观察自然、创作诗文时，善于将深入的体验和宏观的把握结合起来。他在《超然台记》一文中曾加以阐发："彼游于物之内，而不游于物之外。物非有大小也，自其内而观之，未有不高且大者也。彼挟其高大以临我，则我常眩乱反复，如隙中之观斗，又乌知胜负之所在？"因此他的风景纪游诗歌中既有细致入微的局部刻画，又有视野阔大的全景概括。此四句以宽广的视野俯视整个湖州城，雄伟壮丽，气象万千，也体现出苏轼旷达洒脱的胸襟。

"深沉"句起收束全诗：无论是太湖的吞吐江湖、广袤深沉，还是卞山的一览无余、旷荡辽远，凡见到自然的美景，都值得欢欣和喜悦。"幽寻"二句言不知不觉间天色将晚，村落间已经升起袅袅的炊烟。"归来"句写夜晚归来后，苏轼记录今日游赏的经历，日间所见清楚浮现于脑际，自己兴奋得难以入眠。"归来记所历"也印证了苏轼对于山水游历诗的创作主张：游历之后要尽快记录当下的所见所感，作诗要一气呵成。正如他在《腊日游孤山访惠勤、惠思二僧》诗中所言："作诗火急追亡逋，清景一失后难摹。"经过一系列回忆，苏轼的目光最终落在眼前：夜色已深，只有参禅的参寥伴着孤灯还未入眠。以禅趣入诗，余韵无穷。纪昀评《苏文忠公诗集》卷一八赞曰："末四句善于空际烘托，结有余味。入一衬，更有幽致。"

整首诗记录了苏轼与友人游历湖州山川的经历，诗作既描绘了登高所见的清雄壮丽之景，又刻画了山林间的清雅幽微之境，翕张开合，收放自如，诚为佳作。

予以事系御史台狱，狱吏稍见侵，自度不能堪，死狱中，不得一别子由，故作二诗授狱卒梁成，以遗子由，二首 ①

其 一

圣主如天万物春，小臣愚暗自亡身 ②。
百年未满先偿债 ③，十口无归更累人。
是处青山可埋骨，他时夜雨独伤神 ④。
与君今世为兄弟，又结来生未了因。

【注释】

① 苏轼因其诗文被指控为"讪谤朝政""指斥乘舆"，于元丰二年（1079）七月二十八日在湖州被捕解京，八月十八日入御史台狱。诗作于狱中。

② 愚暗：愚即不善谋身，暗即不识时务。自亡身：自取灭亡。

③ "百年"句：想不到天年未尽便遭此祸，就此一死以偿宿债。

④ "他时"句：东坡与子由早年有"夜雨对床"之约，苏辙《逍遥堂会宿二首》叙云："辙幼从子瞻读书，未尝一日相舍。既壮，将游宦四方，读韦苏州诗，至'宁知风雪夜，复此对床眠'，恻然感之，乃相约早退，为闲居之乐。故子瞻始为凤翔幕府，留诗为别曰：'夜雨何时听萧瑟。'"苏轼《感旧诗》叙云："嘉祐中，予与子由同举制策，寓居怀远驿，时年二十六，而子由二十三耳。一日秋风起，雨作，中夜翛然，始有感慨离合之意。自尔宦游四方，不相见者十常七八。每夏秋之交，风雨作，木落草衰，辄凄然有此感，盖三十年矣。"

【评析】

元丰二年，"乌台诗案"爆发，苏轼由于一直对王安石推行的新法持反对态度，在一些诗文中又对新法作了讥刺，这激怒了政敌。因此苏轼被指控为"愚弄朝廷""指斥乘舆"，于七月二十八日在湖州任所被捕解往汴京，八月十八日入御史台狱。此诗即在狱中所作，原共二首，此为第一首。在狱期间，负责审讯的官员均奉上意，竭力罗织罪名，必欲置其于死地。苏轼当时自料难免于死，所以写此诗与苏辙诀别。据瞿佑《归田诗话》卷上记载，"东坡为舒亶、李定等所论，自湖州逮系御史台狱，时宰欲致之死，于狱中作诗寄子由，神宗见而怜之，遂得出狱"。

开篇"圣主"二句乃苏轼"自省"之语：君王的光辉如春光润泽万物，而自己因为愚昧不明事理而犯下过错。此二句看似是苏轼的反省与忏悔：如今自己身处狱中，皆因自己不善谋身之故；实际是暗讽自己不识时务，方落得三木加身的境地。这不是真的自我否定，而是对荒诞现实的深刻体认。"百年"二句进一步忏悔：如今自己一生未尽，就要请弟弟先偿还前债，我自知必死，可是一家十口，还是要连累弟弟去照顾，更觉心头沉重。

颈联进一步想象自己去世后的场景：自己死后，四处的青山都可埋葬我的尸骨，但留下弟弟一人，倘逢秋灯夜雨之时，他一定会独自伤神，想到这里，真是情何以堪！纪昀评《苏文忠公诗集》卷一九称此二句是"情至语"，信然！苏轼早年与弟弟在旅驿读书，一次读到唐人韦应物"宁知风雪夜，复此对床眠"之句，彼此都深有感触，相约将来都尽早退隐，以享受"夜雨对床"的闲居之乐。后来苏轼举后赴凤翔任判官，苏辙从汴京一直相送至郑州。苏轼作诗赠子由，就有"寒灯相对记畴昔，夜雨何时听萧瑟"之句。"夜雨"即二人的约定。此处苏轼言，倘若自己离开人世，兄弟二人"夜雨对床"的约定就再也无法实现了。想到这里，苏轼进一步感慨：今生如此，来生我们一定要再续这一未完的因缘。死亡可以阻断兄弟二人相见相依，却无法阻断二人深厚的情谊。这一心愿穿越了生死的界限，使得质朴的手足之情具有了相当强烈的感染力。汪师韩《苏诗选评笺释》卷三赞曰："此时已无生全之望，而词不怨怼，立说有体，独恋恋于兄弟之间，预结来生，极其痛切而深厚。"

诗作由自己的处境入手，向弟弟子由表达了以后事相托的心愿和家口相累的歉意，并回忆"夜雨对床"的誓约，在凄苦无奈之中表达了来生再续手足之情的心愿，体现出兄弟二人跨越生死的深厚感情。以虚实交织应生死之别，肺腑之言，感人至深。蒋鸿翮《寒塘诗话》云："东坡《狱中寄子由》诗，哀而不怨，悱恻淋漓，人尽知为绝调。……要皆性情之言，从肺腑流出，故读之使人生感。"

十二月二十八日，蒙恩责授检校水部员外郎黄州团练副使，复用前韵二首①

其 一

百日归期恰及春②，余年乐事最关身。
出门便旋风吹面③，走马联翩鹊噪人④。
却对酒杯疑是梦，试拈诗笔已如神。
此灾何必深追咎，窃禄从来岂有因⑤。

① 元丰二年（1079）十二月末作。检校：宋代非正命的一种加官，无实职。员外郎：官名，员外为正员以外之官员，位在郎中之次。团练副使：散官名，无执掌，常以安置贬谪官员。前韵：指《狱中寄子由》之韵。

② 百日：苏轼以八月十八日赴狱，十二月二十八日出狱，计一百三十天。

③ 便旋：回环，徘徊。

④ 啅（zhào）：鸟鸣。

⑤ 窃禄：窃取官位，这里是对自己做官的谦称。

【评析】

"乌台诗案"是北宋时期的一场文字狱。苏轼于元丰二年七月遭御史台官员李定、何正臣、舒亶等人接连上章弹劾，被指称攻击朝政，反对新法，并于八月十八日赴狱。十二月二十七日结案，苏轼受到"责授检校水部员外郎黄州团练副使，本州安置，不得签书公事"的处分。本诗即是次日苏轼出狱时所作，同题有两首，此处选第一首。

诗作前两联表达了出狱后的欣喜之情。身陷囹圄已逾百日，出狱以后恰逢春天，如何度过有生之年，这是诗人最关切的事情。颔联进一步写出狱后的所见所闻：走出狱门，便觉神清气爽，春风拂面，鸟儿冲我叽叽喳喳地欢叫。这也正是诗人获释后兴奋喜悦情绪的写照，字里行间洋溢着诗人乐观豁达的心态。在这场政治斗争中，苏轼险些丧命，出狱后却能够抛却黑暗的过去，拥抱明媚的春天，这是何等的心态！

颈联进一步抒发感慨：此时对着酒杯，仿佛大梦一场，如今提笔写诗，思如泉涌，有如神助。苏轼在同题诗第二首云："平生文字为吾累，此去声名不厌低。"虽然苏轼深知自己的诗作言语激切，容易招致祸患，但当诗人的创作灵感喷涌而出时，他依旧为自己的"诗笔如神"感到兴奋与自豪，这也暗示了苏轼依旧会大胆创作，以倔强的姿态昂首面对未来的人生，诚如汪师韩《苏诗选评笺释》卷三所评："诗狱甫解，又矜诗笔如神，殆是豪气未尽除。"

尾联则是诗人对于这段经历的感慨：既然出狱又何必再深究这场灾祸的过错，毕竟是我自己窃禄尸位。表面是说深受牢狱之灾是咎由自取，如今得以出狱是蒙受圣恩，态度谦虚诚恳，实则暗含讽刺意味，诗人从未觉得自己有过错，毕竟欲加之罪，何患无辞？如今判决已定，深究又有何用？看似是自我检讨，实则饱含无奈，纪昀评苏轼"乌台诗案"后的诗作"却少自省之意"（纪昀评《苏文忠公诗集》卷十九语），也就不足为奇了。

罗大经《鹤林玉露》乙编卷四云："东坡文章，妙绝古今，而其病在好讽刺……才出狱便赋诗云：'却对酒杯疑是梦，试拈诗笔已如神'，略无惩艾之意，何也？"经历了生死磨难，苏轼依旧不改其创作风格，诗歌的字里行间依旧充满乐观自信的情绪，展现出诗人通透豁达、倔强不屈的人生态度，这也是除文学作品之外苏轼留给后人的另一种宝贵财富。

初到黄州 ①

自笑平生为口忙 ②，老来事业转荒唐。
长江绕郭知鱼美 ③，好竹连山觉笋香。

逐客不妨员外置④，诗人例作水曹郎⑤。
只惭无补丝毫事，尚费官家压酒囊⑥。

【注释】

① 元丰三年（1080）二月作于黄州。黄州：治今湖北黄冈。

② 为口忙：语意双关，既指因言语、写作而获罪，也指为谋生糊口而忙碌，与下文的"鱼美""笋香"等口腹之欲也相呼应。

③ 郭：外城。

④ 逐客：贬谪之人，作者自谓。杜甫《梦李白二首》之一："江南瘴疠地，逐客无消息。"员外：定额以外的官员，苏轼被贬黄州，其官衔是"检校水部员外郎"。置：安置。

⑤ 曹：即水部。南朝梁何逊、唐朝张籍等皆曾为水部郎，以诗知名，今轼亦以诗人而为水部员外郎，故以此自称。

⑥ 压酒囊：压酒滤糟的布袋。苏轼自注："检校官例折支，多得退酒袋。"折支，即以他物折抵一部分俸禄。

【评析】

　　元丰二年（1079）十二月，"乌台诗案"判决已定，苏轼被贬为检校水部员外郎黄州团练副使，这首诗即是苏轼初到黄州时所作，表达了对自己身世的调侃。

　　诗歌首联的"自笑"二字即奠定了全诗自嘲的基调。"为口忙"一语双关，既指为了生计而奔波劳碌，也指自己祸从口出，因为说话作诗不加拘束而获得被贬黄州的下场。诗人此时已年过四十，却一直仕途平平，只做过杭州通判，密州、徐州、湖州三州知州，到湖州仅两月便下御史台狱，因此诗人称自己年纪增长，事业却不升反降，这实在是"荒唐"。虽是笑谈，但其中却包含着辛酸与无奈。

颔联转向对于周遭环境的描写：长江环抱外城，江鱼鲜嫩肥美；茂竹漫山遍野，山间青笋飘香。"知鱼美""觉笋香"，字里行间流露出对未来生活的期待，也紧扣诗题中的"初到"二字。汪师韩《苏诗选评笺释》卷三曰："因江而知鱼美，见竹而觉笋香，确是初到情景。"此二句既描写了黄州当地的山川风物，又呼应了首句中的"为口忙"，仿佛诗人是为了品尝当地的特产而前来的，饶有趣味。

颈联以下四句是诗人的自嘲。自己身为被贬的官员，与员外郎一职位倒也匹配，古代那些被贬的诗人，无一例外不都是水部郎官嘛！方回《瀛奎律髓》曰："东坡元丰二年己未冬，责授检校水部员外郎黄州团练使，本州岛安置，明年二月到郡。何逊、张籍、孟宾三诗人皆水部。"古代就有诗人做水曹郎的先例，如今自己被贬黄州，官衔也是"检校水部员外郎"，这个职位仿佛天生就是为诗人提供的，那这样自己不过是按惯例任官了，一个"例作"既是诗人无奈的调侃，又展现出其豁达乐观的人生态度。尾联是诗人的再一次自嘲：我没有丝毫政绩，还要耗费官府俸禄，领取压酒囊，这实在令我感到惭愧啊！苏轼被贬后，官职不高，而官府尚且不能支付足够的俸禄，只能用多余的酒袋抵数，看似是检讨自己尸位素餐，实则是对自身境况的调侃。

全诗充满了诗人对自身境况的调侃，"自嘲"成了本诗最大的特色。对此，黄彻认为，这是苏轼诗作中擅长的风格之一，其《碧溪诗话》卷一〇评曰："子建称孔北海文章多杂以嘲戏，子美亦戏效俳谐体，退之亦有寄诗杂诙俳……大体材力豪迈有余，而用之不尽，自然如此。……坡集类此不可胜数……《黄州》云：'自惭无补丝毫事，尚费官家压酒囊。'……皆斡旋其章而弄之。信恢刃有余，与血指汗颜者异矣。"这种大胆的自嘲，正是源于苏轼超然的胸襟与豁达的性格。而纪昀则认为，"东坡诗多伤激切，此虽不免兀傲，而尚不甚碍和平之音"(《瀛奎律髓汇评》卷四）。在纪昀看来，苏轼虽好讽刺，言辞激烈，然而这首诗已经算是较为平和的了。产生差异的原因是二人的分析角度有所差异：纪昀是从内容的组织上分析的，这首诗语言平实清浅，并没有大量的典故的堆砌和使用，寓旷达情怀于日常生活，因此在苏轼的诗歌中尚可称为"平和"；而黄彻从诗歌的语言特色方面切入，认为本诗是苏轼"自嘲"风格的代表作品之一，因此内涵更加丰富，更加值得玩味。综合以上分析，虽然二人的评价角度有别，但都是对苏轼敢于自嘲、大胆讽刺的创作风格的肯定。

梅花二首 ①

其　一

春来幽谷水潺潺，的皪梅花草棘间 ②。
一夜东风吹石裂，半随飞雪度关山。

【注释】

① 元丰三年（1080）正月二十日作于赴黄州、过麻城春风岭时。

② 的皪（dì lì）：鲜亮明丽的样子。司马相如《上林赋》："皓齿粲烂，宜笑的皪。"

【评析】

苏轼一生爱梅，创作了大量的梅花诗词，据统计，仅是题目中含有"梅"字的就有近六十首，这些作品贯穿苏轼整个文学创作过程之中，可以说梅花已经成了苏轼的一种象征。本诗作于苏轼赴黄州任途中，是诗人看见幽谷中的梅花独自开放又悄然飘落后的信笔之作，寄托遥深。同题诗有两首，此处选第一首。

诗歌前两句写的是梅花周围的环境：它扎根于幽深的山谷之中，生长在潺潺的流水旁边，在丛生的荆棘杂草之间显得鲜亮夺目。在周围环境的衬托下，梅花卓然不群，气质非凡。这里既是对梅花的赞颂，也是诗人以梅花自比，暗指自己虽经历了苦难与折磨，却依旧傲然独立。后两句却又一转：一夜之间东风劲吹，仿佛连石也被吹裂，诗人不禁想象，在这样的疾风之下，雪白的花瓣纷纷飘落，随着飞雪同我一起越过关山。梅花的凋零与飘落，正与诗人自己被贬黄州、流落他乡的经历有相似之处，花的身不由己，正如迁客无奈的遭遇。诗人咏叹梅花，将自己的感情寄托于随风飘零的花瓣上，亦实亦虚，既是对自己身世浮沉的深沉喟叹，也表达了对自己前途未卜的迷茫与愁苦。

本诗是诗人以梅花自况，将自己的个人经历与梅花相关联，梅花成了自己身世的浓缩与投射，也成了诗人的精神寄托。在本题第二首诗中，诗人云："何人把酒慰深幽，开自无聊落更愁。幸有清溪三百曲，不辞相送到黄州。"汪师韩《苏诗选评笺释》卷三称"词若未至，意已独往"，正是因为梅花成了诗人自我的投影，花瓣随流水远逝，仿佛就是自己一路赶赴黄州，想象奇幻，寄托深沉，亦可称为佳作。

这段幽谷中见寒梅的经历深深铭刻于诗人的记忆之中。一年之后，苏轼与友人外出踏春，诗作言"去年今日关山路，细雨梅花正断魂"，而离开黄州之后，苏轼另作《忆黄州梅花五绝》。苏轼对于这株梅花的感情之深切，共鸣之强烈，也由此可见。

定惠院寓居月夜偶出①

幽人无事不出门②，偶逐东风转良夜③。
参差玉宇飞木末④，缭绕香烟来月下⑤。
江云有态清自媚，竹露无声浩如泻。
已惊弱柳万丝垂，尚有残梅一枝亚⑥。
清诗独吟还自和，白酒已尽谁能借。
不惜青春忽忽过⑦，但恐欢意年年谢。
自知醉耳爱松风⑧，会拣霜林结茅舍。
浮浮大瓢长炊玉⑨，溜溜小槽如压蔗⑩。
饮中真味老更浓，醉里狂言醒可怕。
闭门谢客对妻子，倒冠落佩从嘲骂⑪。

【注释】

① 元丰三年（1080）二月作于黄州。《明一统志》卷六《黄州》：
"定惠院，在府治东南。"

② 幽人：隐士。《易履》："幽人贞吉。"此处苏轼自谓。

③ 良夜：深夜。

④ 参差：不齐貌。玉宇：殿宇。此指定惠院之殿。木末：树梢。

⑤ 缭绕香烟：谓定惠院。

⑥ 亚：同"压"。杜甫《上巳日徐司录林园宴集》："花蕊亚枝
红。"此为低垂貌。

⑦ 不惜：冯应榴注："惜"一作"辞"。忽忽：形容时间流走之速。
屈原《离骚》："日忽忽其将暮。"

⑧ 爱松风：《南史·陶弘景传》：弘景“特爱松风庭院，皆植松，每闻其响，欣然为乐”。

⑨ 浮浮：蒸气上出貌。《诗经·大雅·生民》：“释之叟叟，烝之浮浮。”炊玉：玉、玉粒，指米。杜甫《行官张望补稻畦水归》：“玉粒足晨炊。”

⑩ 溜溜：流注声。潘岳《射雉赋》：“泉涓涓而吐溜。”小槽：酿酒的槽床。李贺《将进酒》：“小槽酒滴真珠红。”如压蔗：言酒之甜。

⑪ 倒冠落佩：潦倒状。杜牧《晚晴赋》：“倒冠落佩兮与世阔疏。”

【评析】

元丰三年正月初一，苏轼四十五岁，以罪谪黄州（今湖北黄冈），二月一日到达。苏轼自述：“元丰三年正月朔日，予始去京师来黄州，二月朔至郡。”来到黄州后，苏轼先寓居定惠院，不久迁居临皋亭，躬耕于东坡，在黄州度过了四年多艰难困苦的岁月。在黄州生活期间，苏轼虽然脱离了政治斗争的激流，安于恬淡闲适和贫困清苦的环境，表面上放达任性、散澹逍遥，而内心却经历了一个复杂矛盾和艰苦斗争的历程。本诗即苏轼初到黄州时所作，诗作记录了苏轼夜不能寐、月下独行、思索人生的过程。

整首诗可分为三层。“幽人”以下八句为第一层，言苏轼月夜所见。诗歌首二句言自己乘着东风，出门欣赏夜景，实言自己心事重重，夜不能寐。幽人本指隐士、幽居之人，在谪宦生涯中，苏轼经常以“幽人”自称，如“谁见幽人独往来，缥缈孤鸿影”“幽人夜渡吴王岘”“幽人拊枕坐叹息”，仿佛是夜色中苏轼的幽魂在孤苦地漂泊。“参差”以下六句以妙笔言夜行所见：高耸的楼宇参差错落，越过了树梢，月光洒落在定惠院中，香烟弥漫缭绕。江边白云低垂，柔软洁白，露水洒落在竹叶上，顺势滑下。弱柳低垂，残梅压枝，一切都笼罩在低沉的夜色之中。苏轼虽身处定惠院中，但仿佛被幽禁起来，四周寂静无声，连露珠滑动的声音都被无限地放大，使苏轼心中陡然一惊，也呼应了标题中的"偶出"。"江云"四句将周遭景物依次排列开来，描写极其简练、清雅，渲染出凄清压抑的气氛。叶矫然《龙性堂诗话》初集称此四句"语以幽胜而实奇"，王文诰《苏海识余》卷一亦赞曰："此不食烟火人语，所谓'霜天欲晓，古寺清钟'是也。"

"清诗"以下八句抒怀，前二句：诗还能自吟自和，但酒已饮罢，谁还能借我痛饮呢？此二句反用杜甫《遣意二首》诗中"邻人有美酒，稚子夜能赊"之句，尽言自己处境凄凉。"不惜"四句回首自己过往的经历：青春倏忽而过，随着年岁渐增，快乐的时光恐怕一年比一年少了。"自知"四句转而写自己的心愿：我如此醉心于松林间的清风，不如住在霜林间的茅舍之中，看着煮饭升起的袅袅炊烟散去，品尝着如甘蔗一般甜美的酒，也能自得其乐！苏轼此时刚刚被贬他乡，穷困潦倒，精神受到了强烈的打击，但他在短暂地抒发痛苦的情绪后，依旧宽慰自己可以从自饮、自吟、自和中寻找乐趣，并畅想结庐退隐的生活，试图从山林中找寻到精神栖息之所，体现出苏轼豁达自适的胸怀。

"饮中"句起收束全诗：醇酿虽香，但酒后也不要口出狂言。此二句极言苏轼因文字狱获罪后心有余悸的心理。今后若是饮酒，酒后就闭门谢客、颠倒衣冠、自在颓放吧！看似是苏轼自暴自弃，实则体现出苏轼倔强愤世的心理。

汪师韩《苏诗选评笺释》卷三云："清游胜赏，一往作气，众澄鲜之语。忽念及欢意日谢，又说到醉里狂言可怕，谪居中情绪若揭。"整首诗由月夜出游入手，先描绘月夜清静幽美之景，后抒年岁飞逝、欢意渐衰之叹，再发借酒消愁、结庐退隐之思，流露苏轼遭受"乌台诗案"打击后强作宽慰、颓然自放的心态。诗歌清峻幽寒，沉郁低回，这种风格在苏诗中并不多见。虽为古诗，但除首尾两联外，句句对仗，结构整饬匀称，亦非苏诗的常格，故赵翼在批沈德潜《宋金三家诗选·苏东坡诗选》时赞本诗曰："联偶只如单行，通首无一弱笔，是坡公独擅处。"

寓居定惠院之东，杂花满山，有海棠一株，土人不知贵也①

江城地瘴蕃草木②，只有名花苦幽独③。
嫣然一笑竹篱间④，桃李漫山总粗俗。
也知造物有深意，故遣佳人在空谷⑤。
自然富贵出天姿，不待金盘荐华屋⑥。
朱唇得酒晕生脸，翠袖卷纱红映肉⑦。
林深雾暗晓光迟，日暖风轻春睡足。
雨中有泪亦凄怆，月下无人更清淑⑧。
先生食饱无一事⑨，散步逍遥自扪腹。
不问人家与僧舍，拄杖敲门看修竹。
忽逢绝艳照衰朽⑩，叹息无言揩病目。
陋邦何处得此花，无乃好事移西蜀⑪。
寸根千里不易致，衔子飞来定鸿鹄。
天涯流落俱可念，为饮一樽歌此曲。
明朝酒醒还独来，雪落纷纷那忍触⑫。

【注释】

①元丰三年（1080）二月作于黄州。

②江城：指黄州。黄州在长江北岸，故云。地瘴：地多湿热之瘴气。蕃：谓草木茂盛。

③幽独：幽寂孤独。

④嫣然：美貌。宋玉《登徒子好色赋》："嫣然一笑，惑阳城，迷下蔡。"

⑤佳人：此处以美女比海棠。杜甫《佳人》："绝代有佳人，幽居在空谷。"

⑥"自然"二句：谓海棠虽生于僧院竹篱之间，然天资优美，气质高贵，不须外在装饰和世俗环境的陪衬，其美出于天然。

⑦"朱唇"二句：以美女饮酒时脸上之红晕及翠袖上卷露出的肤色喻海棠花的姿色。

⑧"雨中"二句：分别写海棠在雨中、月下的情韵。凄怆：忧伤。清淑：清丽和婉。

⑨先生：苏轼自谓。

⑩绝艳：指海棠。衰朽：苏轼自指。

⑪"陋邦"二句：谓黄州海棠乃好事者从西蜀移来。陋邦：指黄州。苏轼是蜀地人，西蜀尤其是嘉州盛产海棠，古有"海棠香国"之称。

⑫雪落：喻海棠花飘坠。白居易《晚春》："百花落如雪。"

【评析】

此诗作于元丰三年二月。苏轼居于定惠院时，曾在《记游定惠院》一文中说："黄州定惠院东小山上有海棠一株，特繁茂，每岁盛开，必携客置酒。"本篇咏的就是这株海棠。据魏庆之《诗人玉屑》卷十七载："（苏轼）平生喜为人写，盖人间刊石者，自有五六本云。轼生平得意诗也。"

整首诗分为两部分，从开篇至"月下"共十四句为第一部分，以拟人化的手法将海棠比作一位天生丽质、高贵清淑的佳人。诗歌首二句先渲染海棠生长的恶劣的自然环境：黄州地区多瘴气，草木繁杂，然而这一株海棠却遗世独立，幽然独生。"嫣然"以下六句言海棠花的命运和气质：虽然满山都是桃花、李花这些粗鄙之花，但她安然伫立于竹篱间，依旧粲然绽放。东坡用恶劣的环境和凡俗的桃李，衬托海棠孤傲的品质，恰到好处。"故遣"句化用杜甫《佳人》诗中"绝代有佳人，幽居在空谷"之意。苏轼猜想，这株海棠的命运，也许是造物主有意的安排——毕竟她高贵的气质、绰约的风姿皆是自然流露，不必以金盘进献于华屋，不须以外在装饰和世俗环境作陪衬。

　　"朱唇"以下六句分别描摹海棠在白昼、清晨、雨中和月下的情态。"朱唇"二句言海棠仿佛是一位不胜酒力的美人，酒晕悄然爬上美人的脸庞；美人高高挽起的翠袖，露出红润娇嫩的肌肤。此二句极言海棠花的娇俏美艳，据明刻《东坡诗选》卷五，袁宏道"极赏'朱唇''翠袖'二语，以为海棠写神"。"林深"二句言山林茂密，雾气浓重，日光难以穿透，海棠花好似在和风暖日中睡醒的美女。正因为晓光来迟，所以美人春睡酣足。此二句描写海棠花的慵懒娇羞。"雨中"句言风雨来袭时，海棠便似含泪佳人，神情凄婉，凸显其坚贞的品格；"月下"句言夜晚无人之时，海棠花愈发地显得清雅端淑，突出其绝俗的气质。此六句以丰富的想象、鲜明的比喻、形象的拟人手法，极写海棠花的美丽娇艳的姿态和超拔脱俗的气质，故而备受诗评家赞赏，黄庭坚《山谷年谱》卷二五《跋所书苏轼海棠诗》曰："子瞻在黄州作海棠诗，追古今绝唱也。"汪师韩《苏诗选评笺释》卷三亦称"'朱唇,二句绘其态，'林深'二句传其神，'雨中'二句写其韵。不染铅粉，不置描摹，乃得是追魂摄魄之笔"。

　　"先生"以下十四句为第二部分，以花自况，抒发同根西蜀、流落陋邦的飘零之感。"先生"四句言自己来到黄州、未遇到海棠花时的生活：自己饱食之后，闲得无事，便常常摩挲着肚子漫步。不论是民居还是僧舍，只要看到修长的绿竹，就拄着拐杖敲门要细加欣赏。此四句看似是写苏轼逍遥的生活，实则言自己饱食终日、无所事事，也为下文遇到海棠花后的惊喜作铺垫。查慎行《初白庵诗评》卷中云："读前半竟似海棠曲矣，妙在'先生食饱'一转。此种诗境，从少陵《乐游园歌》得来，寓其神理，而化其畦畛，斯为千古绝作。""忽逢"二句言忽然看到绝代的艳色出现在我这衰朽之身面前，自己不禁一边叹息一边擦拭着病眼。此处极写苏轼看到海棠后的激动、欣喜之情——偏僻的黄州为何会有这株海棠？莫非是好事者从西蜀移来的吗？苏轼马上又推翻了前面的设想——蜀地、黄州相隔千里，幼小的树苗不易存活，一定是鸿鹄从蜀山锦水衔来海棠的种子，洒落在江城的土地上才长出了这样一株绝美的海棠花！此处苏轼由海棠的原生地联想到自己的故乡，不禁心生流落他乡、怀才不遇之叹。

"天涯"句起收束全诗：我与海棠都远离家乡，正所谓"同是天涯沦落人"，为此应当痛饮一杯，吟唱这感叹沦落天涯的诗篇。苏轼将海棠的命运同自己的命运联系起来，通过写一代名花的命运来自抒身世感慨，整首诗的情感达到了高潮。"明朝"二句是苏轼的想象：若自己明天酒醒后再来，只怕到时海棠的花瓣已如雪片纷纷飞落，不忍触摸了。一个"忍"字，生动地写出苏轼对于海棠命运的感同身受，对海棠花即将凋落的惋惜，对自己命运的深深的悲叹，为全诗笼罩了浓重的悲剧色彩。纪昀评《苏文忠公诗集》卷十九云："纯以海棠自寓，风姿高秀，兴象微深，后半尤烟波跌宕，此种真非东坡不能，东坡非一时兴到亦不能。"

赵克宜《角山楼苏诗评注汇钞》卷九评曰："先写题面，后入议论，诗境之常。佳处自在善于生情，工于用笔。"整首诗先描绘海棠花的生长环境、外在形象、内在气质，再将自己与海棠相关联，以海棠自寓，抒发命运之叹。全诗兴象微深，刻画细腻，比喻形象，想象丰富，情感饱满，寄托深沉，可谓海棠诗之杰作。魏庆之《诗人玉屑》卷十七赞曰："东坡作此诗，词格超逸，不复蹈袭前人。"

正月二十日，往岐亭，郡人潘、古、郭三人送余于女王城东禅庄院①

十日春寒不出门，不知江柳已摇村。
稍闻决决流冰谷②，尽放青青没烧痕。
数亩荒园留我住，半瓶浊酒待君温。
去年今日关山路，细雨梅花正断魂。③

【注释】

①元丰四年（1081）正月作于黄州。岐亭：《太平寰宇记》卷一三一《黄州》："岐亭河，在麻城西北八十里。唐武德三年，于县置亭，州取此为名。"潘、古、郭三人："潘"指潘丙，字彦明；"古"指古耕道；"郭"指郭遘，字兴宗。此三人皆是苏轼到黄州后新结识的友人。女王城：《舆地纪胜》卷四九《黄州》："女王城，《齐安志》云：初，春申君相楚，受淮北十二县之封……今之女王城，盖昔之楚王城之讹耳。"禅庄院：查注引《名胜志》谓女王城"在唐为禅庄院"。

②决决：流水声。韦应物《县斋》："决决水泉动，忻忻众鸟鸣。"冰谷：结冰之山谷。《宋书·明帝纪》："如履冰谷。"

③"去年"二句：苏轼于元丰三年（1080）正月出京赴黄，二十日度

关山，作《梅花二首》，中云："一夜东风吹石裂，半随飞雪度关山。"

【评析】

岐亭在今湖北麻城西北，苏轼的好友陈慥（字季常）隐居于此。苏轼贬官黄州期间，他们经常互访。陈季常自岐亭看望苏轼时，苏轼曾作《陈季常自岐亭见访，郡中及旧州诸豪争欲邀致之，戏作陈孟公诗一首》。这次是苏轼前往岐亭造访陈慥，与上次见面时隔半年有余，沿途景色依旧。苏轼想到去年的凄凉境况，不禁感慨万端，遂作本诗。

"十日"二句言自己因畏惧初春的严寒，十日未曾走出家门，不知道江边的柳丝已经抽出新绿，随风摇曳。一个"摇"字，生动地写出初春时节春风和暖、柳枝轻舞、随风飘摇的姿态。颔联紧承前句，苏轼先见到江边的柳树，接着就听到了水流泠泠的声响，"决决流冰谷"化用韦应物"决决水泉动"之句，言早春溪流甚细。放眼望去，被火烧过之地已经长满了青草，一片欣欣向荣的景象。此二句对句工整，又以叠词绘声绘色，为初春的女王城增添了生机与活力，"一片空灵，奔赴腕下"（王文诰《苏文忠公诗编注集成总案》卷二一语），音律和谐，读之琅琅上口。陈衍《宋诗精华录》卷二评曰："写景中要有兴味，所谓有人存也。"

颈联写潘、古、郭三人送别的场景。"数亩荒园"即指女王城东禅庄院，如今苏轼即将踏上前往岐亭的道路，三位友人赶来送别，四人共煮浊酒，对坐话别。今日友人的情谊，不禁使他回想起一年以前的孤独和凄凉。因此尾联转以回忆作结，去年此时自己刚到黄州，曾作《梅花二首》："一夜东风吹石裂，半随飞雪度关山。"如今重新踏上这条路，细雨纷纷，梅花依旧。此二句化用杜牧"路上行人欲断魂"之诗意，托出去年关山路上的寂寞孤独，也含蓄地表达了今年此行的黯然心情。化用巧妙无痕，浑然天成，虚实交织，寄托深沉。王文诰《苏文忠公诗编注集成总案》卷二十一云："末句暗藏'路上行人'四字，结住道中，读者徒知赞叹，未见其夺胎之巧也。"方回《瀛奎律髓》卷一〇赞曰："坡诗不可以律缚，善用事者无不妙，他语意天然者如此，尽十分好。"汪师韩《苏诗选评笺释》卷三称本诗"竟体兀傲，一结含蕴无穷，彷佛少陵《东阁官梅》之作"。此说亦有一定道理。杜甫《和裴迪登蜀州东亭送客逢早梅相忆见寄》诗是借早梅江柳抒情，"此时对雪遥相忆，送客逢春可自由""江边一树垂垂发，朝夕催人自白头"也是借"忆"写"愁"，苏轼本诗虽无直接化用，但风格却是大体相似的。

　　诗歌紧扣"送别"这一主题，前两联写初春途中所见，以明媚的春景衬悲凉的心情；后两联言送别场景，忆去年今日之凄苦。全诗竟体兀傲，一气浑成，思绪萦回，含蕴无穷。赵翼在批沈德潜《宋金三家诗选·苏东坡诗选》卷上时赞曰："公以才气胜，此以才情胜，系集中别调。"

东坡八首[①] 并叙

　　余至黄州二年，日以困匮。故人马正卿哀余乏食，为于郡中请故营地数十亩，使得躬耕其中。地既久荒为茨棘瓦砾之场，而岁又大旱，垦辟之劳，筋力殆尽。释耒而叹，乃作是诗，自悯其勤，庶几来岁之入以忘其劳焉

其　五

良农惜地力[②]，幸此十年荒。

桑柘未及成^③，一麦庶可望。
投种未逾月，覆块已苍苍^④。
农父告我言，勿使苗叶昌。
君欲富饼饵^⑤，要须纵牛羊^⑥。
再拜谢苦言^⑦，得饱不敢忘。

【注释】

①元丰四年（1081）二月作于黄州。东坡：苏轼在黄州的躬耕之所，位于黄州城东的山坡上。《舆地纪胜》卷四九《黄州》："东坡，在州治之东百余步。元丰三年苏轼谪居，寓临皋亭，后得此地。"苏辙《亡兄子瞻端明墓志铭》："公幅巾芒履，与田父野老相从溪谷间，筑室于东坡，自号'东坡居士'。"

②良农：善于耕种之农夫。《荀子·修身》："良农不为水旱不耕。"地力：土地之生产能力。《韩非子·五蠹》："尽其地力，以多其积。"

③柘（zhè）：落叶灌木或乔木，树皮灰褐色，有长刺，叶子卵形或椭圆形，可以喂蚕。

④"覆块"句：谓土地已被长出来的麦苗掩盖，形容麦苗之密。

⑤富饼饵：指收成多。

⑥纵牛羊：让牛羊去践踏苗田，使麦苗减少，不至于太密。

⑦苦言：逆耳之良言。

【评析】

苏轼谪居黄州时，为了解决生计，在友人马正卿的帮助下，得到废旧营地约五十亩，亲自耕种，以补粮食不足。东坡在旁筑"雪堂"五间，作为躬耕、写作、憩息之所。在诗歌序言中，他交代了自己耕种东坡的缘由，组诗八首也详尽地描述了自己耕种东坡的苦乐情形，颇有田园诗之风。杨慎《升庵诗话》卷十二云："苏《东坡》诗八首，大率皆田中语。"纪昀评《苏文忠公诗集》卷二十一云："八章皆出入陶、杜之间，而参以本色，不摹古而气息自古。"

诗歌首二句简单交代了东坡的情况：善于耕种的农夫爱惜地力，于是我有幸得到了这片十年未开垦的荒地。赵克宜《角山楼苏诗评注汇钞》卷一〇云："以荒为幸，似于翻案。然田家实有此意，如此写来，便切情事。""桑柘"四句言东坡的种植情况：桑树、柘树还未长成，但这一季麦子的收成已经可以预想到了。播下麦种还不及一个月，田地里已经长出茂密的麦苗。"投种"二句用夸张的手法，言田间郁郁葱葱，麦苗长势良好，流露出苏轼看到麦苗后的欣喜之情，体现出苏轼对于生活的希望与热忱。

"农父"以下是农人向苏轼传授经验：不要让麦苗长得太过茂密。如果你想有更多的收成，需要放牛牧羊，让它们践踏草地，这样麦子的收成会更多。苏轼感恩农人的建议，并表达诚挚的谢意：若将来有饱餐之日，我一定不会忘记您的告诫！周紫芝《竹坡诗话》云："河朔土人言，河朔地广，麦苗弥望，方其盛时，须使人纵牧其间，践蹂令稍疏，则其收倍多。"这是我们的祖先在长期劳动实践中总结出来的丰收经验，代代相承，相沿成习。苏轼此前缺乏耕种经验，在跟随老农学习后，不禁开始期待未来丰收的场景，字里行间洋溢着学到新知识的快乐。

汪师韩《苏诗选评笺释》卷三曰："此首专言种麦，述农父问答有情。"此诗记录了苏轼耕种庄稼并虚心听从农人建议的事。诗歌既没有陶渊明诗"悠然见南山"的道家之气，也没有王维诗"空山不见人"的禅味，而是有着执着于现实又超越现实的豁达，从现实生活中去感悟生命本体的存在，从而抒发劳动后的喜悦、对丰收的渴望、与当地农人良好的互动，进而表现出苏轼豁达乐观的胸怀和对生活的热爱。诗歌情感真切，描写细腻，语言质朴，如话家常，"悉数四时田事，风霜月露，宛转关情"（《唐宋诗醇》卷三语）。

正月二十日，与潘、郭二生出郊寻春，忽记去年是日同至女王城作诗，乃和前韵①

> 东风未肯入东门，走马还寻去岁村。
> 人似秋鸿来有信②，事如春梦了无痕③。
> 江城白酒三杯酽，野老苍颜一笑温④。
> 已约年年为此会，故人不用赋《招魂》⑤。

【注释】

① 元丰五年（1082）正月二十日作于黄州。潘、郭：见《正月二十日，往岐亭，郡人潘、古、郭三人送余于女王城东禅庄院》注释①。女王城：见同上。

② 秋鸿：秋天南飞的大雁。来有信：准时到来。

③ 春梦：春日之梦，喻世事无常，繁华易逝。岑参《阌乡送上官秀才归关西别业》："春梦渡黄河。"

④ 野老：田野老人。

⑤ 赋《招魂》：王逸《楚辞章句·招魂》序："《招魂》者，宋玉之所作也。宋玉怜哀屈原忠而斥弃，愁懑山泽，魂魄放佚，厥命将落，故作《招魂》。"按，据后人考证，《招魂》当为屈原自招生魂之作，王说误。

【评析】

旧地重游，不免有感于怀，是中国诗歌最常见的主题之一。元丰四年（1081）的正月二十日，苏轼曾往游岐亭，新交潘大临、古耕道、郭遘曾送苏轼至黄州城东十五里的女王城东庄禅院。时隔一年，苏轼与潘、郭两人出郊寻春，又来到了女王城。苏轼不禁回想起去年今日郊外所见的春景和友人相送的场面，感慨岁月如流，自己已经在黄州度过了第三个春天，心中不胜感慨，于是追和前韵，写下此诗。

诗歌开篇首句便涉笔成趣。东风是春的使者，总是它最先送来春天的信息。而如今东风连东门都"未肯"径入，暗示春日来迟，城中尚无春色。诗笔活泼，充满情趣。"走马"句点题：去年今日自己曾与友人郊外话别，当时郊外"稍闻决决流冰谷，尽放青青没烧痕"（《正月二十日，往岐亭，郡人潘、古、郭三人送余于女王城东禅庄院》），于是苏轼主动地"出郊寻春"，此二句信笔而下，承接自然。"人似"二句未言寻春所见，却抒心中所感：自己就像鸿雁一样信守约定，故地重游，但世事无常，人生如梦，往事随风，缥缈无踪。句中所言之"事"，并非去年出游之事，而是苏轼自"乌台诗案"以来的一系列经历。"事如春梦了无痕"所写的是苏轼面对世事的态度：只有将一切往事和烦恼都视为一场梦，推至虚无的境地之中，才能从失意痛苦中解脱出来。王文濡《宋元明诗评注读本》卷六曰："'春梦'句已入化境，非后人所能效颦。"此二句是苏轼自己心路历程的概括，对句工整，比喻新颖，含蓄隽永，托意深远，抒发人生如梦之叹，展现出苏轼自我安慰、强作乐观的情绪。纪昀评《苏文忠公诗集》卷二一称"三四警策"，信然。

"江城"二句将思绪重新拉回至出郊寻春途中，江城的白酒香浓醇厚，田间的老人笑意温和，山水和美，佳酿香醇，民风淳朴，此二句冲淡了前文的低回之感，流露出苏轼对安闲的黄州生活的满足。于是苏轼感叹：我在黄州生活得很好，已和这里的朋友们约定每年作此寻春之游，大家不必为我调还京城的事再奔走费心了。结句用《招魂》事，原指宋玉因屈原忠而被逐，赋《招魂》以讽谏怀王，希望怀王悔悟，召还屈原，这里用来借指苏轼的朋友们为他起复调还而作的种种努力。这并非牢骚和反语，而是真情实感的自然流露。

　　来到黄州三年以来，苏轼的心境逐渐发生了变化。他结交了新的朋友，和当地的百姓打成一片，也愈发热爱黄州的美景美食，对于曾经经历的痛苦，苏轼也能够以开阔旷达的襟怀泰然面对。生活的转变、心境的改变使得苏轼的黄州诗的创作风格也有了变化。本诗平易疏朗，落去锋芒，与杭、密、徐、湖时期那种恣纵挥洒、俳谐怒骂的诗风相比有了明显的不同，体现出苏轼豁达自适、淡泊开阔的人生态度。

红梅三首①

其　一

怕愁贪睡独开迟②，自恐冰容不入时③。
故作小红桃杏色④，尚余孤瘦雪霜姿。
寒心未肯随春态⑤，酒晕无端上玉肌⑥。
诗老不知梅格在，更看绿叶与青枝⑦。

① 元丰五年（1082）正月作于黄州。组诗共三首。

② 贪睡：言红梅睡眠如醉。

③ 冰容：冰清玉洁之面容。《玉台新咏》卷一〇王融《离合赋物为咏咏火》："冰容惭远鉴，水质谢明晖。"

④ 小红：浅红色。杜甫《江雨有怀郑典设》："点注桃花舒小红。"

⑤ 春态：春花婀娜之意态。白居易《立春后五日》："春态纷婀娜。"

⑥ 酒晕：饮酒后脸上所现之红晕。无端：无因。玉肌：女子莹洁的肌肤。以酒晕上玉肌喻梅之红。

⑦ "更看"句：石曼卿《红梅》诗云："认桃无绿叶，辨杏有青枝。"

【评析】

元丰五年正月，苏轼到达黄州已三年整。这一年里，东坡地丰收，雪堂落成，苏轼的黄州生活渐渐步入正轨，心境也渐趋平和，因此这段时间苏轼的诗文创作又达到了一个高峰。此年正月，适逢梅花盛开，苏轼因读北宋诗人石延年《红梅》一诗，有感而作这组诗，此为第一首。本诗作成后，苏轼又把其中一首改制成词，即《定风波·红梅》。

诗歌开篇便出以拟人手法，戏称梅花仿佛是一位害怕忧愁、酒醉贪睡的少女，所以才迟迟独自开放，美人似花，花似美人，情意婉转，别有风趣。接着苏轼道出其怕愁的原因：她担心自己洁白纯净的面容不合时宜，故而推迟开放。"故作"二句承上说，言梅花故意露出微红桃杏之色，妆扮出的一种从众的样貌，但依然保持着孤瘦高洁、不畏霜雪的姿态。此二句分别言梅花的外在形态和内在品格，暗喻苏轼有时不免从俗，但高洁本性不变。纪昀评《苏文忠公诗集》卷二一曰："中有寓托，不同刻画形似故也。"颈联对红梅的内心世界作了进一步探究。梅花傲霜斗雪的孤高之心不会随着春天的到来而改变，她的外表虽然呈现出粉红的桃杏色，但那不过是酒后泛起的红晕无来由地显露在美人玉脂般的面容上罢了。贺裳《载酒园诗话》卷一称此二句"尤无痕迹"。以上四句是苏轼借梅寓意，梅我不分，形神兼备，象征苏轼自己孤高闲雅、不随流俗的精神。

王文濡《宋元明诗评注读本》卷六云："写'红'字以严重出之，方不失梅之标格。下字具见斟酌，读者不可忽过。"前三联皆写红梅之红，而尾联是苏轼就前人写梅花的误区进行议论，可谓神来之笔。石曼卿曾作《红梅》诗，对此苏轼《志林》卷十评曰："若石曼卿《红梅》诗云：'认桃无绿叶，辨杏有青枝。'此至陋语，盖村学究体也。"其意是批评石曼卿的《红梅》诗只从"无绿叶"和"有青枝"来分辨红梅与桃、杏的区别，这是只求形似，而没有抓住红梅的神韵与品格，因此石氏《红梅》并非咏梅诗的佳作。从此句亦可知，苏轼高赞红梅，是因为苏轼欣赏、喜爱其"梅格"，而诗作中刻画的"梅格"，不仅在于其不畏严寒、凌霜傲雪之风姿，更在于其未随春态、不故作不凡、孤傲高洁的品格，这正是东坡咏红梅之慧眼独具、匠心独运处，也是他超越石延年《红梅》诗的真谛所在。

诗歌绘形绘神，言其色泽鲜艳，但品格孤高，并针对前人红梅之作进行批评，突出"梅格"之所在。若非苏轼有超尘拔俗的风骨、清高磊落的襟怀，便难以与红梅产生精神的共鸣，达到物我交融之境，也就无法创作出这样精妙绝伦的咏梅诗了。整首诗以人写花，托物咏志，浑然无迹，清旷灵隽，含蓄蕴藉，可谓咏红梅之绝唱。汪师韩《苏诗选评笺释》卷三赞曰："不着意红字则泛衍，然一落色相则又如涂涂附矣。石延年句岂不精切，而诗谓其不知梅格，知此者可与言诗。"

寒食雨二首 ①

其 一

自我来黄州，已过三寒食。
年年欲惜春，春去不容惜。
今年又苦雨，两月秋萧瑟。
卧闻海棠花，泥污燕脂雪 ②。
暗中偷负去 ③，夜半真有力 ④。
何殊病少年，病起头已白。

其 二

春江欲入户，雨势来不已。
小屋如渔舟，濛濛水云里。
空庖煮寒菜 ⑤，破灶烧湿苇。
那知是寒食，但见乌衔纸 ⑥。
君门深九重，坟墓在万里。
也拟哭途穷 ⑦，死灰吹不起 ⑧。

【注释】

① 元丰五年（1082）三月作于黄州。

② 燕脂：即胭脂，颜料名，色红。

③ 负：背。

④ "夜半"句：《庄子·大宗师》："夫藏舟于壑，藏山于泽，谓之固矣。然而夜半有力者负之而走，昧者不知也。"

⑤庖：厨房。寒菜：泛指冷菜。

⑥纸：清明前夕祭祀死者之纸钱。

⑦哭途穷：《晋书·阮籍传》载阮籍"时率意独驾，不由径路，车迹所穷，辄恸哭而返"。

⑧"死灰"句：《史记·韩长孺列传》："安国坐法抵罪，蒙狱吏田甲辱安国，安国曰：'死灰独不复然乎？'田甲曰：'然，即溺之。'"

【评析】

这两首诗就是著名的天下第三行书"黄州寒食帖"上的内容。经过了"乌台诗案"的打击，苏轼的写作风格少了些辛辣的讽刺，多了些深沉与思索。诗作于元丰五年三月的寒食节，记录了诗人被贬黄州期间凄凉的生活以及苦闷的心情。第一首借海棠花的凋零抒发身世之叹，第二首则直抒胸臆，表达无尽的愁苦与悲凉。

第一首诗抒发年华凋零的叹喟。诗人从元丰二年（1079）年初来到黄州，至今刚好三年，故曰"三寒食"。每一年都感叹着要珍惜春天，但春天转瞬即逝，不容人挽留和叹息。今年又苦于连连阴雨，接连两个月的气候都如秋季一般萧瑟。诗人在被贬黄州之前，一度在杭州、徐州、湖州等富饶的鱼米之乡为官，生活一直较为安定；自从被贬黄州，生活清贫落魄，仕途遥遥无望，过去与现在形成了鲜明的对比，这种"苦"与"萧瑟"既是对当下气候与环境的描写，也是诗人内心烦闷苦痛的写照。

"卧闻"句转向对海棠花的描写。诗人卧床，听着雨打海棠的声音，想象着如胭脂一样的花瓣像雪片一样凋落，它们只盛开了片刻，便随风凋零，沾染污泥，正如自己仕途刚刚起步，便遭遇横祸。在自然界的风雨面前，娇柔的海棠花别无选择，只能任凭风吹雨打；而在政治风雨面前，诗人也无能为力，只能接受被打击和贬谪的命运，两两对照，诗人不禁惜花自怜：造物主把娇艳的海棠偷偷背去，夜半的雨真有神力。雨中的海棠仿佛一位患病的少年，病愈时已然变成了双鬓斑白的老人。"暗中"二句化用《庄子·大宗师》之语，原意指无论多么精心的呵护，道物的损耗和消逝都是无法抗拒的，纪昀评《苏文忠公诗集》卷二一认为此处用事"殊笨"，即较为牵强，但结合《庄子·大宗师》后文"故圣人将游于物之所不得循而皆存"，不难发现此处是诗人借庄子的思想自我纾解；将海棠比作白发的少年，纯然独创，别有新意。

整首诗先描写了黄州春天的凄凉萧瑟，再借海棠花的凋零书写自己悲苦的经历，"词清味腴"（高步瀛《唐宋诗举要》卷一语），含蓄婉转，不用浓烈的渲染，被贬后悲凉凄苦的心情就自然流露出来了。

第二首则是由寒食节当日清苦的生活入手，直抒谪居之悲。全诗十二句，四句一层。首四句描写了诗人生活的环境：春江暴涨仿佛要冲进门户，雨势凶猛袭来似乎没有穷已。我的小屋宛如一叶渔舟，笼罩在濛濛水云里。诗歌首句便写出了雨后河水暴涨的冲击之势，压抑的气氛扑面而来，起势奇横，故赵克宜《角山楼苏诗评注汇钞》卷一〇赞"起五字有神"。开篇短短四句便将自己风雨飘摇、动荡不安的生活刻画得淋漓尽致，高步瀛《唐宋诗举要》卷一即云："极写荒凉之境，以喻感慨。"

"空庖"四句写诗人的日常生活：空旷的厨房里只有冰冷的饭菜，潮湿的芦苇在破旧的灶底燃烧，哪还知道这一天竟然是寒食，只看见乌鸦衔取烧剩的纸钱（才知道今天是寒食）。"空庖""寒菜""破灶""湿苇"四个衰败的意象连用，饥寒交迫的诗人形象顿时显现。"但见乌衔纸"，表明诗人本不知今日是寒食节，却吃着冰冷的食物，意在说明诗人经常吃不到热饭，常常以残羹冷炙为食，诗人拮据落魄的形象进一步凸显。

"君门"以下四句承接前句，在这个怀念先祖的特殊节日里，诗人不禁感慨万分：如今自己身在偏僻的黄州，天子的宫门有九重，深远难归；祖上的坟茔遥隔万里，不能吊祭。"君门"句用宋玉《九辩》中"君之门以九重"之意，言自己难以重返庙堂为君效力。短短十字，将谪居的困苦无依和仕途失意写得情深意切而又真挚感人。结尾二句连用典故："也拟"句化用阮籍典故，据传阮籍常常独自驾车外出，走到路的尽头不能再前进时，就痛哭而返；"死灰"句用韩安国之典，意在说明自己已经到了穷途末路的境地，人生道路将尽于此，就好比死灰无法复燃。诗人感叹：我只想学阮籍作穷途痛哭，心情如死灰一般，不想重新燃起。此二句以痛彻的心情写下自己仕途无望、生活凄凉的感慨，语极悲痛，令人叹惋；同时反用韩安国之典，意在表明自己对政治不再抱有幻想和热情。此外，"死灰"也是从"乌衔纸"这一写实的现象中产生的联想，这使得典故的使用更加生动传神，贴切自然。高步瀛《唐宋诗举要》卷一称"结语双关喻意"，信然！

整首诗以诗人的日常生活入手，以两个典故作结，于平实的叙述中融入复杂的情感，笔调苍凉，情意真切，汪师韩《苏诗选评笺释》卷一认为"后作尤精绝。结四句固是长叹之悲，起四句乃先极荒凉之境"，由艰苦的环境引出悲痛的叹息，隽永深沉，令人慨叹。

贺裳《载酒园诗话》卷一曰："黄州诗尤多不羁。'小屋如渔舟，濛濛水云里'一篇，最为沉痛。"这两首诗，前一首写惜春之情，后一首写谪居生活，二者相互补充，相互映照，极写落魄无依的生活状态和悲凄痛苦的心理活动，可谓苏轼被贬黄州时期的代表诗歌。

六年正月二十日，复出东门，仍用前韵①

乱山环合水侵门，身在淮南尽处村②。
五亩渐成终老计③，九重新扫旧巢痕④。
岂惟见惯沙鸥熟⑤，已觉来多钓石温。
长与东风约今日，暗香先返玉梅魂。

【注释】

①元丰六年（1083）正月作于黄州。东门：近东坡之门，在乾明寺前五十步。苏轼元丰四年（1081）正月二十日有《女王城》诗，元丰五年（1082）正月二十日有《与潘、郭二生出郊寻春》诗，至是年正月二十日"仍用前韵"，即用前两诗之韵。

②"身处"句：王存《元丰九域志》卷五：淮南西路辖黄州齐安郡，治黄冈。尽处村：谓其在该路南端。

③五亩：此指苏轼所垦辟之东坡。《孟子·梁惠王上》："五亩之宅，树之以桑，五十者可以衣帛矣。"

④旧巢：指苏轼曾供职之史馆。

⑤沙鸥熟：《列子·黄帝》："海上之人有好沤鸟者，每旦之海上，从沤鸟游，沤鸟之至者百住而不止。其父曰：'吾闻沤鸟皆从汝游，汝取来，吾玩之。'明日之海上，沤鸟舞而不下也。"

【评析】

这首诗作于元丰六年。苏轼在元丰四年作《正月二十日，往岐亭，郡人潘、古、郭三人送余于女王城东禅庄院》。元丰五年，作《正月二十日，与潘、郭二生出郊寻春，忽记去年是日同至女王城作诗，乃和前韵》。今年正月二十日又一次去郊外寻春，作诗仍用前韵，故称"复出东门"，诗歌有希望朝廷再起用自己之意。

诗歌首二句先言自己的生活环境和地理位置：荒山环绕我的住所，江水流经我的屋门，自己居住在淮南西路尽处一个荒凉的小山村。"乱""侵"二字写出了地理位置的偏僻和周围环境的险恶。接下来两句，苏轼讲述自己的人生处境："五亩"句言在黄州置田终老的计划已经逐渐形成，此句用《孟子》典，"五亩"当为虚指，是对自己开垦的荒地的代称；"九重"句言自己重新被任用的可能性不大，"九重"出自宋玉《九辩》"君之门以九重"。据陆游《施司谏注东坡诗序》，元丰新制，罢三馆秘阁，并罢职事官带职，苏轼曾任职的直史馆也在废除之列。此句言自己被削官已久，自是难返朝中，不如闲居黄州。二句用典贴切自然，流露出失落无奈之情。

颈联进一步解释自己打算终老黄州的原因：我不仅已经和江边的沙鸥相熟，就连我常去的垂钓之处，那里的钓石都变得温暖起来。此二句用《列子》典，言自己已经与周围的一景一物都有了感情，遂不舍离开。此二句是强作旷达之语，苏轼心中对回朝为官还是念念不忘，因此有了尾联二句：很久以前我就与东风作好了今天的约定，梅花再度开放前，先让梅花的香魂返回。"东风"有春来送暖之意，此处暗指君王。"暗香"句的隐喻更加含蓄，冯应榴认为，此二句化用韩偓《湖南梅花一冬再发偶题于花援》"玉为通体依稀见，香号返魂容易回"之句，此诗结云："夭桃莫倚东风势，调鼎何曾用不材？"诗歌本意是抒发怀才不遇之叹，苏诗意本此。苏轼被贬黄州，如韩偓被排挤到湖南，虽然当时的权相极力排挤韩偓，但"神宗独为保全，亦犹致光之见知于昭宗"。结合韩诗，方能发现苏诗中苏轼希望自己能够再度得以任用的愿望，故冯应榴《苏文忠诗合注》卷二十二云："'先返玉梅魂'，盖以神宗之必不忍绝弃也。

而语意浑然，恰是收足'复出东门'意。此老诗诚非浅人所能读也。"

汪师韩《苏诗选评笺释》卷三曰："词旨温厚，意味深长。在集内近体诗中，更进一格。"整首诗由眼前生活的场景入手，似乎写出了苏轼安于黄州生活、欲于此终老，却在结尾含蓄地化用典故，透露出想要重回朝中、渴望得以任用的愿望。语言平实，用典精当，情意真挚，无怪乎纪昀评《苏文忠公诗集》卷二二以"温雅可诵"称赞本诗。

南堂五首①

其 五

扫地焚香闭阁眠，簟纹如水帐如烟②。
客来梦觉知何处，挂起西窗浪接天。

【注释】

① 元丰六年（1083）五月作于黄州。南堂：苏轼《与蔡景繁书》之九云："临皋南畔，竟添却屋三间，极虚敞，便夏，蒙赐不浅。"又之十一云："近葺小屋，强名南堂。暑月少舒，蒙德殊厚。"

② 簟纹如水：谓竹席织纹如水波。李商隐《偶题二首》之一："水文簟上琥珀枕。"帐如烟：南唐尉迟偓《中朝故事》："路岩即贬儋州百姓。至江陵，籍没家产，不知纪极。有蚊橱一顶，轻密如烟，人疑其鲛绡也。"李白《乌夜啼》："机中织锦秦川女，碧纱如烟隔窗语。"

【评析】

苏轼初到黄州，暂住在距离大江八十步的临皋亭。元丰六年五月，在友人的大力支持下，苏轼在亭的南畔筑屋三间，名曰南堂，并作此组诗。五首诗的立意各自不同，独立成篇又相互联接。其一交代南堂的地理位置；其二写南堂"书小字""炼丹砂"的日常生活；其三通过前后两年居住条件的对比，言居住南堂的满足感；其四描写了苏轼与周围农人、孩童、友人的和睦关系。这些都是东坡在黄州生活的精神支柱。此为第五首，是对前四首诗歌内容的总结，也是五首诗中艺术成就最高的一首。

诗的前两句描写苏轼在南堂的日常生活：扫完地，焚过香，关闭南堂的门安心入睡，竹席的细纹如水波的涟漪，罗帐的薄纱如轻烟弥散。"簟纹"一句两处比喻，皆为化用：李商隐《偶题二首》之一云"水文簟上琥珀枕"，簟纹如水，言竹席的纹理细腻；"帐如烟"则用南唐尉迟偓《中朝故事》中"轻密如烟"之语。此二句分别言苏轼在南堂的日常活动与房间的布置，营造出一个安静清幽的空间，体现出苏轼安闲自得的生活状态，仿佛有韦应物"鲜食寡欲，所居焚香扫地而坐"的高洁情怀。故王士禛《带经堂诗话》卷九云："可追踪唐贤。"

然而客人的来访使得苏轼从梦中惊醒，恍然发觉自己身在何处，末句以景作结：挂起西窗的帘子望出去，外面碧浪连接远天，水天相接，浩渺无边。此句不仅描绘出窗外清美辽旷的景色，亦是苏轼清远洒脱心境的体现。这是一种镜框式的写景艺术，从杜甫"窗含西岭千秋雪"以来，宋人最喜欢这种构思方法，如曾公亮《宿甘露寺僧舍》"要看银山拍天浪，开窗放入大江来"、曾巩《西楼》"朱楼四面钩疏箔，卧看千山急雨来"等，都是以窗户来涵容一个无限阔大的境界，来显示"我"与大千世界的主客关系，表现"我"的心胸境界。查慎行《初白庵诗评》卷中云："'客来梦觉知何处'二句，想见襟怀。"同时，以景作结，含蓄隽永，意味无穷。

诗歌没有消极的情绪，只是平淡如水地叙述苏轼自己的日常生活，忽以清旷之景作结，出人意表又耐人寻味，表现了他旷达洒脱的襟怀。纪昀评《苏文忠公诗集》卷二二曰："此首兴象自然，不似前四首有宋人椏杈之状。"苏轼在黄州的诗歌较多地呈现出唐人绝句的风格，这大概与他有较多余暇，在艺术上对唐诗有较多的研究有关。

橄榄 ①

纷纷青子落红盐 ②，正味森森苦且严 ③。
待得微甘回齿颊，已输崖蜜十分甜 ④。

【注释】

① 元丰五年（1082）作于黄州。橄榄：常绿乔木。果实又名"青果"，色青，熟则淡黄。果可生食或渍制，亦可药用，味微涩，食后渐回甘。原产于我国南方，闽、广等暖地最多。

② "纷纷"句：《王直方诗话》："范景仁言：'橄榄木高大难采，以盐擦木身，则其实自落。此所以有落红盐之语也。'"

③ 正味：纯正之滋味。苦且严：橄榄味苦微涩。

④ 崖蜜：一说为樱桃，一说为山间野蜂所酿蜜。又称"石蜜""岩蜜"。

【评析】

在宋代，产自南方偏远地区的橄榄已经广泛流行于民间百姓的日常生活，橄榄由于先苦涩后回甘的独特味觉而广受宋人好评，梅尧臣赞其"虽咀涩难任，竟当甘莫敌"（《玉汝遗橄榄》），欧阳修谓其"真味久愈在"（《水谷夜行寄子美圣俞》）、"酸苦不相入，初争久方和。……饧饴儿女甜，遗味久则那"（《橄榄》），刘敞言其"至美或莫售。……华堂娱嘉宾，甘脆陈左右"（《橄榄》），苏轼在黄州期间，亦作橄榄诗。诗作虽仅有二十八字，却别有深意，韵味无穷。

诗歌首句介绍农人以红盐擦于树干以采摘橄榄的过程。一个"青"字，精准地突出了橄榄的特征，"青子""红盐"相衬，别有情味。史绳祖《学斋占毕》卷一称"东坡谓诗人咏物，至不可移易之妙"，并以本诗为例："盖凡果之生也必青，及熟也必变色……惟有橄榄，虽熟亦青，故谓之'青子'，不可他用也。"他指出，只有橄榄这种水果在成熟后依旧是青色的，若以"青"字形容成熟掉落的果实，必然指称的是橄榄了。但实际上，苏轼所谓的"以红盐采橄榄"只是苏轼的猜想。陈鹄《耆旧续闻》卷二引徐师川之语云："盖北人相传，以为橄榄树高难取，南人用盐擦，则其子自落。今南人取橄榄虽不然，然犹有此语也。东坡遂用其事。"而又据《本草图经》论盐："北海青，南海赤。"虽然这一"以红盐采橄榄"的方式遭到了后人的否认，但这似乎已经成了广为流传的说法，如周紫芝《食橄榄记客语》曰"红盐落青子"，吴礼之《浣溪沙·橄榄》云"红盐落子不因霜"，叶茵《橄榄》称"落尽红盐子更青"，可见苏诗的独特魅力。"正味"句紧承前句，言橄榄摘下后，初入口时滋味苦涩。在宋代，调味手法日益精进，各种配料五花八门，不假外物的天然之味在宋代却极受欢迎，人们在饮食时崇尚本真自然的属性。如倪思《经鉏堂杂志》卷二曾言："人食多以五味杂之，未有知正味者。若淡食，则本自甘美。"

而正是甘于接受苦涩的"正味"，方能品尝出此后的甘甜。"待得"二句便言苦涩之味散尽，唇齿间留下的细微甘甜似乎比"崖蜜"还要甜。对于"崖蜜"的指代，历代可分为两种观点。释惠洪《冷斋夜话》卷一曰："事见《鬼谷子》，曰：'照夜，青萤也；百花，酿蜜也；崖蜜，樱桃也。'"王楙《野客丛书》卷一七以魏文帝诏中的"石蜜"与"龙眼、荔枝"相对，称本诗中"崖蜜"即樱桃。（魏文帝曾诏曰："南方有龙眼、荔枝，不比西园葡萄、石蜜。"）朱翌《猗觉寮杂记》卷二亦持此说。而冯应榴《苏文忠诗合注》卷二十二却指出《冷斋夜话》语不足信："《冷斋夜话》中谓崖蜜是樱桃。但班固《终南颂》：'蜜房溜其巅。'左思《蜀都赋》：'蜜房郁毓被其阜。'即所谓崖蜜也。"遍阅苏轼诗词作品，不难发现苏轼有食蜜的习惯：他曾作《次韵刘焘抚勾蜜渍荔支》《次韵曾仲锡承议食蜜渍生荔支》；在《南堂五首》其四中言"山家为割千房蜜"，指出黄州当地人有食蜂蜜的传统；而其作品中亦常以蜜为喻，如"送老齑盐甘似蜜""高烧油烛斟蜜酒""甜酒如蜜汁"。故此处以山间野蜂所酿蜜作衬托的可能性更大。"已输崖蜜十分甜"，是以夸张的手法突出回甘与"正味"的差别，强调其独特的食用感受。何曰愈《退庵诗话》卷四更是以"余最喜其蕴藉有味"赞此二句。

诗歌突出了橄榄初食生涩、后有回甘的独特口味，实言要学会从苦涩中品尝到更为丰富的韵味。一方面，这体现了我国古代诗学中的一个重要审美范畴，即从"苦"中寻找深婉隽永的回甘，如欧阳修称"初如食橄榄"（《水谷夜行寄子美圣俞》），朱熹言"要从苦淡识清妍"（《过高台携信老诗集夜读上封方丈次敬夫韵》）。另一方面，这也有苏轼自寓之意。苏轼被贬黄州已三年有余，其间饱受苦难折磨，然而苏轼能够积极调适心态，于困苦的环境中品尝出生活的乐趣，这与食橄榄过程中苦中寻甘有相似之处。其《定惠院寓居月夜偶出次韵》诗中"少年幸苦真食蓼，老境安闲如啖蔗"亦是此理。故汪师韩《苏诗选评笺释》卷四评曰："味美于回，故味不可味，非为苦严扼惜也。曰'正味'，曰'十分甜'，笔法自寓。"

东坡^①

雨洗东坡月色清，市人行尽野人行^②。
莫嫌荦确坡头路^③，自爱铿然曳杖声。

【注释】

① 元丰六年（1083）作于黄州。

② 野人：苏轼自谓。

③ 荦（luò）确：山石不平貌。韩愈《山石》诗："山石荦确行径微，黄昏到寺蝙蝠飞。"

【评析】

嘉祐四年（1059），已双双考中进士的苏轼、苏辙曾随父亲苏洵取道长江赴汴京，船过忠州时，一行人前往城东拜谒当年白居易的东坡遗址。白居易在忠州勤政爱民，宽刑减税，与州民在"东坡"开荒种田，栽花植树，且留下了许多关于忠州东坡的诗词，如"持钱买花树，城东坡上栽"（《东坡种花二首》其一），"朝上东坡步，夕上东坡步。东坡何所爱，爱此新成树"（《步东坡》）。苏轼深受触动，亦作诗把自己比作当年的白居易，吟诗道"我似乐天君记取""我甚似乐天""定似香山老居士"等，表达了他对白居易的敬重和仰慕之情。苏轼来到黄州以后，在东门外开垦荒地，也效仿白居易的忠州东坡之名，为此地取名为"东坡"，并作为自己的别号。本诗描绘的就是雨后月夜的东坡之景。

"雨洗"二句言一场大雨的洗刷使得东坡干净清爽，清朗澄澈的月光倾泻下来，更为东坡增添了一份澄明与宁静。此时夜色已深，路上行人已尽，苏轼才出门欣赏这东坡夜景。苏轼以野人自称，将自己置于与"市人"对立的地位上，有不与世俗之人共处之超拔之意。

"莫嫌"二句笔调一转：不要嫌弃这里山路崎岖不平，我自爱这挂着拐杖铿然有力的声音。此二句别有寄托，寓意深远："荦确"不仅言眼前的路山石众多，更寓意着人生道路多有险阻，坎坷不平，"铿然曳杖"则是苏轼面对艰难险阻时昂扬的姿态，体现出苏轼精神抖擞、曳杖前行的豪迈气概和不畏艰险、直面困难的拼搏精神，塑造了苏轼乐观豁达、意气昂扬的勇者形象。陈衍《宋诗精华录》卷二赞曰："东坡兴趣佳，不论何题，必有一二佳句。此类是也。"

苏轼以清丽的笔调写对雨后月下的荒坡的赏爱，也表明了自己面对人生坎坷时不屈服、不退缩、昂首向前的人生态度，体现作者不避坎坷的洒脱胸襟。虽是一首平常小诗，却包含无限韵味，纪昀评《苏文忠公诗集》卷二二称本诗"风致不凡"，王文诰《苏文忠公诗编注集成总案》卷二二称"此类句出自天成，人不可学"，赵克宜《角山楼苏诗评注汇钞》卷一〇更是道"拈出小境入神"，可见诗评家对本诗的赞誉。

和秦太虚梅花①

西湖处士骨应槁，只有此诗君压倒②。
东坡先生心已灰，为爱君诗被花恼。
多情立马待黄昏，残雪消迟月出早。
江头千树春欲暗，竹外一枝斜更好。
孤山山下醉眠处，点缀裙腰纷不扫③。
万里春随逐客来④，十年花送佳人老⑤。
去年花开我已病，今年对花还草草⑥。
不知风雨卷春归，收拾余香还界旻⑦。

【注释】

①元丰七年（1084）正月作于黄州。秦太虚：秦观，一字太虚，有《和黄法曹忆建溪梅花》。

②"西湖"二句：处士：称未出仕之士人。西湖处士，指林逋。欧阳修《归田录》卷下："处士林逋，居于杭州西湖之孤山。逋工笔画，善为诗。"

③"孤山"二句：东坡曾于熙宁四年（1071）六月至熙宁七年（1074）九月通判杭州，故有"孤山醉眠"之语。孤山：见《腊日游孤山，访惠勤、惠思二僧》诗注释①。裙腰：如裙腰之小路。白居易《杭州春望》诗："谁开湖寺西南路，草绿裙腰一道斜。"

④万里：夸辞，极言自己从杭州历密、徐、湖州辗转至黄州，路途之远。逐客：贬逐之臣。杜甫《梦李白二首》之一："江南瘴疠地，逐客无消息。"苏轼正谪黄州，故称。

⑤十年：轼以熙宁四年倅杭，至元丰七年，已十二载。此乃约举成

数。佳人：美好之人，指贤人君子。

⑥草草：即草率，匆促苟简之谓。杜甫《送长孙九侍御赴武威判官》："问君适万里，取别何草草。"

⑦畀（bì）：给与。《诗经·小雅·巷伯》："投畀有昊。"昊：指上天。

【评析】

苏轼一向喜爱梅花，他的诗集中以梅为题的就有近四十首，其中被贬黄州期间的《梅花二首》《红梅三首》与本诗皆是咏梅诗的佳作。秦观曾和法曹参军黄子理《忆建溪梅花》诗而作《和黄法曹忆建溪梅花》，苏轼高度赞扬此诗，并与之唱和，所作即本诗。

诗歌前四句夸赞秦观之诗，言善作梅花诗的林逋已去世多年，只有秦观的梅花诗可与之相比。实际上这是苏轼的夸赞之辞，他曾高度评价林逋的咏梅诗，对于"疏影"一联，苏轼《东坡题跋·评苏轼写物》卷三更是道其有"写物之功"。秦观这首《和黄法曹忆建溪梅花》却别出心裁，以移情的手法，借梅花的心情写自己的心绪，尤其是"清泪斑斑知有恨，恨春相逢苦不早。甘心结子待君来，洗雨梳风为谁好"四句，清新婉丽，思绪深沉，故而诗人称其压倒林诗。接着苏轼称自己本已心如死灰，如今读了秦观的梅花诗，又引发了观花、赏花的思绪，极言自己对秦诗的喜爱。

"多情"四句紧承前文，言黄昏时分，自己立刻骑马出行寻花，残雪还未消融，月儿出现得早，苏轼先以雪、月相衬，营造出一个清冷幽微的世界。"江头"二句言出行所见：江边千树万树的梅花竞相开放，繁花似锦，连春色都变得暗淡了；而竹林外一枝梅花斜插过来，亦别是一番风景。以"江头千树"对"竹外一枝"，言不论是繁花千丛，还是一枝独秀，两种风景皆有其美妙之处，但也许这枝梅花暗合苏轼的孤独的处境，因此苏轼认为一枝独秀的梅花在竹林的衬托下显得更加与世无争，也就"更好"了。此二句历来备受诗论家好评，如王直方《王直方诗话》曰："余独爱坡两句云：'江头千树春欲暗，竹外一枝斜更好。'后必有能辩之者。"陈善《扪虱新话》卷七称："此便是坡作夹竹梅花图，但未下笔耳。每咏其句，便如行孤山篱落间，风光物采来照映，人应接不暇也。"方回《瀛奎律髓》卷二十赞其"绝奇"。沈德潜《说诗晬语》卷下云："咏梅诗应以庚子山之'枝高出手寒'、苏东坡之'竹外一枝斜更好'为上。"赵克宜《角山楼苏诗评注汇钞》卷一〇曰："'江头千树春欲暗'，一点不着色相，所以为高。"田同之《西圃诗说》更是将本诗与林逋《梅花》诗中的经典名句"雪后园林才半树，水边篱落忽横枝"相提并论："梅花诗，东坡'竹外'七字及和靖'雪后'一联，自是象外孤寄。"

"孤山"以下四句是苏轼的回忆。苏轼曾任杭州通判，那孤山山下的放鹤亭正是林逋赋诗醉眠之处，点缀在小路中的落梅无人清扫。自杭州任官，恍惚之间已经十余年，如今春天依旧追随我而来，梅花依旧盛开，然而自己却逐渐衰老。此句中"客""佳人"都是苏轼自喻，以眼前梅花之繁盛、春日之和暖衬托自己日渐苍老、仕途不顺，更有凄凉落寞之感，颇有"年年岁岁花相似，岁岁年年人不同"之味。

结尾四句在今昔对比之中，抒发怅然之叹：去年梅花开放时，我已经体弱多病，今年面对这繁花，心情依旧不佳。不知风雨何时卷着春意归去，我带着这些梅花余香返回天堂该有多好。梅花年年相似，而自己却每况愈下，苏轼自觉自己辜负了大好的春光和斗艳的梅花，遂言自己已经没有什么心情再游春赏花了，还不如早些结束生命为好。诗作结尾两用《诗经》典，抒沉重的身世之叹，言语深沉，凄婉悲凉。

不同于秦观缠绵深情的风格，苏轼这首和作由花及人，由回忆至现实，以繁花年年如旧衬托自己心境日益苍老，沉痛低回，寄慨遥深，魏庆之《诗人玉屑》云："语虽平易，然颇得梅之幽独闲静之趣。"韦居安《梅磵诗话》评曰："梅格高韵胜，诗人见之吟咏多矣。自和靖'香影'一联为古今绝唱，诗家多推尊之。其后东坡次少游'槁'字韵，及谪罗浮时赋古诗三篇，运意琢句，造微入妙，极其形容之工，真可企媲孤山，以此见骚人咏物，愈出而愈奇也。"

海棠①

东风袅袅泛崇光②，香雾空濛月转廊③。
只恐夜深花睡去④，故烧高烛照红妆。

【注释】

①元丰七年（1084）春作于黄州。

②崇：高也。崇光：日月照耀下树花之光。宋玉《招魂》："光风转蕙，泛崇兰些。"

③空濛：迷茫貌，多状烟岚或雨雾。谢朓《观朝雨诗》："空濛如薄雾，散漫似轻埃。"

④"只恐"句：释惠洪《冷斋夜话》卷一引《杨妃外传》云："明皇登沉香亭，诏妃子。妃子时卯酒未醒，命力士从侍儿扶掖而至。妃子醉歆残妆，钗横鬓乱，不能再拜。明皇笑曰：'是岂妃子醉邪？海棠睡未足耳。'"苏轼此处转以美人睡去喻海棠。

【评析】

海棠自古以来就是雅俗共赏的名花，素有"花中神仙""花贵妃"之称。苏轼居黄州期间，屋外有一株海棠，因海棠本产自蜀地，苏轼便视其为知己，并数次小酌花下，为之赋诗。他曾感叹"寓居定惠院之东，杂花满山，有海棠一株，土人不知贵也"，并以此株海棠自况。这首七绝也当是咏此海棠。

苏轼将海棠诗的写作背景置于春光月夜。开头描绘海棠的华贵风度：在春风的吹拂、月光的辉映下，海棠正漫溢着高大华贵的光彩。一个"泛"字，活画出了春意浓浓的景象，也勾勒出海棠灵活曼妙的身姿，极富动态美。"香雾"句则写海棠的芬芳。雾气氤氲，海棠花的芳香弥散开来，以空灵缥缈的景致言不可见的香气，营造了朦胧清雅的意境。月儿转过回廊，言时间在不知不觉中悄然流逝，暗指苏轼赏花时间已久，而自己浑然不觉。此二句从视觉、嗅觉的角度言海棠的光彩夺目、花香清雅，塑造了海棠高洁清丽的形象。

"只恐"二句由所见抒所感，苏轼化用唐明皇、杨贵妃事，将海棠比作娇艳的美人，言自己担心海棠因夜深而睡去，于是点燃高烛，照亮海棠艳红的妆容。在此二句中，苏轼视海棠与自己身处同一处境，同一命运，苏轼不忍心让海棠独自在黑夜中睡去，极言对海棠的爱护与怜惜。而苏轼身处荒凉的黄州，只好将自己的情思寄托于海棠花之上，亦流露出苏轼的孤寂与落寞。马位《秋窗随笔》云："苏子瞻'只恐夜深花睡去，故烧高烛照红妆'，有富贵气象。"

整首诗空灵雅致而又隽永深沉，流露出苏轼对海棠深沉的喜爱，由于其造语之工，想象之妙，感情之真诚，构思之别致，故而脍炙人口。方岳《深雪偶谈》评曰："不为事使，居然可爱。"

过江夜行武昌山上，闻黄州鼓角 ①

清风弄水月衔山 ②，幽人夜度吴王岘 ③。
黄州鼓角亦多情 ④，送我南来不辞远。
江南又闻出塞曲 ⑤，半杂江声作悲健。
谁言万方声一概 ⑥，鼍愤龙愁为余变。
我记江边枯柳树，未死相逢真识面。
他年一叶溯江来，还吹此曲相迎饯。

【注释】

①元丰七年（1084）四月作。武昌：今湖北鄂州，在长江之南。

②月衔山：山衔月之倒，状月落依山之象。李白《乌栖曲》："青山欲衔半边日。"

③幽人：隐士，此苏轼自谓。吴王岘：王十朋集注引任居实云："吴王岘，在武昌西山九曲亭下。"

④鼓角：鼓与号角，军中以传号令壮军威。杜甫《阁夜》："五更鼓角声悲壮，三峡星河影动摇。"

⑤出塞曲：《后汉书·班超传》注引《古今乐录》云："横吹，胡乐也。张骞入西域，传其法于长安，唯得摩诃兜勒一曲，李延年因之，更造新声二十八解，乘舆以为武乐，后汉以给边将，万人将军得之。在俗用者有《黄鹄》《陇头》《出关》《入关》《出塞》《入塞》《折杨柳》《黄覃子》《赤之杨》《望行人》十曲。"

⑥一概：一律。杜甫《秦州杂诗二十首》之四："万方声一概，吾道竟何之。"

【评析】

元丰七年三月，苏轼改任汝州团练副使、本州岛安置。四月离黄州时作此诗。改任汝州是苏轼生活的转机，使他对前途充满了信心；离别黄州，又使他对久居四年的贬所充满依恋之情。四月，苏轼乘舟顺江而下，黄州父老乡亲纷纷前来送别，本诗是苏轼即夜闻鼓角声，有感而作。赵克宜《角山楼苏诗评注汇钞》卷十一评本诗曰："题本偶触，写来却有味。"

诗作开篇简要勾勒出周围的环境：清风拂过水面，月儿还未落至山后，苏轼乘着夜色登上了吴王岘。一"弄"一"衔"，仿佛清风与明月也在与自己依依不舍地告别，别有情致。苏轼自称"幽人"，委婉地表达了自己谪居黄州四年期间幽居生活的闲放落寞。接下来，黄州的鼓角声传来，仿佛它也不舍得我离开，特意为我南下而送行。其实真正烘托出"多情"氛围的是前来送别的黄州人民与苏轼的好友。苏轼在黄州期间，大家就劝苏轼终老此地，"山中友，鸡豚社酒，相劝老东坡。"（《满庭芳·归去来兮》）苏轼离开时，众乡亲父老又送别到江边，久久不忍离去。寓居武昌刘郎洑的王齐愈、王齐万兄弟，寓居麻城的陈季常，来看望东坡的杭州僧人参寥，县吏赵吉，都随上吴王岘，重温昔日之游趣与怀古之幽情。陈季常、参寥还陪东坡前往九江，同游庐山，确实可谓"南来不辞远"也。因此，苏轼将自己对于黄州的留恋和对当地百姓的不舍寄托于鼓角声中，故言其不辞路远，多情送别。

"江南"以下四句抒登临时的万千感慨。《出塞曲》伴着江涛声传来，声音悲凉豪健。以鼓角声送行，颇有新意。陈衍《宋诗精华录》卷二云："鼓角送行，未经人道过。"听闻送别之曲，苏轼忍不住感慨：谁说万方各地的心声一致？江水中鼍鳄、蛟龙似乎也为自己的离去而发怒和忧愁。此四句借以烘托他奉命赴任则喜、离黄别友则悲的复杂心声，可谓词有尽而意无穷。汪师韩《苏诗选评笺释》卷三云："已去之地，鼓角多情。新至之处，曲声悲健。妙是半杂江声，通彼我之怀，觉行役宵中，有声有色。"方东树《昭昧詹言》卷十二评曰："此可为流连光景等法。'谁言'句用杜精切。收四句仙气。"

"我记"句以下再次抒发对黄州的留恋和对当地友人的感激：我记得江边的柳树已经枯萎，而如今我生存下来，还能与大家告别，真是幸运。"柳""留"谐音，此二句以柳入诗，托物寄情，含蓄深挚。末尾两句是苏轼的想象，虚写自己日后驾一叶轻舟重返黄州，再次听到黄州父老乡亲鼓角吹奏以相迎钱的场景。此后苏轼又在《满庭芳·归去来兮》中言"好在堂前细柳，应念我、莫剪柔柯。仍传语，江南父老，时与晒渔蓑。"便与本诗有异曲同工之妙，均表达了对黄州风物与百姓的留恋之情。

费衮《梁溪漫志》卷四云："谪居于黄凡五年，移汝。既去黄，夜行武昌山上回望，东坡闻黄州鼓角，凄然泣下。"诗作真切地刻画了苏轼乘舟离开黄州之际的不舍之情，并托鼓角、江水、枯柳寄情，言语真诚，情感饱满，具有强烈的感染力。纪昀评《苏文忠公诗集》卷二十三称本诗"语特深秀"，张佩纶《涧于日记》亦赞曰："开合动荡，节短韵长。"

庐山二胜[①] 并叙

余游庐山，南北得十五六奇胜，殆不可胜纪。而懒不作诗，

独择其尤佳者作二首

其一　开先漱玉亭^②

高岩下赤日，深谷来悲风^③。

擘开青玉峡，飞出两白龙。

乱沫散霜雪，古潭摇清空。

余流滑无声，快泻双石䃮^④。

我来不忍去，月出飞桥东。

荡荡白银阙^⑤，沉沉水精宫^⑥。

愿随琴高生，脚踏赤鲤公^⑦。

手持白芙蕖，跳下清泠中^⑧。

【注释】

① 元丰七年（1084）五月作。庐山：在江西九江南。北临长江，东南傍鄱阳湖，古称"南障山"。相传秦末有匡俗兄弟七人庐居于此，因称庐山。

② 开先：寺名。《舆地纪胜》卷二五《南康军》："开先寺，在城西十五里，李中主所作也。"漱玉亭：《明一统志》卷五二《九江府》："漱玉亭，在府西一十里，宋僧若愚建。瀑布泉落龙漱流经于此，萦亭而出，有如漱玉。"

③ 悲风：凄厉之风。李白《古风》之三十二："天寒悲风生，夜久众星没。"

④ 䃮（hóng）：《广韵》："䃮，大壑。"

⑤ 荡荡：动荡不定貌。银阙：仙人或天帝所居之宫阙。萧绎《扬州梁安寺碑》："银阙金宫，出瀛州之下。"

⑥ 沉沉：深貌。水精宫：传说中以水晶造就之宫殿，常以称龙王之

宅第。

⑦ 赤鯶公：谓鲤鱼。段成式《酉阳杂俎·前集》卷一七："国朝律：取得鲤鱼即宜放，仍不得吃，号赤鯶公。"

⑧ 清泠：指清凉之水。

【评析】

庐山作为一座名山，受到了历朝历代文人们的向往和吟咏。孟浩然《晚泊浔阳望庐山》、李白《望庐山瀑布》、白居易《大林寺桃花》皆是描写庐山风景的著名诗歌。苏轼两度登上庐山，留下了很多脍炙人口的诗篇。元丰七年四月，苏轼自黄州赴任汝州，特地绕道往江西看望谪贬筠州监酒税的弟弟苏辙，并乘舟经鄱阳湖至庐山南，泊舟星渚，观游庐山。在《自记庐山诗》中，苏轼记录了观赏庐山的感受："山谷奇秀，平生所未见，殆应接不暇，遂发意不欲作诗。"由于庐山风景众多，苏轼目不暇接，醉心山水，故初入山时所作之诗不多。此后"往来山南北十余日，以为胜绝不可胜谈，择其尤者，莫如漱玉亭、三峡桥，故作此二诗"。苏轼认为，庐山风景中，最值得称道的即开先漱玉亭与栖贤三峡桥，于是作《庐山二胜》二首，纪昀评《苏文忠公诗集》卷二三评此二诗曰："不必定有深意，直是气象不同。与《三峡桥》诗俱奇警。此近太白，彼近昌黎。"此处选其一，描写的是开先寺漱玉亭。

诗歌首四句描绘漱玉亭周围的风景：山崖陡峭，遮蔽了直射下来的烈日，峡谷高深，凄厉之风在耳边呼啸。险峻陡峭的青玉峡中，谷帘泉、开先瀑宛如两条白龙飞泻而下。此四句率先描绘出高耸险峻的山势，营造了突兀森郁的气氛，语言雄奇峭健，颇有太白之风。诚如杨万里《又跋东坡、太白瀑布诗，示开先序禅师》所言："东坡太白两诗翁，诗到庐山笔更锋。倒挂银河分一派，擘开玉峡出双龙。"瞿佑《归田诗话》卷中亦云:"意气伟然,真可以追踪太白矣!"

"乱沫"四句言"漱玉"之景:泉水和瀑布直落而下,水滴四散,泡沫飞溅,如散落的霜雪,汇集而成的古潭却水波平缓,清澈澄净。一静一动,一喧闹一空灵,二者形成截然的反差。从潭中流出的溪水滑流无声,又飞速流入下面的石谷之中,至此奔涌而下的瀑布经历了高岩、深谷、玉峡、古潭、直至石𥖁,方消失于视野之中。此四句一气而下,势不可当,秩序井然,体物入微,虽未言声响,但见泉流漱石之景,亦可想见声若击玉之声,可谓"奇势迭出,曲尽其妙"(《唐宋诗醇》卷三七语)。汪师韩《苏诗选评笺释》卷三赞曰:"青峡白龙,纸上声光勃发。'高岩下赤日'以下写瀑布,奇势迭出,曲尽其妙。此巨灵开山手,徐凝恶诗诚不足道耳。"

"我来"句起绘夜景。苏轼直言自己来到漱玉亭后不忍离开,不知不觉中月亮已经跃出桥面。"荡荡"二句写天空中的银辉与潭水中的倒影相呼应,潭中空明澄净,仿佛有一座银色的水晶宫,苏轼以浪漫的想象构建了一个空灵澄澈的水中世界,惹人浮想联翩。

"愿随"四句言苏轼月下望潭,不禁展开想象:我愿意追随琴高,手持芙蕖跳入潭中,乘着赤鲤尽情遨游!传说琴高为周末赵人,能鼓琴,后于涿水乘鲤归仙。此四句用《列仙传》传说及《庄子》典,极言自己渴望成仙归去,展现出对月下清潭的着迷,对水中幻境的向往。姚范《援鹑堂笔记》卷四十云:"东坡先生诗,词意天得,常语快句,乘云驭风,如不经虑而出之也。凄澹豪丽,并臻妙诣。至于神来气来,如导师说无上妙谛,如飞天仙人下视尘界。"王文诰《苏文忠公诗编注集成总案》卷二三亦盛赞曰:"此诗前亦易办,后四句陡然便住,有非神工鬼斧所及。他人纵来得,亦了不得也。"

朱熹游庐山时云"老仙有妙句,千古擅奇崛"(《奉同尤延之提举庐山杂咏十四篇》其四《栖贤院三峡桥》)。此处"老仙"即苏轼。本诗通过描绘漱玉亭飞瀑的壮观画面和月映古潭的空灵境界，展现出苏轼天才横逸的文思和浪漫奇特的想象。诗作雄奇奔放，意境开阔，可谓庐山诗佳作。刘辰翁批点本《东坡诗集》评曰："写得是此兴味，不可复措。"刘埙《隐居通义》卷十对本诗更是进行了全面的评价："东坡先生苏文忠公题庐山《漱玉亭》诗云：'高岩下赤日，深谷来悲风。擘开青玉峡，飞出两白龙。'此等句语雄奇峭健，宜必有超轶绝尘之句以终之，而其末乃不过曰'愿随琴高生，脚踏赤鲤公。手持白芙蕖，跳下清泠中。'且意度卑甚，殊无归宿，与起句如出两手。岂非坡公天才横纵，肆笔成书，非若拘谪者以排布锻炼为工，故若是耶！"

赠东林总长老 ①

溪声便是广长舌 ②，山色岂非清净身 ③。
夜来八万四千偈 ④，他日如何举似人 ⑤。

【注释】

① 元丰七年（1084）五月作。东林：寺名。《舆地纪胜》卷三〇《江州》："东林寺，晋太元十一年建。唐号太平兴龙寺。最为庐山之古刹。"总长老：谓东林住持常总禅师。

② 广长舌：佛教谓佛有三十二相，第二十七为广长舌相。

③ 清净身：清净无相之身。

④ 八万四千：极言其多。偈：梵语"偈陀"之省，为佛经中之颂或佛教徒阐述教义之韵语。

⑤ 举似人：即向人述说。似，与、向。

【评析】

东林寺系庐山古刹，是晋江州刺史桓伊于太元十一年（386）为释慧远所建，因释慧永先居西林寺，此寺在东，故名东林。"总长老"指昭觉禅师常总，据《僧宝传》，常总十一岁出家，元丰三年（1080）朝旨改东林为禅寺，命僧常总住持，遂为东林第一代祖师。此苏轼游庐山，常总做伴随他直至西林，苏轼以此诗赠给好客的高僧。《五灯会元》卷十七《东林总禅师法嗣·内翰苏轼居士》条有云："内翰苏轼居士字子瞻，因宿东林，与昭觉论无情话，有省，黎明献偈。"云云，所献即此诗。

"溪声便是广长舌，山色岂非清净身"，巧用佛典，禅偈入诗，对仗工整，令人耳目一新。"相"是印度固有的信仰。据说佛陀具有三十二相，第二十七即广长舌相，舌叶广长，覆面及发。《大智度论》卷八载："是时，佛出广长舌，覆面上至发际，语婆罗门言：'汝见经书，颇有如此舌人而作妄语不？'"后来借喻能言善辩。"清净身"即清净光明的佛身。这两句是说溪水汩汩流淌，声音便是佛陀色身"三十二相"之一的广长舌相，山色清幽秀丽，仿佛是清净光明的佛法之身。苏轼用拟人化手法状写庐山风光之美，又借庐山美景比拟佛法的奥妙，意在借庐山之景言佛法无处不在之理。孙奕《示儿编》卷十赞曰："以'溪''山'见僧之体，以'广长舌''清净身'见僧之用，诚古今绝唱！"翁方纲《石洲诗话》卷三亦云："苏公之诗，惟其自言'河声便是广长舌，山色岂非清净身'二语，足以尽之。"

《楞严经》云："心能转物，即同如来。"物可由心而转，那么自然万物的声音在苏轼听来都好像释迦牟尼在宣扬佛法一样。"夜来八万四千偈"，极言溪声山色包罗万象，"八万四千"是佛典表示事物众多的数字，如《法华经·见宝塔品》："若持八万四千法藏，十二部经，为人演说。"这里则形容偈颂之多。但此"八万四千偈"只有在此时此刻的庐山之中、虎溪之旁才能真正体会，仿佛苏轼已融于自然的佛理之中。若是离开了此地，见不到此景，就无法向他人传达其中蕴藏的奥妙了。此二句言禅境只可意会、不可言传，只可自证、不可他求，表现出苏轼对法门圣境奥妙无穷的证悟。

有人将苏轼与王维相提并论。王维被誉为"诗佛"，苏轼的诗中也常常参透禅理。二人确有相似之处，《新刻东坡喜禅集》卷首云："子瞻平日熟于荀、孟、孙、吴，晚遇贬谪，落落穷乡，遂以内典为摈愁捐痛之物。浸淫久之，斐然有得。唐有香山，宋有子瞻，其风流往往相期，而其借禅以为文章，二公亦差去不远。……子瞻于生死二字，虽不能与维摩庞蕴争一线，然其谈笑轻安，坦然而化。如其为文章，则舖禅之槽，而因茹其华者多也。"

苏轼《夜直玉堂，携李之仪端叔诗百余首，读至夜半，书其后》诗云："每逢佳处辄参禅。"本篇亦当作如是观。陆树声《新刻东坡喜禅集》卷首："坡老平生喜谈般若，得此中三昧，故信口拈成，无非妙胜。"苏轼巧妙地把常总的佛学思想融入眼前所见之景，足见在诗歌创作和佛学两个方面都有极深的造诣。诚如释惠洪《冷斋夜话》卷七引所评："此老人于般若横说竖说，了无剩语，非其笔端有口，安能吐此不传之妙哉！"

题西林壁[①]

横看成岭侧成峰，远近高低各不同。
不识庐山真面目，只缘身在此山中。

①元丰七年（1084）五月作。西林：寺名。《舆地纪胜》卷三〇《江州》："西林寺，晋太和二年建。水石之美，亦东林之亚。"《山疏》："西林寺者，故沙门竺昙现之禅室也。竺死，其徒惠永自太行至浔阳就居之。太府卿浔范为之立寺，日西林。"

【评析】

苏轼《自记庐山诗》载："往来山南北十余日，以为胜绝不可胜谈，择其尤者，莫如漱玉亭、三峡桥，故作此二诗。最后与参寥同游西林，又作一绝。"其中的"二诗"即《庐山二胜》，后面的"一绝"，即为本诗。在庐山之行即将结束之际，苏轼在常总禅师的带领下游西林寺，而后创作了《题西林壁》。这首哲理诗历来为人们所称道，苏轼将自己的感悟蕴藏在对庐山的描写之中，于寻常的描写中体现出苏轼对自然景象的细腻观察和审美体验。

"横看成岭侧成峰，远近高低各不同。"这两句是实写游山所见。庐山是座丘壑纵横、峰峦起伏的大山，苏轼《初入庐山三首》其一就曾道："要识庐山面，他年是故人。"如果观者在山中，很难直观地统览庐山的全貌。苏轼从不同的角度观察庐山山峰时，所见的场景也有所不同。姚宽《西溪丛语》引南山宣律师《感通录》言："庐山七岭共会于东，合而成峰。"由于庐山特殊的风景构造，随着苏轼的移步换景，从不同角度观赏到的风景得以一一呈现。释惠洪《冷斋夜话》卷七引黄鲁直之语，曰："此老人于般若横说竖说，了无剩语，非其笔端有口，安能吐此不传之妙哉！"

后两句即景说理，抒发游山的体会。"不识庐山真面目"紧承上句，因为从远、近、高、低的不同视角出发，所见的景象各不相同，因此苏轼无法概括出庐山的真实面目。"只缘身在此山中"是对不识真面目的解释：之所以不能了解庐山的真面目，是因为自己身在庐山之中，视野受到了局限，无论视角如何转换，都只能见到庐山的局部。此二句展现了苏轼深入的哲理思考：他将对庐山的观察方式扩展到对世间万事万物的观察，如果想要全面客观地了解事物，一味地游于物内，容易陷入主观性和片面性的弊端，而若将游于物内和观乎物外相结合，就可以更加深刻、辩证、全面地认识事物。《庄子·秋水》中"大知观于远近"也是相似的道理。对此，杨慎《杨升庵全集》卷七十三评曰："盖处于物之外，方见物之真也。"汪师韩《苏诗选评笺释》卷三亦言："能作如是语，始是认取真面目者。妙高峰三日不见，而见之别峰，与此参看。"

这首诗语言清新质朴，明白晓畅，其中又蕴含着深刻的哲思领悟，给人以深刻的智慧启迪，可谓形象性和逻辑性的高度统一，用苏轼的话来说，便是"出新意于法度之中，寄妙理于豪放之外"（《书吴道子画后》），陈衍《宋诗精华录》卷二称"此诗有新思想，似未经人道过"。当然，亦有不以此诗为高者，纪昀评《苏文忠公诗集》卷二十三即云："亦是禅偈，而不甚露禅偈气。尚不取厌，以为高唱则未然。"

郭祥正家，醉画竹石壁上，郭作诗为谢，且遗二古铜剑[①]

空肠得酒芒角出[②]，肝肺槎牙生竹石[③]。
森然欲作不可回[④]，吐向君家雪色壁。
平生好诗仍好画，书墙涴壁长遭骂[⑤]。
不瞋不骂喜有余，世间谁复如君者。

一双铜剑秋水光^⑥，两首新诗争剑铓^⑦。
剑在床头诗在手，不知谁作蛟龙吼^⑧。

【注释】

① 元丰七年（1084）六月作于当涂。是年三月，郭祥正以汀州通判勒停家居，六月，苏轼过当涂，为作画，并写此诗。郭祥正：字功父，自号"谢公山人"，又号"漳南浪士"，当涂（今安徽马鞍山当涂）人。少有诗名。举进士。熙宁中以殿中丞致仕。元丰四年（1081）复出，通判汀州，知端州，又弃去，隐于县之青山而卒。有《青山集》。《宋史》有传。

② 芒角：植物初生之尖叶。

③ 槎牙：同"杈枒"。木歧枝。

④ 欲作：将兴，将生起。不可回：不可止。

⑤ 涴：污染。

⑥ 秋水：形容剑光冷峻明澈。白居易《李都尉古剑》："湛然玉匣中，秋水澄不流。"

⑦ 争剑铓：谓诗剑争辉，皆光彩逼人。铓：刃端。

⑧ "不知"句：古人常以剑比蛟龙。杜甫《相从行赠严二别驾》诗："把臂开尊饮我酒，酒酣击剑蛟龙吼。"

【评析】

郭祥正是当涂人，其诗作有太白遗风，仕途却并不顺畅。苏轼与郭祥正早有交往，熙宁年间苏轼通判杭州时，苏、郭之间即有尺牍往还。元丰七年夏天，苏轼送长子苏迈赴饶州德兴（今属江西）任县尉，而后携家人顺皖江而下，于六月二十三日舟过芜湖，月底到达当涂，并晤见了郭祥正。相会之时，苏轼在姑孰堂内乘醉遣兴，为郭作竹石图一幅，以志留念。郭祥正为表示谢意也当即作诗一首（已佚），并从床头取下两把古铜宝剑赠与苏轼。苏轼为此回赠本诗。

诗歌开篇先言苏轼借着酒兴挥笔作画，推杯换盏之间，苏轼疏笔勾勒，一幅《竹石图》便跃然纸上，仿佛是苏轼饮下的酒从竹叶中流泻出来。苏轼在《文与可画筼筜谷偃竹记》中曾言画竹当"急起从之，振笔直遂，以追其所见，如兔起鹘落，少纵则逝矣"，言成竹于胸后，应快速地将心中的构想画在纸上，此二句便是苏轼绘画理论应用于实践的真实摹写，言苏轼乘着酒兴，灵感喷发，画作挥笔而就。想象大胆，比喻新奇，备受诗评家赞誉。叶矫然《龙性堂诗话》初集赞此四句"亦可谓手快风雨，笔下有神者矣"。查慎行《初白庵诗评》卷中叹此四句"棱角四射"，宋长白《柳亭诗话》卷五亦评曰："真有酒气拂拂从十指出之意。"画中的竹子郁郁苍苍，栩栩如生，画完后被郭祥正挂在了家中雪白的墙壁上。此四句记录了本诗的创作背景，奇纵恣肆，峻爽流畅，汪师韩《苏诗选评笺释》卷三云："画从醉出，诗特为醉笔洗剔精神。读起四句森然动魄也，句句巉绝，在集中另辟一格。"周亮工《书影》卷一〇亦叹曰："不必见其画，觉十指酒气，沸沸满壁。"

"平生好诗仍好画"一句是苏轼日常生活状态的真实写照：苏轼既擅长作诗，亦擅长绘画，他曾在《题赵屼屏风与可竹》中感叹"诗在口，竹在手"，言诗与画是他的人生乐趣。此外，他还提出了一系列诗论、画论，可谓理论与实践相长。"书墙"以下言苏轼自己随口所成之诗、信笔所作之画常常不受人喜爱，而对我的作品不嗔责不辱骂反而喜爱有加的，世间也只有郭祥正了。此处虽是自谦之词，但也流露出郭、苏二人彼此理解、相互欣赏的知音之情。

接下来，苏轼提及郭祥正所赠的铜剑：一双铜剑青光闪烁，寒气凛凛，二人所作的新诗与剑争辉，皆光彩逼人。末二句用典，言剑如蛟龙，气势逼人。古人常把利剑比作蛟龙，如李白《古风》曾言："宝剑双蛟龙，雪花照芙蓉。"李贺《上之回》曰："剑匣破，舞蛟龙。"此二句以雄奇豪逸的笔法言古剑奇绝，如蛟龙出海之吼，表达了对铜剑的赞美和喜爱，紧扣诗题。赵翼在批沈德潜《宋金三家诗选·苏东坡诗选》下卷时评曰："落想在天外，笔更爽极，如剑不可逼视。"

　　这首诗言酒助画兴，真情借画笔自然流注，同时又盛赞郭祥正所赠新诗、铜剑，并以谐谑之笔，道尽主客双方的超逸情趣。当时苏、郭二人同处逆境，一则遭贬量移，一则勒停家居，苏轼将二人共同的遭际融入诗中抒写，更显情真意切。故纪昀评《苏文忠公诗集》卷二十三赞曰："奇气纵横，不可控制。"

次荆公韵四绝 ①

其　三

骑驴渺渺入荒陂 ②，想见先生未病时。
劝我试求三亩宅 ③，从公已觉十年迟。

【注释】

　　① 元丰七年（1084）苏轼自黄州量移汝州，六月底至金陵（今江苏南京），此四绝均作于至金陵后。王安石（1021—1086），字介甫，号半山，抚州临川（今江西抚州）人。庆历二年（1042）进士。熙宁二年（1069）拜参知政事，主持变法。熙宁七年（1074）罢相，熙宁八年（1075）复相，熙宁九年（1076）再罢相，后退居金陵钟山（即蒋山）附近半山园。元丰元年（1078）封舒国公。元丰三年（1080）改封荆国公。王安石原

作题为《池上看金沙花数枝过酴醾架盛开》（七绝二首，五绝一首）、《北山》（七绝一首）。

②渺渺：悠远貌。陂：山坡。王巩《闻见近录》："王荆公领观使归金陵，居钟山下，出即乘驴。"

③三亩宅：刘禹锡《江令宅》诗："池台竹树三亩余，至今人道江家宅。"句谓王安石约苏轼在金陵买田卜邻。

【评析】

元丰七年夏天，苏轼游览庐山后，特意前去拜访身体多病、家事多秋、不问政事的王安石。王安石、苏轼两位文坛大师，一个已闲居多年，一个正连遭贬谪，虽然各有不同的坎坷曲折，但遭受排斥的处境或有相似。朱弁《曲洧旧闻》云："东坡自黄徙汝，过金陵。荆公野服乘驴，谒于舟次，东坡不冠而迎。"一个"野服"，一个"不冠"，既暗寓着彼时苏、王的境况，更突出了二人的相见如故。此次金陵聚会，二人诗酒唱和，相谈甚欢，期间苏轼次荆公韵之作数首，此为第三首。

王安石《北山》诗云："北山输绿涨横陂，直堑回塘滟滟时。细数落花因坐久，缓寻芳草得归迟。"诗歌是对自己政治生涯的回顾和检讨，言自己在青山绿水之间弄花寻草，感慨人生。而苏轼对王安石的人生经历颇感同身受。"骑驴"句是对王安石赋闲金陵的生活的概括，"想见"句则表达了对王安石任官朝中时的追忆，颇有今昔对比之叹。"劝我试求三亩宅"，此中之"劝"，当为王安石在历经人生起伏后对苏轼的劝慰。潘淳《潘子真诗话》云："东坡得请宜兴，道过钟山，见荆公。时公病方愈，令坡诵近作，因为手写一通以为赠。复自诵诗，俾坡书以赠己，仍约东坡卜居秦淮。"后来苏轼在《与王荆公》其二中也提到了曾经打算在金陵购田的计划："某始欲买田金陵，庶几得陪杖屦，老于钟山之下。"这一计划正是王安石的建议。

结句则意味深长。十年之前正当熙宁七年，是王安石第一次罢相的时候，此后王安石仅有短时期的复职，此后就开始了长期的退休生涯。对于这段往事，苏轼后来在《司马温公行状》中说道："天下病矣……虽安石亦自悔恨，其去而复用也，欲稍自改。"可见苏轼和王安石之间确实存在政治分歧。但此后苏轼在《与王荆公》其二中又言："某游门下久矣，然未尝得如此行，朝夕闻所未闻，慰幸之极。已别经宿，怅仰不可言。"因此，关于结尾句的含义又有两说：一说指十年前，即熙宁七年前王安石当政时，早该和睦相从了；另一说指王安石隐居的十年来，苏轼的心境和观念发生了变化，自己早该追陪相从。两说皆通。

无论结尾句如何作解，不可否认的是，这首诗温婉恳切，字里行间亦流露出苏、王二人之间惺惺相惜的情谊。苏轼对王安石的变法运动虽多所指摘，但对王安石本人的品格才学依然钦敬，而王安石亦赞赏苏轼的"墨客真能赋，留诗野竹娟"。这场金陵聚会以苏、王的翰墨交谊及宽阔襟怀而流传后世，《邵氏闻见录》《后山集》《默记》《却扫编》《北窗炙輠录》《五总志》《侯鲭录》《苕溪渔隐丛话》等作品中皆录此事。可见苏、王二人之间虽有抵牾和争论，但仍能够以客观的视角相互欣赏并保持着真诚的友谊。纪昀评《苏文忠公诗集》卷二十四云："东坡、半山，旗鼓对迭，似应别有佳处，方惬人意。"

同王胜之游蒋山①

到郡席不暖②，居民空惘然。
好山无十里，遗恨恐他年。③
欲款南朝寺④，同登北郭船。
朱门收画戟⑤，绀宇出青莲⑥。
夹路苍髯古⑦，迎人翠麓偏。
龙腰蟠故国⑧，鸟爪寄层巅⑨。
竹杪飞华屋，松根泫细泉。
峰多巧障日，江远欲浮天。
略彴横秋水⑩，浮图插暮烟⑪。
归来踏人影，云细月娟娟。

【注释】

① 元丰七年（1084）七月作于金陵。王胜之（1015—1086）：名益柔，宰相王曙之子。时以龙图阁直学士知江宁府，到任一日即改移南京应天府（今河南商丘）。蒋山：即钟山，在今南京市东。

② 席不暖：班固《答宾戏》："是以圣哲之治，栖栖遑遑，孔席不暖，墨突不黔。"此谓王胜之到任一日即离任。

③ "好山"二句：谓此距蒋山不过十里之程，若不往游，将来恐必抱恨。

④ 款：至。南朝寺：南朝所建寺院。梁代大兴佛教，建寺尤多。杜牧《江南春绝句》云："南朝四百八十寺，多少楼台烟雨中。"

⑤ 朱门：豪门。古时王侯达官住宅皆红漆大门，以示尊贵。画戟：彩饰的戈矛，常作仪仗之用。

⑥绀（gàn）宇：寺庙。绀：深青透红之色。青莲：青色莲花，梵语音译为优钵罗花。上二句谓王安石之宅已为佛寺。

⑦苍髯：指松。《高僧传》："东晋法潜隐剡山，或问胜友者谁，指松曰：'苍髯叟也。'"

⑧故国：指金陵。

⑨鸟爪：李白《志公画赞》："锦幪鸟爪，独行绝侣。"宝志是六朝时名僧，梁天监十三年（514）武帝为之建塔于钟山南玩珠峰前，又建开善精舍。唐乾符中改名宝公院，宋太平兴国五年（980）改太平兴国寺。故此句"鸟爪"乃指宝志的塔或寺。

⑩略彴（zhuó）：小木桥。

⑪浮图：同"浮屠"，即佛塔。

【评析】

蒋山即钟山，为江南茅山余脉，古名金陵山、圣游山，山势蜿蜒起伏，蟠若游龙，故古人称"钟阜龙蟠"。蒋山历来受文人墨客的吟咏，如李白就曾赞叹道："钟山龙盘走势来，秀色横分历阳树。""钟山危波澜，倾侧骇奔鲸。"苏轼到达金陵后，曾与时任江宁守的王胜之同游蒋山。本诗即记游之作，纪昀评《苏文忠公诗集》卷二十四以"风神秀削"评价本诗。

诗作首六句言出行的背景和自己的心理活动：王胜之到任一日后就改任南都府，苏轼以居民之惘然言自己之惋惜。"好山"四句言金陵距蒋山不过十里之程，若不往游，将来恐必抱恨，于是从城北出发登船，前往南朝的古寺。此四句为之后的蒋山之游做铺垫，托出前往游览的期待心情。

"朱门"句起言山中之行所见：路过王安石的旧宅，涂饰朱漆的大门内已经悄无人烟，寺院大门上的青莲纹饰显露出来，一片静谧。山路两旁是高耸的苍松，迎面而来的是郁郁葱葱的山麓。朱门、绀宇、苍髯、翠麓，一路所见暗示着游览进程的不断推进，苏轼的视角也随之不断深入。"龙腰"以下笔锋一转，言苏轼山腰所见：山势盘如回龙，将金陵城包围起来，宝志的僧塔已经遥遥可望。此二句分别以俯视、仰视的视角写远观所见，景象雄浑，包举无遗，笔法开阔，气势磅礴。"竹杪"二句则写近处之景：在竹叶的掩映间坐落着一处小屋，松林之间有清泉汩汩而流，于清幽中见活泼，于静谧中现灵动，动静相协，顿生别有洞天之感。此四句极尽视野转移，角度变换，一句一景，可谓妙绝。"峰多"句起笔调再一转，言苏轼山顶所见：山峦层叠，遮天蔽日，水天相接，缥缈无痕。刘勰《文心雕龙·诠赋》云："原夫登高之旨，盖睹物兴情。情以物兴，故义必明雅。"此二句渲染出清美幽远的气氛，极言苏轼陶醉于山水之间，心境的安宁与恬淡。赵次公《苏诗佚注》卷上曰："'天'字韵两句，可谓奇绝矣！"

结尾四句言下山所见：一座小桥横跨水面，远处的佛塔旁已升起袅袅炊烟。归来时分，人影重叠，月色如水，余韵悠长。虽是以景作结，但苏轼的满足、喜悦之情溢于言表。想必此番游赏归来，便无遗憾了！

苏轼《〈江行唱和集〉叙》中写道："山川之秀美，风俗之朴陋，贤人君子之遗迹，与凡耳目之所接者，杂然有触于中，而发于咏叹。"本诗尽言游览途中所见，如风行水上，自然成文。但看似徐笔铺展描绘，其实却层层铺垫，是苏轼用心安排架构的结果，故赵克宜《角山楼苏诗评注汇钞》卷十一称"语不必深，景真便妙"。汪师韩《苏诗选评笺释》卷三评本诗曰："次第写景，不必作峻嶒郁屈之势，而斫削精洁，神彩飞扬，自无一屑笔剩语。"据蔡絛《西清诗话》，王安石读罢此诗，亦感叹"不知更几百年，方有如此人物"，又作

《和子瞻同王胜之游蒋山》一首。故蔡上翔《王荆公年谱考略》赞苏、王二人"两公名贤，相逢胜地，歌咏篇章，文采风流，照耀千古，则江山亦为之壮色"。

寄吴德仁兼简陈季常①

东坡先生无一钱，十年家火烧凡铅②。
黄金可成河可塞③，只有霜鬓无由玄④。
龙丘居士亦可怜⑤，谈空说有夜不眠⑥。
忽闻河东狮子吼⑦，拄杖落手心茫然。
谁似濮阳公子贤⑧，饮酒食肉自得仙。
平生寓物不留物⑨，在家学得忘家禅⑩。
门前罢亚十顷田，清溪绕屋花连天。
溪堂醉卧呼不醒，落花如雪春风颠⑪。
我游兰溪访清泉⑫，已办布袜青行缠⑬。
稽山不是无贺老⑭，我自兴尽回酒船⑮。
恨君不识颜平原⑯，恨我不识元鲁山⑰。
铜驼陌上会相见，握手一笑三千年⑱。

【注释】

①元丰八年（1085）四月作于南都归常州途中。吴德仁：名瑛，蕲春（今湖北蕲春）人。以其父遵路荫，仕至虞部员外郎。既谢仕，归蕲春。陈季常：名慥。少时慕朱家、郭解为人。稍壮，折节读书，晚于光州、黄州间，不与世相闻，弃车马，徒步往来山中。环堵萧然，而妻子奴婢皆有自得之意。苏轼至黄州，季常数从之游。

②凡铅：道家以铅汞入鼎炼成金丹，云服之可长生不老。金丹以铅汞入丹炉烧炼而成，非凡铅家火所能就。

③"黄金"句：《史记·封禅书》：汉武帝时方士栾大云："臣之师曰：'黄金可成，而河决可塞，不死之药可得，仙人可致也。'"

④玄：黑色。

⑤龙丘居士：指陈慥。

⑥谈空说有：言陈慥潜心于佛理。佛教谓一切法既非实有，亦非虚无，空有两忘即为真谛。

⑦狮子吼：禅门语。佛家常以狮子吼喻威严。

⑧濮阳公子：指吴德仁。《元和姓纂》谓吴姓先世自濮阳过江。

⑨"平生"句：苏轼《宝绘堂记》："君子可以寓意于物，而不可以留意于物。寓意于物，虽微物足以为乐，虽尤物不足以为病。留意于物，虽微物足以为病，虽尤物不足以为乐。"

⑩"在家"句：言了悟禅理，虽在家亦如真出家。

⑪罢亚：多指稻摇动貌。

⑫兰溪：在今湖北黄冈浠水。

⑬行缠：即行縢。古曰邪幅，今称绑腿。韩翃《寄哥舒仆射》："帐下亲兵皆少年，锦衣承日绣行缠。"

⑭稽山：即会稽山，在浙江绍兴。贺老：谓贺知章，此指吴德仁。李白《忆贺监》："稽山无贺老，却棹酒船回。"诗反用其意。

⑮"我自"句：用王子猷事。《世说新语·任诞》："王子猷居山阴，夜大雪，眠觉……忽忆戴安道。时戴在剡，即便夜乘小船就之。经宿方至，造门不前而返。人问其故，王曰：'吾本乘兴而行，兴尽而返，何必见戴？'"

⑯颜平原：即唐颜真卿。曾官平原（今属山东）太守。安禄山反，河朔尽陷，惟平原城守具备。玄宗曰："朕不识真卿何如人，所为乃若

此！"一说颜平原"为东坡自谓"。

⑰元鲁山：唐元德秀，字紫芝。曾为鲁山（今河南鲁山）令。事亲以孝闻。后辞官隐居，有高名。此以元德秀喻德仁。

⑱"铜驼"二句：谓与德仁日后终将相见。

【评析】

吴德仁是蕲春人，为当时名士。黄州离蕲春很近，苏轼曾到蕲春兰溪游玩，但终未能与吴德仁晤面，引为遗憾。这首诗向吴德仁致意，将来定然会握手相见，同时勾勒出友人陈慥的形象，畅叙平生，期待相见，故作此诗。

诗作首四句是自述境况：我东坡先生不名一文，炼丹十年也没有成功。但即便黄金能够炼成，黄河决口可以堵塞，我也无法返老还童了。"黄金"二句反用方士栾大之典，言时光一去不返的遗憾。

"龙丘"以下四句起戏语陈慥。据张邦基《墨庄漫录》卷七，东坡在黄州，陈慥在岐亭，时相往来。陈慥自号"龙丘居士"，喜爱讲论佛学禅理，兴奋时甚至夜晚不眠。"忽闻"二句广为人知，戏言陈慥惧内。洪迈《容斋三笔》卷三云："陈慥字季常，公弼之子，居于黄州之岐亭，自称'龙丘先生'，又曰'方山子'。好宾客，喜畜声妓。然其妻柳氏绝凶妒，故东坡有诗云……河东狮子，指柳氏也。"蔡絛《西清诗话》卷下亦载："东坡谪黄冈，与陈季常慥游乐甚。季常自以为饱禅学，而妻柳氏颇悍忌，季常畏之。客至，或诟骂不已，声达于外，客不安席，数引去，东坡因诗戏之云云。"此二句诙谐地写出了妻子的威严之态和陈慥茫然无措的样子，充满了生活趣味，而"河东狮吼"之语用典精切，兼具形象性与含蓄性，故成了广为人知的成语。

"谁似"以下八句转而调侃吴德仁，说他酒足肉饱生活逍遥，

170

欣赏外物，但不贪恋外物和被外物所役，虽住在家中也能学得忘家之禅。此四句言其生活状态与精神追求，"门前"四句则言其隐居之所的生活环境：门前的稻田绿浪翻滚，一条清澈的小溪环绕住所，屋后鲜花遍地，吴德仁就隐居于此，生活惬意自在。以上八句勾勒出一幅闲适雅致的乡村安居图，言语清新流畅，流露出苏轼的向往之情。汪师韩《苏诗选评笺释》卷四评曰："'门前罢亚'以下言瑛归蕲州，其胜情至致，有足令人企羡者。"纪昀评《苏文忠公诗集》卷二十五赞此四句"得此四语，意境乃活，如画山水者烘以云气"。查慎行《初白庵诗评》卷中亦称此处"笔挟仙气，故是太白后身"。

　　"我游"以下八句言自己与吴、陈二人的交往经历：我曾穿上布袜、缠好绑腿，游了兰溪又访青泉。此行未见到吴德仁，这并非如李白所言的"稽山无贺老"，而是我游兴已尽而开回酒船，且等来日再见。方东树《昭昧詹言》卷十二载："先生尝至蕲州，欲访吴，未果，彼此两不相识。"此二句分别用李白诗典、王子猷事典，巧妙无迹。"恨君"二句对吴德仁言你我二人未曾相识，实属遗憾。以颜真卿代陈慥，以凸显其"用心仙佛"的嗜好；以元德秀代吴德仁，以此言不识吴德仁的遗憾，用典精切，使事无痕。最后期待他日相逢的场景：今后在像车马繁盛的铜驼街上，我们定能邂逅，到那时握手一笑，彼此都慨叹又已过了许多年！

　　诗作以戏语寓哲理，在问候吴、陈二人的同时，表达了对结识吴德仁的期待。起笔神妙，意味深远，纪昀评《苏文忠公诗集》卷二十五称"蓬蓬勃勃，气如涌出，真兴到之作"。诗作中多处用典，妙品神到，机趣横生而又意韵深远。胡仔《苕溪渔隐丛话》前集卷三十八评曰："此一篇诗意，本末次序，有伦有理，可谓精致矣。"高步瀛《唐宋诗举要》卷三引亦赞曰："音节铿然，可歌可诵，机趣横生，而风彩复极华妙。"

书林逋诗后 ^①

吴侬生长湖山曲^②，呼吸湖光饮山绿。
不论世外隐君子，佣儿贩妇皆冰玉。
先生可是绝俗人，神清骨冷无由俗^③。
我不识君曾梦见，瞳子瞭然光可烛^④。
遗篇妙字处处有，步绕西湖看不足。
诗如东野不言寒^⑤，书似留台差少肉^⑥。
平生高节已难继，将死微言犹可录^⑦。
自言不作封禅书^⑧，更肯悲吟白头曲^⑨。
我笑吴人不好事，好作祠堂傍修竹。
不然配食水仙王，一盏寒泉荐秋菊。

【注释】

① 元丰八年（1085）四月作于南都归常州途中。林逋：宋钱塘人，字君复。曾漫游江淮间，后隐居西湖孤山。工行书，喜为诗。不娶，种梅养鹤以自娱，因有"梅妻鹤子"之称。卒谥和靖先生。有《林和靖诗》三卷，《宋史》有传。

② 侬：吴语中的自称或他称。

③ 可是：岂是。神清骨冷：谓人之精神气质高洁拔俗。韩愈《桃源图》："月明伴宿玉堂空，骨冷魂清无梦寐。"

④ 瞭然：明亮貌。光可烛：言目光灼然如烛照也。

⑤ 东野：唐孟郊，湖州武康（今浙江德清）人。诗多诉穷愁孤苦，苏轼《祭柳子玉文》："元轻白俗，郊寒岛瘦。"

⑥留台：李建中，字德中，京兆（治今陕西西安）人，迁居四川。宋书法家。善真、行、草，掌西京（洛阳）留司御史台。因称"李留台""李西台"。

⑦微言：幽微之言。刘歆《移书让太常博士》："及夫子殁而微言绝，七十子卒而大义乖。"

⑧封禅书：指司马相如之《封禅文》。

⑨白头曲：刘歆《西京杂记》卷三："相如将聘茂陵人女为妾，卓文君作《白头吟》以自绝，相如乃止。"

【评析】

林逋，字君复，宋仁宗赐谥和靖先生。他长期隐居杭州西湖，结庐孤山，终身不娶，人称"梅妻鹤子"。这首诗对林逋的人格、诗歌、书法一一进行点评，表达了苏轼对林逋的景仰和敬慕。

诗歌首四句描写林逋的生活环境：吴人生活在山清水秀的湖山深处，可吸湖光之灵气，饮山川之精华。不用说超然世外的隐士，连奴仆女贩都清如冰玉。这四句言吴地钟灵毓秀，营造了清幽高洁的氛围，为林逋的出场做铺垫，可谓"起手如未睹佛像，先现圆光"（纪昀评《苏文忠公诗集》卷二五语）。

"先生"以下四句言林逋的气质：林先生绝非与世隔绝之人，但秉性气质自来不俗。苏轼虽未曾与先生谋面，但曾在梦中与其相见，先生目光清澈光亮，犹如燃烛。梦中相见，可见苏轼对其敬仰之深；而言其目光如炬，则呼应其"神清""无由俗"。

"遗篇"句起是对林逋作品的评价：遗留的诗篇和墨迹处处都有，环绕着西湖总也看不足。此二句言林逋流传的作品之多，传播之广。林逋不仅诗歌精绝，而且书法高妙。《宋皇书录》引黄庭坚之言赞曰："君复（林逋）书法又自高胜绝人，予每见之，方病不药而愈，方饥不食而饱。"诗歌接下来的两句"诗如东野不言寒，书似留台差少肉"，意在说明林逋诗如孟郊而无寒苦之状，书法似李建中，但较瘦硬。诗书之风再次呼应其清冷的性格，使得林逋的形象更加立体鲜明。

"平生"四句言其高风亮节的品格。苏轼赞扬林逋平生高尚的风节无人能继，就连临终时精微的言语也值得记录。《宋史》卷四五七《林逋传》云："（林逋）临终为诗，有'茂陵他日求遗稿，犹喜曾无封禅书'之句。"林逋遗稿中并无封禅书一类阿谀谄媚文字，可以想见其高洁的品性。《白头曲》原为卓文君因其夫司马相如对爱情不忠而作，后人多有以此曲为叹老嗟卑、自伤不遇之辞。苏轼在此感叹林逋是高士，不仅不屑于作《封禅书》，也不会悲吟《白头吟》以自伤不遇。此处以司马相如反衬林逋之正直磊落，与"绝俗人"再次呼应，更突出其高节。

"我笑"句起言吴人对林逋的纪念。王世贞称："始，钱塘人即孤山故庐，以祀和靖，游者病其湫隘。"林逋曾亲自在居住的草庐旁边建造墓地，后来此地便成了纪念林逋的祠堂。但在苏轼看来，这样显得格局狭小，并且苏轼还给出了自己的建议——"不然配食水仙王"，即与水仙王相配，用寒泉和秋菊来祭祀。水仙王是守护西湖的龙王，苏轼《饮湖上初晴后雨二首》其一云："此意自佳君不会，一杯当属水仙王。"此四句以修竹、秋菊正衬林逋之高洁风骨，表达了苏轼对林逋的崇敬与追忆，含蓄隽永，惹人遐思。纪昀评《苏文忠公诗集》卷二十五称"结得夭矫"，信然！

《宋史·林逋传》云："逋善行书，喜为诗，其词澄浃峭特，多奇句。"林逋的作品正如其人，峭劲挺拔，风神高雅，苏轼由其作想见其人，遂信笔而作。诗歌刻画了林逋高洁不俗的品格和风骨，流露出对林逋其诗、其书、其人的钦仰。田汝成《西湖游览志余》

卷八称"此诗景慕和靖甚切",信然。

归宜兴，留题竹西寺三首^①

其 一

十年归梦寄西风^②，此去真为田舍翁^③。

剩觅蜀冈新井水^④，要携乡味过江东^⑤。

其 三

此生已觉都无事，今岁仍逢大有年^⑥。

山寺归来闻好语，野花啼鸟亦欣然。

【注释】

① 元丰八年（1085）五月作于扬州。竹西寺：在扬州城北。

② 归梦：归蜀之愿。

③ 田舍翁：老农。

④ 剩：更。高适《赠杜二拾遗》："听法还应难，寻经剩欲翻。"
蜀冈：在扬州城北。

⑤ 江东：自汉至隋唐，称安徽芜湖以下长江南岸之地为江东。

⑥ 有年：丰收之年。《穀梁传·桓公三年》："五谷皆熟，为有
年也。"

【评析】

元丰八年（1085）五月，苏轼在量移汝州途中乞退休，获朝廷批准。

苏轼曾托人在宜兴购置田宅，欲以此为家。获批后，他从南都东下，欲回常州宜兴，此组诗即途经扬州时所作。诗歌赞美了扬州竹西寺的美丽风物，表达了苏轼归老田园的想法。

在第一首诗中，苏轼表达了怀乡之思。"十年归梦"，言苏轼自蜀地回朝任官，在外漂泊已十余年，此番归来便可退隐闲居，不觉心中畅快。苏轼亦猜想"归山岁月苦无多"（《和仲伯达》），流露出对田园生活的向往和期待。对于回不了四川老家的苏轼来说，常州宜兴就是他的家了。然而宜兴终究不是蜀地，苏轼欲从扬州蜀冈的井水中寻得"乡味"，此语也不过聊寄思乡之情而已。

在第三首诗中，苏轼表达了丰收的喜悦。辞官获准后，苏轼觉得一身轻松，适逢今年宜兴丰收，苏轼更觉欣喜。因此从山寺归来，听闻路旁人语，仿佛是在传达佳讯；野花纷纷绽放，鸟儿婉转啼鸣，亦仿佛在表达欢欣与喜悦。这本是移情的手法，是苏轼作品中常见的手法，但后来被一些御史弹劾，称苏轼"以奉先帝遗诏为'闻好语'……诽怨先帝，无人臣礼"，多方诬陷和诘难，为此苏轼在《辨题诗札子》中自辩道："其（百姓父老）言虽鄙俗不典，然臣实喜闻百姓讴歌吾君之子，出于至诚。"而弟弟苏辙在苏轼的墓志铭中则称："常人为公买田，书至，公喜作诗，有'闻好语'之句。"由于当地丰收，而苏轼恰好购得田地，因此欢欣愉悦。

此诗作于苏轼乞求退休获准之后，苏轼因长期贬谪而压抑的晦暗情绪也似乎随之荡涤一空。在这样欢愉的心境里，苏轼以轻松自在的笔调，表达了归隐凤愿终于实现的喜悦欢欣的心情，展现出洒脱自在、情趣盎然的意态。王文诰《苏文忠公诗编注集成总案》卷二五评本诗曰："皆发于情之正也。故其意兴洒落，倍于他诗。"

送杨杰^① 并叙

无为子尝奉使登太山绝顶，鸡一鸣，见日出。又尝以事过华山，重九日饮酒莲华峰上。今乃奉诏与高丽僧统游钱塘。皆以王事，而从方外之乐，善哉未曾有也，作是诗以送之^②

天门夜上宾出日^③，万里红波半天赤。

归来平地看跳丸，一点黄金铸秋橘。

太华峰头作重九^④，天风吹滟黄花酒^⑤。

浩歌驰下腰带鞬^⑥，醉舞崩崖一挥手。

神游八极万缘虚^⑦，下视蚊雷隐污渠^⑧。

大千一息八十返^⑨，笑厉东海骑鲸鱼^⑩。

三韩王子西求法^⑪，凿齿弥天两勍敌^⑫。

过江风急浪如山，寄语舟人好看客^⑬。

【注释】

① 元丰八年（1085）九月作于楚州（今江苏淮安淮阴）。杨杰：字次公，无为（今安徽无为）人，自号"无为子"。嘉祐四年（1059）进士。元丰中官太常，一时礼乐之事，皆预研讨。元祐中为礼部员外郎，出知润州，除两浙提点刑狱。卒年七十。有《无为集》十五卷。《宋史》有传。

② 莲华峰：在华山顶。《华岳志》："岳顶中峰曰莲华峰。"方外：世俗之外。

③ 天门：在泰山顶。泰山有东、西、南三天门，观日则在南天门。李白《游泰山六首》之一："天门一长啸，万里清风来。"宾：引导。

④ 太华：即华山，在陕西华阴南。

⑤天风：高天之风。韩愈《记梦》："隆楼杰阁磊嵬高，天风飘飘吹我过。"滟：水波荡漾貌。

⑥浩歌：放声长歌。屈原《九歌·少司命》："望美人兮未来，临风怳兮浩歌。"腰带鞋：华山地名。

⑦八极：八方极远之地。万缘：佛教谓一切因缘，即事物的因果关系。白居易《酒功赞》："万缘皆空，时乃之功。"

⑧蚊雷：聚蚊鸣声如雷。

⑨大千：大千世界之省称。李靖《造报德像碑》："放光明于大千，燎华灯于深夜。"

⑩厉：连衣涉水而过。《诗经·邶风·匏有苦叶》："深则厉，浅则揭。"

⑪三韩：指高丽国。汉时其南分为马韩、辰韩、弁韩三国，见《后汉书·东夷传》，后遂以三韩代称高丽。王子：谓义天。释觉岸《释氏稽古略》卷四："义天僧统，高丽国君文宗仁孝王第四子，出家名义天。"

⑫劲敌：强大之敌。此言强劲对手。

⑬"过江"二句：《唐摭言》卷一三《矛盾》："令狐赵公镇维扬，处士张祜尝与狎宴。公因视祜令曰：'上水船，风又急。帆下人，须好立。'祜应声答曰：'上水船，船底破。好看客，莫倚柂。'""好看客"即出此。

【评析】

杨杰字次公，无为（今属安徽）人，自号"无为子"。时苏轼与友人杨杰相遇于淮水，此后杨杰有陪同出行的公务在身，苏轼遂作诗相送。本诗序引中介绍了杨杰三次因公出游及这次送别的缘由。方外，即世俗之外，借指神仙的居所。苏轼在介绍背景时抒发感叹，称杨杰受朝廷之命，却可享受神仙之乐，言语之间流露出对友人美好的祝愿。

　　诗歌首四句言杨杰的泰山观日之行。"天门"二句言其夜登泰山，准备观看日出，到达南天门后，此时天空已被染红大半，朝霞满天，雄伟奇丽，预示着日出时的壮观景象。接着，太阳露出地平线：冉冉升起的红日仿佛是一颗跃起的弹丸，定睛一看，又仿佛是一只黄金铸就的秋橘一般鲜亮明丽。此二句以大胆的想象、奇妙的比喻言泰山日出时喷薄欲出的壮观景象，动静相倚，瑰丽奇谲，故备受后世诗评家赞赏。贺裳《载酒园诗话》卷一称此二句"奇绝""刻画可谓精工"，赵克宜《角山楼苏诗评注汇钞》卷一一称此为"奇句"，叶矫然《龙性堂诗话》续集更是盛赞曰："此等气魄，直与日月争光，李杜文章虽光焰万丈，安得不虚此老一席！"

　　"太华"句起言杨杰莲华峰饮酒的经历。重阳有登高饮酒的风俗，苏轼言友人在太华绝顶过重阳节，把酒临风，美酒荡漾。友人一边纵情高歌，一边飞奔直下腰带鞓，纵使脚下碎石飞溅也毫不在意，只是挥一挥手，潇洒爽逸的形象跃然纸上。"醉舞"后友人仿佛进入化境，开始神游，引发下文。

　　"神游"句起写杨杰胸次高旷。八极是八方极远之地，这里指神仙居住的方外之境。此时，神游于方外之境的友人似乎已经羽化而登仙，于是一切因缘都成为虚无。下视人寰，嘈杂的人间不过是嗡嗡如雷的一群蚊虫聚集在污浊的沟渠之上。大千世界一息之内，人世间八十年就转瞬而逝了，友人方外神游后，又连衣涉水，自东海骑鲸破浪而来。扬雄《羽猎赋》云："乘巨鳞，骑京鱼。"后人遂以"骑鲸"比喻隐遁或游仙。此二句过渡自然，天衣无缝地由华山之游转到即将开始的钱塘之行。

　　"三韩"句起写杨杰的第三次出行经历。高丽国的王子僧统前来求取佛法，"凿齿弥天"用《晋书》释道安与习凿齿之典，言二人旗鼓相当，才气学识皆可匹敌。最后，苏轼猜想此番钱塘之游恐会遭遇风浪，遂借《唐摭言》之典，叮嘱友人小心谨慎，出行平安。送友之意，也于此尽现，可谓"笔墨横恣，结亦波峭"（纪昀评《苏文忠公诗集》卷二六语）。

整首诗记录了杨杰三次出行的经历，章法清楚，层次分明。三段叙述皆为想象而作，场面雄阔，笔力奇肆，变幻莫测，令人目不暇接，可谓"直叙三事，奔荡之音，奇突壮伟"（汪师韩《苏诗选评笺释》卷四语）。于结尾处又托出祝福之意，情深意切，回扣标题，浑然一体。诗作语言雄奇飘逸，恣肆挥洒，展现出苏轼如万斛涌泉般的才华情思，体现了他的诗歌的浪漫主义的特色。故汪师韩《苏诗选评笺释》卷四叹曰："此诗奇胜，亦真足与泰、华争巍峨矣！"

登州海市① 并叙

予闻登州海市旧矣。父老云："尝出于春夏，今岁晚不复见矣。"予到官五日而去，以不见为恨，祷于海神广德王之庙，明日见焉，乃作此诗②

东方云海空复空，群仙出没空明中。
荡摇浮世生万象，岂有贝阙藏珠宫③。
心知所见皆幻影，敢以耳目烦神工。
岁寒水冷天地闭④，为我起蛰鞭鱼龙。
重楼翠阜出霜晓，异事惊倒百岁翁。
人间所得容力取，世外无物谁为雄。
率然有请不我拒⑤，信我人厄非天穷。
潮阳太守南迁归，喜见石廪堆祝融⑥。

自言正直动山鬼⑦，岂知造物哀龙钟⑧。
伸眉一笑岂易得⑨，神之报汝亦已丰。
斜阳万里孤鸟没，但见碧海磨青铜⑩。
新诗绮语亦安用，相与变灭随东风。

【注释】

① 元丰八年（1085）十月作于登州。登州：今山东蓬莱。海市：大气因光射而成之海上奇观。

② 旧矣：久矣。"予到官"句：苏轼元丰八年十月十五日到登州知州任，二十日以礼部郎中召还。广德王之庙：俗称东海龙王庙。

③ 贝阙、珠宫：紫贝为阙，珠饰其宫。言水神所居宫室。

④ 天地闭：秋冬万物藏敛。

⑤ 率然：犹率尔，轻遽貌。

⑥ "潮阳"二句：韩愈于永贞元年（805）秋由阳山令移江陵掾，曾游衡山，默祷神灵，天宇转清，峰峦毕见，乃作《谒衡岳庙遂宿岳寺题门楼》诗，其中有云："我来正逢秋雨节，阴气晦昧无清风。潜心默祷若有应，岂非正直能感通。须臾静扫众峰出，仰见突兀撑青空。紫盖连延接天柱，石廪腾掷堆祝融。"紫盖、天柱、石廪、祝融均衡山峰名。此则苏轼误记为元和十五年（820）由潮州召还事。

⑦ 正直：此为韩愈自谓。山鬼：山神。

⑧ 龙钟：衰惫萎缩貌。

⑨ 伸眉：展眉，扬眉。

⑩ 磨青铜：谓磨光之青铜镜。喻海面平静明洁。

【评析】

胡仔《苕溪渔隐丛话》后集卷二十八引《文昌杂录》云："余

见光禄卿解宾王，说登州每晴霁，烟雾中有城阙楼阁、人物车马、鸡犬往来之状，彼人谓之海市。"柳贯《苏长公书登州海市诗后题》云："登州岸东大海，每春夏之交，于波涛暗霭间，见城郭、邑屋、楼台、观阙参差隐见，而人物、车舆、骑从、稗贩之类，往来杂沓，不啻通都要区之突出乎前。里俗夸言海市以为异。"此二人所记的便是海市蜃楼这一自然现象。元丰八年十月，苏轼到登州去做知州，十五日到登州，五日后改赴京任礼部郎中。苏轼一直对海市蜃楼的景观颇为好奇，他在元丰元年（1078）曾写"想见之罘观海市，绛宫明灭是蓬莱"，如今想到此行离开后很难再回登州，于是前往海神广德王的庙中祈祷，第二天竟然真的见到了平日只在春夏季常见的海市蜃楼。苏轼感到惊奇，遂作诗纪念。

　　诗歌首四句是未见海市时对海市的想象：在空荡的东方云海中，群仙时隐时现。浮世万象在空中摇摇荡荡，这是不是神仙的宫阙呢？接着苏轼先自我否认：这些见到的景象都是幻影，我自己心知肚明，又怎敢烦劳神出现呢？至此，苏轼并不相信海市蜃楼的存在。

　　"岁寒"句起言登州当时的状况：十月的登州天寒地冻，龙王却挥鞭帮我驱赶鱼龙现身，使它们现出海市。银霜凝结的拂晓，高耸的楼群、翠绿的山峰——海市蜃楼竟然在深秋季节显现出来，这一神奇的天象连百岁老翁都未曾见过。此处苏轼并未详细描写海市蜃楼的景观，但以旁人"惊倒"反衬海市出现得绝非寻常。诚如查慎行《初白庵诗评》卷中所言："起便超脱，以下迎刃矣。只'重楼翠阜出霜晓'一句着题，此外全用议论，亦避实击虚法也。若将幻影写作真境，纵摹拟尽情，终属拙手。"汪师韩《苏诗选评笺释》卷四亦盛赞曰："炜炜精光，欲夺人目。是乃能使元气剖判，成乎笔端。"

　　"人间"句起皆深秋现海市抒发感想：人间所能得到的东西可

以凭力量获取，而海市蜃楼并无实物，谁能占有它称雄呢？但龙王并没有轻易拒绝我的请求，相信我是被人陷害而遭受厄运。此句并未详细展开，但显然意有所指。结合后面述潮阳太守韩愈之事，可以推测此处所指之"厄"，当为元丰二年（1079）的"乌台诗案"。

"潮阳"句起引韩愈事作比。韩愈于贞元十九年（803）官监察御史，上疏论宫市的弊害，被贬阳山（今属广东）令，两年后改江陵法曹参军，北归途中曾游衡山，作《谒衡岳庙遂宿岳寺题门楼》，其中有"潜心默祷若有应，岂非正直能感通""紫盖连延接天柱，石廪腾掷堆祝融"之句。韩愈以为是自己的正直感动山神，使阴云散开。哪里知道天在哀怜他的衰惫苍老，不忍心让他空跑一趟。这里既讲韩愈，又联系自己，苏轼认为自己求神而看到海市，正像韩愈的求神看到众峰一样，也是天在哀怜自己。"伸眉"二句言自己看到海市，高兴得伸展眉头一笑，神的报答已经够丰厚的了。至此，这番思绪神游结束，苏轼以韩愈的经历与自己相关联，言自己见到海市的幸运与满足。

"斜阳"句起言海市逐渐消失：朝阳万里，孤鸟飞过，海面平静得像刚刚打磨过的铜镜。苏轼《蓬莱阁记所见》云："登州蓬莱阁上，望海如镜面，与天相际。"此二句言云气消散，一切场景都化为虚无。"新诗绮语亦安用，相与变灭随东风。"似乎是苏轼感叹，用绮丽的语言写成的新诗有什么用？海市蜃楼还不是随东风化为乌有。然而此二句别有意味，周振甫先生认为，化为乌有的除了海市，还有之前经历的"人厄"，这些人生中的不愉快在万里斜阳的笼罩下、在拂面而过的东风中消失了，反而是"新诗绮语"没有消失，流传到后世。海市如人生，所历皆虚幻，上天终归怜悯自己，遣东风吹灭我的厄运。（缪钺、周振甫等编：《宋诗鉴赏辞典》）王文诰《苏文忠公诗编注集成总案》卷二六注曰："此诗出之他人，则'斜阳'

二句已可结矣。公必找截干净而唱叹无穷，此犹海市灵奇不可以端倪也。"

这诗写海市蜃楼从无到有，从有到无，"叙写清妙"（方东树《昭昧詹言》卷十二语），层次清楚。但诗作并非着意描绘海市的景象，而是将自己的想象、他人观海市的反应、海市的场景、自己的联想、海市消散后的场景——描绘出来，尤其突出了潮阳太守衡山之游的故事，看似随意吐属，别饶风趣，其实有所寄托，正是查慎行所谓的"避实击虚法"。施补华《岘佣说诗》评曰："《登州海市》诗，虽不袭退之《衡山》而风格近似，盖情事略同之故也。人所不能比喻者，东坡能比喻，人所不能形容者，东坡能形容。比喻之后，再用比喻；形容不尽，重加形容。此法得《华严》《南华》。"

惠崇春江晚景二首 [①]

其 一

竹外桃花三两枝，春江水暖鸭先知。

蒌蒿满地芦芽短 [②]，正是河豚欲上时 [③]。

【注释】

① 元丰八年（1085）十二月作于汴京。惠崇：建阳（今福建南平建阳）人，一说淮南人。宋初九僧之一。能诗善画。

② 蒌蒿：草名，一曰"白蒿"。

③ 河豚：鱼名。古谓之鲐。又名"鲐""鲑"。味美而有毒，误食可致命。产于海。春江水涨则沿江上行，故所得时有先后。

【评析】

元丰八年（1085）三月，宋神宗病逝后，苏轼先被调回京城任礼部郎中，然后连续升任起居舍人、中书舍人、翰林学士等职，这是他仕途中最为得意的一个时期。然而苏轼的诗歌创作却并不突出，纪昀评《苏文忠公诗集》卷二十九在评这一时期的苏诗时说："此卷多冗杂潦倒之作。始知木天玉署之中，征逐交游，扰人清思不少，虽东坡之才，亦不能于酒食场中吐烟霞语也。"这一时期苏轼诗歌创作的主要成就在于题画诗，据统计，苏轼的八十余首题画诗，有一半是在元祐时期完成的，而《惠崇春江晚景二首》就是其中的代表之作。赵克宜《角山楼苏诗评注汇钞》卷一二评本诗云："指点景象，饶有余味，正以题画佳耳。"

这组题画诗共两首，是苏轼题在惠崇所画的《春江晚景》上的。惠崇原画已佚，这首诗另有版本题作《春江晓景》，现已无从考证。惠崇是一位能诗善画的僧人，郭若虚《医画见闻志》称其"工画鹅、雁、鹭鸶，尤工小景。善为寒汀远渚、萧洒虚旷之象"。这首诗所题的惠崇画，是一幅以早春景物为背景的春江鸭戏图。

诗的前三句写了六样景物：竹子和伸出竹丛开放的桃花、江水和水上浮游的鸭子、布满地面的蒌蒿和新出嫩芽的芦苇，这些应当都是画中所有。分别来看，第一句写的是地面景，言竹丛外的桃花稀稀疏疏地绽开，红绿相衬，明朗可爱；第二句写的是江上景，江水变暖，群鸭在水中嬉戏；第三句写的是岸边景，描绘江岸两侧蒿草和芦芽漫山遍野、破土而出的长势。从这三句诗，大致可以想见这幅画的取景和布局。其中，"春江水暖鸭先知"一句尤为人称道。江水是否变暖，观者本无从知晓，但苏轼之笔并未局限在目之所及的范围内，他联系自己的经验判断，通过联想和想象感受画面中的场景，通过图画中野鸭在水中自由舒展的样子，猜想到江水回暖，这样就使得画面具有了触觉，也使得景物更加活泼可爱，生机盎然，充满情趣。

尾句也颇为巧妙。江水中肥美的河豚，正在暖流中溯江而上的情景，却是我们在画幅上无法看到、是苏轼通过想象而得之于视觉之外的。然而基于前三句的铺垫，苏轼便推测现在已经到了食河豚的季节。张耒《明道杂志》中记载长江一带土人食河豚，"但用蒌蒿、荻笋（即芦芽）、菘菜三物"烹煮，认为这三样与河豚最适宜搭配。而王士禛则认为苏轼是受到了梅尧臣诗歌的启发，他在《渔洋诗话》卷中指出："非但风韵之妙，盖河豚食芦芽则肥，亦如梅圣俞之'春洲生荻芽，春岸飞杨花'，无一字泛设也。"梅尧臣此诗后两句正为"河豚当是时，贵不数鱼虾"，也许苏轼也是想到了早春是河豚"抢上水"的季节，或是由岸边的植物想到了烹饪河豚的过程，抑或是想到了梅尧臣的《范饶州坐中客语食河豚鱼》诗，总之，苏轼通过想象出的虚境补充了实境，进一步拓展了原有画作所表现的视觉之外的天地，使诗情、画意得到了完美的结合。此外，也有人认为春季本身就是食用河豚的季节，如胡仔《苕溪渔隐丛话》前集卷三十云："《石林诗话》云：'谓河豚出于暮春，食柳絮而肥。殆不然。今浙人食河豚始于上元前，常州江阴最先得。方出时一尾直千钱，然不多得，非富人大家预以金啖渔人，未易致。二月后，日益多，一尾才百钱耳。柳絮时，人已不食，谓之斑子。……'东坡诗云：'竹外桃花三两枝，春江水暖鸭先知。蒌蒿满地芦芽短，正是河豚欲上时。'此正是二月景致，是时河豚已甚矣。"

北宋诗人晁补之在《和苏翰林题李甲画雁》说过："诗传画外意，贵有画中态。"苏轼的题画诗妙在既能写出"画中态"，又能传出"画外意"。陶文鹏先生在《苏轼诗词艺术论》中指出，苏轼"力求突破绘画艺术的局限性，充分发挥诗歌便于驰骋想象的优势，表达丰富多样的感觉印象，表现持续进行的动作，以及描状各种复杂微妙的情调氛围等艺术特长，使诗中有画，画中有诗，诗情画意，跃然纸上"。绘画只能呈现形态，文字却可以直接表达感受。这首题画诗摆脱了一般题画诗用文字再现画中景物，然后发表评论或抒发感受的写法，而是体会到画意，根据画作内容进行合理的想象和巧妙的生发，使画中的形态转变为诗中的情态，诗歌成为画意的再创造，故可称为题画诗中的名篇。纪昀评《苏文忠公诗集》卷二十六即云："此是名篇，兴象实为深妙。"

虢国夫人夜游图①

佳人自鞚玉花骢②，翩如惊燕蹋飞龙。
金鞭争道宝钗落③，何人先入明光宫④。
宫中羯鼓催花柳⑤，玉奴弦索花奴手⑥。
坐中八姨真贵人⑦，走马来看不动尘。
明眸皓齿谁复见，只有丹青余泪痕⑧。
人间俯仰成今古，吴公台下雷塘路⑨。
当时亦笑张丽华，不知门外韩擒虎⑩。

【注释】

①元祐元年（1086）十二月作于汴京。虢国夫人：杨贵妃第三姊封号。

②鞚（kòng）：有嚼口之马络头，此言驾御。玉花骢：唐玄宗名马之一。

③"金鞭"句：《旧唐书·杨贵妃传》："（天宝）十载正月望夜，

杨家五宅夜游，与广平公主骑从争西市门。杨氏奴挥鞭及公主衣，公主堕马。"

④ 明光宫：汉宫名。汉武帝置。一在北宫，汉太初四年（前101）秋建。南与长乐宫相连。一在甘泉宫，为武帝求仙而建。

⑤ 羯鼓：古羯族乐器。唐代诸乐龟兹部、高昌部、疏勒部、天竺部皆用羯鼓。形如漆桶，下以小牙状承之。击用二杖，音声急促高烈。

⑥ 玉奴弦索：杨贵妃小名玉奴，善弹琵琶。花奴手：汝阳王李琏小名花奴，善击羯鼓。

⑦ 八姨：谓秦国夫人。

⑧ "明眸"二句：用杜甫《哀江头》"明眸皓齿今何在，血污游魂归不得"句意。

⑨ 吴公台：《太平寰宇记》卷一二三《扬州》："吴公台在县西北四里，将军沈庆之攻竟陵王诞所筑弩台也。后陈将吴明彻围北齐东，广州刺史敬子猷增筑之以射城内，号吴公台。"雷塘：《太平寰宇记》卷一二三《扬州》："雷塘在县东北十里。"隋炀帝国亡身死，先葬于吴公台，唐平江南后改葬雷塘。

⑩ "当时"二句：言炀帝曾笑陈后主、张丽华一味游乐，终为韩擒虎所俘。但自己仍不免逸游误国亡身。意谓玄宗和杨氏姐妹之行径、结局又复如此。张丽华：南朝陈后主宠妃。隋兵入陈，与后主同被收。韩擒虎：隋河南东垣人。原名豹，字子通。开皇九年（589），隋伐陈，擒虎为先锋，以轻骑五百直取金陵，生俘后主。陈平，进位上柱国。

【评析】

《虢国夫人夜游图》是唐代名画，现已失传，一说为张萱所绘，一说出自周昉之手。该图曾先后珍藏在南唐宫廷、晏殊府第。元祐元年，苏轼在汴京任职中书舍人时曾看到此图，遂作本诗。虢国夫人是杨贵妃第三姊封号，这首题画诗由画中所见联想到历史史实，并借此发表议论，意味深长。

诗作首四句言虢国夫人的凌人气势。她自驾御车行于街头，体态轻盈，翩若惊鸿，婉若游龙。"金鞭"两句极写虢国夫人恃宠骄肆。据《旧唐书·杨贵妃传》，杨氏当时颇为受宠，杨家亦气焰嚣张，猖狂放肆，为了抢先进入明光宫，杨家豪奴居然挥鞭与公主争道，致使公主惊下马来，宝钗堕地。此四句是对画作左侧部分的描绘。

"宫中"以下四句言虢国夫人入宫时的情态。宫中正在演奏《春光好》，此曲曾被附会为能催发杏柳开花。贵妃亲自弹拨琵琶，汝阳王李琎在敲击羯鼓。羯鼓争催，弦歌并起，舞女们姿态曼妙，一派繁盛热闹、歌舞升平的景象。在这样的氛围中，秦国夫人端坐其中，珠光宝气，而虢国夫人缓辔徐行，并无惊尘，略施粉黛，明眸皓齿。此二句以秦国夫人衬托虢国夫人之高傲，不施浓妆而自显气势。此四句是对画作右侧部分的描绘。

"明眸"句起抒观画之感。这清丽动人的容貌如今又有谁亲眼见过呢？只能从画中依稀辨认出她脸上似乎还余有泪痕。"明眸皓齿"是对画中虢国夫人形象的总结，是画中所见，而"丹青"二字将视角从画中过渡到现实场景，陡转两句，笔力千钧。俯仰一瞬，千古之年已为陈迹，结尾三句用隋炀帝典，他当年也曾嘲笑过陈叔宝、张丽华一味享乐，不恤国事，但最终也步其后尘。言外之意是说唐明皇与虢国夫人等人，又重蹈了隋炀帝的覆辙。纪昀评《苏文忠公诗集》卷二十七称结尾"收得淡宕，妙于不粘唐事，弥觉千古一辙之慨"，赵克宜《角山楼苏诗评注汇钞》卷一三更是称赞道："绝不铺张夜游，意主后半发慨。其慨叹处又全然脱离本事，在诗中另辟一格。"

全诗层次分明。前八句分别言画作的左右两部分，结合史实典故着意描绘，刻画精妙；后六句借前朝典故抒兴亡之叹，正所谓"后人哀之而不鉴之，亦使后人而复哀后人也"。全诗大开大合，挥洒自如，婉转流畅，引人深思。胡应麟《诗薮》外编卷五曰："子瞻虽体格创变，而笔力纵横，天真烂熳，集中如《虢国夜游》《江天叠嶂》《周昉美人》《郭熙山水》《定惠海棠》等篇，往往俊逸豪丽，自是宋歌行第一手。"

赵令晏崔白大图幅径三丈 ①

扶桑大茧如瓮盎 ②，天女织绡云汉上 ③。
往来不遣风衔梭 ④，谁能鼓臂投三丈 ⑤。
人间刀尺不敢裁，丹青付与濠梁崔 ⑥。
风蒲半折寒雁起 ⑦，竹间的皪横江梅 ⑧。
画堂粉壁翻云幕 ⑨，十里江天无处著。
好卧元龙百尺楼，笑看江水拍天流。

【注释】

① 元祐二年（1087）春作于汴京。赵令晏：宋宗室，世融子。曾任邵州团练使、许州兵马都监、登州防御使、陈州钤辖等职。崔白：字子西，濠州（旧治在今安徽凤阳东北）人。

② "扶桑"句：《神异经·东荒经》："东方有桑树焉，高八十丈，敷张自辅，其叶长一丈，广六七尺。其上自有蚕作茧，长三尺，缲一茧，得丝一斤。"

③ 天女：织女。绡：生丝所织之绸。云汉：天河。《诗经·大雅·棫朴》："倬彼云汉，为章于天。"

190

④"往来"句：戴叔伦《织女词》："凤梭停织鹊无音，梦忆仙郎夜夜心。"

⑤鼓臂：振臂。三丈：谓此图幅径。

⑥濠梁崔：谓崔白。

⑦风蒲：风中蒲草。蒲：草名，水生，叶可织席、扇等。

⑧的皪：光亮鲜明貌。

⑨画堂：有画饰之堂。南朝梁简文帝萧纲《饯庐陵内史王修应令诗》："回池泻飞栋，浓云垂画堂。"云幕：如云之帷幕。

【评析】

崔白是北宋著名的画家，郭若虚《图画见闻志》称崔白"工画花竹翎毛"，黄庭坚也称赞"崔生丹墨，盗造物机，后有识者，恨不同时"，可见其艺术成就之高。幅，即画作的宽度，幅径三丈，换作今日，当有近十米之宽，可以想见此画作的规模。

本诗是苏轼观摩崔白画后有感而发的七古诗作。诗的首四句以扶桑和织女的传说振起全篇，以新奇的想象，构建了一个宏伟瑰丽的世界，其中扶桑之茧大而饱满，织女在云端织着丝绸，飞梭在绢纱之间不停地移动，一幅幅径三丈的图由此而成。此四句苏轼以神话传说写画的由来，言崔白此画浑然天成，宛若神作，突出了画作雄伟奇绝的风格，振奋气势，为作品增加了绮丽梦幻的色彩。赵克宜《角山楼苏诗评注汇钞》卷一三评曰："全从'幅径三丈'落想，故得绝好起势，图中景色更不去出力摹写。"胡仔《苕溪渔隐丛话》后集卷二六引《艺苑雌黄》之语，言"此语豪而甚工"。叶矫然《龙性堂诗话》初集亦赞曰："手快风雨，笔下有神者矣。"可见此四句气势颇佳，笔势飒然。

"人间"句起转向对画的描绘。"人间刀尺不敢裁"，紧承"鼓臂投三丈"，再言画作仿佛是天外之物，"斗然折入，节奏天然"（纪昀评《苏文忠公诗集》卷二十八）。"风蒲"二句次第展现了崔白这幅大图画面上的蒲苇、寒雁、竹子三种景物，高低错落，远近参差，像特写镜头一样，把饱含苍凉氛围的画面依次展现在读者面前。此四句描写画作的瑰伟境界，和首四句描绘的神话幻境交织在一起，合成了包举寰宇、阔容万物之势，也展现出苏轼胸襟的辽阔、想象的新奇，与画作和作者达成了强烈的艺术共鸣。宋长白《柳亭诗话》卷五评曰："天然豪放，得诸想象之外，较前语更奇。"

"画堂"句起是苏轼的感慨和想象：如此雄浑辽阔的画卷，挂于画堂之中，使得画堂仿佛与天际相接，画作中的苍天与现实的天空仿佛融为一体，现实中的江天美景在画作的衬托下仿佛黯然失色。在这样美妙的画作面前，苏轼不禁心神摇曳，想象自己卧于百尺高楼之上，欣赏这江水连天的美景。

朱自清在《宋五家诗钞》中曾高度称赞苏轼说："子瞻气象宏阔，铺叙婉转，子美之后，一人而已。"从一幅画作中，苏轼联想到远古的神话和民间的传说，并将画中之象融于现实之景，可以说本诗是对艺术画作的再创作。全诗笔力恣肆，想象新奇，描摹细腻，情感酣畅，富有浓郁的浪漫主义风味和强烈的艺术感染力，展现出苏轼飘逸的神思和豪纵的胸襟。汪师韩《苏诗选评笺释》卷四评本诗曰："有蔚然之光，有苍然之色，有铿然之韵，不徒为是大言炎炎。"

书李世南所画秋景二首①

其 一

野水参差落涨痕，疏林欹倒出霜根②。

扁舟一棹归何处③，家在江南黄叶村。

【注释】

①元祐二年（1087）作于汴京。时李世南在汴京编撰《元祐敕令式》。李世南：字唐臣，安肃（今河北保定徐水）人，擅画山水寒林。

②欹倒：横斜貌。

③扁舟：小船。

【评析】

元祐初期，苏轼与李世南同在汴京，这一时期苏轼创作了相当数量的题画诗。他本出自嗜好绘画的家庭，与李公麟、崔白、王晋卿等人又交往密切，因此，对于绘画，苏轼别有一番心得。李世南善工山水，曾作横幅长卷《秋景平远图》，苏轼为此画题了两首七绝。《画继》卷四载李世南之孙李皓之言："此图本寒林障，分作两轴。前三幅画寒林，坡所以有'龙蛇姿'之句，后三幅画平远，所以有'家在江南黄叶村'之句，其实一景而坡作两意。"此诗是作者题画诗中脍炙人口、广为流传的名篇之一。王文濡《宋元明诗评注读本》卷四评本诗曰："诗中有画。"

"野水"二句描绘画中之景：水岸边到处是涨水时淹没堤岸的痕迹，稀疏的林木倾倒在地，露出苍老的树根。此二句意承《秋景平远图》的前轴"寒林"而来，寒林尽而水岸出，便出现了诗句中所描绘的图景。水岸的旧痕、欹木的树根，短短两句便勾勒出一幅萧瑟荒寂的秋景图。接下来，视野中出现一棹扁舟，苏轼对此展开联想：在这疏林荒野之中，这一棹扁舟将要归于何处？一个"归"字，打破了荒凉萧瑟的气氛，为画面增添了生机，"家在江南黄叶村"，此句是画外之景，即扁舟的归去之所，不仅拓展了画作的内容，也引发了观画者的遐想。纪昀评《苏文忠公诗集》卷二十九称本诗"意境殊高",信然!

诗作前两句细致勾勒深秋之景,宛然在目。后两句是苏轼由画作展开的联想,用"黄叶村"画出远景,以景作结,虚实相生,余韵悠长,令人神往。诚如赵克宜《角山楼苏诗评注汇钞》卷一三所言:"天然妙语,佳在题画,实赋便不及矣。"

苏轼的题画诗,常常不拘泥于画作本身的内容,而是结合画中之景进行合理的想象与再创作。因此,这些题画诗既是优秀的文学作品,也是对艺术作品的再创造。

书鄢陵王主簿所画折枝二首 ①

其 一

论画以形似,见与儿童邻。
赋诗必此诗,定非知诗人。
诗画本一律,天工与清新 ②。
边鸾雀写生 ③,赵昌花传神 ④。
何如此两幅,疏淡含精匀。
谁言一点红,解寄无边春 ⑤。

【注释】

① 元祐二年(1087)作于汴京。鄢陵:县名。宋属开封府,今属河南。王主簿:张怀瓘《画断》卷四:"鄢陵王主簿,未审其名,长于花鸟。"折枝:画花卉不带根。

194

②天工：天然工巧。张相《诗词曲语辞汇释》卷四："与清新，得清新也，天工，犹云高才绝艺。"

③边鸾：唐京兆人。德宗时官右卫长史。工画，用笔轻利，设色鲜明。张彦远《历代名画记》卷一〇称其"花鸟冠于代"。

④赵昌：字昌之，雒县（今四川广汉）人。工画花果，时称绝伦。

⑤解寄：能寄。解：能也。杜甫《洗兵马》："隐士休歌紫芝曲，词人解撰河清颂。"

【评析】

这是苏轼根据王主簿所画的折枝图而创作的诗作，共两首，此为第一首，是苏轼借此论绘画创作理论。诗分为两部分，前六句写自己的诗画理论，后六句赞美王主簿的画作。

"论画"两句先写画论：评论画的好坏，只注重形貌画得似与不似，其见识和小孩子一样幼稚肤浅。苏轼"论画以形似，见与儿童邻"的观点曾引起长时间的争论，意见纷纭，聚讼莫决。宋人晁补之在《和苏翰林题李甲画雁二首》其一中曾批评道："画写物外形，要物形不改。诗传画外意，贵有画中态。"杨慎亦认为晁补之有力地补充了苏轼的观点，其《论诗画》云："东坡先生诗曰：'论画以形似，见与儿童邻。赋诗必此诗，定知非诗人。'此言画贵神，诗贵韵也。然其言有偏，非至论也。晁以道和公诗云：'画写物外形，要物形不改。诗传画外意，贵有画中态。'其论始为定，盖欲以补坡公之未备也。"贺裳《载酒园诗话》卷一亦云："此言论画，犹得失参半，论诗则深入三昧。"但也有人支持苏轼的观点，费衮《梁溪漫志》卷七曰："此言可为论画作诗之法也。"王世贞《艺苑卮言》则认为："人物以形模为先，气韵超乎其表；山水以气韵为主，形模寓乎其中，乃为合作。若形似无生气，神彩至脱格，则病也。"

可见，"形似"与"神似"是中国古代绘画中一直争论不休的问题。

这四句诗也引发了相当的讨论，而苏轼在开篇鲜明地提出自己的观点，却是别有目的——他将绘画与作诗的理论方法相结合，"作诗若是像作画摹形一样拘泥于写实，这一定也不是懂得作诗真谛的诗人"。王晓堂《嵋阳诗说》卷二称"赋诗"二句"最妙。然须知作此诗而竟不是此诗，则尤非诗人矣。其妙处总在旁见侧出，吸取题神，不是此诗，恰是此诗"。吴仰贤《小匏庵诗话》卷二则称"此言诗贵超脱，当别有寄托，不取刻画。非不论何题，概以笼统门面语为高浑也"。

接下来，苏轼进一步阐明自己的观点：诗与画拥有共同的创作规律，追求的都是天然的工巧与清新的风格。这两句鲜明地提出自己的诗画创作主张。李白《经乱离后天恩流夜郎忆旧游书怀赠江夏韦太守良宰》诗曰："清水出芙蓉，天然去雕饰。"宗白华《美学散步》认为苏轼的这种"清新"追求，与李白"清水出芙蓉"的主张相通。而关于"诗画一律"这一观点，明人朱庭珍进行了详细的解读，其《筱园诗话》卷一云："诗以超妙为贵，最忌拘滞呆板。故东坡诗云……。谓诗之妙谛，在不即不离，若远若近，似乎可解不可解之间。……盖兴象玲珑，意趣活泼，寄托深远，风韵泠然。故能高踞题颠，不落蹊径；超超玄著，耿耿元精。独探真际于个中，遥流清音于弦外，空诸所有，妙合天籁。……诗至此境，如画家神品、逸品，更出能品、奇品之上。凡诗皆贵此诣，不止咏物诗以此诣为最上乘。"

以上六句言诗画理论，接下来苏轼对王主簿的画进行评点。"边鸾"二句借边鸾、赵昌两位画家衬托王主簿的作品：边鸾所画的雀鸟活灵活现，赵昌的折枝图亦别有神韵。此二句以互文的手法，言边、赵二人的作品皆以生动传神著称。"何如"句起笔锋一转：边、赵二位皆是技艺高超的画家，但又如何能比得上王主簿这两幅折枝图呢！"何如"二字意含褒贬，王主簿的画用笔不多，虽着色清淡，但布局精巧，结构匀称。苏轼置王画于边、赵二家之上，相比于工笔细描，苏轼对于"神韵"的追求由此可见。最后两句则是王主簿画作的点睛之笔：折枝图中虽只有一点红色，但足以令人想见无边的春色。此二句是对王主簿"疏淡含精匀"的画作风格的进一步阐发，同时也体现出苏轼的审美倾向。

王若虚《滹南遗老集》卷三十九《诗话》中评点本诗曰："论妙在形似之外，而非遗其形似；不窘于题，而要不失其题。如是而已耳。世之人不本其实，无得于心，而借此论以为高。画山水者，未能正作一木一石，而托云烟杳霭，谓之气象；赋诗者，茫昧僻远，按题而索之，不知所谓，乃曰格律贵尔。一有不然，则必相嗤点以为浅易，而寻常不求是而求奇，真伪未知，而先论高下，亦自欺而已矣。岂坡公之本意也哉！"这首诗将绘画理论与诗歌创作理论联系起来，在点评他人作品时融入自己的审美倾向，以议论入诗，又将创作理论与作品点评相结合，故而堪称论画诗的名篇。赵克宜《角山楼苏诗评注汇钞》卷一三评曰："信笔拈出，自足千古。"胡仔在《苕溪渔隐丛话》前集卷三〇中引《王直方诗话》曰："余以为若论诗画，于此尽矣。每诵数过，殆欲常以为法也。"赵翼在批沈德潜《宋金三家诗选·苏东坡诗选》卷下时道："坡公生平诗俱超诣象外，此处自己说出。作诗者欲诗境超脱，必从此等处证入。"可见，虽然苏轼论画观点存在一定争议，但诗评家们对苏轼此诗依旧不吝赞美之词，本诗的重要地位也由此可见。

书王定国所藏《烟江叠嶂图》^①

江上愁心千叠山^②，浮空积翠如云烟^③。
山耶云耶远莫知，烟空云散山依然。
但见两崖苍苍暗绝谷，中有百道飞来泉。
萦林络石隐复见，下赴谷口为奔川。
川平山开林麓断，小桥野店依山前。
行人稍度乔木外，渔舟一叶江吞天。
使君何从得此本^④，点缀毫末分清妍^⑤。
不知人间何处有此境，径欲往买二顷田。
君不见武昌樊口幽绝处^⑥，东坡先生留五年。
春风摇江天漠漠，暮云卷雨山娟娟。
丹枫翻鸦伴水宿^⑦，长松落雪惊醉眠。
桃花流水在人世，武陵岂必皆神仙^⑧。
江山清空我尘土，虽有去路寻无缘^⑨。
还君此画三叹息，山中故人应有招我归来篇^⑩。

【注释】

① 元祐三年（1088）十二月作于汴京。王定国：名巩，自号"清虚居士"。《烟江叠嶂图》：王晋卿画。王晋卿，名诜，太原（今山西太原）人，徙居汴京（今河南开封）。尚英宗女蜀国大长公主，为驸马都尉，利州防御使。晋卿能诗善画，慕东坡，相与游从。

② 江上愁心：张说《江上愁心赋》："江上之峻山兮，郁崎岖而不极。云为峰兮烟为色，欻变态兮心不识。"

③积翠：翠色丛积。王维《华岳》："西岳出浮云，积翠在太清。"

④使君：谓州郡长官。此指王巩，以其尝典郡。

⑤清妍：犹言清秀。韩愈《月池》："若不妒清妍，却成相映烛。"

⑥樊口：在今湖北鄂州西北。因位于樊山脚下，为樊港入长江之口，故名。

⑦伴水宿：伴人宿水边。谢灵运《游赤石进帆海诗》："水宿淹晨暮。"

⑧"桃花"二句：典出陶潜《桃花源记》。

⑨"江山"二句：《桃花源记》：武陵人既出桃花源，"诣太守说如此，太守即遣人随其往。寻向所志，遂迷，不复得路。"两句用此，言其归隐无由。

⑩归来篇：《楚辞·招隐士》："王孙兮归来！山中兮不可以久留。"陶渊明《归去来兮辞》："归去来兮，田园将芜胡不归？"

【评析】

本诗题下原注云："王晋卿画。"这首诗是苏轼见到友人王定国收藏的《烟江叠嶂图》后有感而发的诗作。胡应麟《诗薮》外编卷五盛赞本诗曰："子瞻虽体格创变，而笔力纵横，天真烂熳……俊逸豪丽，自是宋歌行第一手。"

诗歌的前十二句为第一部分，状画中胜境。首四句从高处俯瞰江山远景，"江上愁心"化用张说《江上愁心赋》之句，"千叠""积翠"摹写出山峦层叠、佳木林立的图景，苍翠如烟的植被与缭绕的云烟相融合，似乎无法分辨，直到烟空云散之际，绿树苍翠如故，方有"识得真面目"之感。"但见"四句将视野推近，着眼于绝谷、飞泉、络石、奔川四处，动静相衬，高低错落，明暗交织，富于变幻，令人目不暇接。"川平"句进一步写山中所见："川平山开林麓断"，七个字展现出三个画面场景，深入山林之间，小桥、野店、行人历历如见。随着行人走出山外，眼前又是浩荡的江天，"江吞天"三字，涵盖了整幅画作。此十二句由江起笔，由江作结，中间绘以山中所见，可谓尺幅千里，一幅层次分明、雄奇壮美的《烟江叠嶂图》展现在读者面前。方东树《昭昧詹言》卷十二云："起段以写为叙，写得入妙，而笔势又高，气又遒，神又王。"王文诰《苏文忠公诗编注集成总案》卷三十评曰："《孟子》长篇多两扇法。……如此诗，即用两扇法。以上自首凭空突起，至此为一扇，道图中之景也。"

"使君"以下十六句为第二部分，抒写观画人的情况和感慨。"使君"句从画中所见过渡至藏画之人，苏轼感叹画作的精致逼真：王定国究竟是从哪里得到的这幅作品呀！纪昀评《苏文忠公诗集》卷三十称"节奏之妙，纯乎化境"，洵非虚语！"不知"二句借画中的仙境引发了自己欲寻美景、退隐江湖的向往，表明自己不恋尘世的精神追求。"君不见"是苏轼观画时联想到自己被贬黄州的经历，"春风"以下四句书写了黄州一年四季的景色，春风、夏雨、丹枫、松雪，景象鲜明，特征突出，看似是四季风景的剪辑，实则蕴藏着苏轼五年来仕途坎坷、被贬楚地的凄凉。苏轼虽然渴望退隐江湖，寄情山水，但联想到自己贬谪黄州的悲苦生活，乐观进取与消极退避，或隐或显，不断矛盾地斗争。故苏轼以"桃花"二句为以上四句作结，借陶渊明《桃花源记》的典故而翻新其意，在苏轼看来，隐居在桃花源的生活也未必就是神仙的生活。"江山"二句进一步解释，自己身在尘世，虽有前往世外桃源、理想王国的路，但自己无缘前往。因此将画作还给王定国时，苏轼再三叹息，重申欲去而不能之意，陶渊明四十一岁辞官后作《归去来兮辞》，记叙归田的乐趣，但武陵人的桃源生活是否真的如神仙一样逍遥自在？诗作由观画引发了对贬谪生活的回忆和对归隐生活的思索，书写了欲寻"清空"而无缘的矛盾心理。汪师韩《苏诗选评笺释》卷四谓"'君不见'以下，烟云卷舒，与前相称，无非以自然为祖，以元气为根"，而按照王文诰《苏文忠公诗编注集成总案》卷三十的观点："自'使君'句起至此为一扇，道观图之人也。后谨以二句作结，'还君此画三叹息'，此句结图中之景，'山中故人应有招我归来篇'，此句结观图之人。"可见本诗章法之严谨。

当年王定国、王晋卿受苏轼"乌台诗案"的株连，与苏轼同时被贬。还朝之后三人相聚，苏轼在《和王晋卿》一诗中称"感叹之余作诗相属，托物悲慨"，此诗即是"托物悲慨"之作。整首诗前半部分从空间着眼写画中所见，由远及近，自上而下，从山到水，层次鲜明；后半部分以时间为线索回忆黄州春夏秋冬四景，次序井然，内容丰富，思路清晰，仿佛如见真景，故汪师韩《苏诗选评笺释》卷四叹曰："竟是为画作记，然摹写之神妙，恐作记反不能如韵语之曲尽而有情也。"纪昀评《苏文忠公诗集》卷三十曰："奇情幻景，笔足以达之。"

赠刘景文 ①

荷尽已无擎雨盖，菊残犹有傲霜枝。
一年好景君须记，最是橙黄橘绿时。

【注释】

① 元祐五年（1090）十月作于杭州。刘景文：名季孙，开封祥符（今河南开封祥符）人。刘平少子。笃志好学。监饶州酒务，时王安石为江东提刑，兼摄州学，由此知名。

【评析】

这首七绝作于哲宗元祐五年深秋，苏轼任杭州知州，刘景文任两浙兵马都监，治所也在杭州，故二人交往甚密，常有诗文往来。黄庭坚《山谷题跋》卷二《书刘景文诗后》云："刘景文，枢密副使盛文肃公之婿，于先姑安康郡君尚为丈人行。然景文不以尊属临我，以翰墨文章见谓亲友。余尝评景文胸中有万卷书，笔下无一点俗气。往岁东坡先生守余杭，而景文以文思副使为东南第三将。东坡尝云：'老来可与晤语者，凋落殆尽，唯景文可慰目前耳。'"苏轼对慷慨有将帅之风的刘景文十分赞赏，曾向朝廷举荐刘景文。未久，朝廷命刘景文为隰州知州，此时刘景文已经五十八岁，苏轼遂赠诗勉励友人。王文诰《苏文忠公诗编注集成总案》卷三二曰："此是名篇，非景文不足以当之。景文，忠臣之后，有兄弟六人皆亡，故赠此诗。"

"荷尽已无擎雨盖，菊残犹有傲霜枝。"苏轼先以凝练的笔墨描绘了一幅残秋的图景：翠减红衰，荷叶枯败之际，菊花虽也残败，枝干却依然挺立，斗风傲霜的姿态依然如故。以深秋时节入手，呼应当下的时令；"已无""犹有"，视角有层次地推进，写出二花之异；以荷衬菊，寓指友人如深秋的菊花一样，遇严寒而挺立，迎风霜而不倒，"傲霜枝"对"擎雨盖"，不但形象生动，对仗工稳，而且包含着对坚忍独立人格的标榜。两句字面相对，内容相连，是谓"流水对"。诗人的高明还在于，他不是简单地写出荷、菊花朵的凋零，而是将描写的笔触伸向了荷叶和菊枝。用擎雨无盖表明荷败净尽，用枯枝傲霜说明菊花的凋零，真可谓曲笔传神。花残了，枝还能傲霜独立，充分体现了菊花孤标傲世的品格。

接着苏轼勉励友人铭记当下的好景：虽然荷花、菊花都已经残败，但此时橙黄橘绿，果实累累，依旧显示出勃勃生机，此刻正是一年之中最好的光景。贾太宏在《宋词鉴赏》中指出，"这里橙橘并提，实际上是偏重于橘""橘树'经冬犹绿林''自有岁寒心'的坚贞节操，岂止荷、菊不如，直欲与松柏相媲美"。苏轼对"橘"这一意象确实颇有偏爱，自屈原《橘颂》起，文人笔下的"橘"向来都颇有深意。在屈原的《橘颂》中，它"苏世独立，横而不流兮。闭心自慎，不终失过兮。秉德无私，参天地兮"。而此处亦是苏轼面对两党之争时不偏不倚、不诌不媚的写照。苏轼自己曾作《浣溪沙·咏橘》，以"菊暗荷枯一夜霜，新苞绿叶照林光"来赞赏橘的品格，本诗以"橙黄橘绿"来描绘肃杀萧条的深秋时节，在勉励友人的同时，也体现出苏轼乐观豁达的性情和胸襟。

这首小诗融写景、咏物、赞人于一体，将深秋时节写得生机盎然，富有诗意。在勉励友人的同时，也有与友人同勉的意味，语言清新隽永，令人回味，可谓"浅语遥情"（汪师韩《苏诗选评笺释》卷五语）。王文濡《宋元明诗评注读本》卷四亦赞曰："通首写景不写情，而深情自见。"

泛颍 [①]

我性喜临水，得颍意其奇。
到官十日来，九日河之湄 [②]。
吏民笑相语，使君老而痴 [③]。
使君实不痴，流水有令姿 [④]。
绕郡十余里，不驶亦不迟。

上流直而清，下流曲而漪。

画船俯明镜⑤，笑问汝为谁⑥。

忽然生鳞甲⑦，乱我须与眉。

散为百东坡，顷刻复在兹。

此岂水薄相⑧，与我相娱嬉。

声色与臭味⑨，颠倒眩小儿。

等是儿戏物，水中少磷缁⑩。

赵、陈两欧阳，同参天人师⑪。

观妙各有得，共赋《泛颍》诗。

【注释】

① 元祐六年（1091）九月作于颍州（今属安徽阜阳）。

② 河之湄：《诗经·秦风·蒹葭》："所谓伊人，在水之湄。"

③ 使君：对州郡长官之称。此处苏轼自指。

④ 令姿：美好姿态。《文选》傅长虞《赠何劭王济诗》："金珰缀惠文，煌煌发令姿。"

⑤ 明镜：指清澈明静之水。

⑥ 汝：指水中所照自己之身影。

⑦ 鳞甲：如鳞甲状之水波。刘禹锡《晚泊牛渚》："芦苇晚风起，秋江鳞甲生。"

⑧ 薄相：轻薄，捉弄，开玩笑。

⑨ 臭味：气味，此指香气。

⑩ 磷：因磨而薄损。缁：因染皂而变黑。后以"磷缁"喻环境影响而起变化。杜甫《夔府书怀四十韵》："汉阁自磷缁。"

⑪ 天人师：如来十号之一。以其为天与人之师，故名。《五灯会元》卷一："佛于二月八日明星出时成道，号天人师。"

204

【评析】

元祐六年八月，因受司马光一派排挤，苏轼由翰林学士承旨兼侍读出知颍州。颍州，今隶属于安徽阜阳，此地地势平坦开阔、河流纵横，东清河、中清河、西清河等内城河贯穿城区流入颍河，史称"三清贯颍"。本诗为苏轼泛舟颍水时，与友人的唱和之作。

诗可分为四层，首八句为第一层，先说自己天性喜水、更爱颍水的偏好，以至于"十日九游"。汉时称刺史为使君，后成为州郡长官的尊称，在本诗中指任颍州知州的苏轼。"吏民相笑语"是说官民没有把东坡当作高高在上的官长看待，侧写民风之淳朴，再用一个"痴"字写出了东坡爱颍之深。面对颍州官吏和百姓的善意嘲笑，苏轼辩解称是颍水美丽的姿态令人着迷向往，自然引出下文。

接下来，苏轼对"流水有令姿"一句展开详细的描绘：颍水环绕郡城十多里，水流不急不慢。此处直接引用陶渊明《和胡西曹示顾贼曹》"不驶亦不迟，飘飘吹我衣"之句，唯将写风改成写水，巧无痕迹。接下来十句从不同角度描绘了颍水的面貌：统观整条河流的形态，上游河道笔直，流水澄净；下游河道弯曲，多泛涟漪；俯瞰澄如明镜的水面，船中的苏轼仿佛是在问候倒影，而一阵风吹过，水波粼粼，一个倒影顿时化为千百个东坡，稍后又归于平静，仿佛是颍水在与自己嬉戏。动静之间，变化万千，妙趣横生，舒卷自如，方东树《昭昧詹言》卷十二称苏轼"随意吐属，自然高妙……情景涌现，如在目前"。苏轼擅长描绘自然界瞬息万变的景象，他在《虔州崇庆禅院新经藏记》中强调"酬酢万物之变"，即是此理。本诗中他将颍水视为有生命的个体，将水面的动静变化赋予人类活泼调皮的性格，亦体现出他完全融于自然之中，情绪皆随其而动。赵克宜《角山楼苏诗评注汇钞》卷一五云："'画船俯明镜'六句，情事极琐，拈出却成妙语。此翁长技。"查慎行《初白庵诗评》卷中亦云："游戏成篇，理趣具足，深于禅悟，手敏心灵。"

"声色"句起由观水而产生感悟：世人为富贵荣华、声色货利所炫惑，而在苏轼看来，这瞬息万变的人间也与水波一样，宛如儿戏。同样是儿戏，但苏轼却指出不同——"水中少磷缁"，此处用《论语》"磨而不磷""涅而不缁"之典，言戏水不会沾染不良的习性，其实是写自己不醉心名利、不污损人格的高洁品性。

最后四句对本次出游作以总结：同游之人有赵德麟、陈师道及欧阳修的两个儿子，大家共同游水，共作同题诗，而侧重又有不同。古人在游记类诗文的结尾，常说明同游者，这是例有之笔，大家"同参天人师"，而"观妙各有得"。苏轼的这一篇《泛颍》，则是由水引发了宦海人生的感悟，在清新灵动、趣味盎然的语言中饱含人生的思索。纪昀评《苏文忠公诗集》卷三十四曰："源出次山（元结，字次山），而运以本色机轴，遂成奇调。"

聚星堂雪^① 并引

元祐六年十一月一日，祷雨张龙公，得小雪，与客会饮聚星堂。忽忆欧阳文忠公作守时，雪中约客赋诗，禁体物语，于艰难中特出奇丽。尔来四十余年，莫有继者。仆以老门生继公后，虽不足追配先生，而宾客之美，殆不减当时，公之二子，又适在郡，故辄举前令，各赋一篇^②

窗前暗响鸣枯叶，龙公试手初行雪。
映空先集疑有无，作态斜飞正愁绝^③。
众宾起舞风竹乱，老守先醉霜松折。

恨无翠袖点横斜④，只有微灯照明灭。
归来尚喜更鼓永，晨起不待铃索掣⑤。
未嫌长夜作衣棱，却怕初阳生眼缬⑥。
欲浮大白追余赏⑦，幸有回飙惊落屑⑧。
模糊桧顶独多时，历乱瓦沟裁一瞥⑨。
汝南先贤有故事⑩，醉翁诗话谁续说⑪。
当时号令君听取，白战不许持寸铁⑫。

【注释】

①元祐六年（1091）十一月一日作于颍州。聚星堂：欧阳修为颍州知州时所建。

②张龙公：张路斯，颍上人。禁体物语：欧阳修《雪》诗题下自注："时在颍州作，玉、月、梨、梅、练、絮、白、舞、鹅、鹤、银等事，皆请勿用。"体物：描摹事物形态。老门生：据《宋史·苏轼传》，轼于嘉祐二年（1057）试礼部，主司乃欧阳修，故自称"老门生"。门生：科举考试，自唐以来，贡举之士称主考官为座主，自称门生。公之二子：指欧阳棐（字叔弼）、欧阳辩（字季默）。

③作态：故作某种姿态。《后汉书·曹世叔妻传》："入则乱发坏形，出则窈窕作态。"

④翠袖：指佳人。杜甫《佳人》："天寒翠袖薄。"横斜：指梅，与上二句"竹""松"并列。林逋《山园小梅二首》："疏影横斜水清浅。"

⑤铃索掣：宋制，州府衙门有铃阁，拉绳击铃以报时。

⑥眼缬：眼花时所见星星点点。

⑦浮：罚人饮酒。大白：大酒杯。

⑧回飙：旋风。落屑：指雪片飘落。

⑨ 历乱：凌乱。鲍照《绍古辞七首》其七："忧来无行伍，历乱如覃葛。"因而可状雪花飞舞。一瞥：一注目间，喻极短时间。此句谓雪花乱舞，一会儿就填满屋上瓦沟。

⑩ 汝南：郡名。汉置。辖今河南、安徽各一部分。颍州为旧汝南郡属地。汝南先贤：《三国志》裴松之注多处引《汝南先贤传》，苏轼借以指欧阳修。盖因修自知颍州，即移家于此。故事：指欧阳修"雪中约客赋诗，禁体物语"之事。

⑪ 醉翁诗话：指欧阳修《诗话》，后人亦称《六一诗话》。醉翁：欧阳修为滁州太守时之自号。

⑫ 白战：徒手战斗。喻白描手法。寸铁：赵次公曰："'寸铁'字，乃李陵书'人无尺铁'而变用之也。"

【评析】

欧阳修喜爱提携后进，力戒西昆体"堆砌词藻，多用故事"之弊端。他在颍州任上曾经聚客赋诗咏雪，在《雪》诗中，他曾要求"玉、月、梨、梅、练、絮、白、舞、鹅、鹤、银等事，皆请勿用"。此所谓"禁体"，意在难中出奇。四十多年后，苏轼也正好任颍州知州。当年冬天少雨，苏轼带领官民向当地传说的张龙公求雨，果然下起小雪来。苏轼兴致颇高，与客人相会聚星堂。诗人想起欧阳修四十年前的事情，于是命大家效仿欧阳公之故事，禁体物语，作咏雪诗欢庆求雨成功，兼以纪念欧公。

起句写"窗前""枯叶"在"暗响"，乃初雪落下之景，由声音描写入手，为后文描绘落雪留下了丰富的空间。"龙公试手"写自己祈雨奏效，蕴含了苏轼焦急和欣喜之情。接着苏轼从视觉上描绘雪落的情形：雪花纷纷，飞斜而下，人们忧愁和绝望的心情顿时化为乌有。宾客欢欣起舞如青竹风中摇曳，我这老迈的太守先醉，仿佛霜松摧折。此二句从侧面入手，通过描绘大家的欣喜兴奋的心情，衬托出大家对雪的期待。在这样欢乐的气氛中，苏轼不禁感慨此时没有请乐女来演奏，实属遗憾，只有烛光照见门口的雪花若隐若现，时明时暗。

"归来"句起笔锋一转，暗示时间的变化，虽然前一夜晚归，但苏轼按捺不住欣喜之情，第二天清晨不待铃索唤醒就已起床。苏轼早起，不怕衣服被冻成冰棱，而是担心雪没有下够天就放晴了，初阳照得眼睛发花。苏轼追赏余景，果然回旋的北风还吹落点点未化的雪屑。金人李冶《敬斋古今黈》卷八指出，"落屑"句"盖用陶侃竹头木屑事耳"。《晋书·陶侃传》载："时造船，木屑及竹头悉令举掌之，咸不解所以。后正会，积雪始晴，听事前余雪犹湿，于是以屑布地。"指陶侃能够物尽其用，以木屑铺于地，以防湿滑。此说亦通。苏轼忍不住乘兴豪饮，视线继续向远处移动——落雪覆盖在屋顶上，模糊了屋顶原本的样子，雪花乱舞，不多时就填满屋上瓦沟。从桧顶到瓦沟，一一注视；对疾风吹落下来的"余屑"也感到惊喜，这就加倍刻画出望雪、喜雪心情。杜甫说"忧国望年丰""雪兆丰年"，望雪即望丰年。这种心情正是苏轼忧国忧民的表现。欧阳修诗中说"乃知一雪万人喜"，苏轼的这种忧喜是与广大人民相一致的。

"汝南"句起追忆欧阳修"雪中约客赋诗，禁体物语"之事，汝南先前的贤士曾经有过旧例，醉翁诗话如今由谁来继续呢？在座的各位不如再次听取欧公的号令，禁体物语而作诗，有如徒手相搏，不持寸铁。以肉搏战比喻以禁体写诗，生动形象，不落俗套。陈衍《宋诗精华录》卷二评曰："画龙最后点睛，结不落套。"

这首咏雪诗，首尾交代，中间摹写，起结次第分明；写雪时，以视觉描写为主，辅以声音描绘，既有正面对雪的描绘，也有对人们见到雪后的反应，还突出了自己见雪而喜的心理，通篇以白描的手法进行书写，舍弃了辞藻的堆砌，言语明白晓畅，又别有新意，体现出以赋为诗的艺术特色。翁方纲《石洲诗话》云："诗至宋而益加细密，盖刻抉入里，非唐人所能囿。"苏轼此诗正可为其代表。这首诗也备受诗评家赞赏，纪昀评《苏文忠公诗集》卷三十四赞曰："句句恰是小雪，体物神妙，不愧名篇。"汪师韩《苏诗选评笺释》卷五赞曰："赋雪者多以悠扬飘荡取其韵致，此独用生劖之笔作硬盘之语，摆脱常态，匪徒以禁体物语标奇竞胜。"方东树《昭昧詹言》卷十二称本诗"本色正锋"，朱庭珍《筱园诗话》卷四则叹此诗"诚为绝唱"。可见本诗在宋诗史上的地位。

欧阳修当年反对以学李商隐为风格的"西昆体"，苏轼的这一号召是对欧阳修主张的再度继承与发展。诚如《诗林广记》后集卷一引《蔡载集》中蔡载言："本朝欧阳公《雪》诗多大篇，然已屏去白事，故东坡效之。"周裕锴先生在《白战体与禁体物语》（《古典文学知识》2010 年 5 月版）一文中指出，苏轼这一号召在中国诗话史上产生了巨大的影响，后人将"禁体物语"的咏雪诗称之为"白战"或"白战体"，与"禁体"的意思相同。如南宋魏庆之《诗人玉屑》卷九"白战"下列"禁体物语""欧苏雪诗""溪堂雪诗"诸条。又如南宋俞德邻《佩韦斋集》卷二《聂道录和王寅甫外郎雪诗因次韵仍依白战体》有句曰："当年白战禁体物，练絮玉月银梨梅。"明方孝孺《逊志斋集》卷二十四《东河驿值雪次茅长史白战体韵》有句曰："莫将诗句效苏公，淮阴讵肯侪哙等。"都是遵循这一写作传统。

轼在颍州，与赵德麟同治西湖，未成，改扬州。三月十六日，湖成，德麟有诗见怀，次其韵①

太山秋毫两无穷②，巨细本出相形中③。

大千起灭一尘里④，未觉杭颍谁雌雄⑤。

我在钱塘拓湖渌⑥，大堤士女争昌丰⑦。

六桥横绝天汉上⑧，北山始与南屏通⑨。

忽惊二十五万丈⑩，老葑席卷苍云空⑪。

尚来颍尾弄秋色⑫，一水萦带昭灵宫⑬。

坐思吴越不可到，借君月斧修朣胧⑭。

二十四桥亦何有⑮，换此十顷玻璃风。

雷塘水干禾黍满⑯，宝钗耕出余鸾龙⑰。

明年诗客来吊古⑱，伴我霜夜号秋虫⑲。

【注释】

① 元祐七年（1092）四月作于扬州。赵德麟：赵令畤。西湖：颍州西湖。

② 太山：即泰山，喻至大之物。秋毫：鸟兽至秋更生细而未锐之毛。

③ 巨细：大小。相形：相比较。

④ 大千：即佛教所谓"大千世界"，指广大无边之世界。起灭：产生和消灭。一尘：一粒微尘。

⑤ 杭颍：此指杭州西湖、颍州西湖。《王直方诗话》："杭颍皆有西湖。"

⑥ 钱塘：旧县名，宋杭州治此。拓湖渌：谓拓展西湖湖面。渌：水清。

⑦ 大堤：即杭州西湖之苏公堤。

⑧六桥：潜说友《咸淳临安志》卷二一《疆域》六《桥道》："映波桥（苏堤南来第一桥）、锁澜桥（第二桥）、望山桥（第三桥）、压堤桥（第四桥）、东浦桥（第五桥）、跨虹桥（第六桥）。"天汉：天河。

⑨北山：杭州西湖北诸山，其著名者为北高峰。南屏：西湖南之名山。

⑩"忽惊"句：苏轼《杭州乞度牒开西湖状》："自国初以来，稍废不治，水涸草生，渐成葑田。熙宁中，臣通判本州……辄已差官打量湖上葑田，计二十五万余丈，度用夫二十余万工。"

⑪老葑：指湖沼干涸时丛生之杂草。

⑫揭来：去来。此处偏在"来"义。颍尾：在颍水与淮水交汇处。弄：游戏。

⑬萦带：如带萦绕。昭灵宫：指张龙公祠。

⑭"坐思"二句：意谓因杭州西湖不可到，故遣赵令畤修颍州西湖。坐：因为。吴越：指今江浙一带，古为吴国越国地面。月斧：修月之斧。

⑮二十四桥：古代扬州之名胜。杜牧《寄扬州韩绰判官》："二十四桥明月夜，玉人何处教吹箫。"

⑯雷塘：又名"雷陂"，在扬州东北。唐武德五年（622），迁隋炀帝葬于此处之南平冈上。

⑰宝钗：首饰之一种，指嵌有金玉珠宝、分为两股之笄。鸾龙：指宝钗所嵌之饰为鸾形、龙形。以此为饰之钗，乃皇宫嫔妃之物。

⑱诗客：指赵令畤。

⑲秋虫：秋日夜间鸣叫之虫，如蟋蟀之属。

【评析】

诗题已把写诗背景大体说清。苏轼于哲宗元祐六年（1091）调知颍州（州治在今安徽阜阳），当时赵德麟（名令畤）为州判。苏轼一向重视兴修水利，元祐四年（1089）出为杭州知州，他疏浚了被水草淤塞了很大面积的西湖，为此上《杭州乞度牒开西湖状》；元祐六年苏轼调知颍州，又与赵令畤一起疏浚颍州西湖，次年，工程未毕，苏轼改知扬州，赵德麟寄诗告知工程已毕，苏轼便以欢欣的心情写此诗作答。

全诗可分为三部分。针对赵德麟诗中要将颍州西湖与杭州西湖决一高下之言，苏轼在首四句表明观点：杭州西湖与颍州西湖本身没有相比的必要。庄子有"天下莫大于秋毫之末，而太山为小"之语，泰山与秋毫全都没有穷尽，大和小原本出自相比之中，首二句暗用其意。第三句则化用佛家之言，每一大千世界历劫则碎为一微尘，大千世界至为广大，也不过起灭于一尘之中。凡事无论大小都是相对而言，在大千世界中，杭、颍二湖不过微乎其微的东西，故而不必决一雌雄。此四句以充满道、佛思想之言的议论性话语起步，展现出苏轼通融释道的丰富学识和豁达通透的胸怀境界，显露出苏轼高视人间、洒然超脱、不凝滞于物的思想气质。

接着苏轼回忆自己在杭州任官的经历：我在钱塘时开拓了西湖，使湖水变得澄清，十里长堤游乐的男女争比美好风度与颜容。六桥横跨湖面如同越过天河，北山和南屏山这才开始畅通。此六句是写自己设计疏浚西湖工程的经历以及成果，以"忽惊"二字言杭州人民见到西湖得以治理后惊奇的场景，侧面烘托出疏浚工作成效显著，可见苏轼的欣喜之情。查慎行《初白庵诗评》卷中评曰："'六桥横绝天汉上'四句，以快笔写快事，是开辟手。"

"谒来"六句为第二部分，转到写颍州西湖。"颍尾"一词言苏轼由杭而入颍，"一水萦带昭灵宫"，引当地张龙公的传说，以突出水岸蜿蜒曲折、颍水神秘灵动的特点。此二句是过渡之句，而全以景语出之，形象生动，下二句则转入颍州西湖。苏轼先提出重修颍州西湖的原因：颍州距离吴越之地遥远，于是遣赵德麟修颍州西湖。"借君"句用《酉阳杂俎》典，以澄澈的月色喻清净的湖水，以月斧喻治湖，展现出苏轼对赵德麟治理颍州西湖的期待。"二十四桥"为扬州胜景，杜牧诗云："二十四桥明月夜。"由于湖功将成，作者却由颍州改知扬州，因此不禁感慨道：二十四桥有什么了不起，竟被它调换了这十顷明湖的清风。此二句化用欧阳修"都将二十四桥月，换得西湖十顷秋"之语，妙手移接，流露出苏轼对无法亲自见证颍州西湖的失落，显示出苏轼点化的功力。此六句将颍州西湖的位置环境、赵德麟修西湖的背景、苏轼无法亲自见证修治成果的遗憾失落依次娓娓道来，层次分明，又真挚动人。

"雷塘"以下四句收束全诗。诗末自注说："德麟见约，来扬寄居，亦有意求扬倅。"这四句就是对赵德麟这个意愿的回答。雷塘在扬州东北，是隋炀帝所葬之处，此处言雷塘荒废，历史遗物流出，意在表明对扬州水利废弛的不满，所以末两句苏轼戏言，你明年来扬可以吊古，伴我在秋夜唱出秋虫般凄苦的哀吟。

整首诗借治湖事成论事说理，议论部分显示出苏轼丰富的学识和深邃的哲思，记叙部分融回忆与现实于一体，抒情部分含蓄中带有幽默。诗作虽然篇幅较长，跨度较大，但不显枯滞，反而幽默诙谐，耐人寻味。汪师韩《苏诗选评笺释》卷五评曰："前以杭之西湖陪说颍之西湖，后以欧阳之自扬移颍比己之自颍改扬，都有天然证佐，会作佳谈，构成绝唱。"

谷林堂 ①

深谷下窈窕②，高林合扶疏③。
美哉新堂成，及此秋风初。
我来适过雨，物至如娱予。
稚竹真可人④，霜节已专车⑤。
老槐苦无赖，风花欲填渠⑥。
山鸦争呼号，溪蝉独清虚⑦。
寄怀劳生外，得句幽梦余⑧。
古今正自同，岁月何必书。

【注释】

① 元祐七年（1092）七月作于扬州。谷林堂：王象之《舆地纪胜》
卷三七《扬州》："谷林堂，在大明寺。元祐中建。"

② 窈窕：深邃貌。

③ 扶疏：树木繁茂貌。《韩非子·扬权》："数披其木，毋使木枝
扶疏。"

④ 稚竹：嫩竹。可人：使人满意。

⑤ "霜节"句：谓老竹节长而大。霜节：谓经霜之老竹。专车：满
载一车。

⑥ 风花：风吹落之花。庾信《咏画屏风诗二十五首》之二："风花
直乱回。"

⑦ 清虚：形容蝉声清彻而渺远。

⑧ 幽梦：隐隐约约之梦境。柳宗元《新植海石榴》："月寒空阶曙，

幽梦彩云生。"

　　苏轼曾十过扬州，元祐七年，苏轼徙知扬州，虽只有半年，但他一直为这段经历而骄傲。谷林堂位于江苏扬州西北大明寺西侧的平山堂后，是苏轼为纪念恩师欧阳修而建。谷林堂建成后，苏轼常在此读书，这首《谷林堂》，则是谷林堂建成之后的纪念之作。吴聿《观林诗话》云："扬州僧坊有谷林堂，乃东坡命名。必至其所，然后知其名之当。"

　　诗可分为三部分。"深谷"以下四句为第一部分，引入本诗的描写对象。首二句描写了谷林堂的地理位置和周围的环境：谷林堂隐匿在幽深的山谷中，掩映于繁茂的树林里，两句诗点染出清幽雅致的环境氛围。接着苏轼感叹谷林堂于秋日落成，更觉神清气爽，言语之中流露出欣喜之情。胡仔《苕溪渔隐丛话》后集卷二十九叹曰："大率东坡每题咏景物，于长篇中，只篇首四句，便能写尽，语仍快健。"

　　"我来"句起为第二部分，进一步写谷林堂周围的环境。我来时这里刚刚下过雨，仿佛是上天要让我开心，鲜嫩的竹子青翠欲滴，经霜的老竹茂密参天。槐树笔直，被风吹落的残花填满了水渠。山中的鸟雀争相呼朋引伴，蝉声清彻而渺远。此八句从视觉、听觉写谷林堂周围的环境特征，衬托出谷林堂所在之处人迹罕至，不染尘俗。谷林堂是苏轼亲自选址营建的，幽雅别致的环境也彰显出苏轼超拔脱俗的品味。

　　"寄怀"句以下抒情。苏轼感叹人生如寄，劳生如梦，诗作是在隐约的梦中完成，恍惚之间，时光已悄然流逝，又何必书写下这岁月呢！这四句是苏轼站在谷林堂中，回望自己的人生经历后的感想，叹喟深沉，颇有韵味。黄彻《碧溪诗话》卷七评曰："自知者观之，则为游戏篇章，得大自在；俗士拘泥，疑前后不相应也。东坡《谷林堂》云：'古今正自同，岁月何必书。'此等语皆通彻无碍，释氏所谓具眼也。"

谷林堂本是为纪念恩师欧阳修而作，此时距欧阳修离世已经二十年，苏轼自己也已过知天命的年纪，回溯人生的起起落落，仿佛如过眼云烟。整首诗将记叙、抒情融为一体，结构整饬严谨，语言清新流畅，结尾含蓄蕴藉，余味无穷。纪昀评《苏文忠公诗集》卷三十五曰："无深意，而谨严厚重，自是老笔。"

次韵穆父尚书侍祠郊丘，瞻望天光，退而相庆，引满醉吟 ①

千章杞梓荫云天 ②，樗散谁收老郑虔 ③。
喜气到君浮白里 ④，丰年及我挂冠前 ⑤。
令严钟鼓三更月，野宿貔貅万灶烟 ⑥。
太息何人知帝力 ⑦，归来金帛看赪肩 ⑧。

【注释】

① 元祐七年（1092）十一月十三日作于汴京。穆父尚书：钱勰，字穆父，时任户部尚书。郊丘：合祭天地于圜丘。

② "千章"句：谓朝廷多有栋梁之材。千章：《史记·货殖列传》："山居千章之材。"杞梓：杞、梓皆优质树木，喻优秀人才。

③ 樗（chū）散：樗乃散木，亦即无用之材。郑虔：唐代画家、文学

家，为广文博士。

　④浮白：本指罚满饮一杯酒，后转称满饮为浮白。

　⑤挂冠：弃官。

　⑥貔貅（píxiū）：猛兽名，喻勇猛之士。

　⑦帝力：帝王之作用。

　⑧赪肩：肩负重物而被压红。韩愈《城南联句》："刘熟担肩赪。"

【评析】

　　宋代冬至日有天子祭天的习俗，元祐七年冬至日，苏轼好友钱穆父随皇帝祭天并作诗表示祝贺，本诗是苏轼的和答之诗。

　　首联二句是对朝局的赞颂：朝廷之上都是栋梁之才，相比之下我自己仿佛已是老朽的樗木。此二句以郑虔喻己，以衬托的手法言朝廷任人唯贤，皇帝举贤任能。颔联二句进一步表达了苏轼的喜悦之情：一年将尽，欣喜的心情都在这酒杯之中，自己老退之前还能见证这丰收之年，喜悦之情溢于言表。

　　颈联历来受到赞誉。军队纪律严明，风纪严整，闻钟声而起，听鼓声而息。苏轼以军营中的钟鼓之声、炊烟升腾的壮观场景，侧面衬托军容军貌的整饬有序、气势昂扬，"肃穆气象在目"（赵克宜《角山楼苏诗评注汇钞》卷一六语）。在古诗中，上下两句之间常常存在人与物"一多对立"的情况，在二者的相互衬托下，场景特征更加鲜明，也更深入人心，如李益的"碛里征人三十万，一时回向月明看"（《从军北征》）也运用了这一手法。在本诗颈联里，"三更月""万灶烟"相呼应，更显示出军纪严明、蓄势待发的气势，对此胡应麟《诗薮》内编卷五赞曰："七言律最宜伟丽。……子瞻'令严钟鼓三更月，野宿貔貅万灶烟'自称伟丽，盖庶几焉。"

　　苏轼本人很喜欢此二句，查慎行《初白庵诗评》卷中亦有"先生自举平生杰句，以二语为最"之载。对此，李调元《雨村诗话》卷下指出："余雅不好宋诗，而独爱东坡。以其声如钟吕，气若江河；不失于腐，亦不失于郛。由其天分高，学力厚，故纵笔所之，无不精警动人。不特在宋元无此一家手笔，即置之唐人中，亦无此一家手笔也。公尝自举平生得意之句，以'令严钟鼓三更月，野宿貔貅万灶烟'一联为其最，实不只此也。"

尾联再次紧扣主题。宋代天子祭天之后，常有赏赐有功官员的传统。苏轼在受到嘉奖后，倍感振奋，遂赞颂皇帝的功德，并借此机会表明自己一定不负众望、勇担使命的决心。纪昀评《苏文忠公诗集》卷三六曰："五、六诗话所称，然三、四亦佳。宋郊天必有赐赉，故末句云然。"

整首诗虽然没有脱离庆贺诗的规制，但在表达对丰收的喜悦、对统治者的赞颂的同时，也融入了苏轼自己的写作风格，尤其是颈联对于军纪的描写，沉稳壮阔，雄郁警炼，历来备受诗评家关注。汪师韩《苏诗选评笺释》卷五曰："气伟采奇，望之又蔚然深秀，厥由风力之遒。"赵翼《瓯北诗话》卷五评曰："坡诗实不以锻炼为工，其妙处在乎心地空明，自然流出，一似全不着力，而自然沁人心脾。此其独绝也。今第就七言律论之。如'令严钟鼓三更月，野宿貔貅万灶烟'……此数联固坡集中最雄伟之作，然非其至也。公律诗多清转流丽，此独雄郁警炼。"

书晁说之《考牧图》后[①]

我昔在田间，但知羊与牛。
川平牛背稳，如驾百斛舟[②]。

舟行无人岸自移，我卧读书牛不知 ③。
前有百尾羊，听我鞭声如鼓鼙 ④。
我鞭不妄发 ⑤，视其后者而鞭之。
泽中草木长，草长病牛羊。
寻山跨坑谷，腾趋筋骨强 ⑥。
烟蓑雨笠长林下，老去而今空见画。
世间马耳射东风 ⑦，悔不长作多牛翁 ⑧。

【注释】

① 元祐八年（1093）作于汴京。晁说之（1059—1129）：字以道，一字伯以。清丰人。少慕司马光之为人，自号"景迂"。元丰五年（1082）进士。年未三十，苏轼以著述科荐之。元祐中放斥。靖康初召为著作郎兼东宫詹事，官终徽猷阁待制。说之博极群书，工诗善画，通六经，尤精易传。著有《嵩山文集》等。《考牧图》：晁说之所绘。

② 斛：量器名。百斛：言容量大。

③ "我卧"句：《旧唐书·李密传》："乘一黄牛，被以蒲鞯，仍将《汉书》一帙挂于角上，一手捉牛靮，一手翻卷书读之。"

④ 鼓鼙（pí）：乐器，大鼓和小鼓，进军时以励战士。《礼记·乐记》："鼓鼙之声欢，欢以立动，动以进众。"

⑤ 妄发：本指乱发言，此指挥鞭乱打。

⑥ 腾趋：跳跃。

⑦ 马耳射东风：风过马耳。喻漠然无所动。李白《答王十二寒夜独酌有怀》："世人闻此皆掉头，有如东风射马耳。"

⑧ 多牛翁：《新唐书·卢从愿传》载人嘲其为"多田翁"，轼仿此。

【评析】

晁说之是北宋著名的学者、文学家，也是有名的画家，是"苏门四学士"之一晁补之的弟弟，与其兄长一样同属苏门人物。《考牧图》是晁说之根据《诗经·小雅·无羊》歌咏牛羊畜盛的内容所绘，是一幅表现西周时畜牧生活的画作。这首诗将苏轼自己带入画中，以"昔时的我"为代入画作中的牧童，通过描绘画中的放牧生活，体现出苏轼对淳朴自然的田园生活的怀念与向往。汪师韩《苏诗选评笺释》卷五赞本诗曰："《小雅·无羊》之诗，宣王考牧也。牛羊寝讹之状，牧人蓑笠之容，俄焉而麛，忽然而梦。维鱼维旐，变幻莫测，诗格之奇，无逾于此矣。不腹其词，而能得其意。遥遥千古，斯作之外，谁其嗣音？"

诗歌以"我"字开篇，显示作者把自己装进了这幅画里。起始六句，苏轼想象自己骑牛的感觉，在牛背上就像坐船一样平稳，甚至可以读书。赵克宜《角山楼苏诗评注汇钞》卷一六云："'如驾百斛舟'，牵舟作比，一比忽化两层，甚妙。""我卧"句化用李密牧牛读《汉书》的典故，言放牧生活的悠然自得，体现出苏轼淳厚率真的性格特征以及对游牧生活的向往。下面四句又转入牧羊的想象，羊群根据我的鞭声而行动，"视其后者而鞭之"，此句引用《庄子·达生》中"善养生者，若牧羊然，视其后者而鞭之"之句。两层句意排列下来，意在传达苏轼胸怀大局的人生观。赵克宜《角山楼苏诗评注汇钞》卷一六评曰："风雨合离，云烟变灭，纯乎化境。牛羊双起，次二韵单说牛，又次二韵单说羊，然后一联双承，但见自然，不觉安排，其妙难言。"

接下来四句写牧草过分茂盛，牛羊反而吃不到嫩草，只有翻山越岭深入山谷之中去寻觅食物。野外的牧场、跳跃的牛羊、飞动的鞭影、泽中的草木，苏轼采用近似田家语的朴素语言和白描手法，把牧场环境背景和牛羊的动态描绘得历历如画、生动真切，人物形象活灵活现，呼之欲出。

最后四句抒发感慨，想起以往蓑笠入林的野趣，如今只有从画上去寻找这种美好的感觉；何况面对世间种种闲言碎语，真不如回家牧牛更胜一筹。本诗是元祐八年在京师所作。回首此前经历，作者时而在朝，时而做地方官，屡遭政敌诽谤，不安于位。"世间马耳射东风"一句，化用李白诗中"世人闻此皆掉头，有如东风射马耳"之句，言世间万事如风过马耳，提醒自己不必过于在意世人的言论。结合最后一句"悔不长作多牛翁"，除了表明苏轼向往放牧的田园生活，更多的是流露出苏轼面对他人非议时的自我安慰和解嘲，是诗作主旨所在，纪昀评《苏文忠公诗集》卷三十六云："'世间'二句仍宕开，收缴前文，通篇只一句着本位，笔力横绝。"结尾四句"陡然入题，不嫌其突，上下神气足矣"（查慎行《初白庵诗评》卷中语）。

这首诗炼意和表现手法都很奇特。作者一气叙写自己早年放牧，如何用鞭子指挥，如何使牛羊肥壮，皆是由画作引发的回忆和联想。结尾"老去而今空见画"一句落到画上，呼应题目中的《考牧图》，由此才知通篇叙述的是苏轼自身的经历，种种场景历历如画，皆与眼前所见重叠，眼前的画面和自己的经历形成了巧妙的呼应，可谓奇绝。诚如方东树《昭昧詹言》卷十二之言："此方是真妙。……总分三段，一真一画一议耳。细分之，则一真之中，起，次分，次议，凡四段，大宫包小宫。一路如长江大河，忽然一束，又忽然一放。此诗具三十二相，分合章法，变化不测。一句入便住，所谓'将军欲以巧服人，盘马弯弓惜不发'。以真形之，题画老法，坡入妙。半山章法杜公，入神。"整首诗气势奔放，笔力横绝，曲折无不如志，长短无不中节，极受评家赞赏。高步瀛《唐宋诗举要》卷三引评曰："公诗多超妙无匹，此首则天仙化人，非复人间所有蹊径。"纪昀评《苏文忠公诗集》卷三十六赞曰："自在流行，曲折无不如意，长短无不中节，殆无复笔墨之痕。"

东府雨中别子由[①]

庭下梧桐树，三年三见汝。
前年适汝阴[②]，见汝鸣秋雨。
去年秋雨时，我自广陵归[③]。
今年中山去[④]，白首归无期。
客去莫叹息，主人亦是客[⑤]。
对床定悠悠，夜雨空萧瑟[⑥]。
起折梧桐枝[⑦]，赠汝千里行[⑧]。
归来知健否，莫忘此时情。

【注释】

①元祐八年（1093）九月二十六日赴定州任时作于汴京。元祐八年九月二十六日，轼有《朝辞赴定州状》，其别弟赴定当在其时。东府：宋初朝廷设中书、门下、尚书三省，与枢密院各分班奏事，称为二府。东府指三省，西府指枢密院。

②前年：指元祐六年（1091）八月轼因受命知颍州离京赴任事。适：往。汝阴：宋颍州汝阴郡，治今安徽阜阳。

③"去年"二句：指元祐七年（1092）九月轼自扬州归汴京事。广陵：宋扬州广陵郡，治今江苏扬州江都。按，轼于元祐七年正月移知扬

223

州，三月到任，九月被召还京。

④中山：指定州，治今河北定州。张攫《中山记》云："郡理中山城，城中有山，故曰中山。"

⑤主人：苏辙自谓。

⑥"对床"二句：韦应物《示全真元常》："宁知风雪夜，复此对床眠。"按，苏轼《辛丑十一月十九日，既与子由别于郑州西门之外，马上赋诗一篇寄之》诗云："寒灯相对记畴昔，夜雨何时听萧瑟。"又苏辙《逍遥堂会宿二首》诗序谓早年与轼同读韦应物诗，"恻然感之，乃相约早退为闲居之乐"。故二句云云，乃谓前约无期。

⑦折梧桐枝：指送别。《三辅黄图》卷六《桥》："霸桥在长安东，跨水作桥，汉人送客至此桥，折柳赠别。"

⑧千里行：《老子》第六十四章："千里之行，始于足下。"由汴京至定州亦千里之遥。

【评析】

元祐八年八月，朝廷命苏轼以端明殿学士兼翰林侍读学士、充河北西路安抚使兼马步军都总管出知定州（今河北定州）。九月三日，苏轼尚未赴新任，主持朝政的高太后去世，年轻的皇帝哲宗亲政。这首诗是苏轼离京赴定州任前在东府告别苏辙所作。诗中抒写别情，也表达了政治忧愤。

诗可分为三部分。"庭下"以下八句为第一部分，回顾了手足情谊。苏轼从向庭中梧桐树诉宦情别意落笔，写三年内竟三见雨中梧桐：前年赴任汝阴之前来告别时，正值秋雨绵绵；去年从广陵归来时，又赶上了秋雨；如今自己即将奔赴中山，而此次一别，白首再无归期。苏轼忧郁落寞的心情与当下的天气形成了呼应，诗句表面是与庭中梧桐的对话，实则是对弟弟子由的深切牵挂。语言明白质朴，平实如话，兄弟之间的情谊更显真挚绵长。

"客去"以下四句为第二部分，是苏轼告别子由的话。苏轼前来告别，看似子由是主，自己是客，其实二人双双都是这京城中的过客。二人曾经夜雨对床，相约取得功名后共同回乡（苏辙《逍遥堂会宿二首》诗引有此言，见《辛丑十一月十九日，既与子由别于郑州西门之外，马上赋诗一篇寄之》诗），而如今昔日的约定也无法实现，只剩下夜雨依旧如前，今昔对比之下，气氛更添一份伤感与凄凉。而"对床夜语"也因此成了后世表达手足情深的成语。

"起折"句起为第三部分，是苏轼记叙送别的情形，想象再次相见的场景。苏轼想象着再次相见，但又担心那时兄弟二人是否健在。苏轼预感到政局有变，离京前曾陈奏政见，遭到哲宗拒绝后，苏轼上《朝辞赴定州论事状》，其中有"敢望陛下深信古语，且守中医安稳万全之策，勿为恶药所误，实社稷宗庙之利，天下幸甚。臣不胜忘身忧国之心，冒死进言"之言，可见在写作时苏轼已经料想到自己的命运。王文诰《苏文忠公诗编注集成总案》卷三七云："不读《朝辞赴定州论事状》而欲论此诗，难矣。"事实上，正如苏轼所云："白首归无期。"此番出京之后，苏轼再也没有回到京城。反观此诗结尾，苏轼叮嘱子由切莫忘记此时兄弟二人的情谊，就更显得情真意切，感人至深。

诗表达了苏轼对辗转生活动荡不安、时局将变前途莫测的忧虑，流露出对官场的厌倦和对时政的担心。诗人对子由的关切发自肺腑，毫无雕琢之态，却自有一番打动人心的魅力。汪师韩《苏诗选评笺释》卷五评本诗云："清空如话，而情味无穷。较前《初秋寄子由》一章，尤入神品。"纪昀评《苏文忠公诗集》卷三七曰："愈琐屑，愈真至；愈曲折，愈爽朗，此为兴到之作。清空如话，情味无穷。"对此番评论，王文诰并不认可，其《苏文忠公诗编注集成总案》卷三七云："此篇大有慷慨，故语亦激昂之甚，非'兴到'之谓也。"其实，纪昀所谓的"兴到"，乃是"情到"之意，"语亦激昂"正是情浓所致，诗作中多种情感交融在一起，使得本诗具有相当的感染力。

书丹元子所示《李太白真》①

天人几何同一沤②，谪仙非谪乃其游③，麾斥八极隘九州④。

化为两鸟鸣相酬，一鸣一止三千秋⑤。

开元有道为少留，縻之不可矧肯求⑥。

西望太白横峨岷，眼高四海空无人。

大儿汾阳中令君⑦，小儿天台坐忘身⑧。

平生不识高将军⑨，手污吾足乃敢瞋⑩，作诗一笑君应闻。

【注释】

①此诗作于元祐八年（1093）。丹元子：姚安世，道士，自号丹元子。真：画像。

②几何：若干，多少。一沤：一个水泡。佛教用水泡喻尘世之空幻。

③"谪仙"句：谓李白乃仙，偶游人间，并非被贬谪人间。

④麾斥：挥斥。八极：八方极远之处。

⑤"化为"二句：韩愈《双鸟诗》："双鸟海外来，飞飞到中州。一鸟落城市，一鸟集岩幽。不得相伴鸣，尔来三千秋。……两鸟忽相逢，百日鸣不休。……天公怪两鸟，各捉一处囚。……还当三千秋，更起鸣相酬。"

⑥縻：束缚。矧（shěn）：何况。

⑦"大儿"句：《后汉书·祢衡传》载衡自傲，常称曰："大儿孔文举，小儿杨德祖。余子碌碌，莫足数也。"汾阳中令君：指郭子仪，为中书令，进封汾阳郡王。

⑧"小儿"句："小儿"指天台道士司马承祯，著有《坐忘论》，列举坐忘安心之法七条以为修道阶次，因此称他为"坐忘人"。

⑨高将军：宦官高力士。

⑩瞋：怒。

【评析】

丹元子，本名姚安世，张昶《吴中人物志》卷九载其"能文词，亦善辨博，自号'丹元子'。元祐间，往来京师……苏子瞻一见奇之，以为异人，称其诗有谪仙风采，屡赠以诗"。本诗即是苏轼在丹元子的李白画像上的题诗，诗作将李白的形象刻画得丰满而生动，表达了苏轼对李白的仰慕。方东树《昭昧詹言》卷一二谓"丹元奇人，故公诗亦奇，有以发之也"。

本诗可分为两部分，前七句为第一部分。首二句率先肯定了李白的成就，"天人"是魏国邯郸淳赞扬曹植之语，《三国志·魏书·王粲传》注引《魏略》云："淳归，对其所知叹植之才，谓之'天人'。""谪仙"是贺知章对李白的评价，李白游历长安时，贺知章读了他的作品后赞叹曰："子，谪仙人也。"诗歌首二句是对李白的高度肯定，言天上之人何时生活在这空幻的尘世之中，李白这样的仙人，生在人间并非有罪被贬，不过是偶尔高兴下凡来游历一番罢了。"麾斥"句进一步称赞李白的精神风貌与作品特色，言其才气奔放，驰骋八方，纵横开阔，连九州都觉狭隘。"两鸟"何指，各注家说法不一，目前以李杜之说为最，该说称此句化用韩愈《双鸟诗》，言李白、杜甫诗歌酬答，此二人是同时并出之天才，正如双鸟互相唱和，一鸟长鸣，一鸟栖止，二人的影响力可绵延三千春秋而不绝。"开元"二句赞美李白不慕功利的风骨，谓李白因看到开元时代天下太平，才肯下凡稍事逗留，李白因为开元有道，曾短期在长安逗留，不久被高力士等排挤走了。像这种人，皇帝都没法笼络他，难道他还会去乞求功名富贵吗？此七句分别从空间、时间的维度言李白的精神境界和诗歌风貌，体现出苏轼对李白高度的肯定和赞美。汪师韩《苏诗选评笺释》卷五云："笔歌墨舞，实有手弄白日、顶摩青穹之气概，足为白写照矣！"这样的笔墨，仿佛活化了李白，贺裳《载酒园诗话》评曰："文人有一言使人升九天、堕九渊者，此类是也。亦公自写其傲岸之趣，却令太白生面重开，胜《碑阴记》一段文字远甚。"

后七句为第二部分，借用典故写李白蔑视权贵的高尚品格。"西望"句化用李白《蜀道难》诗"西当太白有鸟道，可以横绝峨眉巅"之句，言李白在诗坛的地位如同岷山、峨眉山一样高绝四海，横空出世。"大儿""小儿"用《后汉书》之典，苏轼借祢衡写李白眼高无人。《新唐书·李白传》载："初游并州，见郭子仪，奇之。子仪尝犯法，白为救免。及白坐永王璘败，当诛，子仪请解官以赎。"传说郭子仪在并州从军时曾经犯法，李白当时极力营救，因此没有判刑。后来李白因参加永王李璘的军事行动，要受处分，其时郭子仪已经是执掌重兵的大臣，他请求肃宗准许他交还自己的官爵来赎李白的罪，因而李白得以从轻发落。又，李白《大鹏赋序》云："予昔于江陵见天台司马子微（司马承祯之字），谓予有仙风道骨，可与神游八极之表。"这两句是说李白视天下无人，只和郭子仪、司马子微两人交好。"平生"二句再用李白酒后命高力士脱靴之事。李白陪玄宗喝酒，醉后命令高力士给他脱靴。高力士认为蒙受了耻辱，就中伤并排挤走了李白，诗人高呼："我平生不认识高将军，他为我脱靴，手玷污了我的脚，还对我怀恨在心！"故赵克宜《角山楼苏诗评注汇钞》卷一七称"语极豪快"。这两句是托为李白的口气写的，声色俱厉，毫不留情，充分表现了李白对权贵的蔑视，也侧面展现出苏轼对李白人格的崇敬、对权贵的鄙夷。何薳《春渚纪闻》卷六评曰："士之所尚，忠义气节，不以摘词摘句为胜。唐室宦官用事，呼吸之间，杀生随之。李太白以天挺之才，自结明主，意有所疾，杀身不顾。王舒公言：'太白人品污下，诗中十句，九句说妇人与酒。'至先生作《太白赞》，则云'开元有道为少留，縻之不可刓肯求'，又云'平生不识高将军，手污吾足乃敢嗔'，二公立论，正似见二公胸次也。"结尾忽而收束全诗，作诗已罢，付之一笑，陈衍《宋诗精华录》卷二称"末以嘻笑为怒骂，语妙"，信然。

　　整首诗是苏轼观赏李白的画像之后，对李白的文学地位、个人性格、精神品格作出形象的概括，刻画出盛唐时代的骄子、千古诗歌豪雄的人物风貌，体现出苏轼对李白的景仰之情。诗作风格奇纵豪逸，挥洒自如，颇有"谪仙"之风，也可以说，这首诗是苏轼模仿李白诗风的成果。胡仔《苕溪渔隐丛话前集》卷一一赞曰："李杜画像，古今诗人题咏多矣。……若李太白，其高气盖世，千载之下，犹可叹想，则东坡居士之赞尽之矣。"

次韵滕大夫三首①

其一　雪浪石②

太行西来万马屯，势与岱岳争雄尊③。
飞狐上党天下脊④，半掩落日先黄昏。

削成山东二百郡⑤，气压代北三家村⑥。
千峰右卷矗牙帐⑦，崩崖凿断开土门⑧。
竭来城下作飞石⑨，一炮惊落天骄魂。
承平百年烽燧冷⑩，此物僵卧枯榆根。
画师争摹雪浪势，天工不见雷斧痕⑪。
离堆四面绕江水⑫，坐无蜀士谁与论。
老翁儿戏作飞雨，把酒坐看珠跳盆。
此身自幻孰非梦，故国山水聊心存⑬。

【注释】

① 元祐八年（1093）十一月作于定州。滕大夫：一说名希靖，一说名兴公。大夫：宋文阶官名，有朝散大夫、朝请大夫等。

② 雪浪石：苏轼《雪浪斋铭》："予于中山后圃，得黑石，白脉，如蜀孙位、孙知微所画石间奔流，尽水之变。又得白石曲阳，为大盆以盛之，激水其上，名其室曰雪浪斋。"

③ 岱岳：泰山之别称。《淮南子·墜（dì）形训》："中央之美者，有岱岳。"

④ 飞狐：地名。《史记正义》："蔚州飞狐县北五十里有秦汉故郡城，西南有山，俗号为飞狐口也。"

⑤ 山东：太行山以东地区。

⑥ 代北：古地区名。泛指汉晋代郡和唐以后代州以北一带，即古燕赵之地。三家村：指人烟稀少、偏僻之地。

⑦ 牙帐：将帅树牙旗于军帐之前，故称军帐为牙帐。

⑧ 土门：土门口，即井陉口。为太行山之要隘。韩信于此破陈余之兵。

⑨ 竭来：尔来，自那时以来。柳宗元《韦道安》："竭来事儒术，

230

十载所能逞。"

⑩ 承平：太平、治平相承。烽燧：古代边防报警之信号。《墨子·号令》："与城上烽燧相望。昼则举烽，夜则举火。"

⑪ 天工：自然之工。雷斧：传说雷神行雷所用之斧。

⑫ 离堆：李冰父子当年率人开宝瓶口（都江堰工程），引岷江水灌溉川西平原所凿成、与玉垒山分离的孤堆。《史记·河渠书》："蜀守冰凿离堆，辟沫水之害。"

⑬ 故国：故乡。杜甫《上白帝城二首》之一："取醉他乡客，相逢故国人。"心存：谓心中怀恋。

【评析】

这是一首咏物诗，作于元祐八年冬，时苏轼知定州军州事。据苏轼《雪浪斋铭》，这块石头呈深灰色，中有白色水波状纹理，有飞涛走雪之势。

本诗可分为两部分，"太行"以下十句言雪浪石的产地。诗开篇并未直写雪浪石，而是从其不平凡的来历展开笔墨——雪浪石来自西边的太行山上，山势雄伟如万马奔腾，其气势欲与东岳泰山相争雄，太行地区地势之高又堪称天下之屋脊，竟然将落日半数掩住，以至于此山脚下黄昏先到。此四句以雄健之笔描摹太行山，极尽夸张之能事。"来""争"两个动词将太行山赋予人的行为动作，增添了飞动之势，奠定了全诗雄奇峭拔的风格。纪昀评《苏文忠公诗集》卷三十七谓"语语挺拔"，信然。查慎行《初白庵诗评》卷中评曰："从定州形势说起，突兀撑空。"太行山高耸挺拔，以其为界，向东有两百个郡，晋北是人烟稀少的偏僻山村，太行诸峰有如军帐矗立，整齐森严，崩崖凿断开辟了太行陉口，土门口成了兵家必争之地。"碣来"二句突出雪浪石的经历：在战乱纷争的年代，山石变为飞石猛炮，令剽悍的匈奴首领闻风丧胆。此六句描写太行地区周边的地貌以及山石的用途，勾勒了一幅战火纷飞的边境图，浑厚苍凉的气息扑面而来，为雪浪石增添了传奇的色彩。

"承平"以下十句言雪浪石如今的状况。现如今天下太平百年，烽燧无火，战事已休，因而这块石头只好孤卧于枯老的榆树根下。"承平"二句自然转换时空，由太行山过渡到雪浪石，毫无斧凿痕迹，查慎行《初白庵诗评》卷中谓"看他脱卸出落法，便捷如转丸"，赵克宜《角山楼苏诗评注汇钞》卷一七亦赞"入题极其撇脱"。如今画师们争相临摹其雪浪之势，画作有巧夺天工之妙，然而原本是惊落天骄魂的飞石，现在变成了被争摹玩味的观赏石，就如同蜀地离堆的石头四面环水，远离了岷山，无法接受蜀士的拜访。此处以离堆作比，意在将自己的身世与雪浪石的经历相映衬，流露出苏轼归乡不得、报国不能的失落和感慨，升华全诗主旨。结尾四句言苏轼将此石放于大盆之中，激水其上，立即有飞雨之势，有如珠玉跳盆。想我此生飘零，经历如梦，聊将故国山水存于心中吧！一笔宕开，有自我安慰之意。

诗本是咏石，然"通篇不写石之正面，却详叙来历，大气鼓荡，语极奇快"（赵克宜《角山楼苏诗评注汇钞》卷一七语），反而用大量的笔墨描绘当年的战争场景后，结尾又寓以身世之叹，抒发报国之心，画龙点睛。全诗气势雄浑，笔势奇纵，咏物又不凝滞于物，实为苏轼诗中咏物之名篇。故方东树《昭昧詹言》卷一二赞曰："《雪浪石》此诗奇横，以较诸人和作，其大小平奇自有辨。盖他人不能有此笔势，故不能有此雄恣。"

八月七日，初入赣，过惶恐滩①

七千里外二毛人②，十八滩头一叶身③。
山忆喜欢劳远梦，地名惶恐泣孤臣④。
长风送客添帆腹⑤，积雨浮舟减石鳞⑥。
便合与官充水手，此生何止略知津⑦。

【注释】

① 绍圣元年（1094）八月七日南迁惠州途中初入赣江（指今江西万安县至赣县间一段）过惶恐滩时作。惶恐滩：赣江十八滩之一，在今江西万安县境。旧说原名"黄公滩"。

② 七千里：指赣江至苏轼故乡之路程。二毛：头发黑白相杂。二毛人：指垂老之人。《左传·僖公二十二年》："君子不重伤，不禽二毛。"苏轼时年五十九岁。

③ 十八滩：赣江有滩十八处。一叶：指小船。白居易《舟夜赠内》："三声猿后垂乡泪，一叶舟中载病身。"

④ 孤臣：失势被贬之臣。《孟子·尽心上》："独孤臣孽子，其操心也危，其虑患也深。"

⑤ 长风：久吹不停之劲风。《文选》成公子安《啸赋》："集长风乎万里。"帆腹：船上帆受风，一面突出如腹，故云。

⑥ "积雨"句：谓久雨水涨，石在深处，船上则少见石鳞。石鳞：水流江底石上，波如鱼鳞，故称。

⑦ 知津：知道过河渡口。犹言识途。

【评析】

本诗是苏轼赴贬所路经惶恐滩时所作。据《万安县志》，此地原名"黄公滩"，苏轼在此作诗，为求对仗而改名为"惶恐滩"。邢凯《坦斋通编》云："苏轼好改易地名，以就句法。"苏轼的诗句"击闷岂无罗带水，割愁还有剑铓山""山忆喜欢劳远梦，地名惶恐泣孤臣"皆是借山水名写意。这一改动既有意趣，又涉及身世国事，所以得到后人认可，如文天祥诗中就有"惶恐滩头说惶恐""不见滩头惶恐声"等句。本诗借途中所历言心中所感，一语双关，意味深长。

苏轼一生宦海沉浮，几遭贬谪，诗前半部分就是苏轼这种凄苦心境的反映。首二句模仿柳宗元"十一年前南渡客，四千里外北归人"之句，言自己在垂暮之年被贬千里之外，处境艰难，可谓"起势飘忽不群"（王文濡《宋元明诗评注读本》语）。"七千里外"，言自己与故乡相隔之远；"二毛人"，指自己头发已是黑白相间，已近老年；"十八滩头"，言自己被贬千里之外，路途遥远，一路颠沛流离；"一叶身"，比喻自己的身体就像一片离枝的树叶一样，在飘摇的政治局势中无所依靠。这两句对仗工整，"七千里外"即"十八滩头"，"二毛人"与"一叶身"均是作者自指。在巧妙的对仗中，作者的处地之远、身世之险已尽现出来。诚如汪师韩《苏诗选评笺释》卷五所言："起二句固是同调柳州，书作发端，乃更警策。"

颔联进一步写苏轼的心境。韦居安《梅磵诗话》卷上云："东坡过惶恐滩，有'山忆喜欢劳远梦，地名惶恐泣孤臣'之句。蜀中有喜欢山，坡公借此以对。"这里的"喜欢"是代指家乡，路途遥远，思乡心切，因而故乡的山水入梦；孤身一人被贬千里之外，听闻此地名"惶恐滩"，心中更添悲苦。此处地名的修改是苏轼有意为之，

"山"对"地"，"劳远梦"对"泣孤臣"，为渲染凄凉悲苦的心境，此二句对仗精工，又一语双关，将地名与自己的心情联系起来，意蕴颇深。

颈联一扫低沉的心境，由"长风"引入雄放豁达的格调。劲风鼓帆，如腹怀胎，水急船快，也使人神清气爽；恰遇雨水暴涨，水流石上的如鳞波纹和暗处的礁石消失不见。一场风雨洗去了生活的坎坷，使苏轼重振信心，扬帆前行，一"添"一"减"，工稳的流水对写出了苏轼豪放达观的性格，"船之腹""石之鳞"的写法形象生动，显示出作者心情已归于达观，高步瀛《唐宋诗举要》卷六引谓"纵逸不羁，如见其人"，信然。

尾联则是苏轼自嘲：那就让我为官府充当水手吧，毕竟我一生经历了太多的风浪，岂止是略知渡口这么简单！此联言外之意是说自己一生经历颇多，在如今的挫折与打击中是不会倒下的，有生之年还会为国分忧，为民解难。虽然苏轼仕途坎坷，但结尾却"真而不俚，怨而不怒"（纪昀评《苏文忠公诗集》卷三八语），画龙点睛，升华主题。纪昀评曰："此却和平。东坡诗多伤激切，此虽不免兀傲，而尚不甚碍和平之旨。"（方回《瀛奎律髓汇评》卷四三引）

诗前四句充满凄凉悲苦的情绪，但苏轼不沉湎于此，而是以博大的胸怀和豁达的态度面对人生的坎坷，以苦为乐，与风浪搏斗，这种乐观勇敢、不畏艰险的精神贯穿了苏轼晚年的诗作，也是苏轼本人人格魅力之所在。

望湖亭①

八月渡长湖②，萧条万象疏。
秋风片帆急，暮霭一山孤③。
许国心犹在④，康时术已虚⑤。
岷峨家万里⑥，投老得归无⑦。

【注释】

① 绍圣元年（1094）八月初南迁惠州（今广东惠州）途中渡鄱阳湖至南康时作。苏轼《题虔州祥符宫乞签》："绍圣元年八月二十日，东坡居士南迁至虔。"由此可知，苏轼经过鄱阳湖时应在八月初。南康，宋南康军，治所在今江西庐山。望湖亭：在今江西永修吴城镇。

② 长湖：即鄱阳湖。古名彭蠡，隋时始更名为鄱阳湖。

③ 暮霭：日暮时之云气。

④ 许国：立誓为国效命。《文苑英华》卷二〇九隋炀帝《白马篇》："本持身许国，况复武功彰。"

⑤ 康时：即"匡时"，救正时弊。宋代避太祖赵匡胤名讳，以"康"代"匡"。

⑥ 岷峨：岷山、峨眉山，均在今四川境内。

⑦ 投老：到老。

【评析】

绍圣元年，主张变法的"新党"再度执政，苏轼被指责起草的制诰中"语涉讥讪""讥斥先朝"，由定州知州调任英州知州，降一级。未到任所，又贬为宁远军节度副使，惠州安置。本诗即是苏轼赴贬所途经鄱阳湖至南康时作。诗前四句写鄱阳湖秋景，后四句由所见抒所感，全诗写得苍凉激楚，感人肺腑。

首二句点明创作的时间、地点，舟渡长湖之时已是八月，登高远眺，映入眼帘的是万象萧条的衰秋之景；"萧条"奠定了全诗的情感基调，苍凉沉重的气氛扑面而来。眼前这种萧疏的景象和他万里投荒的心已经融合为一体，于秋景之中寄予无限感慨。三、四句细写所见之景：秋风劲吹，船帆张满，暮霭沉沉，笼罩着一座孤零零的小山，动静之间，视角由近及远，更衬托出山的孤独。此处的"片帆急""一山孤"颇有象征意味：湖面上星星点点的船帆仿佛是当权者争抢政权、闻风而动的写照，而所谓"一山孤"，既是写山，也是象征着诗人离家万里、独自南下的凄凉处境，这也为尾联中抒发"岷峨家万里"的慨叹做铺垫。

"许国"句以下是抒情部分：诗人感叹自己的报国之心依旧不减，空有匡时之术却不被采纳，前一句直抒满腔热忱，后一句则有愤懑牢骚之意。中年时期自己的仕途就充满坎坷，如今自己已年过半百，又接连被贬，想要重回朝中施展抱负已然无望，因此倍感凄苦与无奈。尾联再抒离乡之愁：如今自己身在南康，离故乡万里之遥，怕是到老也无法再回到四川了。救国无术，归家无路，双倍的愁苦让整首诗弥漫着沉痛凄怆的情感。

纪昀评《苏文忠公诗集》卷三八云："但存唐人声貌而无味可咀，此种最害事；而转相神圣，自命曰高，或訾謷，辄哂曰俗，盖盛唐之说行，而盛唐之真愈失矣。"在纪昀看来，这首诗空有唐诗表面的特征，却失去了唐诗的真味。仔细分析，不难发现本诗有模仿杜甫诗《江汉》的倾向。《江汉》是杜甫56岁自夔州出峡、流寓湖北江汉地区时所作，诗云："江汉思归客，乾坤一腐儒。片云天共远，永夜月同孤。落日心犹壮，秋风病欲苏。古来存老马，不必取长途。"

在创作背景上，两首诗都是诗人暮年时期羁旅他乡时所作，季节都为秋；在情感表达上，两首诗都抒发身老心壮、报国思用、渴盼归乡、孤寂落寞的情感；在语言风格上，两诗皆境界阔远，苍凉悲壮；在句型上，两诗也有相似之处，如"暮霭一山孤"与"永夜月同孤"，"许国心犹在"与"落日心犹壮"。故严虞惇在手批《东坡先生诗集注》时评本诗曰："此种五律是学杜。"（转引自樊庆彦《苏轼诗文评点研究》）然而，与杜诗严格的格律不同，本诗在创作上又体现出苏轼灵活多变的特点，即一首律诗中用两韵："疏""虚"用六鱼韵，而"孤""无"用七虞韵。这是纪昀评论中称"盛唐之真愈失"的原因，也是苏轼在律诗创作中不拘泥于传统、大胆创新的体现。这种创新的举措，也为后人津津乐道。周辉《清波杂志》卷二载："绍兴辛酉，辉随侍之鄱阳，至南康，扬澜左蠡，失舟，老幼仅以身免。小泊沙际，俟易舟。信步至山椒一寺，轩名重湖，梁间一木牌，老僧指似：'是乃苏内翰留题。'登榻观之，即'八月渡重湖……'诗已欲漫，尚可读。僧云：'以所处深险，人迹不到，故留至今。'然律诗而用两韵，叩可能诗者，曰：诗格不一，如李诚之《送唐子方》，亦两押'山''难'字韵，政不必拘也。而坡《岐亭诗》，凡二十六句而押六韵，或云无此格，韩退之有《杂诗》一篇，二十六句押六韵。"可见，这样的创作方式并非苏轼首创，但苏轼敢于突破已有的创作规律，大胆革新的创作方式，已经成了苏轼的标签之一。

十月二日初到惠州 [①]

仿佛曾游岂梦中，欣然鸡犬识新丰 [②]。

吏民惊怪坐何事^③，父老相携迎此翁。

苏武岂知还漠北^④，管宁自欲老辽东^⑤。

岭南万户皆春色^⑥，会有幽人客寓公^⑦。

【注释】

① 绍圣元年（1094）十月二日作于惠州。惠州：今广东惠州。

② 新丰：在陕西临潼东北。汉高祖刘邦是沛县丰邑人，他在长安称帝后，因其父思念故乡，遂命人仿照丰邑的格局在陕西建造新丰，随迁而来的丰邑百姓各入其室，连鸡犬也各识其家。

③ 坐：因为。

④ "苏武"句：《汉书·苏武传》："苏武使匈奴，单于欲降之，乃徙武北海使牧羝。"

⑤ "管宁"句：《三国志·魏书·管宁传》："管宁，字幼安，北海朱虚人也。……天下大乱，闻公孙度令行于海外，遂与原及平原王烈等至于辽东。度虚馆以候之。既往见度，乃庐于山谷。时避难者多居郡南，而宁居北，示无迁志。"

⑥ 春色：唐人多称酒为春。

⑦ 幽人：隐士。寓公：留居他乡之客，此处是苏轼自指。

【评析】

本诗是诗人初到惠州时所作。与被贬途中的满腔愤懑不同，诗人到达惠州之后，受当地淳朴热烈的民风感染，诗中也充满了对生活的满足。

首联即别有情趣：诗人感叹自己仿佛曾梦游此地，对这里很熟悉，就像丰县的鸡犬来到新丰城一样。新丰，指陕西临潼的新丰镇。汉高祖刘邦是丰邑（今江苏丰县）人，建都长安后，其父思归，刘邦就在此仿照丰邑，起名为新丰，城寺街道都是仿照丰县所建，还把丰邑的百姓迁来，连鸡犬初到都认识路。而广东也有新丰县，在惠州之北，诗人于是联想到这个典故，以此展现自己乐观自适的平和心态。《唐宋诗醇》卷四〇评曰："贬谪之地，见如旧游，有终焉之志。贤者固随遇而安。"颔联进一步写自己仿佛回到了家乡：这里的官吏百姓都奇怪我为何到此，大家扶老携幼地夹道欢迎我。"惊怪"一词既写出了大家对于诗人远道而来的惊讶、好奇，又暗含自己本不应被贬至此，别有深意。

诗的颈联连用苏武、管宁两个典故：苏武曾出使匈奴而被拘留扣押，十九年后才从大漠之北回到汉朝；管宁因天下动乱，曾在辽东避乱三十九年。典故连用，表明诗人已经做好了长期贬谪的思想准备：如今被贬岭南，估计也要经过漫长的等待才能北还。纪昀评《苏文忠公诗集》卷三八曰："'苏武岂知还漠北'二句，二事俱不切。"在《瀛奎律髓汇评》卷四三引中亦云："五六不切。不得以东坡之故为之词。"在纪昀看来，苏轼离开朝廷是因为遭遇贬谪，与苏武、管宁二人背井离乡的背景并不相同，因此他认为典故的使用并不确切；但苏轼意在表明自己安于现状、已经做好了终老此地的打算，是借苏武、管宁二人的经历自嘲，此处是反用典故。若在用典时苛求面面俱到、事事贴切，反而失去了创新性，因此纪昀的这两处评价也并非十分准确。诗作尾联则表达了身居岭南的愉悦：岭南家家户户都有美酒，这里的名士都争相邀请我前去做客畅饮呢！苏轼在惠州期间创作了大量与当地僧人、道士交游的作品，如《正月二十四日，与儿子过、赖仙芝、王原秀才、僧昙颖、行全、道士何宗一同游罗浮道院及栖禅精舍，过作诗，和其韵，寄迈迨一首》《次韵定慧钦长老见寄八首》等。此外，他与惠州知州詹范也来往密切，有诗《惠守詹君见和，复次韵》《二月十九日，携白酒鲈鱼过詹使君，食槐叶冷淘》为证。可见诗人与当地的官员百姓都很熟悉，无论是州中长官还是佛道隐士，苏轼都能结为好友。由此也不难发现，苏轼虽遭贬谪，但能以豁达乐观的心态面对人生中的变故，即使身在偏远的惠州也安闲自在。

诗前两联写惠州所见，后两联写贬谪后所感，既有平实质朴的语言叙述，又多处使用典故，整首诗不见诗人被贬后的失意，反而洋溢着初到惠州的欣喜之情，体现出诗人乐观豁达、随遇而安的人生态度。

十一月二十六日，松风亭下，梅花盛开①

春风岭上淮南村，昔年梅花曾断魂②。
岂知流落复相见，蛮风蜑雨愁黄昏③。
长条半落荔支浦，卧树独秀桃榔园④。
岂惟幽光留夜色，直恐冷艳排冬温。
松风亭下荆棘里，两株玉蕊明朝暾⑤。
海南仙云娇堕砌⑥，月下缟衣来扣门。
酒醒梦觉起绕树，妙意有在终无言。
先生独饮勿叹息，幸有落月窥清樽。

【注释】

① 绍圣元年（1094）十一月作。松风亭：在惠州嘉祐寺附近的山上。《舆地纪胜》卷九九《惠州》："松风亭，在弥陀寺后山之巅，始名峻峰。植松二十余株，清风徐来，因谓松风亭。"

② 断魂：销魂。宋之问《江亭晚望》："望水知柔性，看山欲断魂。"

③蛮风蜑（dàn）雨：形容当时少数民族地区之荒凉景象。蛮：古时对南方少数民族之泛称。蜑：我国南方少数民族之一。

④桄榔：木名，俗称"砂糖椰子"。常绿乔木，羽状复叶，肉穗花序之汁可制糖。

⑤玉蕊：花名，此形容梅花之白。朝暾：早晨的太阳。李白《大鹏赋》："晞扶桑之朝暾。"

⑥仙云：指梅花盛开如云。堕砌：坠落于台阶上。《全唐诗》卷七五七徐锴《秋词》："井梧纷堕砌。"

【评析】

　　苏轼到达惠州之后先寓居合江楼，后迁居嘉祐寺。松风亭在嘉祐寺附近，苏轼的《松风亭记》《题嘉祐寺》皆有提及。十一月二十六日，松风亭下梅花盛开，苏轼兴会浓至，遂作《十一月二十六日，松风亭下，梅花盛开》诗，随后又和此韵作第二首，数日后又作《花落复次前韵》。此三首诗不仅是苏轼梅花诗的代表作，在历代咏梅诗中亦占据独特的地位。陈正敏《遯斋闲览》评三首梅诗"皆韵险而语工，非大手笔不能到也"。陆文圭《墙东类稿》卷八赞曰："古今咏梅多矣……老坡'魂'字韵古风三首，精巧绝唱。"本诗为第一首，写苏轼月下初见松风亭梅花的场景。

　　"春风"四句苏轼从自己的人生经历出发，言自己两度被贬，皆见梅花。苏轼自注曰："予昔赴黄州，春风岭上见梅花，有两绝句。明年正月，往岐亭道上赋诗云：'去年今日关山路，细雨梅花正断魂。'"黄州为官期间正是苏轼仕途失意、情绪低迷之时，遂有"的皪梅花草棘间"之叹，梅花也成了苏轼情感的寄托。如今被贬"蛮风蜑雨"的惠州，孤凄落寞之际又见梅花，忆昔伤今，苏轼不觉感慨万分，一个"愁"字奠定了全诗的情感基调。

"长条"以下八句言所见之梅花。初冬时节，园中草木凌乱，只有梅花树独秀风姿，横卧于园中。整株梅花仿佛有幽光笼罩，仿佛要留下这残褪的夜色，花容冷艳，恐怕会愍退这南国冬天的温暖。以周遭破败艰苦的环境衬托梅花的秀色孤姿，这是苏轼写梅花常见的手法，"蕙死兰枯菊亦摧，返魂香入岭头梅"（《岐亭道上见梅花，戏赠季常》），"春来幽谷水潺潺，的皪梅花草棘间"（《梅花二首》其一）皆用此法，通过层层铺垫衬托，意在以花自喻，寄托身世之叹。"松风"以下着意写梅花盛开的场景：在松风亭下、荆棘丛里，两株梅花悄然开放，花蕊洁白，如玉似冰，仿佛与朝阳争相辉映。苏轼由此进一步想象：莫不是海南娇娜的神女驾着仙云，深夜降临在寂静阶庭？正是这位白衣仙女，正在月下轻轻敲门。"海南"二句化用杜牧诗"云娇惹粉囊"（《华清宫三十韵》）之句，将梅花比作缟衣素裳的仙子，乘云而来。此时苏轼已经完全沉浸在想象的世界之中，仿佛自己与梅花产生了精神的共鸣，以浪漫绮丽的想象融铸事典，构筑了一个清新脱俗的精神世界。此二句用典了无痕迹，足以见苏轼使事之功。故纪昀评《苏文忠公诗集》卷三八曰："天人姿泽，非此笔不称此花。"

　　"酒醒"句言苏轼从幻想的世界中回到现实：酒醒梦觉之时，恍然发觉一切都是想象。自己起身徘徊梅树边，绕树看梅时，忽有妙意萌动，最终却"无言"。怎么说呢？又向谁说呢？除了手中的酒杯，也只有天边的落月吧！虽然此四句没有强烈的情感表达，但恰有"此时无声胜有声"之意，表现了苏轼满腹心事无处倾吐的落寞与悲凉。

　　诗借梅写人，以梅花抒发身世之叹，人与梅浑然一体，使得梅花这一形象具有了更加丰富的内涵。此诗一韵到底，韵险而语工，将梅花的形、神描绘得生动而有韵味，诚如汪师韩《苏诗选评笺释》

卷六所云："秀色孤姿，涉笔如融风彩霭。"此外，用典精妙也是本诗的一个显著特点，陶文鹏先生认为："如果说苏轼写于黄州的《和秦太虚梅花》中，'江头千树春欲暗，竹外一枝斜更好'清空入妙，那么，此诗'海南仙云娇堕砌，月下缟衣来扣门'则使事传神。"（参陈祖美主编、陶文鹏编著：《苏轼集》）概而言之，本诗是苏轼咏梅诗的名篇。

再用前韵

> 罗浮山下梅花村[①]，玉雪为骨冰为魂。
> 纷纷初疑月挂树，耿耿独与参横昏[②]。
> 先生索居江海上[③]，悄如病鹤栖荒园。
> 天香国艳肯相顾，知我酒熟诗清温。
> 蓬莱宫中花鸟使[④]，绿衣倒挂扶桑暾[⑤]。
> 抱丛窥我方醉卧，故遣啄木先敲门[⑥]。
> 麻姑过君急洒扫[⑦]，鸟能歌舞花能言。
> 酒醒人散山寂寂，惟有落蕊黏空樽。

【注释】

① 罗浮：山名。在广东河源、增城、博罗等地，长二百余里，有峰峦四百余。梅花村：据同治三年（1864）重刊《广东通志》卷二二一，梅花村在罗浮飞云峰路侧。

② 耿耿：明貌。参横：参星中三颗最亮者成一条直线，当其看似横着时，称参横。曹植《善哉行》："月没参横，北斗阑干。"此均谓天将明前，参星将落横于西边天空。

③ 先生：苏轼自谓。江海：《庄子·让王》："身在江海之上，心居乎魏阙之下。"

④ 蓬莱宫：传说海上仙山之宫殿。白居易《长恨歌》："昭阳殿里恩爱绝，蓬莱宫中日月长。"花鸟使：唐人称玄宗时为皇帝选美女入宫之使者。

⑤ 绿衣倒挂：指鸟名倒挂子者。扶桑：神木名。传说日出于此。《山海经·海外东经》："汤谷上有扶桑，十日所浴，在黑齿北。居水中，有大木，九日居下枝，一日居上枝。"暾：初升的太阳。

⑥ 啄木：鸟名。其啄木声类敲门声。

⑦ 麻姑：传说中女仙。扫洒：洒水并清除地上秽物。

【评析】

这首诗依旧是写梅花，结构也与前一首相似，但一些评论家认为这一首较前一首更佳，如胡仔认为三首梅诗中，第二首最佳，他在《苕溪渔隐丛话》后集卷二十一中称"东坡'暾'字韵三首，皆摆落陈言，古今人未尝经道者，三首并妙绝，第二首尤奇"。方回《瀛奎律髓》卷二十赞其"绝奇"。姚范《援鹑堂笔记》卷四十亦载："东坡梅花诗三首，弇州（王世贞）最称其'罗浮山下'一首。"诗评家们对本诗的赞赏主要集中在两处。

其一是本诗的三、四句："纷纷初疑月挂树，耿耿独与参横昏。"此二句写月下梅花悄然绽放的情形：枝头的梅花繁盛簇聚，仿佛是月光倾泻在树梢之上；花儿明媚而洁白，与天际的星斗遥相辉映。二句以梦幻般的笔触描绘了梅花的形态、颜色，为月夜里独自盛开的梅花增添了高洁清幽的气质，自然洒脱，似入化境，故而备受诗评家称赞。纪昀评《苏文忠公诗集》卷三十八以"奇丽""极意煅炼之作"赞此二句。赵克宜《角山楼苏诗评注汇钞》卷一七则称"此句有妙悟"。世人常将此二句与《龙城录》中所载赵师雄醉憩梅花下之事相关联，如张邦基《墨庄漫录》卷二云："近时传一书曰《龙城录》，云柳子厚所作，非也。乃王铚性之伪为之。其梅花鬼事，盖迁就东坡诗'月黑林间逢缟袂'及'月落参横'之句耳。"按照张邦基的说法，《龙城录》并非柳宗元之作，而是后人根据苏轼这两句诗而创作的神话。但洪迈《容斋随笔》卷十则认为二者并无直接关联："今人梅花诗词，多用'参横'字，盖出柳子厚《龙城录》所载赵师雄事，然此实妄书，或以为刘无言所作也。其语云：'东方已白，月落参横。'且以冬半视之，黄昏时参已见，至丁夜则西没矣，安得将旦而横乎？秦少游诗：'月落参横画角哀，暗香销尽令人老。'承此误也。唯东坡云：'纷纷初疑月挂树，耿耿独与参横昏。'乃为精当。"其实无论这两句是否与赵师雄的典故相关，都不影响此二句独特的艺术魅力。甚至有人指出，此二句高于林逋的名句"疏影横斜水清浅，暗香浮动月黄昏"。如周紫芝《竹坡诗话》评曰："林和靖《赋梅花诗》有'疏影横斜水清浅，暗香浮动月黄昏'之语，脍炙天下殆二百年。东坡晚年在惠州，作梅花诗云：'纷纷初疑月挂树，耿耿独与参横昏。'此语一出，和靖之气，遂索然矣。"安磐《颐山诗话》亦称"此语一出，和靖气索然矣。……东坡别有一段风味"，可见诗评家对此二句的推崇之高。

二是"蓬莱"以下八句想象奇特。这几句本是戏笔描摹"倒挂子"这种小鸟，称其为蓬莱宫中的花鸟使者。苏轼大约对此鸟情有独钟，在《西江月·梅花》中言"海仙时遣探芳丛，倒挂绿毛幺凤"，这一形容与本诗有异曲同工之妙。在仙宫之中，一切事物都仿佛沾染了灵气，鸟儿能歌善舞，花儿也言语纷纷。故纪昀评《苏文忠公诗集》卷三十八评"蓬莱"以下八句"忽作幻语，善于摆脱"。"扶桑""麻姑"分别用《淮南子》《神仙传》之典，营造出仙气飘飘的奇幻氛围，苏轼置身其中，仿佛神仙、花鸟都能与自己交流和沟通，这种大胆的想象、梦幻的笔法，颇有李白诗之风。

除此二处备受诗评家赞赏以外，这首梅花诗还别有创新之处。"玉雪为骨冰为魂"是本诗中对梅花最直接的描写，在诗人笔下，梅花跳出了耐寒的特点，被赋予了冰肌玉骨、不媚世俗的形象特征，而这也正是苏轼人格的生动写照；"天香国艳"本用于形容牡丹的华贵大气，本诗中苏轼用以形容梅花，可见苏轼对梅花的偏爱；以拟人的手法，言梅花主动光顾我月下饮酒，仿佛梅花知晓自己的心事，像一位善解人意的仙子，也进一步丰富了梅花的意象特征。此外，本诗同前一首梅花诗一样，皆用"暾"字韵，不落窠臼，另辟天地。费衮《梁溪漫志》卷七赞曰："作诗押韵是一奇，荆公、东坡、鲁直最工，而东坡尤精于次韵，往返数四，愈出愈奇。……盖其胸中有数万卷书，左抽右取，皆出自然。初不着意要寻好韵，而韵兴意会，语皆浑成，此所以为好。"

咏梅诗词到了宋代大规模出现，梅花成为文学家笔下常见的吟咏意象。而在苏轼笔下，梅如其人，人即梅花，梅花的内在精神被进一步深化，也正因为如此，苏轼的梅花诗在整个宋代诗歌史上亦占有独特的地位。

四月十一日初食荔支 ①

南村诸杨北村卢 ②，白华青叶冬不枯。
垂黄缀紫烟雨里 ③，特与荔子为先驱。
海山仙人绛罗襦，红纱中单白玉肤。④

不须更待妃子笑⑤，风骨自是倾城姝。

不知天公有意无，遣此尤物生海隅。

云山得伴松桧老，霜雪自困楂梨粗⑥。

先生洗盏酌桂醑⑦，冰盘荐此赪虬珠⑧。

似开江鳐斫玉柱⑨，更洗河豚烹腹腴⑩。

我生涉世本为口，一官久已轻莼鲈。

人间何者非梦幻，南来万里真良图⑪。

【注释】

① 绍圣二年（1095）四月十一日作于惠州。

② "南村"句：谓杨梅、卢橘。杨梅，其大小似谷子而有核，其味
酢，出江南。卢橘，一名金橘，生时青卢色，熟则金黄色。

③ 垂黄：谓卢橘熟。缀紫：谓杨梅熟。

④ "海山"二句：以仙女比荔枝。蔡襄《七月二十四日食荔枝》：
"绛衣仙子过中元，别叶空枝去不还。"白居易《荔枝图序》："壳如
红缯，膜如紫绡，瓤肉莹白如冰雪。"绛：深红色。罗襦：丝绸短袄。
红纱中单：喻荔枝壳与瓤肉间之膜。白玉肤：喻荔枝之瓤肉。

⑤ 妃子笑：杜牧《过华清宫绝句三首》之一："一骑红尘妃子笑，
无人知是荔枝来。"

⑥ 楂梨：山楂和梨。

⑦ 桂醑：桂花酒。醑：美酒。按，苏轼至惠州不久，即酿有桂酒。
其诗有《新酿桂酒》，文有《桂酒颂》，可参。

⑧ 冰盘：洁白晶莹之盘。荐：进，献。赪虬珠：喻荔枝。赪虬，
赤龙。

⑨ 江鳐：贝类，也称"江珧""江瑶"。其肉柱味鲜美，名江珧柱，
为海味珍品。江休复《江邻几杂志》："四明海物，江鳐柱第一。"

⑩ 河豚：鱼名，古谓之鲍、鲐、鲑。肉味极美，然其肝及卵巢有剧毒，误食可致命。

⑪ 良图：美好谋划。《文选》左思《咏史》之八："梦想骋良图。"

【评析】

苏轼来到惠州以后，对当地的荔枝十分喜爱，遂创作了十余首诗词记录自己见荔枝、食荔枝、叹荔枝的经历。如《减字木兰花·西湖食荔支》："闽溪珍献，过海云帆来似箭。玉坐金盘，不贡奇葩四百年。轻红软白，雅称佳人纤手擘。骨细肌香，恰是当年十八娘。"他的"日啖荔枝三百颗，不辞长作岭南人"更是写荔枝的名句。本诗则记录了苏轼初食荔枝的经历，活泼盎然，饶有情趣。

首四句从苏轼的生活环境入手，引出本诗的描写对象。虽是写荔枝，诗却从其他水果入手，称自己居住之处一年四季树木常绿，果实累累，杨梅、卢橘色泽鲜艳，在荔枝之前成熟。吴曾《能改斋漫录》卷七载："梁萧惠开云：'南方之珍，惟荔枝矣。其味绝美。杨梅、卢橘，自可投诸藩溷。'"故苏轼以杨梅、卢橘开篇，不仅说明了果实成熟的时间有所差异，更是以二者衬托荔枝的醇香美味。

"海山"以下四句以仙女比荔枝，这一比喻并非首创，如蔡襄《七月二十四日食荔枝》曾云："绛衣仙子过中元，别叶空枝去不还。"（见《莆阳居士蔡公文集》卷八）但苏轼的描写更加细腻生动：因其产于南海之滨，所以称其从海上而来；荔枝的外壳如仙女的红色棉袄，内皮如同红纱的内衣，最里侧则是仙女雪白如玉的皮肤；仿佛荔枝是绝代佳人，自有独特风骨，并非因杨贵妃的喜爱而闻名。层层深入，笔笔精妙，胡仔《苕溪渔隐丛话》前集卷四十七称赞"苏轼咏物形容之妙，近世为最……诵此，则知其咏荔枝也"；查慎行《初白庵诗评》卷中盛赞"海山仙人绛罗襦"二句，称"只二句，描写已尽"。汪师韩《苏诗选评笺释》卷六赞曰："'绛罗''红纱'语，不露刻镂之迹，而形容备至，可谓约而尽矣。"纪昀评《苏文忠公诗集》卷三十九更是以"生香真色，涌现毫端，非此笔不能写此果"赞美此四句，可见摹写之传神。

"不知"以下四句则感叹荔枝被安排生长在偏僻的南海旁边，同松树、桧树生活在一起，不像北方之山楂、梨子，因困于风霜而果质粗糙。有学者认为，通过对荔枝的描写可以看出苏轼当时的心态变化，如王水照先生、朱刚先生在《苏轼诗词文选评》中指出："与黄州时期咏海棠的诗相比，虽然都是以物自比借物抒怀，但含义很不相同。海棠诗是一片凄清寂寞的氛围，苏轼与海棠孤独相对，同病相怜；此诗却显得热闹，为荔枝找了许多先驱、陪衬和伴侣，仿佛并不孤独。海棠是那种流落异邦、得不到欣赏的美，荔枝则是自具风姿、远处南方的云山之上与松桧同老、不必等待欣赏的美。所以，写海棠诗的苏轼心怀孤傲不平之气，写荔枝诗的苏轼则找到了自己的归宿，颇为放达自适。这远离朝廷、没有霜雪打击的南方，才是适宜于荔枝生长之地，回顾北方的霜雪之下被困的山楂和梨，真是粗俗之物了。"

"先生"以下四句言食荔枝的过程和感受。桂花美酒已经斟满，洁白的盘子里盛放着赤红的龙珠。听说荔枝的美味好似烹制好的江鳐柱，又像鲜美的河豚之腹。对此，苏轼自注曰："予尝谓荔枝厚味高格两绝，果中无比，惟江鳐柱、河豚鱼近之耳。"苏轼为官半生，却是第一次吃到产自岭南的荔枝，苏轼并非着意写荔枝的味道，仅仅以两种美食类比，称荔枝的味道不逊于江鳐柱、河豚腹，"可谓善于比类者"（胡仔《苕溪渔隐丛话》后集卷七语）。

最后四句以讽刺的手法揭示本诗主旨，诗人言自己在外漂泊已久，只为谋生糊口，故而已经不在乎莼鲈之思。半生已过，恍然如梦，被贬蛮荒之地，还能吃到如此美味的食物，大概来到这里也是值得的。然而苏轼此时已年近六十，又怎可能以"南来万里"为"良图"！苏轼反用此典，意谓因贪恋高官厚禄而忘掉了家乡；实是自嘲，自己并非忘掉家乡，因官场失意，而今竟被贬谪他乡。愈是如此，愈增其悲。

本诗既咏荔枝，亦是自喻。荔枝不待杨贵妃之笑而风骨自姝，苏轼因受排挤而被贬岭南，但能够以乐观的态度自嘲自省；苏轼笔下的荔枝美若仙子，一片仙气，正如苏轼本人一派仙风。诚如方东树《昭昧詹言》卷一所言："凡写、议、托寄、叙四者，各有神韵妙语。"

荔支叹 ①

十里一置飞尘灰 ②，五里一堠兵火催 ③。
颠坑仆谷相枕藉 ④，知是荔支龙眼来。
飞车跨山鹘横海 ⑤，风枝露叶如新采。
宫中美人一破颜，惊尘溅血流千载。
永元荔支来交州 ⑥，天宝岁贡取之涪 ⑦。
至今欲食林甫肉 ⑧，无人举觞酹伯游 ⑨。
我愿天公怜赤子，莫生尤物为疮痏 ⑩。
雨顺风调百谷登，民不饥寒为上瑞。
君不见武夷溪边粟粒芽 ⑪，前丁后蔡相笼加 ⑫。
争新买宠各出意，今年斗品充官茶 ⑬。
吾君所乏岂此物，致养口体何陋耶。
洛阳相君忠孝家 ⑭，可怜亦进姚黄花 ⑮。

【注释】

① 绍圣二年（1095）夏作于惠州。

② 置：驿站，掌投递公文、转运官物及供过往官员休息之机构。

③ 堠（hòu）：记里程之土堆。唐制，五里只堠，十里双堠。

④ 颠：倒、仆。枕藉：纵横相枕而卧。

⑤ 飞车：古代传说乘风飞行之车。张华《博物志》卷八："奇肱国，其民善机巧，以杀百禽，能为飞车，从风远行。"

⑥ 永元：东汉和帝年号（89—105）。交州：汉武帝元封五年（前106）所置十三州部之一，时称交趾。

⑦ 天宝：唐玄宗年号（742—756）。涪：涪州，唐武德元年（618）置，其治在今重庆涪陵。

⑧ 林甫：李林甫，唐宗室。玄宗时任宰相，封晋国公。勾结宦官、妃嫔，迎合玄宗意旨。排除异己，败坏政事。其对人表面友好而阴谋中伤，世称"口蜜腹剑"。

⑨ 觞：盛有酒之杯。酹：以酒洒地而祭。伯游：唐羌之字。

⑩ 尤物：珍贵物品，此指荔枝及后文所云茶、牡丹等。疮痏：创伤、瘢痕，此喻祸害。

⑪ 武夷：山名，在福建武夷山市西南，所产茶多有佳品。粟粒芽：建溪茶之上品。

⑫ 丁：丁谓（966—1037），字谓之。淳化三年（992）进士。天禧三年（1019）为参知政事，次年任宰相，封晋国公。蔡：蔡襄（1012—1067），字君谟。天圣八年（1030）进士。庆历三年（1043）知谏院，累官至端明殿学士。精通茶事，著有《茶录》等。

⑬ 斗品：指经较优劣而获胜之茶。蔡襄《茶录》："建安斗茶，以水痕先没者为负，耐久者为胜。故较胜负之说，曰相去一水两水。"

⑭ 洛阳相君：指钱惟演（977—1034），字希圣。其父吴越王钱俶归

降宋朝，宋太宗称之为"以忠孝而保社稷"，故苏轼称其为"忠孝家"。仁宗天圣九年（1031）钱惟演留守西京洛阳，故称为"洛阳相君"。

⑮姚黄花：牡丹之名品。

【评析】

以荔枝为题材的诗歌，唐宋时期有很多，著名的如唐代杜甫的《解闷十二首》、宋代范成大的《妃子园》等。苏轼品尝荔枝后，感叹其味道甘美醇厚，但随即有感于前代由荔枝引发的一系列历史事件，遂写下这首咏史怀古诗。诗揭发了前代朝贡荔枝这一弊政，指斥了高高在上的皇帝，也鞭挞了那些只顾讨好皇帝、不顾人民死活的官僚们。

诗可分为三部分，"十里"以下八句为第一部分，再现了当年地方快马加鞭进献荔枝、只为博贵妃一笑的史实。诗作首四句即以夸张的笔法，生动地再现了差官拼命奔跑运输荔枝的场景：每隔五里路、十里路设一驿站，运送荔枝的马匹扬起满天灰尘，急如星火，像传递军情一样刻不容缓；差官们跌落道中，尸体交杂重叠，百姓们都知道，这是运输荔枝、龙眼的差官们经过。一句"颠坑仆谷相枕藉"，直写差官伤亡情况的触目惊心，令人扼腕。"飞车"四句言差官们日夜兼程将新鲜的荔枝送至宫中，到长安时连荔枝的枝叶都如同刚刚采摘一般新鲜，而这一切都是为了宫中的贵妃展颜一笑，精神飞动，寄托遥深。《新唐书·杨贵妃传》载："妃嗜荔支，必欲生致之。乃置骑传送，走数千里，味未变，已至京师。"杜甫《解闷》云："云壑布衣骀背死，劳人害马翠眉须。"杜牧《过华清宫绝句三首》云："一骑红尘妃子笑，无人知是荔枝来。""宫中"二句显然是受上述两首诗的影响，纪昀评《苏文忠公诗集》卷三十九谓"貌不袭杜，而神似之，出没开合，纯是杜法"。以上八句倒叙起笔，回顾前代历史，以急促的节奏，画出一幅车马飞奔、惊尘溅血的献荔图，赵克宜《角山楼苏诗评注汇钞》卷一八评曰："悼古讽今，宝主相形，细绎而出，极见妙笔。按古事直起，却未点明；留与下段作筋节。"

"永元"以下八句承上启下。前四句总结前代历史：从东汉到唐代，从南方地区向朝廷进贡荔枝的惯例一直存在，人们对唐代的李林甫怀恨在心，恨不得吃掉他的肉，而汉代和帝时期的唐伯游上书阻止进贡荔枝，这样的人如今竟然无人凭吊祭奠，实言如今能够继承唐伯游为民进谏的精神的人已然不多。此四句将评点历史与感慨现实相结合，"用笔顺逆，皆极自然"（赵克宜《角山楼苏诗评注汇钞》卷一八语）。"我愿"以下四句突兀而起，评点荔枝之害：希望天公能怜悯苍生，不要让美味的荔枝成为劳民伤财的祸害！表达了天下风调雨顺、百姓丰衣足食的美好愿望，体现出苏轼济世安民的胸襟和情怀。黄彻《碧溪诗话》卷五赞曰："补世之语，不能易也。"

"君不见"以下八句为第三部分，由怀古转向讽今，揭露本朝官员两类进贡邀宠的行为。当代人们争相将武夷地区的"粟粒芽"进贡给皇帝，这一切都是丁谓、蔡襄等人推波助澜的结果，他们为了争宠各出主意，今年为了选出进贡的官茶，还展开斗茶比赛；西京太守钱惟演本出自忠孝之家，竟然也向皇帝进贡名贵的牡丹花。从前代的荔枝到如今的斗茶、牡丹，为官者不断进贡只为讨好皇帝，这些媚上邀宠的行为代代不绝！汪师韩《苏诗选评笺释》卷六评曰："'君不见'一段，百端交集，一篇之奇横在此。诗本为荔枝发叹，忽说到茶，又说到牡丹，其胸中郁勃有不可以已者。惟不可以已而言，斯至言至文也。"在这样的铺垫下，诗人在结尾发出感慨：我们的君主难道缺少这些东西吗？只知满足皇帝口体欲望，这是多么卑鄙恶劣！此二句笔锋犀利，一针见血，不满与讽刺一泻而下，可谓"波澜壮阔，不嫌露骨"（纪昀评《苏文忠公诗集》卷三十九语）。

全篇采用春秋笔法，以小见大，引古刺今，叙议结合，气势开阔，方东树《昭昧詹言》卷十二以本诗与苏轼早年的讽喻诗《鳆鱼行》作比，高度评价道："小物而原委详备，所谓借题。章法变化，笔势腾掷，波澜壮阔，真太史公之文。《鳆鱼》不及多矣。"

章质夫送酒六壶，书至而酒不达，戏作小诗问之 [①]

白衣送酒舞渊明，急扫风轩洗破觥 [②]。
岂意青州六从事 [③]，化为乌有一先生 [④]。
空烦左手持新蟹 [⑤]，漫绕东篱嗅落英 [⑥]。
南海使君今北海 [⑦]，定分百榼饷春耕 [⑧]。

【注释】

① 绍圣二年（1095）十二月作于惠州。章质夫（1027—1102），名楶（jié），字质夫，建州浦城（今属福建）人。《宋史·章楶传》："绍圣初，知应天府，加集贤殿修撰、知广州。"本诗作于章知广州时。

② 风轩：有窗槛之长廊或小室。觥：饮酒及盛酒器。

③ 青州：古代州名，在今山东东部。从事：古代官名，好酒的代称。南朝宋刘义庆《世说新语·术解》："恒公有主簿善别酒，有酒辄令先尝，好者谓'青州从事'，恶者谓'平原督邮'。"后遂以"青州从事"指好酒。

④ 乌有一先生：司马相如《子虚赋》虚拟之人物。

⑤ "空烦"句：《世说新语·任诞》："毕茂世云：'一手持蟹螯，一手持酒杯，拍浮酒池中，便足了一生。'"

⑥东篱：陶渊明《饮酒二十首并序》之五："采菊东篱下，悠然见南山。"落英：初开之花。

⑦南海使君：指章楶，因其时知广州，而宋代称广州南海郡，故云。使君：对州郡长官之尊称。北海：指孔融，曾任北海相。

⑧榼（kē）：古之盛酒器。《孔丛子·儒服》："子路嗑嗑，尚饮十榼。"

【评析】

本诗是一首游戏之作。据陈师道《后山诗话》载，时任广州知州的章楶给在惠州贬所的苏轼送了六壶酒，并附书一封。送酒人途中跌了一跤，摔破酒壶，结果作者只见到信而未喝上酒。此诗以幽默风趣的笔调叙述此事，用典精妙贴切，颔联两句尤为人激赏。

诗的颔联形象地概括了事情的原委。"青州从事"出自《世说新语》，指好酒之人，诗中以"青州六从事"代指友人送来的六壶酒，冯应榴则认为此句脱胎自皮日休《醉中寄鲁望一壶并一绝》的"醉中不得亲相倚，故遣青州从事来"句（参《苏文忠诗合注》卷三十九）；"乌有一先生"则是司马相如笔下虚构的人物，诗中则用以戏称酒壶跌落、美梦化为泡影之事。此二句以典故入诗，承接自如，由"六从事"化为"一先生"，仿佛酒有神通变化；而"青"与"乌"巧借色彩之对，令人拍案叫绝。历代诗评家对此二句有两种见解。

一方面，许多诗评家颇为赞赏，认为此二句含蓄地写出自己嗜酒及"送酒不达"的经历，同时对仗精妙，工稳中又带有幽默的色彩，可谓神来之笔。陈岩肖《庚溪诗话》卷下认为"古今以体物语形于诗句，或以人事喻物，或以物喻人事"，并指出，苏轼此联诗"上下意相关，而语益奇矣"。吴曾《能改斋漫录》卷一〇称"文之所以贵对偶者，谓出于自然,非假于牵强也",并称赞此二句"浑然一意,绝无斧凿痕"。黄昇《玉林诗话》称苏轼此联诗"可为奇对"。赵翼在《瓯北诗话》卷五中更是举这两句诗作为苏诗"自然凑泊,触手生春,亦见其学之富而笔之灵"的"成语佳对"之一。

另一方面,也有部分诗评家认为此二句仿江西诗派的句法,有卖弄文字之嫌。冯班称"次联'江西'句法";陆贻典称"次联'江西派'句法,却高旷有味";纪昀评《苏文忠公诗集》卷三九称此二句"纤而俚";赵克宜《角山楼苏诗评注汇钞》附录卷下批评曰:"太游戏!俗人偏盛传此种。"

对于这两种观点,汪师韩《苏诗选评笺释》卷六的解释可谓客观而精准:"'青州''乌有'偶然拈作对偶。集中尚有以'通印子鱼'对'披锦黄雀',以'日斜庚子'对'岁在己辰',并为宋诗人所称,其实轼诗卓绝处不尽在此。"他认为,这只是诗人常用的手法,集中也有其他相似的对仗句法。其实江西诗派虽主张"无一字无来处",但最终目标仍是努力达到"无斧凿痕"的艺术境界。苏轼此诗用典虽多,但用意准确,对仗精妙,设置灵活,自然浑成,故而可谓"卓绝"。

除颔联外,诗作首联、颈联、尾联也活用典故。据南朝宋檀道鸾《续晋阳秋》载,晋陶渊明好酒而不能常得,九月九日于东篱下采菊盈把,闲坐之。未几,江州刺史王弘命白衣人送酒至,即便就饮,酣醉而归。首联借陶渊明形容自己急切盼酒的样子,塑造了一个手舞足蹈、洒扫庭除、洗杯净盏、急不可耐的酒徒形象。有诗评家质疑"舞"字太过,黄彻《䂬溪诗话》对此解释曰:"及观庾信《答王褒饷酒》云:'未能扶毕卓,犹足舞王戎。'乃知有所本。"可见东坡用字之功。对比颈联,苏轼在得知酒洒途中后,纵有新蟹在手,落英在侧,也觉得索然无味了。两句分别化用东晋毕卓手擘蟹鳌及陶渊明《饮酒二十首并序》诗中的名句，塑造了一个无酒可饮而失意落寞的酒徒形象。方回《瀛奎律髓》卷十九云："'青州''乌有'之联既切题，'左手''东篱'一联，下'空烦''漫绕'四字，见得酒不至也。善戏如此。"但苏轼并未怪罪友人，而是以历史上著名的美食家、品酒家自比，在增添幽默的同时化解了失落的心情，也可见苏诗用典之博恰。在尾联中，苏轼延续戏笔之风，言友人章质夫作为南海使君，一定会像孔融一样热情好客，以酒款待友人。孔融曾言："座上客常满，樽中酒不空，吾无忧矣。"以古人作比，表达了希望能与友人畅怀饮酒的期待。

　　全诗紧扣"戏作"二字，将急切盼酒、失落怅惘、再盼饮酒的一系列过程刻画得生动活泼又风趣幽默。同时四联诗皆用典故，出语奇警，仿佛是信手拈来，诚如邵长蘅对苏诗的评点所言："盖其（东坡）学富而才大，自经史四库，旁及山经地志、释典道藏、方言小说，以至嬉笑怒骂，里媪灶妇之常谈，一入诗中，遂成典故。"（《施注苏诗·注苏例言》语）

和陶咏三良 ①

此生太山重，忽作鸿毛遗 ②。
三子死一言，所死良已微 ③。
贤哉晏平仲 ④，事君不以私。
我岂犬马哉，从君求盖帷 ⑤。
杀身固有道，大节要不亏 ⑥。
君为社稷死，我则同其归。

258

顾命有治乱^⑦，臣子得从违。
魏颗真孝爱^⑧，三良安足希^⑨。
仕宦岂不荣，有时缠忧悲^⑩。
所以靖节翁^⑪，服此黔娄衣^⑫。

【注释】

①绍圣三年（1096）正月作于惠州。三良：《左传·文公六年》："秦伯任好卒，以子车氏之三子奄息、仲行、鍼虎为殉。国人哀之，为之赋《黄鸟》。"

②"此生"二句：司马迁《报任安书》："人固有一死，死或重于泰山，或轻于鸿毛。"

③良：确实。微：渺小。

④晏平仲：晏婴，字平仲，春秋时齐国贤相。

⑤"我岂"二句：《礼记·檀弓下》："仲尼之畜狗死，使子贡埋之，曰：'吾闻之也，敝帷不弃，为埋马也。敝盖不弃，为埋狗也。'"

⑥大节：安国家、定社稷。《论语·泰伯》："临大节而不可夺也，君子人与？"不亏：不损。

⑦顾命：临终遗命。

⑧魏颗：魏武子之子。《左传·宣公十五年》："初，魏武子有嬖妾，无子。武子疾，命颗曰：'必嫁是。'疾病则曰：'必以为殉。'及卒，颗嫁之，曰：'疾病则乱，吾从其治也。'"

⑨希：仰慕、效法。

⑩缠忧悲：为忧愁悲伤所缠绕。

⑪靖节翁：指陶渊明。

⑫"服此"句：即隐退之意。陶渊明《咏贫士七首》其四："安贫守贱者，自古有黔娄。"

【评析】

苏轼晚年创作了一百余首和陶诗，其中有通过咏叹历史人物表达现实政治观点的咏史诗，即《和陶咏二疏》《和陶咏三良》《和陶咏荆轲》。目前学界普遍认为，《和陶咏三良》应当是表现作者的政治态度最鲜明、最能看出苏轼岭海时期思想变化的，也是近年来学术界讨论最热烈的一首。（参张福庆：《"楼中老人日清新"——从〈和陶咏三良〉诗看苏轼晚年的思想变化》）

题目中的"三良"指春秋时期秦国大夫子车氏的三个儿子，他们以贤能、忠诚著称。公元前621年秦穆公死，三人殉葬。最早记载此事的是《诗经·秦风·黄鸟》："彼苍者天，歼我良人。"表达的是对三良的哀悼和对秦穆公的讽刺。此后，《史记·秦本纪》《汉书·匡衡传》等史书中出现了另一种声音，称三良是感激秦穆公的知遇之恩而自愿陪葬。历史上许多文人也针对这一题材进行文学创作，借此抒发自己的政治观点。比如，陶渊明就认为三良是自愿陪葬的，他在《咏三良》中称"一朝长逝后，愿言同此归"，意在赞扬三良的忠义之气。苏轼早年在凤翔时，也认为三良是自愿殉葬的，但经历了人生的波折后，对于三良之死因，苏轼的观点有所变化。本诗即借和陶之题，提出与自己早年不同的主张。王文诰《苏文忠公诗编注集成总案》卷四〇云："此乃有意自为翻案。若与前论一辙，则此诗可不作矣。"

首四句即化用司马迁《报任安书》中的名句，借此提出自己的主张：苏轼认为三良为秦穆公一句话而死，生命确如鸿毛一样微小。此四句直接否定了陶渊明"忠情谬获露，遂为君所私"的观点，也与中国传统的君臣观有所差别，令人为之一振。

"贤哉"以下十二句即是苏轼对自己早年观点的反驳。苏轼先举出晏婴的例子，指出对待皇帝不能一味地存有私心。据《左传·襄公二十五年》，齐庄公是因为与崔武子的妻子私通而被武子杀害，在是否从君而死的问题上，晏婴指出："君死，安归？君民者，岂以陵民？社稷是主。臣君者，岂为其口实？社稷是养。故君为社稷死则死之，为社稷亡则亡之。若为己死而为己亡，非其私昵，谁敢任？且人有君而弑之，吾焉得死之，而焉得亡之？将庸何归？"在晏婴看来，臣子的职责是保护国家，若君主为国家社稷而死，就该随他死，但君主若是为他自己死、为他自己逃亡，我既然不是他的私密好友，就没有为他而死的必要。苏轼赞同晏婴的观点：臣子并非君主的犬马，纵使献出生命也要为道义而死，要保全"大节"。若是为江山社稷而死，那臣子应当与其同归于尽。但君王的遗命有的正确，有的不正确，所以臣子应当先做判断，再决定是否执行。最后苏轼用魏颗的例子作结：魏颗的父亲魏武子在病得昏乱时要求将自己宠爱的小妾杀掉陪葬，魏颗没有遵从其父的遗愿，这才是真正的孝顺。反观三良，又有什么可效法的呢！显然，在这首和陶诗中，苏轼有意驳斥陶渊明"厚恩固难忘，君命安可违"的观点，与中国古代主流的君臣观也有差别。故严有翼《艺苑雌黄》评曰："秦穆公以三良殉葬，诗人刺之。则穆公信有罪矣。虽然，臣之事君，犹子之事父也，以陈尊己、魏颗之事观之，则三良亦不容无讥焉。昔之咏三良者，有王仲宣、曹子建、陶渊明、柳子厚，或曰'心亦有所施'，或曰'杀身诚独难'，或曰'君命安可违'，或曰'死没宁分张'，曾无一语辨其非是者。惟东坡和陶云：'杀身故有道，大节要不亏。君为社稷死，我则同其归。顾命有治乱，臣子得从违。魏颗真孝爱，三良安足希。'审如是言，则三良不能无罪。东坡一篇，独冠绝于古今。"

"仕宦"以下四句回归到"和陶"的主题上来。苏轼感叹仕途虽然与荣耀相伴，但也时常与忧愁、悲伤相伴，这也是陶潜在经历宦海沉浮之后选择退隐的原因。结尾表面上是回扣主题、向陶渊明致敬，实际上暗含讽刺的意思：纵使是高唱"遂为君所私"的靖节先生，最终也选择了远离官场，布衣终生，可见仕宦之途并非适合所有人。苏轼并没有直接表达自己个人的愿望，但远离官场、躬耕田园的愿望却自然流露出来。结尾四句含蓄蕴藉，意味深长。

纪昀评《苏文忠公诗集》卷四十曰："《和陶咏三良》与《凤翔八观》诗又别。苏轼自写胸臆，托之论古，不妨各出意见。"苏轼早年在凤翔时作《秦穆公墓》，曾感叹道："乃知三子殉公意，亦如齐之二子从田横。古人感一饭，尚能杀其身，今人不复见此等，乃以所见疑古人。"苏轼观点变化的原因主要与其个人经历有关。吴子良《东坡颍滨论三良事》曰："盖其饱更世故，阅义理熟矣。前诗（《秦穆公墓》）作于壮年气锐之时，意亦有所激而云也。"早年的苏轼意气风发，壮志在胸，对于效忠君主的固有观念深信不疑，对于统治者也是信任的。然而在经历了诸多磨难以后，苏轼的政治理想一次次破灭，尤其是被贬惠州以后，苏轼考虑更多的是独立个体本身生命重要的意义和价值，他的思想跳出了"臣为君纲"的封建道德标准，超越了当时历史背景的局限，具有相当重要的意义。对此，后代诗评家们也意识到了苏轼此诗的重要价值，并给予了高度的评价，如胡仔《苕溪渔隐丛话》卷三评曰："余观东坡《秦穆公墓》诗意，全与三良诗意相反，盖是少年时议论如此。至其晚年，所见益高，超人意表。此扬雄所以悔少作也。"王应麟《困学纪闻》亦赞成此说："前辈学识，月新日进。东坡《和陶咏三良》与在凤翔时所作，议论复殊。其说与《丛话》同。"

本诗虽是和陶之作，但观点与陶诗有别。其实，关于三良之死的争论，曹植《三良诗》、王粲《咏史诗》、李德裕《三良论》、柳宗元《咏三良》等文学作品的观点各有不同。苏轼这首和陶诗与陶渊明之见相左，也正是历史进程不断被推进、传统观念不断被打破的见证。温汝能在《和陶合笺》卷四中引樊潜庵之评："至公（苏轼）和诗，又与陶左。……古人持论卓有定见，不以私废公。和陶而必求合于陶，是小人附会之见耳。以公读史深心，目空一世，固不为此也。"

纵笔①

白头萧散满霜风，小阁藤床寄病容。
报道先生春睡美②，道人轻打五更钟。

【注释】

①绍圣四年（1097）作于惠州。绍圣四年二月，苏轼在惠州白鹤峰下建成新居，其《白鹤新居上梁文》中有一首歌词："儿郎伟，抛梁东，乔木参天梵释宫。尽道先生春睡美，道人轻打五更钟。"后两句与这首《纵笔》诗相同，当是同时之作。

②报道：报告说。

【评析】

本诗是苏轼被贬惠州时所作。"纵笔"即率意而作，记录的是诗人在惠州期间的日常生活。全诗只有平淡如水的叙述，质朴的语言中流露出诗人安于现状、享受当下的悠然与闲逸，体现出苏轼从容达观的人生态度。

诗前两句是自我形象的描绘：如今我已经白发苍苍，饱经风霜，身居陋室，躺在藤床上的我已是满面病容。此时苏轼已经年近花甲，又接连被贬，可以说这两句诗是诗人形象的真实写照。后两句写有人前来报告，说先生睡得正香，于是道人放轻动作，轻轻打响了五更的钟声。此二句并未直抒感慨，而是通过写道人轻轻敲钟的动作，衬托出诗人在惠州生活的安闲自在、舒适惬意，增加了诗的韵味，别有一番雅趣。刘攽《中山诗话》载有宋初诗人潘阆的诗句"顽童趁暖贪春睡，忘却登楼打晓钟"，对此吴骞《拜经楼诗话》卷三将两人的诗相对比，称潘阆此二句与本诗后二句"意略相似，而坡公笔何等婉致"！

据曾季狸《艇斋诗话》载，苏轼的政敌章惇读了此诗，恼怒不已，直斥"苏子瞻尚尔快活"，于是再贬苏轼到海南儋州。对此，历代诗评家都愤然不平，汪师韩《苏诗选评笺释》卷六感慨道："自写酣适，本无怨刺，乃遭执政之怒。岂以其安于所遇，反不足以惬忌者之心耶？"纪昀评《苏文忠公诗集》卷四十则道："此诗无所讥讽，竟亦贾祸，盖失意之人作旷达语，正是极牢骚耳。"苏轼究竟是本性豁达淡然，还是故作潇洒乐观，相信每一位读者都有自己的评判。

行琼、儋间，肩舆坐睡。梦中得句云：千山动鳞甲，万谷酣笙钟。觉而遇清风急雨，戏作此数句 ①

四州环一岛 ②，百洞蟠其中 ③。
我行西北隅，如度月半弓。④
登高望中原，但见积水空 ⑤。
此生当安归，四顾真途穷。

眇观大瀛海^⑥，坐咏谈天翁^⑦。

茫茫太仓中，一米谁雌雄^⑧。

幽怀忽破散，永啸来天风。

千山动鳞甲，万谷酣笙钟。

安知非群仙，钧天宴未终^⑨。

喜我归有期，举酒属青童^⑩。

急雨岂无意，催诗走群龙。

梦云忽变色^⑪，笑电亦改容^⑫。

应怪东坡老，颜衰语徒工。

久矣此妙声^⑬，不闻蓬莱宫^⑭。

【注释】

① 绍圣四年（1097）六月作于自琼州赴儋州途中。肩舆：轿子。

② 四州：指琼州（今海南海口）、儋州（昌化军，治所在今海南儋州）、崖州（治所在今海南三亚崖州）、万安州（万安军，治所在今海南万宁北）。

③ 百洞：指黎族人所居洞穴。蟠：盘结。

④ "我行"二句：苏轼渡海至海南岛，从琼州往西折南至儋州，犹如走半月弓形之弧。

⑤ 积水：水所聚积，此指海。《荀子·儒效》："积水而为海。"

⑥ 眇观：远观。大瀛海：即九州岛。

⑦ 坐：因，遂。谈天翁：指战国时期齐国阴阳家驺衍，因其语宏大迂怪，故称为"谈天衍"。

⑧ "茫茫"二句：《庄子·秋水》："北海若曰：'……计中国之在海内，不似稊米之在太仓乎？'"

⑨ 钧天：天之中央，相传为天帝所居。《吕氏春秋·有始》："中

265

央曰钧天。"

⑩属：酌酒劝饮。青童：仙人名。

⑪梦云：宋玉《高唐赋》："昔者楚襄王与宋玉游于云梦之台，望高唐之观，其上独有云气，崒兮直上，忽兮改容，须臾之间，变化无穷。"

⑫笑电：旧题东方朔《神异经·东荒经》："（东王公）恒与一玉女投壶……天为之笑。"

⑬妙声：刘桢《赠五官中郎将诗四首》："清歌制妙声。"苏轼此处妙声有双关意，既指因风声而联想之钧天广乐，又暗指己之诗篇。

⑭蓬莱宫：仙宫。白居易《长恨歌》："蓬莱宫中日月长。"

【评析】

绍圣四年四月，苏轼被贬为琼州别驾、昌化军安置，七月二日到达儋州，此诗即苏轼于赴儋途中遇雨而作。

诗按照"所见—所悟—所想"的层次可分为三部分。"四州"以下八句为第一部分，记录苏轼一路被贬，途中之所见。首四句从海南岛的地理环境说起：海南岛设有四州治所，是黎族人聚居之处。从琼州至儋州这段路程，行迹恰似一轮弯月。"登高"以下四句从行迹描写转向内心书写：登高北望，远眺中原，但见无边无际的大海，举目空茫一片。在大海面前，苏轼感受到自己仿佛与人间隔绝，环顾四周，不知自己将归往何处。陶文鹏先生在《宋诗精华品读：千山动鳞甲，万谷酣笙钟——苏轼《行琼儋间，肩舆坐睡，梦中得句……》一文中指出："从写景角度看，这一段体现了苏轼既善于把握自然环境的总体形势，从大处落墨；又擅长捕捉事物的特征，作生动逼真的刻画。宋人胡仔言'大率东坡每题咏景物，于长篇中只篇首四句，便能写尽，语仍快健'，就引了此诗首四句为例（见《苕溪渔隐丛话·后集》）。"（《文史知识》2011年第9期）以上八句以顿挫低回的笔调开篇，写苏轼在海南的所行所见，目之所及，四顾茫然，苏轼仿佛陷入穷途末路之中，字里行间充满了孤凄悲凉之感。纪昀评《苏文忠公诗集》卷四十一曰："有此四句一顿挫，下半乃折宕有力。凡古诗长篇，第一要知顿挫之法。"

已过耳顺之年的苏轼被贬至海南，前途未卜，举目无亲，然而"眇观"句起却是另一种姿态：在面对茫茫大海之际，苏轼想起了"谈天翁"驺衍，按照他的说法，如果中原大地也只是海水环绕的九州之一，那么与这座落海中的岛屿也没有根本的区别吧！"茫茫"二句则化用《庄子·秋水》篇之言：虽然有大小之分，不过对于整个宇宙来说，都只像太仓中的一粒米而已，谁还去管这些米之间的大小呢？面对人生的困境，苏轼跳出了眼前的局限，以包容的心态，将自己放在更大的背景之中，从而超越眼前利益得失，获得精神的解脱。这种充满哲理的感悟并非产生于苏轼晚年，早在被贬黄州期间，苏轼就曾在所作的《赤壁赋》中感叹"寄蜉蝣于天地，渺沧海之一粟。哀吾生之须臾，羡长江之无穷"，而在本诗写作之后，戊寅年（1098）九月又作《试笔自书》一文，详细记录了苏轼被贬海南岛后的心路历程："吾始至南海，环视天水无际，凄然伤之曰：'何时得出此岛耶？'已而思之：天地在积水之中，九州在大瀛海中，中国在少海中，有生孰不在岛者？覆盆水于地，芥浮于水，蚁附于芥，茫然不知所济。少焉水涸，蚁即径去；见其类，出涕曰：'几不复与子相见。'岂知俯仰之间，有方轨八达之路乎？念此可以一笑。"经历了人生的风风雨雨，来到万里之外的海南岛，苏轼并未抱怨背井离乡之苦，而是将海南岛同偌大的中原大地联系起来：如果说海南岛是一个漂浮在海上的岛屿，那么中原大地又何尝不是一个四面环海的大岛屿呢？若是如此，身在海南与身在中原又有何差别呢？苏轼从驺衍与庄子的思想中获得了启发，此时山谷间长风呼啸，仿佛吹散了苏轼郁结的心情，消解了悲观的情绪，一时间，千山的草木像鳞甲一般扇动；万丈深谷回荡着轰鸣声，仿佛笙钟在热闹地演奏仙乐。这是多么奇特的想象！胡仔云："盖风来，则千山草木皆动，如动鳞甲；万谷号呼有声，如酬笙钟耳。"（《苕溪渔隐丛话》前集卷四二）王文诰《苏文忠公诗编注集成总案》卷四一评曰："渡海作'万谷酬笙钟'，则又纯用空灵矣。"吴仰贤《小匏庵诗话》更是称赞"造句奇伟，得未曾有"。诗题称此二句是梦中所得，可谓神来之笔！

　　"安知"以下为第三部分。苏轼释怀以后，便感到豁然开朗。疾风骤雨，雷电交加，但苏轼反而感到兴奋，他沉浸在自己的想象之中：这一切仿佛是群仙在天宫设宴作乐，他们在为我北归有期而高兴，让青童君举杯劝酒以示庆祝，说不定是众仙人派群龙飞舞作雨，催我做诗呢！估计他们读了我的诗以后会面容大变吧，毕竟东坡已老，但诗语益工，这绝妙的诗句，恐怕已经好久都没有听过了吧！这十二句全然是想象之语，一气呵成，一泻而下，将情绪推至高潮。前八句以奇特的想象，赞颂自然风雨的磅礴之势，豪迈之势溢于言表，这种浪漫自由、洒脱不羁的风格，仿佛是太白再世，很容易让人联想起太白的《梦游天姥吟留别》，但联系苏轼的生平经历，在穷途末路之际仍能骋怀畅想，既流露出苏轼卓尔不群、斐然成章的才气，又体现出苏轼乐观豪放、旷达自适的人格，更渗透出苏轼理性睿智、深沉稳健的哲思，这些都为诗增添了别样的魅力。故纪昀评《苏文忠公诗集》卷四十一曰："以杳冥诡异之词，抒雄阔奇伟之气，而不露圭角，不使粗豪，故为上乘。源出太白，而运以己法，不袭其貌，故能各有千秋。"而后四句借仙人的赞赏，展示自己的文学成就，有戏笔之法。王文诰《苏文忠公诗编注集成总案》卷四一指出："'妙声'句虽为找足'群仙'诸语，实乃自为评赏，赞叹欲绝也。"

纪昀评《苏文忠公诗集》卷四十一称"结处兀傲得好。一路来势既大，非此则收裹不住"，信然！

施补华《岘佣说诗》云："东坡五古，有精神饱满，才气坌涌，甚不可及者，如'千山动鳞甲''何人守蓬莱，诸篇。"这首诗前半部分写途中所见，后半部分则展开天马行空的想象，诗作"行荒远僻陋之地，作骑龙弄凤之思。一气浩歌而出，天风浪浪，海山苍苍，足当司空图'豪放'二字"（汪师韩《苏诗选评笺释》卷六语）。此诗是苏轼晚年的代表作之一。诚如赵克宜《角山楼苏诗评注汇钞》卷一九所评："前路写实境，极其沉郁；后幅运幻想，洵属得意之笔。"

观棋①并引

予素不解棋，尝独游庐山白鹤观。观中人皆阖户昼寝，独闻棋声于古松流水之间，意欣然喜之。自尔欲学，然终不解也。儿子过乃粗能者，儋守张中日从之戏，予亦隅坐，竟日不以为厌也②

五老峰前③，白鹤遗址。
长松荫庭，风日清美④。
我时独游，不逢一士。
谁欤棋者，户外屦二。
不闻人声，时闻落子。
纹枰坐对⑤，谁究此味。
空钩意钓，岂在鲂鲤⑥。
小儿近道⑦，剥啄信指⑧。
胜固欣然，败亦可喜。

优哉游哉^⑨，聊复尔耳。

【注释】

① 绍圣五年（1098）前后作于海南。

② 庐山：在今江西九江南。白鹤观：在庐山五老峰下，唐代建，宋赐名承天白鹤观。儋：指昌化军。张中：宋开封人，举进士，约于绍圣四年（1097）八月知昌化军，元符二年（1099）三月因役兵修伦江驿与苏轼居。隅坐：坐于席角旁，即不坐于正席。《礼记·檀弓上》："童子隅坐而执烛。"

③ 五老峰：据《太平御览》，为庐山最峻极。

④ 风日：犹风光、风景。张九龄《东湖临泛饯王司马》："聊乘风日好，来泛芰荷香。"

⑤ 纹枰：围棋棋盘。

⑥ "空钩"二句：传说姜子牙在渭水磻溪直钩垂钓，且不设饵。鲂鲤：鳊鱼及鲤鱼。

⑦ 近道：谓稍知下棋之法。

⑧ 剥啄：此指下棋时棋子之响声。信指：指头随意动作。

⑨ 优哉游哉：形容从容自得，悠闲无事。《诗经·小雅·采菽》："优哉游哉，亦是戾矣。"

【评析】

虽不擅弈棋，但并不妨碍苏轼将此作为诗歌创作的题材。"谷鸟惊棋响，山蜂识酒香"（《次韵子由绿筠堂》）、"棋声虚阁上，酒味早霜前"（《晚游城西开善院，泛舟暮归，二首》其一）、"一杯连坐两髯棋，数片深红入座飞"（《春日与闲山居士小饮》），皆是以棋入诗的佳句。本诗是苏轼被贬儋州期间，观摩州郡长官张中与儿子苏过对弈，联想到自己在庐山白鹤观听棋的经历，从而阐发事理。

　　诗前十句回忆自己在庐山的经历。开篇点明地点，在庐山五老峰前，传说中白鹤栖息的地方，树林阴翳，掩映着庭院，丽日当空，清风吹过，传来松涛的声音。此时，只有苏轼独自游览白鹤观，没有遇到一个世俗之人。院门口摆着两双鞋，却不见下棋者，只能听到棋子的声音。《礼记·曲礼上》曰："户外有二屦，言闻则入，言不闻则不入。"因此，苏轼并未进门观棋，只是在门口倾听。苏轼在论及司空图诗时曾言："司空表圣自论其诗，得味外味，'棋声花院闭，幡影石坛高'之句为尤善。吾尝独游五老峰，入白鹤观，松阴满地，不见一人，惟闻棋声，然后知此句之工也。"苏轼赞赏司空图之诗，然本诗亦足以称妙。清风朗日，树影摇曳，一片静谧，更衬托出下棋者悠然自得的心境。诗虽然未描写下棋者，却留给读者无限想象。洪迈《容斋三笔》卷十一评曰："其寂寞冷落之味，可以想见，句语之妙，一至于此。"汪师韩《苏诗选评笺释》卷六更是称苏诗不逊于司空图诗："此四言一章，则其似规抚二十四品之文者，清幽静妙，真得味外之味，然何尝带一毫寒俭气耶？"

　　"纹枰"句起抒观棋所感。端坐在棋盘前，有谁能深解棋中的至理？像姜太公那样在渭水河边，空钩垂钓，谁会在意能否钓到鲂鱼与鲤鱼？小儿苏过略懂棋道，信手取棋落棋，任凭棋子敲打棋盘发出声音。接着，苏轼表达了自己的胜负观：获得胜利固然值得高兴，然而失败了也没有必要气馁和灰心。此八句由回忆转向现实，展现出苏轼不计得失、淡泊豁达的人生观，而这种观念也体现在苏轼的其他作品之中，如"人有悲欢离合，月有阴晴圆缺""回首向来萧瑟处，归去，也无风雨也无晴"。在苏轼的笔下，人生如棋，棋如人生，棋中的成败与人生的晴雨有着相似之处，而苏轼豁达的胸襟、淡然的态度已经超越了棋局胜负本身，葛立方《韵语阳秋》卷十六云："夫恣贪欲于指顾，争胜负于毫厘，业棋者之常情，而坡乃置之膜外，亦可见其胸中翛然者矣。""胜固欣然，败亦可喜"由此也成了名句，成为宋诗中议论说理的代表。诚如赵克宜《角山楼苏诗评注汇钞》卷一九所评："'胜固欣然'四句率吐胸臆，便成名语。"

四言诗盛行于西周，东汉以后日趋式微，逐渐被五言诗取代。钟嵘《诗品序》云："时人对于四言，每苦文繁而意少，故世罕习焉。"苏轼一生创作了四十首四言诗，主要为怀古、和陶之作。这首观棋之作哲思横溢，道理深刻，可谓宋代四言诗的典范之作。故方岳《深雪偶谈》云："四言自韦孟、司马迁、相如、班固、束皙、陶潜、韩愈、柳宗元、梅尧臣、欧阳修、王安石、苏轼，工拙略见。尝怪五言而上，世人往往极其才之所至，而四言诗，虽文辞巨伯，辄不能工。……其寂寞冷落之味，可以想见。坡公四言，于古近体中句语，无适而不高妙也！"

汲江煎茶 ①

活水还须活火烹 ②，自临钓石取深清 ③。
大瓢贮月归春瓮 ④，小杓分江入夜瓶。
茶雨已翻煎处脚，松风忽作泻时声 ⑤。
枯肠未易禁三碗，坐听荒城长短更 ⑥。

【注释】

① 元符三年（1100）春作于昌化军。

② 活水：刚从江流中取来的水。活火：有焰之炭火。

③ 深清：深处澄清之江水。

④ 大瓢贮月：谓月映瓢水，似将月舀入瓮中。

⑤ 松风：喻水初沸声。苏轼《试院煎茶》："蟹眼已过鱼眼生，飕飕欲作松风鸣。"

⑥ 长短更：打更次数多者为长，少者为短。

【评析】

苏轼爱茶、饮茶，也创作了一系列相关的诗词。在苏轼笔下，茶既是生活的必需品，也是访友赠送的佳品。本诗作于元符三年春，此时苏轼已接到遇赦内迁的诏命，对人生未来满怀希望，心情颇为轻松。诗描写了从取水、煎茶到品茶的全过程，流露出苏轼悠然恬淡的心境。汪师韩《苏诗选评笺释》卷六更是称《试院煎茶》与此诗"在古近体中各推绝唱"。

诗本身并不难解。诗人先是描述了活火和活水对于好茶的重要性：若想饮好茶，需用活火煎；若想水澄清，需到深处取；取石下之水，方能无泥土。月映水中，用大瓢往瓮里倒水，好像把月亮也贮到瓮中了；用小杓取水，好像将一条江水分流入瓶中。"大瓢贮月归春瓮，小杓分江入夜瓶"，此二句将自然界中宏伟阔大的意象熔铸于面前的一只净瓶中，一瓮一瓶皆是一世界，化大为小，又小中见大，想象新奇，又似蕴含哲思。此二句将取水、贮水的过程写得细腻生动而又充满韵味，"句特雅炼"（林昌彝《海天琴思录》卷七语），查慎行《初白庵诗评》卷下评曰："贮月分江，小中见大。"接着，诗人着意描绘煮茶的细节：煎茶时茶沫如雪白的乳花在翻腾漂浮，煮茶时沸声似松林间狂风在震荡怒吼。茶煮好了，苏轼一口气饮了三碗，一边饮茶，一边气定神闲地听着边城的打更声，余韵悠长，入情无迹。苏轼虽已被贬至穷乡僻壤，但依旧能保持恬淡的心境，悠然地煎茶品茶，亦可见苏轼豁达自适的心境。整首诗用笔细腻洒脱，意境清新俊逸，是一首绝妙的茶诗。纪昀评《苏文忠公诗集》卷四三称本诗"细腻而出于脱洒"，信然！

在宋代，较为关注本诗的是胡仔与杨万里，然而二人评论的侧重点有所不同。胡仔《苕溪渔隐丛话》后集卷十一曰："此诗奇甚，道尽烹茶之要，且茶非活水则不能发其鲜馥，东坡深知此理矣。"可见胡仔赞赏的是苏轼对茶理的深入领悟与精准描摹。此后，高似孙《纬略》卷一称"'活水还须活火烹，自临钓石取深清'，此二句直入茶泉理窟"，可见他也是从茶理的角度评价本诗。

而杨万里盛赞此诗，则是从诗法的角度进行阐述。其《诚斋诗话》云："第二句七字而具五意：水清，一也；深处取清者，二也；石下之水非有泥土，三也；石乃钓石，非寻常之石，四也；东坡自汲，非遣卒奴，五也。'大瓢贮月归春瓮，小杓分江入夜瓶'，其状水之清美极矣，'分江'二字尤难下。'雪乳已翻煎处脚，松风仍作泻时声'，此倒语也，尤为诗家妙法，即少陵'红稻啄余鹦鹉粒，碧梧栖老凤凰枝'也。'枯肠未易禁三碗，卧听山城长短更'，又翻却卢仝公案，全吃到七碗，坡不禁三碗。山城更漏无定，'长短'二字，有无穷之味。"杨万里主要是从用字、句法的角度进行论述的。在他看来，"唐律七言八句，一篇之中，句句皆奇，一句之中，字字皆奇，古今作者皆难之"。而苏轼此诗用字精准，句法新奇，翻古人公案而又自有妙理，可与杜甫《九日蓝田崔氏庄》相提并论。此后，方回也表达了对杨万里观点的认同，其《瀛奎律髓》卷十八云："杨诚斋大赏此诗，谓'自临钓石取深清'，深也，清也，近石也，又非常石，乃钓石，不令仆取而自取之也，一句含数意。三、四尤奇。"这样一来，对于苏轼的这首茶诗，就形成了两种观点。

明清以后，诗评家论及此诗时，常常将对诗作的解读与对杨万里观点的批评联系起来进行阐发。一方面，诗评家重新重视起诗中的茶法，认为本诗是对茶理的生动概括，如李东阳《怀麓堂诗后稿》卷三云："东坡别有煎茶法，一勺解使千金轻。"吴乔《围炉诗话》卷五称"子瞻《煎茶》诗'活水还须活火烹'，可谓之茶经，非诗也"。另一方面，对于《诚斋诗话》的解读方式，清代的诗评家大多认为这种字斟句酌的解读过于琐碎，不利于全面把握诗中旨趣，如汪师韩《苏诗选评笺释》卷六云："舒促雅合，若风涌云飞。杨万里辈曲为疏解，似反失其趣诣。"纪昀《瀛奎律髓刊误》卷十八则称"杨诚斋解首二句，分为七层，太琐碎。诗不必如此说。"翁方纲的批评更加直接，其《石洲诗话》卷三道："《汲江煎茶》七律，自是清新俊逸之作，而杨诚斋赏之，则谓'一篇之中，句句皆奇；一句之中，字字皆奇'。此等语，诚令人莫解。如谓苏诗字句皆不落凡近，则何篇不尔？如专于此篇八句刻求其奇处，则岂他篇凡近乎？且于数千篇中，独以奇推此，实索之不得其说也。岂诚斋之于诗，竟未窥见深旨耶？此等议论，直似门外所为。"整体来看，明清的诗评家并不认可杨万里的观点，更侧重于从诗作主题进行评价。

以上多家评论各有侧重，也各有道理，归结原因，无非是各家所处的时代背景、所秉承的诗学观念有所不同而已。诗看似是在阐发茶道，实际描写的是苏轼的心境。若非没有澄净淡薄之心，又如何能从一只瓶中窥见自然万象？又如何能够在偏僻荒凉的海南岛上悠然地饮茶？诗作看似是活用诗法，实际并非刻意为之，而是意之所至，天赋使然，正如苏轼对自己的评价所言："吾文如万斛泉源，不择地而出，在平地滔滔汩汩，虽一日千里无难。及其与山石曲折，随物赋形而不可知也。"（《文说》）因此，苏轼作诗，无需刻意雕琢便可胸吐翰墨，用之不穷。

儋耳^①

霹雳收威暮雨开^②，独凭栏槛倚崔嵬。
垂天雌霓云端下^③，快意雄风海上来^④。
野老已歌丰岁语，除书欲放逐臣回^⑤。
残年饱饭东坡老^⑥，一壑能专万事灰^⑦。

【注释】

①元符三年（1100）五月，诏令苏轼量移廉州（治今广西合浦）。此诗乃赴廉州前于儋州所作。儋耳：即儋州。

②霹雳收威：《星经》卷下："霹雳五星，在云雨北，主天威，击挈万物。"

③雌霓：彩虹有二环时，内环色彩鲜盛，为雄，名虹；外环色彩暗淡，名霓。

④雄风：宋玉《风赋》："清清泠泠，愈病析酲；发明耳目，宁体便人。此所谓大王之雄风也。"

⑤除书：拜官授职的文书，此指令苏轼移廉州的公文。

⑥"残年"句：化用杜甫《病后过王倚饮赠歌》"但使残年饱吃饭"句。残年：一生将尽的年月，指人的晚年。

⑦壑：山谷。

【评析】

元符三年正月，哲宗死，徽宗即位，政局随即发生了变化，原来被贬的元祐党人，已死的追复原官，未死的都迁回内郡居住。此诗作于苏轼离儋州前，既写出了他初得诏书的欣喜之情，又写出了苏轼在面对人生波澜时的复杂心情。

诗起笔雄劲，属对精警。首句声势浩大，震撼人心，仿佛是为本诗拉开序幕，既写雷雨后的黄昏景色，又暗喻哲宗去世，徽宗继位，朝政由昏暗转为清明。次句突出自我形象，令人如见苏轼凭栏倚天的雄姿并感受到他历经压抑而不减的浩然之气。颔联同样亦实亦虚，比兴兼具。五月苏轼得到诏书时，迫害元祐党人的二惇（章惇、安惇）、二蔡（蔡京、蔡卞）已受到台谏的抨击，以"雌霓云端下"象征政敌小人失势，以"雄风海上来"喻指内迁诏命的到来。苏轼化用了柳永《竹马子》词"对雌霓挂雨，雄风拂槛，微收烦暑"句意，构成反对式对偶句，绘景壮丽，抒情酣畅，含意深邃，十四个字词意直贯而下，流水对工稳别致，故而被清人方东树誉为"奇警"之句（《昭昧詹言》卷二〇）。

诗的前两联将现实天气与朝局变化结合起来，一语双关，雄宕激昂，后两联则语趋平淡，娓娓道来。颈联写他人之乐与自己之喜：田野里的老人唱颂着丰年的赞歌，圣上的赦书将把流放的大臣放回，字里行间洋溢着欣悦的气氛。而尾联又笔锋一转：东坡已至晚年，只求余生吃饱饭，有一块地能退居隐身即可，其他万事俱成灰。此二句看似态度消极，但实则不然。苏轼谪居海南，无时不盼望北归。就在这年年初，他还感慨说："三策已应思贾让，孤忠终未赦虞翻。"如今诏令颁布，多年的愿望终于实现，苏轼的心情虽然是喜悦的，但并不是狂喜，对比杜甫的《闻官军收河南河北》一诗，这种喜悦显然更为平淡。这正是苏轼自'乌台诗案'以后，通过内省达到的"超然物外"的精神境界，接受现实的同时能够自适地面对生活中的种种变化。从尾联中，不难窥见苏轼在人生中不断探索、不断反思的心路历程，也能够深入感受到苏轼超然无欲的人生境界。汪师韩《苏诗选评笺释》卷六称本诗"嵚崎雄姿，经挫折而不稍损抑，养浩然之气，于此见其心声”，也正是此理。

何曰愈《退庵诗话》卷四云：“韩退之《谏佛骨》一表，维持圣教，至今读之犹凛凛有生气。而贬潮州《示侄孙湘》诗，乃悲怆作楚囚态。诗与文何相悬殊也！白香山贬江州云：‘雨露施恩无厚薄，蓬蒿随分有荣枯。’可谓乐天知命。东坡贬黄州云‘长江绕郭知鱼美，好竹连山觉笋香’，贬儋耳云‘垂天雌霓云端下，快意雄风海上来’，作达语。三公皆一代名臣，文章学问，倔强遭际，处处多同，而胸襟则不无少间。”也许，正是一次次人生的坎坷，不断的贬谪经历，让苏轼在打击中不断思索，这才造就了苏轼这样一位文坛巨擘。诚如范季随《陵阳先生室中语》所言：“诗道无有穷尽，如少陵出峡、子瞻过海后，诗愈工。若使二公出峡过海后未死，作之不已，则尚有妙处，又不止于是也。”

澄迈驿通潮阁二首 [①]

其　二

余生欲老海南村，帝遣巫阳招我魂 [②]。
杳杳天低鹘没处 [③]，青山一发是中原 [④]。

【注释】

① 元符三年（1100）六月，苏轼离儋州赴廉州。此诗乃赴廉州途中，过澄迈时所作。澄迈：在今海南北端，北临琼州海峡。通潮阁：一名“通明阁”，在澄迈西，是澄迈驿站的建筑。

② “帝遣”句：《楚辞·招魂》：“帝告巫阳曰：‘有人在下，我

欲辅之。魂魄离散，汝筮予之。'巫阳乃下招曰：'魂兮归来！'"

③香香：深远隐约貌。

④一发：喻远山微茫。苏轼《伏波将军庙碑》："南望连山，若有若无，香香一发耳。"

【评析】

元符三年六月，苏轼将告别谪居三年的海南岛，再渡琼州海峡，返回中原。本诗便是苏轼由儋州赴廉州途中，经澄迈驿通潮阁时所作。同题有两首，第一首云："倦客愁闻归路遥，眼明飞阁俯长桥。贪看白鹭横秋浦，不觉青林没晚潮。"第一首侧重描绘登通潮阁所见的情景。而此处选的第二首重在记叙人生经历，抒发思乡盼归的心情。

苏轼多年贬谪，以老病之身在蛮荒之地到处漂泊，曾经以为将会在此度过残生，来到海南后，他的生活条件极其艰苦，食无肉、病无药、居无室、出无友、冬无炭、夏无泉，几乎什么都没有，只能与小儿子苏过过着"如俩苦行僧耳"（《与元老侄孙书》）的生活。本已打算终老海南，如今竟会被允许北归！这对苏轼来说是一件多么欣喜的事情！"帝遣"句用《楚辞·招魂》的典故，明显地含有以屈原自况之意。《史记·屈原贾生列传》载："屈平正道直行……信而见疑，忠而被谤……屈原至于江滨，被发行吟泽畔。"苏轼在此处引用《楚辞》典故，意在表明自己正道直行，虽遭贬谪海南的残酷打击，但竭忠尽智以事君的愿望依旧不会改变。

诗人怀着强烈的思乡之情，翘首北望，只见远处天地相接处，高飞的鹘鸟消失在天际，而起伏的群山也有如一丝纤发，而那里正是苏轼朝思暮想的中原。用"发"形容地平线上隐约可见的"青山"，极言远景缥缈之状，新奇神妙，后人往往沿用，如刘因的"人间一发是中原"（《远山笔架》），虞集的"青山一发是江南"（《题柯博士画》），等等，可见此喻之妙。诗作的后两句历来被认为是苏轼晚年诗艺精纯的名句。胡仔《苕溪渔隐丛话·后集》卷二〇认为，这两句诗"其语倔奇，盖得意也"；纪昀评《苏文忠公诗集》卷四十三也认为这是"神来之句"，难以企及。施补华《岘佣说诗》则详细阐发了此二句的绝妙之处："东坡七绝亦可爱，然趣多致多，而神韵却少。'水枕能令山俯仰，风船解与月徘徊'，致也；'小儿误喜朱颜在，一笑那知是酒红'，趣也。独'余生欲老海南村，帝遣巫阳招我魂。杳杳天低鹘没处，青山一发是中原'，则气韵两到，语带沉雄，不可及也。"苏轼并未直言心中的情绪，而是以远景作结，景虽虚而情愈真，于含蓄中流露出无限深情，苏轼归心似箭的心情由此可以想见。汪师韩《苏诗选评笺释》卷六评曰："羁望深情，含蕴无际。"

诗前两句记叙人生经历，于沉痛中又流露出欣喜；后两句以景结情，举重若轻，将浓重的盼归之情写得纤毫毕现。整首诗笔墨洒脱，情韵悠长，诚如赵克宜《角山楼苏诗评注汇钞》卷二〇所评："意极悲痛，佳在但作指点，不与说尽。"

六月二十日夜渡海[①]

参横斗转欲三更[②]，苦雨终风也解晴[③]。
云散月明谁点缀，天容海色本澄清[④]。
空余鲁叟乘桴意[⑤]，粗识轩辕奏乐声[⑥]。
九死南荒吾不恨[⑦]，兹游奇绝冠平生。

①元符三年（1100）六月，苏轼离儋州赴廉州，渡琼州海峡时作。

②参、斗：星宿名，皆属二十八宿。横、转：谓星座位置的横陈、移动。

③苦雨：久雨。终风：终日刮的风。《诗经·邶风·终风》："终风且暴。"毛传："终日风为终风。"

④"云散"二句：《世说新语·言语》："司马太傅斋中夜坐，于时天月明净，都无纤翳，太傅叹以为佳。谢景重在坐，答曰：'意谓乃不如微云点缀。'太傅因戏谢曰：'卿居心不净，乃复强欲滓秽太清邪？'"

⑤鲁叟：即孔子。桴：竹木做成的筏子。《论语·公冶长》："子曰：'道不行，乘桴浮于海。'"

⑥轩辕奏乐声：代指大海的波涛声。轩辕，即黄帝。

⑦九死：多次近于死亡。屈原《离骚》："亦余心之所善兮，虽九死其犹未悔。"南荒：南方荒远之地，此指海南。

【评析】

元符三年六月，苏轼终于踏上了北归的路途。在海南三年，苏轼一度以为自己将终老于此，在与友人的书信中，他曾言"某垂老投荒，无复生还之望……今到海南，首当作棺……死即葬身海外"。如今终于得以召还，在回程的船上，苏轼创作了这首脍炙人口的名篇。

首联是写苏轼眼前所见之景：参横斗转，已近三更，天近黎明。天公似乎也知道苏轼要渡海返回，故而天色放晴。眼前晴空碧海，星月交辉，苏轼的心情也变得轻松明朗起来，此二句为全诗定下了一种欢快的基调，从中也不难发现双关之意。颔联由所见抒发所感：云开雾散，明月高悬，一切遮蔽都烟消云散，青天碧海本来就是澄清明净的。"点缀"一词，典出自谢景重的议论和司马道子的戏语，苏轼诗中的"点缀"，看似指的是翳蔽星空、遮盖明月，实际上正与司马道子所说的"滓秽太清"意思相同，而"天容海色本澄清"，则与"月夜明净"契合。虽有风雨侵袭，阴霾遮蔽，但终有云开雾散之日；纵使时局不明，风雨如晦，但只要内心澄净，坚持本色，苦难的生活终会结束。这两句诗，境界开阔，寄托深远，已经能给读者以美的感受和哲理的启迪。再和这个故事联系起来，就更多一层含义。这样，颔联两句就不仅是单纯地描写眼前景物，还有对于时局的判断与感慨。由此，苏轼豁达乐观的人生观也流露出来。因颔联两句意蕴丰富，言语洗练脱俗，故备受激赏。查慎行《初白庵诗评》卷下云："前半四句，俱用四字作叠而不觉其板滞，由于气充力厚，足以陶铸镕冶故也。"纪昀《瀛奎律髓刊误》卷四三赞曰："前半纯是比体，如此措辞，自无痕迹。"

颈联起转向议论、抒情。颔联两句分别用典。鲁叟，指孔丘，《论语·公冶长》载：他曾慨叹自己的主张无法实现，想"乘桴浮于海"。这是以孔丘自比，孔丘曾想乘着木筏漂浮在海面上，但并没有去成，表达的是自己抛弃荣名、避世隐遁的情绪。而苏轼自己虽然去了，但在海南依旧没有实现自己的主张，所以说，空余乘桴之意，短短七字，流露出苏轼复杂的情绪。"粗识"句则用《庄子》典，这是说由于自己两度浮海，已经能够领会像咸池之乐的海涛声了，此句有自嘲之意，自己两度渡海，早已不是"粗识"了，而是已经达到"初闻之惧，复闻之怠，卒闻之惑"，最后达到"不自得"的状态了，也能够坦然面对人生中的各种风浪了。一联两句之中，分别用儒家、道家之典，嵌入此诗之中，灵妙自然，毫无斧凿之意，以十四字述复杂事态、传丰融情思，既明畅易解，又耐人寻味，体现出苏诗善用典故的创作风格。尾联收束全诗，"九死"句显然化用屈原《离骚》中"亦余心之所善兮，虽九死其犹未悔"的句意。苏轼贬谪天涯，虽历经磨难、九死一生，但他坚守了操守，所以不觉得有什么悔恨，反而把这次海南之行当作生命中一次"奇绝"的漫游，因为饱览了海南的奇异景色，经历了一段极不寻常的日子而值得永远怀念。这两句诗集中地表现了苏轼那种在苦难面前乐观豁达的性格和气概，诚如苏辙对兄长诗风的评价："独喜为诗，精深华妙，不见老人衰惫之气。"（《子瞻和陶渊明诗集引》）有人认为结尾两句过于狂傲，不似获释者之语，对此方回《瀛奎律髓》卷四十三解释道："绍圣四年丁丑，东坡在惠州，年六十二矣。五月，再谪琼州别驾，昌化军安置，即儋耳也。以六月二十日夜渡海，七月十三日至儋州。或谓尾句太过，无省愆之意，殊不然也。章子厚、蔡卞欲杀之，而处之怡然。当此老境，无怨无怒，以为'兹游奇绝'，真了生死、轻得丧，天人也。"

在这首诗中，苏诗回顾了自己被贬儋州的经历，纵使过程艰难，苦雨凄风不断，但自己终究迎来了澄清之日。诗中洋溢着回归的喜悦，传达出苏轼豪迈豁达的气概。汪师韩《苏诗选评笺释》卷六盛赞曰："高阔空明，非实身有仙骨，莫能有其只字。"贺裳《载酒园诗话》亦称："坡诗，吾第一服其气概。……如此胸襟，真天人也！"由黄州时期精神上的孤独无依，逐渐转化为海南时期的洒脱无羁，苏轼之所以能够达到这种泰然洒脱的人生境界，正是因为他在屡遭贬谪之际依旧坚守心中的信念，王十朋《游东坡十一绝》其六称苏轼"诗因迁谪更瑰奇"，若苏轼没有经历这段贬谪，宋诗史上将失去一颗闪耀的明珠。

苏轼诗词品汇

词

荷华媚

荷花 ①

霞苞电荷碧 ②。天然地、别是风流标格 ③。重重青盖下，千娇照水，好红红白白。　　每怅望、明月清风夜 ④，甚低迷不语，妖邪无力 ⑤。终须放、船儿去，清香深处住，看伊颜色。

【注释】

　①作于熙宁五年（1072），与《双荷叶》（双溪月）创作于同时，亦赠贾收小妓双荷叶。

　②霞苞：指色如彩霞、含苞未放的荷花。电：一作"霓"，一作"露"。

　③标格：风范、风度。杜甫《奉赠李八丈判官曛》："早年见标格，秀气冲星斗。"

　④怅：一作"恨"。

　⑤妖邪：一作"天邪"，婀娜多姿。白居易《和春深二十首》其二十："杭州苏小小，人道最天斜。"

【评析】

　　这首词作于苏轼初任杭州太守时，词人赏杭州西湖荷花而填此词。

　　词的上片写初秋寻赏荷花。"别是风流标格"一句奠定了荷花遗世独立的风度和品格，刘熙载《艺概》卷四感叹"学坡词者，便可从此领取"。"重重青盖下，千姣照水，好红红白白"，接下来这三句为白天词人所见的荷塘，通过静态图景的勾勒，具体描绘了荷花在荷叶衬托之下娇柔的样貌，青色的荷叶、红白相间的荷花，多种颜色聚集在一起，极具画面美感，形成了一幅斑斓多姿的清荷图，荷花千娇百媚的姿态、天然风流的情韵由此得以凸显。

下片将时间切换至夜晚，风格一变，词人的情绪变得细腻敏感。清风明月之夜，荷花更加婀娜可爱，在清风的吹拂下，仿佛也变得娇羞起来。最后写以酒来消解因时光流逝而哀伤的情绪，词人终是需要与荷花为伴，在享受荷花淡淡的幽香、欣赏荷花美好的姿态时，才能暂时忘却烦忧，体现了词人仕宦寂寞的心情，也表达了词人希望能与荷花相伴的美好愿望。

整首词通俗易懂，清新雅致，中间又流露出些许落寞与忧愁。在描绘荷花的同时，又寄托了自己的人生期待和追求。

•

江神子

公自序云：陈直方妾嵇，钱塘人也。丐新词，为作此。钱塘人好唱《陌上花缓缓曲》，余尝作数绝以纪其事矣①

玉人家在凤凰山②。水云间。掩门关③。门外行人，立马看弓弯④。十里春风谁指似，斜日映，绣帘斑。　　多情好事与君还。悯新鳏⑤。拭余潸。明月空江，香雾著云鬟。陌上花开春尽也⑥，闻旧曲⑦，破朱颜。

【注释】

① 熙宁六年（1073）九月作于杭州。陈直方：陈珪，时任杭州司户。

丐：一作"求"。

②凤凰山：在今浙江杭州东南。《方舆纪要》："山岩蓥逶迤，左瞰大江，如凤凰欲飞，故名。"

③关：一作"闲"。

④弓弯：指舞姿。

⑤鳏：老而无妻的人。

⑥春尽：一作"看尽"。

⑦闻：一作"问"。

【评析】

陈秀明《东坡诗话录》载："陈直方之妾，本钱塘妓人也，丐新词于苏子瞻。子瞻因直方新丧正室，而钱塘人好唱《陌上花缓缓曲》，乃引其事以戏之，其词则《江神子》也。"《词林纪事》卷五引《青泥莲花记》亦载此事。结合小序，知此词记叙的是友人陈直方对其妻的相思之情。

上片先对女子加以介绍，前三句点明女子家乡的地点，"门外行人，立马看弓弯"，以他人驻足观看玉人舞姿，衬托其容貌美丽又多才多艺，与《陌上桑》中"耕者忘其犁，锄者忘其锄"有异曲同工之妙。"十里春风"典出杜牧诗句"春风十里扬州路"，看遍扬州城十里长街的佳丽，也没有人比得上她，极写女子的美貌，给人留下丰富的想象空间。然而笔调一转，在毫无生气的暮色里，帷幔已经痕迹斑斑，暗指佳人已逝。

下片是对友人的安慰，伊人已逝，友人听闻旧曲，泪眼婆娑。词人怜悯这位新鳏，遂加以劝慰。明月当头，江水茫茫，已经逝去的伊人一定也如杜甫笔下的妻子一样，在远方思念友人吧！最后用《陌上花》之曲安慰友人："吴王钱镠想念夫人而不能团聚，遂言'陌上花开，可缓缓归矣'。如今暮春时节，虽听闻旧曲，但美妾在旁，处境当比吴王好一些，你应当展颜一笑了吧！"

此词写得情思婉转而又极富韵趣，清新雅致又率真可爱，苏轼的才思让人忍俊不禁。

少年游

润州作 ①

去年相送，余杭门外，飞雪似杨花。今年春尽，杨花似雪，犹不见还家。　　对酒卷帘邀明月，风露透窗纱。恰似姮娥怜双燕 ②，分明照、画梁斜。

【注释】

① 苏轼熙宁七年（1074）二月在京口，旋游宜兴，三月赴常州，故词作于二月底。或以为作于是年四月。

② 姮娥：一作"嫦娥"。《淮南子》卷六《览冥训》："羿请不死之药于西王母，姮娥窃以奔月。"

【评析】

宋神宗熙宁七年，任杭州通判的苏轼因赈济灾民而身赴润州（今江苏镇江）。此词是作者假托妻子在杭思己之作，含蓄婉转地表现了夫妻之间的一往情深。

上片写夫妻别离时间之久，诉说亲人不当别而别、当归而未归。前三句为回忆去年的场景，点明离别的时间、地点和当时的天气，纷纷的大雪如同词人纷乱复杂的心情。后三句与前三句对举，同样点明时间、季节，"杨花似雪"与前文"飞雪似杨花"形成照应，手法精巧，不仅点明时光流转，季节变换，而且烘托出浓郁缠绵的相思之情，杨花盛开而征人未归，在繁盛春景的衬托下，思念之情更加浓厚。

下片写妻子孤凄寂寞的情怀，描绘其形单影只的样貌。"对酒卷帘邀明月"语出李白"举杯邀明月，对影成三人"，李家瑞《停云阁诗话》言"东坡喜其造句之工，屡用之"。苏轼的作品中确实经常出现"对酒邀月"这一写法，如"已遣乱蛙成两部，更邀明月作三人""已托西风传绝唱，且邀明月伴孤斟"。此处是想象妻子对月怀人的场景，妻子思念之情如此深厚，以至于风露浸透纱窗都浑然不觉。结句言月照画梁双燕，更衬托其孤单。

全词寓深婉于疏隽，语言清新明丽，饱含深情，令人动容。

鹊桥仙

七夕①

猴山仙子，高情云渺，不学痴牛骏女②。凤箫声断月明中③，举手谢、时人欲去。　　客槎曾犯④，银河微浪，尚带天风海雨。相逢一醉是前缘，风雨散、飘然何处。

【注释】

① 作于熙宁七年（1074）七月七日，时东坡在杭州。七夕：一作"七夕送陈令举"。陈令举，即陈舜俞，字令举，湖州乌程（今浙江湖州市

南）人，博闻强记。

　　②痴牛骏（ái）女：指牛郎织女。

　　③凤箫：泛指箫或排箫。

　　④客槎：借指来访的宾客。犯：一作"泛"。

【评析】

　　熙宁七年七月，陈令举专程到杭州送苏轼，后来二人一同过湖州到松江。此词即七夕时苏轼写赠陈令举的。

　　此词上片紧切七夕下笔，用的却是王子乔飘然仙去的故事。"缑山仙子"三句言王子乔不受世俗所拘束，不学牛郎织女身陷情网，境界高远。"凤箫"二句言王子乔气度翩翩，举手投足之间皆是仙人风范。整个上片以不恋世情的王子乔喻指陈令举，言其与世俗之人不同，别有新意。

　　下片写自己与友人的聚合与分离，言二人缘分已定，分别乃是必然。"客槎"三句切换时空，引入词人的回忆。"槎"即竹筏，"客槎"三句用张华《博物志》之典，以客槎犯银河尚带天风海雨的景象，暗喻其应制举时文采耸动朝廷的辉煌，此三句有对其才惊四座的称赞和对其才高运蹇的勉慰和同情。"相逢"二句表达了对朋友分袂、各自西东的惋惜和劝勉，二人告别后就如同风流云散，再次相见不知会是何时。含蓄蕴藉，感慨无限。

　　此首虽是七夕之作，实际却写自己与友人的情谊，在二人分别之时抒发对友人的劝勉与安慰，格调飘逸脱俗，语言清新凝练，情感真挚动人。陆游特作《跋东坡七夕词后》，高度评价本词云："昔人作七夕诗，率不免有珠栊绮梳惜别之意。惟东坡此篇，居然是星汉上语，歌之曲终，觉天风海雨逼人。学诗者当以是求之。"（《渭南文集》卷二十八）

江神子

孤山竹阁送述古^①

翠蛾羞黛怯人看^②。掩霜纨^③。泪偷弹。且尽一尊，收泪唱阳关^④。漫道帝城天样远^⑤，天易见，见君难。

画堂新构近孤山^⑥。曲阑干。为谁安。飞絮落花，春色属明年。欲棹小舟寻旧事，无处问，水连天。

【注释】

①作于熙宁七年（1074）七月，时与陈襄放舟湖上，宴于孤山竹阁而作。

②翠蛾羞黛：妇女细而长的黛眉。

③霜纨：指扇。《文选》卷二七班婕妤《怨歌行》："新裂齐纨素，鲜洁如霜雪。裁为合欢扇，团团似明月。"

④唱：一作"听"。阳关：王维《送元二使安西》："渭城朝雨浥轻尘，客舍青青柳色新。劝君更尽一杯酒，西出阳关无故人。"后歌入乐府，以为送别之曲，谓之《阳关曲》，又名《渭城曲》《阳关三叠》。

⑤帝城：此代指南都应天府（今河南商丘），陈襄将赴之地。

⑥构：一作"剃"，一作"构"。

【评析】

本词为赠别述古之作。陈襄，字述古，为杭州知州时，苏轼为通判，二人政治倾向基本相同，又是诗朋酒友，守杭期间甚为相得。熙宁七年，陈述古即将赴南都之时，苏轼作本词送别述古。

上片写送别场景。"翠蛾"三句言在场的歌女都以扇掩面，偷偷落泪，不敢与人直视，其实歌女们掩面落泪的样子亦是二人心情的写照。"且尽"二句言词人对友人的劝慰：离别后再相见就不容易了，不如饮尽杯中之酒，高唱《阳关曲》吧！"漫道"三句用晋明帝典，此次陈襄赴应天府任，在北宋时应天亦可称为"南京"，在此词人言见天容易而见君难，直抒胸臆，表达了对难以再见友人的失落和惋惜。顾从敬《类选笺释续选草堂诗余》卷下感叹："此天易见而人难见乎？"冯振《诗词杂话》亦称此处"笔意深折"，对友人离去的伤感更进一层。

下片感叹时光流逝，一曲将尽，暗示两人即将分别。"画堂"当指孤山寺内与竹阁相连接的柏堂，此句点明送别的地点。"飞絮"二句言眼下已是花飞春尽，一想到大好春色要到明年才有，离别的情绪更加浓厚，寓情于景，意味深长。结尾设想自己乘船寻觅旧日游乐之地，然而水天相接，一片空寂，此三句化用赵嘏的诗句，将视野转向茫茫水岸，暗示了离别之后，时光流转，却不再有人能与自己相知相交。

整首词将送别的不舍情形以细腻的笔触描绘得淋漓尽致，语言饱含韵味，婉转柔和，情意真挚婉转，惜别之情溢于言表。

南乡子

送述古^①

回首乱山横。不见居人只见城。谁似临平山上塔，亭亭。迎客西来送客行。　　归路晚风清。一枕初寒梦不成。今夜残灯斜照处，荧荧^②。秋雨晴时泪不晴。

【注释】

① 熙宁七年（1074）八月十三日，追送陈襄至临平（今浙江杭州东北），再赋词赠别。

② 荧荧：光亮微弱闪烁的样子。

【评析】

此亦为苏轼送别陈述古之作。

上片叙述词人送别的情形，首句"回首"一句记送行之远，把二人依依惜别的留恋之情点染出来。次句言二人已分别，友人的身影早已隐没在城池中，可见追送的距离之远，但词人依旧时时回首，词人与友人的情谊可见一斑。"谁似"三句，言词人恨不得化身为山上的高塔为友人送行。临平山上之塔，据陆游《入蜀记》卷一，当为"蔡氏葬后增筑，或迁之耳"。以客观的无知之物，衬托词人主观之情，极有情味，词人对友人的留恋进一步得以彰显。

下片描绘眼下生活的场景，初秋时节，晚风轻拂，本是惬意舒适的场景，词人却夜不能寐，只感觉寒气袭人。残灯斜照，烛光荧荧，三两笔勾勒出清冷孤寂的气氛，对友人的思念顿时涌上心头。"秋雨晴时泪不晴"，用两个"晴"字把雨和泪联系起来，言自己和友人分别后，深夜无眠，潸然泪下，不能自已，比喻贴切而新颖，强化了词人孤单落寞的情绪，读来叩人心扉，令人叹惋。

整首词情意真挚，表达了对友人的思念和牵挂。唐圭璋先生《唐宋词简释》评价道："此首，上片，送述古途中之景；下片，述归来怀念之情。文笔飘洒，情意真挚。"

江神子

乙卯正月二十日夜记梦①

十年生死两茫茫②。不思量，自难忘。千里孤坟③，无处话凄凉。纵使相逢应不识，尘满面，鬓如霜。　　夜来幽梦忽还乡。小轩窗，正梳妆。相顾无言，惟有泪千行。料得年年断肠处，明月夜，短松冈。

【注释】

① 作于熙宁八年（1075）正月二十日，悼念亡妻王弗而作，苏轼时为密州（今山东诸城）知州。江神子：一作"江城子"。乙卯：1075年，即宋神宗熙宁八年。

② 十年：指其结发妻子王弗已去世十年。茫茫：阴阳两隔，渺茫悠远，互不相知。

③ 千里：王弗葬于故乡眉山，与苏轼任所山东密州相距遥远，故称"千里"。

【评析】

《亡妻王氏墓志铭》云："先君命轼曰：'妇从汝于艰难，不可忘也。'"苏轼果然未曾忘记亡妻，妻子去世十年后，即熙宁八年乙卯正月二十日，苏轼夜梦王弗，醒后作此词，抒发了对妻子王弗深沉的悼念之情。

词的上片从时间切入，写现实中对亡妻王弗的思念。"十年生死两茫茫"，一开篇，压抑沉痛的情绪扑面而来，妻子过世后的十年里，苏轼因反对王安石的新法颇受压制，心境悲愤。到密州后，又忙于处理政务，生活困苦，对亡妻的思念由此可见。"千里"二句，言自己与妻子相隔之远，心中的感慨无人诉说，伤感之情更进一层。"纵使"句言自己这些年仕途坎坷，流离蹉跎，尘埃满面，鬓如秋霜，衰悴之容，即便是二人相逢，只怕妻子也认不出了，既感喟今日仕途的颠沛流离，亦怀恋昔年相处之温馨美好。

　　日有所思，夜有所梦。下片跨越时空，从梦境入手，回忆妻子对窗梳妆的样子。相顾无言，胜过万语千言，此二句写相逢之悲，与起句"生死两茫茫"相应。与柳永的"执手相看泪眼，竟无语凝噎"相似，但柳词是写生离，这首是写死别，更让人唏嘘感慨。结尾"料得"句设想长眠地下的妻子，也许是同样地悲恸吧！"明月""松冈"，即"千里孤坟"之所在地，与上片进一步形成呼应。整首词回忆与现实交织，先合写，再分写，最后设想亡妻的心理活动，既写生者对亡者的思念，也包含了自己人生的失意。这为后来的悼亡词建立了另一种范式，把死别的痛苦跟生者的人生失意相结合。

　　整首词时空交织，虚实相衬，缠绵哀婉，令人动容。唐圭璋先生《唐宋词简释》评曰："此首为公悼亡之作。真情郁勃，句句沉痛，而音响凄厉，诚后山所谓'有声当彻天，有泪当彻泉'也。"刘乃昌、崔海正注《江城子·十年生死两茫茫》云："用词写悼亡，是苏轼的首创。这首词用叙述、白描的手法，平易而不假雕饰的语言，将现实与梦幻交织在一起，表现出对妻子的一片深情。"（李增坡主编《苏轼在密州》）

江神子

密州出猎 [①]

老夫聊发少年狂。左牵黄，右擎苍。锦帽貂裘，千骑卷平冈。为报倾城随太守，亲射虎，看孙郎。　　酒酣胸胆尚开张。鬓微霜，又何妨！持节云中 [②]，何日遣冯唐？会挽雕弓如满月，西北望，射天狼 [③]。

【注释】

① 熙宁八年（1075）冬，苏轼任密州知州时，祭常山回，与同官习射放鹰而作。

② 云中：今内蒙古自治区托克托西北及山西北部。《元和郡县图志》卷四："云中故城，在（榆林）县东北四十里。"

③ 天狼：星官名，为不吉祥、贪残的象征。《楚辞·九歌·东君》："青云衣兮白霓裳，举长矢兮射天狼。"

【评析】

宋神宗熙宁八年，东坡任密州知州，曾因旱去常山祈雨，归途中与同官梅户曹会猎于铁沟，之后创作了这首出猎词。本词上片叙事，下片抒情，气势雄豪，酣畅淋漓，读之令人耳目一新。

上片首句"老夫聊发少年狂"，一个"狂"字奠定了全词的气势。接下来通过描绘自己出猎所携的工具、装束和盛大威武的捕猎场面，塑造了自己英勇豪爽的形象。"为报"三句点明自己豪气的由来——为了报答全城士民盛意跟随太守出行，并以少年英主孙权自比，更是显出东坡的"狂"劲和豪兴来。

下片写自己切望为国效力的决心和意志。"酒酣"句言词人酒酣之后，胸胆更豪，兴致益浓——就算双鬓已有白发又能怎样！"持节"二句以冯唐自比，言自己忠心不改，希望能在筹边御敌上为朝廷效力。结尾直抒胸臆，抒发杀敌报国的豪情：总有一天，要把弓弦拉得像满月一样，将西北边境上的敌人一扫而光。

这首词是东坡豪放词代表作之一，大量典故的使用和化用使得议论和抒情力透纸背，体现了苏轼"以诗为词"的手法创新。本词是对词文学题材扩展的一次大胆尝试，无论是狂放不羁的个人形象塑造、雄壮阔大的会猎场面描写，还是豪放慷慨的个人志向书写，都别具一格，"在偎红倚翠、浅斟低唱之风盛行的北宋词坛可谓独出心裁"（俞朝刚、周航主编《全宋词精华》）。整首词融叙事、言志、用典为一体，调动各种艺术手段形成豪放气概，多角度、多层次地从行动和心理上表现了作者宝刀未老、志在千里的英风与志气，词的境界得以拓展。

一丛花

初春病起 ①

今年春浅腊侵年。冰雪破春妍 ②。东风有信无人见 ③，露微意、柳际花边。寒夜纵长，孤衾易暖，钟鼓渐清圆。

朝来初日半含山。楼阁淡疏烟。游人便作寻芳计，小桃杏、应已争先。衰病少情，疏慵自放 ④，惟爱日高眠。

【注释】

① 刘崇德《苏词编年考》云："词题云'初春病起'，词中又有'衰病少情'句，明言作者早春曾一度患病。苏轼有《立春日，病中邀安国，仍请率禹功同来。仆虽不能饮，当请成伯主会，某当杖策倚几于其间，观诸公醉笑，以拨滞闷也》二诗，王文诰于此诗编年时提到：'《续资治通鉴长编》载熙宁八年闰四月，其下年立春适在岁除之时。'据此，上年逢闰，立春日延至腊底，故熙宁九年恰为词中所说'今年春浅腊侵年'。诗第二首云：'斋居卧病禁烟前，辜负名花已一年。此日使君不强喜，早春风物为谁妍。'其一云：'孤灯照影夜漫漫，拈得花枝不忍看。'写卧病，惜花，与词意亦相符合，用韵也一致。综合上述，此词当作于熙宁九年（1076）早春。"

② 春妍：春光妍丽。白居易《江亭玩春》："江亭乘晓阅众芳，春妍景丽草树光。"

③ 东风有信：花信风，由小寒至谷雨，共四个月八气二十四候，每候有一花的风信。也称为"二十四番花信风"。

④ 疏慵：倦怠懒散。白居易《闲夜咏怀因招周协律刘薛二秀才》："世名检束为朝士，心性疏慵是野夫。"

【评析】

此首作于初春卧病之时，词人借"初春"和病愈初起这一特殊情景和特有的心理感受，描写初春病愈后既喜悦又疏慵的心绪。

上片叙事，先言腊月漫长，春日姗姗来迟，花草树木都刚刚露出一点生机。"东风"三句，用拟人的手法，柳树和花儿仿佛都收到了由东风捎带而来的春天讯息，自然界的生机与词人自己的身体状况相契合，亦衬托出词人感到春天后的欣喜之情，王昶《明词综》卷二引《古今词话》，认为此三句"尤妥帖轻圆"。继而言立春后将渐暖，衾枕和暖，钟鼓声亦变得清脆圆润，此处词人运用通感的手法，使得触觉与听觉形成共振，进一步写出了初春乍觉的兴奋之情。沈际飞《草堂诗馀新集》卷三称"清圆说钟鼓，奇"，可谓确当。

下片先目之所及处，朝日初升，疏烟弥漫，简单数笔勾勒出一幅色调明丽、充满生机的朝日初升图。受到眼前之景的感染，词人虽还在病榻之中，却开始想象游人相继出游踏青、桃花杏花争奇斗艳的场面，兴奋之情溢于言表。最后三句又回到现实生活，点明自己的身体状态和心情，戏言自己喜欢睡觉，呼应题目。看似意外，实则是流露出真实的心理活动，反而显得更加真切细腻，质朴动人。

整首词将现实的病榻生活与想象的出游画面相结合，将初春病愈的喜悦与慵懒自得的心绪相结合，语言清新明丽，明白晓畅，充满了闲雅的情调。陈廷焯《云韶集》卷一二评本词"闲雅不趋时俗"，俞陛云《唐五代两宋词选释》称本词"春初病起，信笔书怀，当此花边柳际，裙屐争赴春游，而自放者日高犹卧，有此淡逸之怀，出以萧散之笔，遂成雅调"，实为一辙。

望江南

暮春①

春未老，风细柳斜斜。试上超然台上看②，半壕春水一城花。烟雨暗千家。　　寒食后③，酒醒却咨嗟。休对故人思故国，且将新火试新茶。诗酒趁年华。

【注释】

① 傅藻《东坡纪年录》编于熙宁八年（1075），薛瑞生《东坡词编年笺证》辨其非，认为熙宁九年（1076）春作于密州。

② 超然台：苏轼于熙宁七年（1074）在密州北城上修建的楼台，由其弟苏辙题名为"超然"。

③ 寒食：每年冬至后一百零五日，约在清明节前一两日。晋文公时为求介子推出仕而焚林，介子推抱木而死，全国哀悼，于是定是日禁火寒食。

【评析】

苏轼《超然台记》谓："园之北，因城以为台者旧矣，稍葺而新之。时相与登览，放意肆志焉。"这首小令正是修葺超然台次年后登临有感之作。

上片写登台远望中所见密州春天景色。前二句是局部细节描写，以"未老"的美人喻春天，通过描写春风拂柳的意象，点染出暮春时节温柔可爱的季节特征。"试上"二句为整体宏观描写，"暗千家"三个字生动地描绘出烟雨迷蒙的视觉效果。纵观上片，春风春柳，春水春花，春烟春雨，春意笼罩全城人家，视角由近及远，描绘了一幅生机盎然的初春图景。

下片抒情，登高望远，触景生情，寄寓了作者对故国、故人的思念之情。"寒食后"，一方面进一步点出具体的时间，另一方面寓意着可以另起"新火"，为后文抒情做铺垫。"休对"二句写词人借煮茶来作为对故地思念之情的自我排遣，既隐含着词人难以解脱的苦闷，又表达出词人为排遣心中苦闷而做的自我心理调适，寒食后、清明前，正是饮茶好时节，以饮新茶劝慰自己开启新生活，饱含了词人对生活的美好期待。"诗酒趁年华"一句，豁达的心境进一步凸显出来，方又与"超然台"之名相契合，苏轼《和潞公超然台次韵》诗云："吟成超然诗，洗我蓬之心。"超然台上视觉的高度为词人带来了境界的高度，可谓神来之笔。

俞陛云《唐五代两宋词选释》评本词云："'春水'两句，超然台之景宛然在目。下阕故人故国，触绪生悲，新火新茶，及时行乐，以此易彼，公诚达人也。"词人触景生情，又能超脱于眼前之景，安慰自己须忘却尘世间一切，而抓紧时机，借诗酒以自娱，不仅描绘了登临超然台之所见，更体现了词人内心旷达的精神世界，词人豁达乐观的形象由此也得以展现。

满江红

东武会流杯亭[①]

东武南城，新堤固、涟漪初溢[②]。隐隐遍、长林高阜[③]，卧红堆碧。枝上残花吹尽也，与君更向江头觅[④]。问向前，犹有几多春，三之一。　　官里事，何时毕。风雨外，无多日。相将泛曲水，满城争出。君不见兰亭修禊事，当时坐上皆豪逸。到如今、修竹满山阴，空陈迹。

【注释】

① 熙宁九年（1076）三月三日，流觞于南禅小亭作《满江红》。东武：今山东高密。流杯亭：《苏轼诗集》卷十四《别东武流杯》查注引《名胜志》："诸城县有柳林河，出石门山，流经县西北，入于扶淇，密人为上巳祓除之所。"

② 固：一作"畔"，一作"就"。涟漪：一作"郏湛"。

③ 隐隐遍：一作"微雨过"。高：一作"翠"。

④ 更：一作"试"。头：一作"边"。

【评析】

这首词的题目交代了作词的地点、时间，叙写的中心——"会流杯亭"。词写上巳日饮流杯亭场面，在抒写浓烈惜春的心情中寓含深沉的感慨，胡仔《苕溪渔隐丛话》后集卷二十六称本词"绝去笔墨畦径间，直造古人不到处，真可使人一唱而三叹"。

上片首三句分别点明地点、背景和季节特征。虽然洪水汹涌，但南城堤岸已加固完毕，并为后文"泛曲水，满城争出"做铺垫。接下来，描写暮春时节流杯亭周围的景象：河边的山丘微微耸立，残花堆积，在这样衰颓的场景中，词人与友人相携江边，不禁感慨时光流逝，"犹有几多春，三之一"，言春日无多，只剩下三分之一，伤感的情绪油然而生。卓人月《古今词统》卷十二云："（此三句）胜马庄父'十分春色今无几'。"整个上片主要交代了写作的时间、地点与周围的环境，语言朴实自然，为后文的抒情蓄势。

下片抒怀，词人先感叹官事繁忙，空闲之日无多。方回《瀛奎律髓》卷二十六认为，"官里事"四句与陈与义《对酒》诗"官里簿书无日了，楼头风雨见秋来"之意相同，前两句说情，后两句写景，并言此四句"奇矣"。此后再用王羲之"曲水流觞"之典，词人遥想古时在溪边饮酒时，聚众的都是豪杰高逸之人，最后回到现实，当年热闹的饮酒场景已不复存在，眼前空有满山的修竹，一片沉寂。将古人兰亭集会的热闹、繁盛与如今"修竹满山阴"的景象进行对比，俯仰之间，已为陈迹，表达了韶光易逝、物是人非的惋惜之情。苏轼《别东武流杯》云"故应人世等浮云"，所言之意大抵相似。

暮春时节，落花堆积，生动活泼的春景已不见踪影，词人的情绪也变得深沉浓郁。自然界风雨与人生风雨相呼应，含蓄地表现出词人对官场诸事的厌倦。所见之景触发心中之情，故而显得质朴真诚。整首词摹景与抒情相融，想象与现实交织，宛转自如，令人回味。陈廷焯《云韶集》卷三曰："风雅疏狂，声流弦外，措词饶有姿态，如灵和殿柳，三起三眠。"灵和殿为南朝齐武帝时所建之殿，"灵和柳"用以形容人与物之形态仪表清柔素雅。以"灵和柳"评论本词，可谓独特又精当。

水调歌头

丙辰中秋，欢饮达旦，大醉。作此篇，兼怀子由[①]

明月几时有，把酒问青天。[②]不知天上宫阙，今夕是何年。我欲乘风归去，又恐琼楼玉宇，高处不胜寒。起舞弄清影，何似在人间。　　转朱阁，低绮户[③]，照无眠。不应有恨，何事长向别时圆。人有悲欢离合，月有阴晴圆缺。此事古难全。但愿人长久，千里共婵娟。

【注释】

①据词题可知，此词为熙宁九年（1076）中秋作于密州，时苏轼于超然台宴饮达旦。

②"明月"二句：李白《把酒问月》："青天有月来几时，我今停杯一问之。"

③绮户：彩绘雕花的门户。

【评析】

此词是苏轼的代表作之一，根据小序，当时苏轼在密州（今山东诸城）做太守。熙宁九年丙辰中秋，苏轼畅怀饮酒而作此词。词自创作以来就引发了人们的关注，甚至连皇帝都有关注，如陈元靓《岁时广记》卷三十一引《复雅歌词》云："元丰七年（1084），都下传唱此词。神宗问内侍外面新行小词，内侍录此进呈。"对于此词，历朝评论家均给予了高度评价，如胡仔《苕溪渔隐丛话》后集卷三十九："中秋词自东坡《水调歌头》一出，余词尽废。"杨慎《草堂诗馀》卷三："中秋词古今绝唱。"可见其所享盛誉。整首词以天仙化人之笔，营造出皓月当空、美人千里、孤高旷远的境界氛围，抒发了自己外放无侣的孤独情怀。作者俯仰古今变迁，感慨宇宙流转，厌倦宦海风波，揭示睿智的人生理念。

"明月几时有"起句发问，豪气十足，五个字便展现出词人豪放的气魄。"把酒问青天"句化用李白《把酒问月》之句，颇有太白飘逸雄奇之风，郑文焯《手批东坡乐府》曰："发端从太白仙心脱化，顿成奇逸之笔。" 沈际飞《草堂诗馀正集》卷三亦言："谪仙再来。"此后二句，词人乘着酒兴进一步发问，由眼前的生活想象天上之人的生活，他们如今过的又是哪一年？在这样的思考中，词人更进一步，试图乘风登月探寻，奇特的想象达至巅峰。"又恐"三句急转而下，将思绪拉回眼前：不愿奔向月宫，是担心不耐高寒。刘熙载《艺概》卷四言此三句"空灵蕴藉"，诚然！词人接写对人间的留恋，在月光下与影子翩然起舞，从现实的月光到幻想的月宫中，再回到自己的影子旁，叙写了词人波澜起伏的情感，展现出词人旷达的心胸和对人世间的热爱。词的上片因月而生奇想，借月而喻清高，反映了作者在"退"与"进"、"仕"与"隐"抉择中的徘徊困惑心态。

下片因月而感人间离情。"转朱阁"三句写月亮位置的移动，暗含时间的流逝，"无眠"的不仅是词人自己，亦是词人想象弟弟子由在远方对月思念自己而无法入眠的状态。月圆而人不能团圆，"何事长向别时圆"看似是对月亮的埋怨，其实亦饱含了手足深情。此后，作者由月的圆缺想到人的离别和团聚终不可避免而自慰自解："人有悲欢离合，月有阴晴圆缺。"从人与月的对立到人与月的统一，词人意识到万事万物都不能时刻保持圆满，从常见的生活现象产生对人生哲理的感悟，意蕴深沉，耐人寻味。结句表达美好的祝愿：希望月亮常圆满，人生常团圆，借月盟心，情深意厚。全词空灵蕴藉，用情缠绵悱恻，用笔大开大阖。王国维《人间词话》云："东坡之词旷，稼轩之词豪。"这首词就比较典型地表现了苏轼的旷达性格，也更能代表苏轼的主体风格。

历代评论家对这首词的关注主要集中在两个方面：一是对本词飘逸的词风和空灵的境界表示赞叹，如张炎《词源》卷下曰："词以意趣为主，要不蹈袭前人语意。如东坡中秋《水调歌头》……清空中有意趣，无笔力者未易到。"二是将李白与苏轼二人相比较，或认为李、苏二人之作皆超出凡人，或认为苏轼词风受到了李白诗风的影响，如陈廷焯《词则·大雅集》卷二曰："纯以神行，不落骚雅窠臼，太白之诗，东坡之词，皆是异样出色。"其《云韶集》卷二曰："落笔高超，飘飘有凌云之气。谪仙而后，定以髯苏为巨擘矣。"

的确，苏词飘逸灵动之风是受到了李白的影响，但能突破当时主流的香艳缠绵之风，在一众柔靡婉约的作品中独树一帜，却是匠心独运，极富创造力。这种创新不仅是学习前人的写作风格，更与苏轼本人高洁的人格、旷达的心胸相关。王国维《人间词话》评曰："东坡《水调歌头》，则仁兴之作，格高千古，不能以常调论也。"

此格高，既是词格，亦是人格。

殢人娇

王都尉席上赠侍人①

满院桃花，尽是刘郎未见。②于中更、一枝纤软。仙家日月，笑人间春晚。浓睡起，惊飞乱红千片。　　密意难传③，羞容易变④。平白地、为伊肠断。问君终日，怎安排心眼。须信道，司空自来见惯。

【注释】

①王文诰《苏文忠公诗编注集成总案》卷一五："熙宁十年丁巳（1077），三月二日寒食，与王诜作北城之游，饮于四照亭上，作《殢人娇》词。"

②"满院"二句：刘禹锡《元和十年自朗州至京戏赠看花诸君子》："玄都观里桃千树，尽是刘郎去后栽。"

③密意：亲密的情意。传：一作"窥"。

④变：一作"见"。

【评析】

此词为苏轼赠王诜侍女之作，刻画其娇俏形态的同时，兼含对友人的戏谑。

上片借花写人。桃花纷纷盛开，春光正好，其中独出一枝纤细柔软的桃花，实则以花喻人，突出这位侍女在一众女子中的与众不同，刻画了侍女娇柔可爱的形象,语言活泼灵动,笔触细腻婉转。"浓睡起"二句,言花儿见到可爱的侍女都自觉羞愧,纷纷落下,更衬托出侍女的秋丽的外貌。整个上片虽未直接描绘侍女的外貌,但通过烘托、象征等手法,侧面展现了侍女惊艳出众的容颜,叶申芗《本事词》卷上言此法"似此体物绘情,曲尽其妙",所言精当。

下片写情,友人的爱慕之意难于向她表达,其害羞的容貌容易发生变化,不知怎么就为她断肠般愁苦起来。最后笔下流露出对友人的戏谑:面对这样的美女,该如何安顿好自己的心思和目光呢?只能自我安慰说"司空见惯"吧!

整首词描绘了一位娇俏可爱的侍女的形象,虽是闺中之词,却并无矫揉造作之态,潘游龙在《精选古今诗馀醉》卷一二中评论道:"后半一段,神姿举动,反显出唐诗高雅。"语言俏皮诙谐,生动可爱,亦饱含对友人的戏谑之意。

阳关曲

中秋作^①,本名《小秦王》,入腔即《阳关曲》

暮云收尽溢清寒。银汉无声转玉盘^②。此生此夜不长好,明月明年何处看。

【注释】

① 傅藻《东坡纪年录》:"元丰元年(1078),公在徐州,作《阳关词》。"薛瑞生《东坡词编年笺证》考证其非,编熙宁十年(1077)中秋,作于徐州。

② "银汉"句:李白《古朗月行》:"小时不识月,呼作白玉盘。"

【评析】

此词为中秋抒怀之作。胡仔在《苕溪渔隐丛话》后集卷二十三中指出："古人赋中秋诗，例皆咏月而已，少有著题者，惟王元之云'莫辞终夕看，动是隔年期'，苏子瞻云'暮云收尽溢清寒'，盖庶几焉。"词虽然题为"中秋作"，却是借赏月寓行踪萍寄之感，怀昔日手足之情，与大多数咏月之作有所差异，故而在一众中秋诗词中脱颖而出。

词的前两句描绘中秋朦胧的月色，夜幕降临，云气收尽，清冷的月光流泻下来，银河闪闪，又到了月圆之夜。后两句抒情，"此生此夜"与"明月明年"作对，字面工整，假借巧妙。"明月"之"明"与"明年"之"明"义异而字同，借来与二"此"字对仗，意思衔接，对仗天成，杨万里《诚斋诗话》称赞"四句皆好矣"。这种跨越时空的联想，前人诗中已有相似的表述，刘克庄《后村诗话》后集卷一指出："'此生此夜不长好'二句，与高适'今年人日空相忆，明年人日知何处'之句暗合。"戴叔伦《对月答袁明府》言："明年此夕游何处，纵有清光知对谁。"刘希夷《代悲白头翁》言："今年花落颜色改，明年花开复谁在。"东坡脱胎此意，句法表达却又在前人之上，自己这一生中的中秋夜不是总像今天这样美好，明年此夜又会在何处看明月呢？由一日推想至一生，实寓行踪萍寄之感，后二句遂成绝唱。

整首词情韵悠悠，韵律谐宜，语言清丽，境界高远。张志烈等注《苏轼全集校注》云："风格超旷中含沉郁，玲珑精妙，字字如珠。"吕美生在《月到中秋分外明》（《文史知识》1992年第12期）一文中评道："这首《阳关曲》非常幽微地透露了词人心灵深处的苦闷和忧患，传达了宇宙永恒、人生无常的感伤情怀。……词人的心理时空开辟了一个广阔而沉绵的审美观照的妙境，给读者的自由观照提供了一个难以穷尽的审美空间。"

满庭芳 ①

香靉雕盘 ②，寒生冰箸，画堂别是风光。主人情重，开宴出红妆。腻玉圆搓素颈 ③，藕丝嫩、新织仙裳。双歌罢 ④，虚檐转月 ⑤，余韵尚悠飏。　　人间，何处有，司空见惯，应谓寻常。坐中有狂客，恼乱愁肠。报道金钗坠也，十指露、春笋纤长。亲曾见，全胜宋玉，想像赋高唐。

【注释】

① 熙宁十年（1077）春，作于京师王诜席上。

② 靉：浓云密布的样子。马总《意林》卷一《晏子》："星之昭昭，不如日月之靉靆。"

③ 搓：一作"瑳"。柳永《昼夜乐》："层波细翦明眸，腻玉圆搓素颈。"

④ 双歌：一作"歌声"。

⑤ 虚檐：凌空的房檐。杜甫《谒先主庙》："虚檐交鸟道，枯木半龙鳞。"

【评析】

这首词写的是词人在友人宴会上与一位美丽动人的歌女相遇的经历，通过描写歌女的娇柔的形态、婉转的歌喉和现场听众的陶醉情态，刻画了一位仙女般的歌女的形象。

上片首先由宴会场景入手，香薰、餐盘、冰箸，从宴席现场的布置来看，处处显示出画堂里别样的风光，寥寥几笔烘托了雅致凉爽的宴会氛围，为歌女登场做好铺垫。"腻玉圆搓素颈，藕丝嫩、新织仙裳"，三句连用三处比喻，言歌女肤色洁白如玉，肢体如藕一样光洁，华美的裙装如同来自仙界。通过描写歌女的姿态和衣着，淋漓尽致地描绘了歌女娇柔可爱、不食人间烟火的形象。两曲唱罢，余音绕梁，时间悄然流逝，而听者恍然不觉，侧面衬托了歌女美若天仙的样貌和婉转动听的歌声，给人无限的想象。

下片写人们观看歌女唱歌后的反应，大家都被歌女所吸引，情绪纷乱，愁肠百转。此后加入了细节描写，歌女的纤纤玉手如春笋般修长，词人不禁感慨，像宋玉《高唐赋》中那样的美丽女子，如今也是亲眼见了。读罢此词，一位曼妙清丽的歌女仿佛就在面前，正如李攀龙《新刻题评名贤词话草堂诗馀》卷四所言："种种风流情绪，且以当时诸公绮语织成一篇词曲，字字句句见之，真如佳人歌舞于目中。"

整首词从正面描绘和侧面烘托两个角度展现出歌女的风采，没有矫揉造作的姿态，只有词人对歌女的赞叹与仰慕，情感上不加修饰，真诚自然，语言华丽又不失灵动，典雅别致。沈际飞《草堂诗馀正集》卷三评曰："以名公绮语织成，风华酺至。"

蝶恋花

佳人①

一颗樱桃樊素口②。不爱黄金，只爱人长久③。学画鸦儿犹未就④，眉尖已作伤春皱⑤。　扑蝶西园随伴走。花落花开，渐解相思瘦。破镜重圆人在否⑥。章台折尽青青柳。

【注释】

① 熙宁十年（1077）春，作于京师王诜席上。佳人：王诜的侍女。

② 樊素：白居易家歌妓。《本事诗·事感第二》："白尚书姬人樊素，善歌，妓人小蛮善舞，尝为诗曰：'樱桃樊素口，杨柳小蛮腰。'"

③ 爱：一作"要"。

④ 鸦儿：即却月眉，亦名"月棱眉"，以其形似鸦，故名。

⑤ 尖：一作"间"，一作"峰"。

⑥ 圆：一作"来"。

【评析】

词写少女相思。上片侧重于少女的外貌和神态描写，以白居易的歌姬樊素与少女相比，可见其样貌精致，身姿绰约。"不爱黄金"四句，写出少女天真可爱、不染世俗的心态，初写对心上人的眷恋。眉毛尚未画成，但神思之间已流露出伤感之情。上片通过神态、形象描写，辅以烘托、用典的技法，刻画了一位多愁善感的少女形象。

下片先写其生活状态，"扑蝶"四句写出少女娇憨可爱的情态，因见花开花落，随着时间的流逝，相思之情有所缓解。最后用章台柳之典，唐人韩翃在与爱妾柳氏分别之时，作《章台柳·寄柳氏》："章台柳，章台柳，颜色青青今在否？纵使长条似旧垂，也应攀折他人手。"暗寓少女与心上人永不得相见。整首词清新秀丽，将少女对心上人的思慕之态、欲自我排解而不得的心情刻画得淋漓尽致，虽弥漫着忧伤的情思，却也雅致可爱，尤其是少女不谙世事、活泼懵懂的情态，惹人怜爱。沈际飞《草堂诗馀续集》卷下评："言爱人长久合定，知坡笔幽性微传。"短短六十字，少女为情伤神的形象跃然纸上。

蝶恋花

暮春①

籔籔无风花自嚲②。寂寞园林，柳老樱桃过。落日多情还照坐③。山青一点横云破。　　路尽河回千转柁④。系缆渔村，月暗孤灯火。凭仗飞魂招楚些。我思君处君思我。

【注释】

①词题一作"暮春别李公择"。李公择，名常。此词应为元丰元年（1078）三月末李常离徐时，苏轼的送行之作。

②籔籔：纷纷坠下的样子。元稹《连昌宫词》："又有墙头千叶桃，风动落花红籔籔。"嚲（duǒ）：下垂。一作"堕"。

③多：一作"有"。

④千：一作"人"。柁：一作"拖"。

【评析】

此首为送别之作，借暮春时节的伤感气氛表达对友人的眷恋之情。

上片首三句点明时节，暮春之际，春花纷纷凋落，园林中静悄悄的，满眼凋零寂寞之景。"落日"二句运用移情的手法，连落日仿佛都看出了自己的孤独而变得多情起来，不肯落到地平线下，一个"破"字写出了夕阳穿过云层照射下来的样态，为孤寂伤感的气氛增添了一份温情。沈际飞《草堂诗馀别集》卷二评"落日"二句"敲空有响"。

下片，"路尽"句写河流弯弯曲曲，绵延的流水恰如说不尽的思念。行舟已消失在视野尽头，极写送别时凝望的神情，流露出对友人的牵挂。"系缆"二句为虚写，是作者想象友人今夜泊于冷落的渔村中，一定宵不能寐，独对孤灯，唯有暗月相伴。结句"我思君处君思我"，采用回文的写法，邵博《邵氏闻见后录》卷十九认为，东坡此处与退之《与孟东野书》"以余心之思足下，知足下悬悬于余"有异曲同工之妙。此处点明主旨，词人猜测友人离别后大概也会挂念自己，正是这份相互的牵挂思念，才显得整首词语言恳挚，情意绵长。正如陈廷焯《词则·别调集》卷一所言："语浅情长，笔致亦超迈。"

浣溪沙

徐门石潭谢雨道上作五首[①]

旋抹红妆看使君[②]，三三五五棘篱门[③]。相挨踏破茜罗裙[④]。　　老幼扶携收麦社[⑤]，乌鸢翔舞赛神村[⑥]。道逢醉叟卧黄昏。

【注释】

① 作于元丰元年（1078）初夏。

② 旋抹：临时擦拭（脂粉）。使君：汉魏称太守，此指知州。

③ 三三五五：或三人或五人各自成群。棘篱门：荆棘编成的篱笆门。

④ 相挨：互相推挤。茜罗裙：绛色的裙子。此言村女争看知州下乡，

拥挤中有人的红裙被踩住而撕破。杜牧《村行》："蓑唱牧牛儿，篱窥茜裙女。"

⑤收麦社：收麦的时节祭祀土地神。

⑥乌鸢：乌鸦和鹞子，这里指乌鸦。

【评析】

元丰元年春，徐州发生旱灾，作为地方官的苏轼曾率众到城东二十里的石潭求雨。得雨后，他又与百姓同赴石潭谢雨，路上写成组词《浣溪沙》，共五首，描绘的都是徐州农村的景象。这是第二首，展现了村民热情迎接知州到访以及当地丰收和祭祀的盛况。

词作上片描写当地的妇女争相出门、围观使君的场景。姑娘们匆匆忙忙地化了妆，三五成群地绕过篱门，围观使君的到访，人潮拥挤，有些姑娘的红裙甚至都被踩破了。"旋抹""踏破"极言大家急不可耐的兴奋心情，"三三五五"则写出围观人数之多，体现出姑娘们活泼热情的性格，也从侧面衬托出使君的平易近人。杜牧诗《村行》曰："蓑唱牧牛儿，篱窥茜裙女。"苏轼将这"篱窥茜裙女"五个字拆解为三句，将围观前的准备、出门围观的场景、路上拥挤的样子一一写尽，显得姑娘们更加生动活泼，场景也更具有画面感。

下片主要写当地村民的习俗。降雨之后，收割麦子的时节，村中的老老少少一起祭祀土地神，乌鸦闻到祭品的气味，就在半空中盘旋，伺机偷食祭品。吃罢酒席已是黄昏，词人看到醉酒的老叟卧于路旁酣眠，已然是酒足饭饱。词人不直接描写庆祝现场的欢乐热闹，却以席罢老叟醉眠作结；不直接描写酒食的丰盛美味，却以乌鸢翔舞的场景烘托，为读者留下丰富的想象空间，也使得整首词更加婉曲别致。从成群结队的姑娘、参加祭祀的老老少少的村民，到最后独卧路旁的老叟，人数的变化反映出祭祀活动由发展到高潮、最后渐趋尾声的过程，也生动地刻画出徐州当地淳朴勤劳的民风。

苏轼于熙宁十年（1077）到徐州任，当年治理洪水，次年又遇春旱，他带领徐州当地百姓建堤抗洪，祈雨抗旱，劝课农桑，与当地的百姓结下了深厚的情谊，本词即是苏轼以民为本的写照。词作语言清新明快，用笔细腻婉转，流露出丰收的欢欣与自豪。

浣溪沙①

簌簌衣巾落枣花。村南村北响缲车②。牛衣古柳卖黄瓜③。　　酒困路长惟欲睡，日高人渴漫思茶④。敲门试问野人家⑤。

【注释】

①傅藻《东坡纪年录》："元丰元年戊午，公在徐州。三月……春旱，置虎头石潭中，作《起伏龙行》。谢雨道中，作《浣溪沙》。"该词是苏轼四十三岁在徐州任太守时所作。

②缲车：缲丝车。王建《田家行》："五月虽热麦风清，檐头索索缲车鸣。"

③牛衣：蓑衣。一作"牛依"，一作"半依"。

④漫：一作"谩"。皮日休《闲夜酒醒》："酒渴漫思茶，山童呼不起。"

⑤野人：居处村野的平民。《左传·僖公二十三年》："晋公子重耳之及于难也……出于五鹿，乞食于野人，野人与之块。"

【评析】

　　这首词是组词中的第四首，描述了词人在乡间的见闻和感受，一句一景，景随步移。胡寅《题酒边词》赞曰："一洗绮罗香泽之态，摆脱绸缪宛转之度。"

　　"簌簌衣巾落枣花"，按照文意本来应该是"枣花簌簌落衣巾"，根据格律，词人对语序进行了调整。花儿飘落，点明写作的时间。"村南村北响缲车"，看似写纺织的声音，实际是写词人步入了村民居住的地方，暗示了下文所见的地点。胡仔《苕溪渔隐丛话》前集卷五十六引《高斋诗话》，认为此句与参寥"隔林仿佛闻机杼，知有人家在翠微"、秦少游"菰蒲深处疑无地，忽有人家笑语声"之语"大同小异，皆奇句也"。"牛衣古柳卖黄瓜"，此乃乡村道旁常见的场景，刻画了乡村人民质朴的生活状态，王士禛《花草蒙拾》高度赞扬此句，言"非坡仙无此胸次"。上片第一句写所见，二三句写所闻，有景有人，有声有色，寥寥数笔就点染出了一幅初夏时节农村的风俗画。沈际飞《草堂诗馀续集》卷上评曰："村落图。"

　　上片写村民的活动，下片则转入作者自身的活动。路途遥远，太阳高照，词人忍不住想喝一杯茶，便试图亲自去敲百姓家的门。这几句看似漫不经心，随手写成，却是初夏时节词人步行于乡间的真实感受。整首词描绘的都是词人自己在乡间的所见所闻，语言清新朴实，意趣盎然，生动真切，栩栩传神。这也是词人精心描绘的一幅典型的乡村生活图景，表现出淳厚的乡村风味，使一首记游类的小词获得了艺术的生命力。

永遇乐

公旧注云：夜宿燕子楼，梦盼盼，因作此词。一云：徐州梦觉北登燕子楼作①

明月如霜②，好风如水，清景无限。曲港跳鱼，圆荷泻露，寂寞无人见。纨如三鼓③，铿然一叶④，黯黯梦云惊断⑤。夜茫茫，重寻无处，觉来小园行遍。　　天涯倦客，山中归路，望断故园心眼。燕子楼空，佳人何在，空锁楼中燕。古今如梦，何曾梦觉，但有旧欢新怨。异时对，黄楼夜景，为余浩叹。

【注释】

①王文诰《苏文忠公诗编注集成总案》卷一七："元丰元年（1078）八月十一日黄楼成，十月十五日'观月黄楼，席上次韵。梦登燕子楼。望日往寻其地，作《永遇乐》词'。"

②"明月"句：李频《八月十五夜对月》："坐无云雨至，看与雪霜同。"

③纨（dǎn）如：击鼓声。《晋书》卷九十《邓攸传》："郡常有送迎钱数百万，攸去郡，不受一钱。百姓数千人留牵攸船，不得进，攸乃小停，夜中发去。吴人歌之曰：'纨如打五鼓，鸡鸣天欲曙。邓侯拖不留，谢令推不去。'"

④铿然：形容秋叶坠地之声。韩愈《秋怀诗十一首》其九："霜风侵梧桐，众叶著树干。空阶一片下，琤若摧琅玕。"

⑤黯黯：暗淡的样子。梦云：宋玉《高唐赋》谓楚王游高唐之观，梦见巫山神女，神女自称"旦为朝云，暮为行雨"。此处借指梦见盼盼。

【评析】

本首词是东坡夜宿燕子楼时有感而作,上片述梦,下片写感。

开篇连用两个比喻,月光澄净,清风泠泠,空明寂静,风景幽绝。以鱼跳露泻反衬夜晚寂静无声,仿佛仙境。接下来视角转换,写池塘的鱼儿和荷叶,动静错落,层次分明,不染纤尘,仿若仙境,正如唐圭璋先生《唐宋词简释》所言:"以坡公之心境澄澈,故能体物微妙如此。"忽然笔锋一转,词人从梦中惊醒,原来之前的场景都是梦中所见,词人怅然若失,只得独身来到小园自遣,暗夜茫茫,梦中之景不可追寻,现实与梦境形成鲜明的对比,词人对梦境之留恋可见一斑。

下片,因昨夜之梦,遂感叹人生无常,古今皆如梦。"天涯"三句,自叹为客已久,颇有思归之意。"燕子楼空,佳人何在,空锁楼中燕"三句,突出写作地点,呼应题下旧注,用燕子楼及张建封与关盼盼之典,兴登楼之感:佳偶自古难相守,人去楼空,亦如一梦。晁无咎评此句"只三句,便说尽张建封事";沈祥龙《论词随笔》言此句"辞简而余意悠然不尽也";李佳《左庵词话》卷下曰:"词中用事最难,要体认著题,融化不涩。《永遇乐》云……用张建封事……皆用事不为事所使,自不落呆相。"而据曾慥《高斋词话》,少游自会稽入都见东坡之时,二人交流近日作品,东坡亦视此句为得意之作。郑文焯《手批东坡乐府》云:"公以'燕子楼空'三句语秦淮海,殆以示咏古之超宕,贵神情,不贵迹象也。"可见此三句已得到了人们的普遍认可。结尾处由燕子楼联想至黄楼,抒发了"后之视今亦犹今之视昔"的感慨。词人将景、情、理熔于一炉,围绕燕子楼情事而层层生发。景为燕子楼之景,情则是燕子楼惊梦后的缠绵情思,理则是由燕子楼关盼盼情事所生发的"人生如梦如幻"的关于人生哲理的永恒追问。

整首词由燕子楼的夜景入手，怀古伤今，在有限的时空内展现了自己的精神世界，哲思深沉，韵味无穷。胡仔《苕溪渔隐丛话》后集卷二十六视此词为"杰出"之作，"绝去笔墨畦径间，直造古人不到处，真可使人一唱而三叹"。刘体仁《七颂堂词绎》言"词有与古诗同妙者"，并以本词为例，称本词是"平生少年之篇"。邓廷桢《双砚斋词话》更是赞叹本词"能簸之揉之，高华沉痛，遂为石帚导师"。彭玉平《唐宋词名家导读》评论道："全词融情入景，情理交融，境界清幽，风格在和婉中不失清旷，用典体认著题，融化不涩，幽逸之怀与清幽之境相得益彰，充分显示出苏轼造意行文的卓越不凡。"可见后人对本词评价之高。

江神子

恨别①

天涯流落思无穷。既相逢。却匆匆。携手佳人，和泪折残红②。为问东风余几许，春纵在，与谁同。　　隋堤三月水溶溶。背归鸿③。去吴中④。回首彭城，清泗与淮通。寄我相思千点泪，流不到，楚江东。

【注释】

①王文诰《苏文忠公诗编注集成总案》卷一八："己未（元丰二年，1079）三月，告下，以祠部员外郎、直史馆知湖州军州事，留别田叔通、寇元弼、石坦夫，作《江神子》词。"时苏轼自徐州移知湖州，为留别

之作。

②"和泪"句：王建《宫词一百首》："树头树底觅残红，一片西飞一片东。"

③背归鸿：鸿雁春天北归，作者由徐州南移湖州，故曰背归鸿。背，朝向相反的方向。

④吴中：湖州。

【评析】

黄苏《蓼园词选》曰："彭城即徐州，泗水、汴水皆在焉。其形胜东接齐鲁，北属赵魏，南通江淮，西控梁楚。意此时东坡于彭城遇旧好、又别之而赴淮扬，临别赠言也。"本词为词人离开徐州、准备赶赴扬州时的赠别之作，情思真挚，感人至深。

上片首句"天涯流落"有感叹自己身世之意；"思无穷"即奠定了整首词的情感基调，纵有片刻相逢，又免不了离别，伤感之情更进一层；此后更写送别之伤感，折残红，泣别离，纵使东风依旧，春景还在，又有谁能与我共赏呢？风景正好，而人却不能相聚。整首词的上片，情感层层递进，离别的伤感逐步酝酿。

上片写分别时的情景，下片则转到写离去后的途中情景。词人想象自己乘船离开回望彭城之态，春水初涨，鸿雁北还，而自己却要南下离开彭城，再言离别之伤感。纵泗水流与淮通，而泪亦寄不到，为可伤也。楚江东，谓扬州，古称"吴头楚尾"，故曰吴中，又曰楚江东。结尾三句将无形的相思和牵挂化为有形的泪水与河流，情绪更加具象化，正如杨慎《草堂诗馀》所言："结句从李后主'恰似一江春水向东流'转出，更进一步。"

整首词将积郁的愁思注入即事即地的景物之中，抒发了作者对徐州和友人的无限留恋之情，并在离愁别绪中融入了深沉的身世之感。感情沉痛、怅惘，读之令人神伤，可谓送别佳作。故李廷机《新刻注释草堂诗馀评林》评曰："伤别之意，至矣，尽矣。"陈廷焯《云韶集》卷二曰："语极沉着，一往情深。"

临江仙

龙丘子自洛之蜀，载二侍女，戎装骏马。至溪山佳处，辄留，见者以为异人。后十年，筑室黄冈之北，号静安居士。作此记之[①]

细马远驮双侍女[②]，青巾玉带红靴。溪山好处便为家[③]。谁知巴峡路，却见洛城花[④]。　　面旋落英飞玉蕊[⑤]，人间春日初斜。十年不见紫云车。龙丘新洞府，铅鼎养丹砂。

【注释】

①龙丘子：清《一统志》卷三四一《黄州府·山川》："龙丘在黄冈县北一百二十里，宋陈慥居此，以地为号。"王文诰《苏文忠公诗编注集成总案》卷二十："元丰三年庚申（1080），正月一日公挈迈出京（赴黄州）……二十五日将赴歧亭，山上有白马青盖疾驰来迎者，则歧下故人陈慥季常也。相从至其家……为留五日，作'昨日云阴重，东风融雪汁'诗，并赠《临江仙》词。"

②细马：良马。李白《对酒》："蒲萄酒，金叵罗，吴姬十五细马驮。"

③"溪山"句：胡仔《苕溪渔隐丛话》前集卷五十七引可士《送僧》："是山皆有寺，何处不为家。"

④"却见"句：欧阳修《洛阳牡丹记·花品序》："（牡丹花）出洛阳者，为天下第一。"

⑤面旋：曾巩《雪亳州》："繁英飞面旋，艳舞起翩跹。"

【评析】

本词写在即将到达黄州时，流露出与友人陈慥阔别多年、突然相见的兴奋之情，赞美其不恋世事、安然隐居的生活态度。小序中的"龙丘子"即陈慥，"龙丘"为地名，在今天湖北黄冈附近，陈慥隐居于此，并以此地地名自称，虽被视为异人，自己却生活得悠然自得。这种生活态度在下片词人的叙述中亦可见一斑。

上片首二句写出了陈慥带着两位侍女行路的样态。李调元《雨村词话》认为"驮"字出于毛文锡《西溪子》："娇妓舞衫香暖。不觉到斜晖，马驮归。"李白《对酒》亦云："蒲萄酒，金叵罗，吴姬十五细马驮。"可见古时以马载侍女似乎是文人笔下的一种独特风景。次写二侍女的独特服饰，即用青巾拢发，玉带束腰，脚穿红靴，展现出侍女精神焕发的样貌。接着介绍陈慥隐居山林的生活状态，"溪山好处便为家"，表现出陈慥随遇而安的旷达胸怀。又因陈曾定居洛阳，又自洛至蜀时携二侍女，故此以洛花喻之。

下片叙事，写自己与友人十年未见，友人已过着仙人一般的生活。"面旋"句用典，以玉蕊花仙比喻陈季常的侍女，极写其仙女般的美貌。"十年"句用《博物志》之典，"紫云车"本是王母所乘之车，词人借此形容友人生活与世隔绝，不闻车马，突出友人修仙生活的安逸闲适。结尾则用《抱朴子》典写出了友人悠然炼丹的生活，陈季常虔诚的道教徒的形象便凸显出来。

整首词主要描写友人的日常闲适生活，其中多处使用典故，戏谑之余，字里行间亦有仙气流露。郑文焯《手批东坡乐府》即云："词句亦飘飘欲仙。"

卜算子

黄鲁直跋云：东坡道人在黄州时作，语意高妙，似非吃烟火食人语。非胸中有万卷书，笔下无一点尘俗气，孰能至是[①]

缺月挂疏桐，漏断人初静[②]。时见幽人独往来[③]，缥缈孤鸿影。　　惊起却回头，有恨无人省。拣尽寒枝不肯栖[④]，枫落吴江冷[⑤]。

【注释】

① 本词又题作"黄州定惠院寓居作"。王文诰《苏文忠公诗编注集成总案》卷二一云本词作于元丰四年（1081）与元丰五年（1082）两年之内。定惠院：北宋古刹名，一作"定慧院"，今址在湖北黄冈黄州青砖湖社区内，紧靠黄州古宋城东门遗址旁。

② 漏断：漏声已断，指夜深。许慎《说文》："漏，以铜受水，刻节，昼夜百刻。"

③ 时：一作"谁"。幽人：幽隐山林的人。《易·履卦》："履道坦坦，幽人贞吉。"孔颖达疏："既无险难，故在幽隐之人，守正得吉。"

④ "拣尽"句：李元操《鸣雁行》："夕宿寒枝上，朝飞空井傍。"

⑤ "枫落"句：铜阳居士《复雅歌词》作"寂寞吴江冷"，俞文豹《吹剑录》作"寂寞沙洲冷"。陈鹄《耆旧续闻》卷二引顾禧《补注东坡长短句》云："余顷于郑公实处见东坡亲迹，书《卜算子》断句云'寂寞沙洲冷'，今本作'枫落吴江冷'，词意全不相属。"

【评析】

苏轼被贬至黄州后，诗词的风格均发生了较大的变化，王十朋

《游东坡十一绝》其六即云："诗因迁谪更瑰奇。"仕途及生活环境的变化使得苏轼黄州时期的作品充满了强烈的生命体验和深厚的情感寄托，本词即为苏轼贬谪黄州时期的代表词作之一。词人寓居定惠院时，借月夜孤鸿这一形象托物寓怀，表达了孤高自许、蔑视流俗的心境。

上片写静夜之境。缺月、疏桐、漏壶，简单的意象排列，渲染出一种孤高清冷的境界，接着以幽人形容孤鸿，将鸿雁赋予人的行为和情感，又以孤鸿喻自己，仿佛词人与孤鸿之间产生了某种情感的共鸣，孤独的形象更加具体可感。下片写孤鸿受惊而飞，环顾四周，却发现无人注意到它，凄凉落寞的情绪再次涌上心头，最后通过写孤鸿连凄冷的树枝都不肯落宿，暗含"良禽择木而栖"的追求，侧面衬托词人贬谪黄州时期的孤寂处境和高洁自许、不愿随波逐流的心境，耐人寻味。

本词具有两个显著的特征。一是词人运用象征的手法，具有隐喻的指向性，对此鲖阳居士《复雅歌词》的解释较为全面："'缺月'，刺明微也。'漏断'，暗时也。'幽人'，不得志也。'独往来'，无助也。'惊鸿'，贤人不安也。'回头'，爱君不忘也。'无人省'，君不察也。'拣尽寒枝不肯栖'，不偷安于高位也。'寂寞吴江冷'，非所安也。此词与《考槃》诗极相似。"张惠言亦赞成此说，在编撰《词选》时直接援引此段。俞文豹《吹剑录》则联想到"杜工部流离兵革中，更尝患苦，诗益凄怆，《月夜忆舍弟》《孤雁》诗，其思深，其情苦，读之使人忧思感伤"，并以本词类比，逐句分析了文本与词人所处现实环境的内在关联："'缺月挂疏桐'，明小不见察也；'漏断人初静'，群谤稍息也；'时见幽人独往来'，进退无处也；'缥缈孤鸿影'，悄然孤立也；'惊起却回头'，犹恐谗慝也；'有恨无人省'，谁其知我也；'拣尽寒枝不肯栖'，不苟依附也；'寂窦沙洲冷',宁甘冷淡也。"这种解读将文本进行了细致的拆解，但有时会稍显牵强。

二是语言清丽脱俗，不染俗气。黄庭坚《豫章黄先生文集》卷二十六《跋东坡乐府》评曰："东坡道人在黄州时作，语意高妙，似非吃烟火食人语。非胸中有万卷书，笔下无一点尘俗气，孰能至是。"后人对黄庭坚的评价大致认同，如王之望《汉滨集》卷十五《跋鲁直书东坡卜算子词》评曰："东坡此词出《高唐》《洛神》《登徒》诸赋之右，以出三界人，游戏三界中，故其笔力蕴藉，超脱如此。山谷屡书之，且谓非食烟火人语，可谓妙于立言矣。"王士禛《花草蒙拾》曰："坡孤鸿词，山谷以为不吃烟火食人语，良然。"陈廷焯《词则·大雅集》卷二："寓意高远，运笔空灵，措语忠厚，是坡仙独至处，美成、白石亦不能到也。"黄苏《蓼园词评》云："此词乃东坡自写在黄州之寂寞耳。初从人说起，言如孤鸿之冷落。第二阕专就鸿说，语语双关。格奇而语隽，斯为超诣神品。"唐圭璋先生《唐宋词简释》亦曰："上片写鸿见人，下片写人见鸿……说鸿即以说人，语语双关，高妙已极。"

这首《卜算子》寓含政治寄托，语言清新空灵，情感真诚动人，确为东坡佳作。

菩萨蛮

回文夏闺怨①

柳庭风静人眠昼。昼眠人静风庭柳。香汗薄衫凉。凉衫薄汗香。　　手红冰碗藕。藕碗冰红手。郎笑藕丝长②。

长丝藕笑郎。

【注释】

①沈松勤《苏轼词编年补证》云该词当作于绍圣元年（1094）十月至岭南以后、朝云逝世之前。一说作于元丰三年（1080）。至于苏轼此种"文字游戏"，盖在贬居中因闲闷无聊而作也。

②"郎笑"句：孟郊《去妇》："妾心藕中丝，虽断犹牵连。"

【评析】

邹祗谟《远志斋词衷》曰："词有檃括体，有回文体。回文之就句回者，自东坡、晦庵始也。"回文亦有两种，冯金伯《词苑萃编》卷一引王西樵语："《菩萨蛮》回文有二体，有首尾回环者，如邱琼山《秋思》、汤临川《织锦》是也。有逐句转换者，如苏子瞻《闺思》、王元美《别思》是也。然逐句难于通首。"回文诗是利用汉语文字组合上的特点而形成的特殊诗体，顺读、倒读、反复回旋读皆可以成诗。这里的回文词则是以每一上句之倒读为下句。意象鲜明，措语精丽，境界完整，难中见巧。

苏轼这首回文词是"四时闺怨"中的"夏闺怨"。上片写昼眠情景，下片写醒后怨思。用意虽不甚深，词语自清美可诵。"柳庭"句主要突出"人昼眠"，"昼眠"句则写出午后风息人静的氛围，二句静中见动，动中有静，颇见巧思。三、四句，细写昼眠的少女，夏季天气炎热，香汗打湿了少女薄薄的衣衫，给人无限遐想，"汗""凉"相对，更想见清爽可爱。"手红"二句写女子睡醒后与情郎的活动场景，一写女孩手臂光滑洁白的样态，二写冰藕使得她的手更显红润细腻。"郎笑"二句点明主旨，二人相互嬉笑，气氛活泼欢快，以"藕"谐"偶"，以"丝"谐"思"，藕节同心，象征情人永好。

整首词清新别致，寄寓了闺中女子的无限柔情。谢章铤《赌棋山庄词话》卷一一曰："词之回文体，有一句者，有通阕者，有一调回作两调者，虽极巧思，终鲜美制。"由于用字限制，回文词的创作难度较大，逐句回文者更是鲜有佳作。本词语言清新流畅，自然浑成，可以算是回文词的典范。

蝶恋花

春景^①

花褪残红青杏小^②。燕子飞时，绿水人家绕^③。枝上柳绵吹又少。天涯何处无芳草^④。　　墙里秋千墙外道。墙外行人，墙里佳人笑。笑渐不闻声渐悄，多情却被无情恼^⑤。

【注释】

①薛瑞生《东坡词编年笺证》据《冷斋夜话》所载王朝云在惠州贬所曾唱此词及苏轼惠州时期的诗文里惯用此词中出现的"天涯"一词而系于绍圣二年（1095）春，作于惠州。一说作于元丰三年（1080）。

②小：一作"子"。白居易《微之宅残牡丹》："残红零落无人赏。"

③飞：一作"来"。绕：一作"晓"。

④"天涯"句：《离骚》："何所独无芳草兮，尔何怀乎故宇。"

⑤却被：反被。

【评析】

此词咏春景春情。上片以旷达之语写暮春景色，抒发了对春光已去的惋惜之情。首句言残红褪尽，青杏初生，一盛一衰，寓含自然的变化，此为静景。次二句以动景重新振起，燕子盘旋飞舞，绿水环绕人家，好一派生机盎然气象！一个"绕"字写出了流水蜿蜒曲折的形态，富有动态的美感，将春水流动、万物复苏萌动的场景展现出来。另有版本作"晓"字，对此魏庆之《诗人玉屑》卷二十一引《词话》云："'绕'与'晓'自霄壤也。"俞彦《爱园词话》亦云："古人好词，即一字未易弹，亦未易改。……愚谓'绕'字虽平，然是实境；'晓'字无皈着，试通咏全章便见。"歇拍二句情绪亦是一低一高，"枝上柳绵吹又少"句可见其伤春之感、惜春之情，"天涯"句则复又宽慰自己，在波动的情绪中又得到了稍许缓解，旷达的心胸由此可见，诚如俞陛云《唐五代两宋词选释》所言："絮飞花落，每易伤春，此独作旷达语。"通观词的上片，词人抓取了诸多春日的意象，在衰败与生机之间反复跳转，自己伤感的情绪也在场景的转换中不断得到释怀。

下片由景及人，墙里的佳人荡着秋千而笑语盈盈，引起墙外的行人驻足细听，浮想联翩。可那动人的笑声却渐隐渐没，徒留下多情烦恼人。魏庆之《诗人玉屑》卷二十一引《词话》："'多情却被无情恼'，盖行人多情，佳人无情耳。""佳人"即代表上片作者所追求的"芳草"，"行人"则是词人的化身。词人通过这样一组意象的刻画，看似表达的是寻而不得的落寞，实际是反映了"行人"（作者自己）在贬谪途中失意的心情。诚如李佳《左庵词话》卷下所言："此（指词之下片）亦寓言，无端致谤之喻。"而这种失意和落寞又与上片的伤春之情联系起来，使得整首词情感更加立体丰富，如黄苏《蓼园词选》言："'柳绵'自是佳句，而次阕尤为奇情四溢也。"

除惜春、伤春之情外，也有学者对此进行了另一番解读。张志

330

烈先生《苏词二首系年略考》认为此词是苏轼罢定州任谪知英州启程南下时的寄托之作，是他绍圣元年（1094）闰四月离定南行路途触景而发。词的上片写残春景象寓托着对朝局变换、元祐人士遭遇的感叹，"柳绵吹又少"寓元祐诸人络绎遭贬、被驱逐殆尽的事实，"天涯何处无芳草"感叹诸同仁普遍被谪外地。下片写墙外行人和墙里佳人的"多情"和"无情"、"笑"和"恼"的对比，正是他多年来对宋王朝一片忠心却遭贬谪的最恰当写照。

水龙吟

次韵章质夫杨花词 [①]

　　似花还似非花 [②]，也无人惜从教坠 [③]。抛家傍路，思量却是，无情有思。[④] 萦损柔肠 [⑤]，困酣娇眼 [⑥]，欲开还闭。梦随风万里，寻郎去处，又还被、莺呼起 [⑦]。　　不恨此花飞尽，恨西园、落红难缀 [⑧]。晓来雨过，遗踪何在，一池萍碎。春色三分，二分尘土，一分流水。[⑨] 细看来，不是杨花点点，是离人泪。

【注释】

　　① 据孔凡礼《苏轼年谱》，此词作于神宗元丰四年（1081），时作者因"乌台诗案"被贬黄州。

　　②"似花"句：白居易《花非花》："花非花，雾非雾。夜半来，天明去。来如春梦不多时，去似朝云无觅处。"

　　③"也无"句：言杨花无人爱惜，任其飘来坠去。

④"抛家"三句：反用韩愈《晚春》"杨花榆荚无才思，惟解漫天作雪飞"诗意，谓杨花并非无情无意地抛家傍路、漫天飞舞，而是有其愁思。思（sì）：情思。

⑤萦损：愁思萦回侵扰。柔肠：比喻柳枝。白居易《杨柳枝》："人言柳叶似愁眉，更有愁肠似柳丝。"

⑥娇眼：比喻柳叶。

⑦"又还"句：金昌绪《春怨》："打起黄莺儿，莫教枝上啼。啼时惊妾梦，不得到辽西。"

⑧西园：园林名。汉上林苑的别名。缀：连缀。

⑨"春色"三句：李调元《雨村词话》卷一："宋初叶清臣，字道卿，有《贺圣朝》词云：'三分春色三分愁，更一分风雨。'东坡《水龙吟》演为长（短）句云：'春色三分，二分尘土，一分流水。'神意更远。"

【评析】

这首《水龙吟》是苏轼次韵友人章质夫所作，亦是苏轼的代表词作之一。

首二句既是词人对杨花物性的精确把握，也未尝没有自我反省、自我怜惜之情感在。"似花还似非花"，花，自然是美好的事物，可杨花似花却又不是花。苏轼在遭受打击后，不免对自我产生怀疑。想当年仁宗皇帝策试贤良时，是将我们兄弟俩当作日后宰相之才录取的啊！如今却被贬荒隅，我苏轼到底是人才还是愚鲁之辈呢？这是苏轼的自我反省，亦是整首词的关捩，对此，刘熙载《艺概》卷四评曰："'似花还似非花'，此句可作全词评语，盖不离不即也。""也无人惜从教坠"，杨花开放枝头时，无可赏玩；迎风飘坠时，又无人怜惜。苏轼在此表面是惜花，实为自惜。"抛家"三句，描写杨花飘坠之态，叹其零落无归，感其貌似无情实则愁思满怀，这又是在写自己被贬黄州后的生活实况，寓意深刻。"萦损"以下三句写杨花曾经依托之柳枝、柳叶，盖暗示朝廷对己之态度。"梦随风"三句写杨花随风逐梦，未曾想被莺声惊扰，是写自己虽仍心系朝廷，却被群小诽谤。

　　上片写杨花飘坠，下片接写杨花零落之后的遭遇。"不恨"两句写杨花飘尽，春事已毕，也是在说忠臣被逐，朝中充斥群小，忧国之情，何等殷殷！"晓来"以下六句写杨花零落成泥，也暗示自己的不幸遭遇。先著、程洪《词洁》卷五："'晓来'以下，真是化工神品。"结句绘其形而入其神，其伤感怨悱之情，离索迁谪之感，溢于笔端。郑文焯《大鹤山人词话》以"画龙点睛"作评，亦为确当。整首词运用象征的手法，将自己的身世与飘落的杨花融为一体，读来令人叹惋。《苏轼文集》卷五十五《与章质夫三首》其一（黄州作）云："某启。承喻慎静以处忧患。非心爱我之深，何以及此，谨置之座右也。《柳花》词妙绝，使来者何以措词。本不敢继作，又思公正柳花飞时出巡按，坐想四子，闭门愁断，故写其意，次韵一首寄去，亦告不以示人也。"既处忧患而填此词，复告友人"不以示人"，故以寄托之意解读此词，盖不远矣。

　　这首词亦得到了许多文人的称赞，一方面源于其情感真挚悲凉，令人感同身受，如陈廷焯《词则·大雅集》卷二曰："身世流离之感，而出以温婉语，令读者喜悦悲歌不能自已。"沈谦《填词杂说》云："东坡'似花还似非花'一篇，幽怨缠绵，直是言情，非复赋物。"另一方面则源于本词精巧的构思和独特的笔法，曾季狸《艇斋诗话》认为本词多处化用前人典故，了无痕迹："东坡《和章质夫杨花词》云：'思量却是，无情有思。'用老杜'落絮游丝亦有情'也。'梦随风万里，寻郎去处，又还被、莺呼起'，即唐人诗云：'打起黄莺儿，莫教枝上啼。几回惊妾梦，不得到辽西。''细看来，不是杨花点点，是离人泪'，即唐人诗云：'时人有酒送张八，惟我无酒送张八。君看陌上梅花红，尽是离人眼中血。'皆夺胎换骨手。"张炎《词源》卷下《杂论》指出："词中句法，要平妥精粹。……只要拍搭衬副得去，于好发挥笔力处，极要用工，不可轻易放过，读之使人击节可也。"并以苏轼此词为例，认为词："平易中有句法。……机锋相摩，起句便合让东坡出一头地，后片愈出愈奇，真是压倒今古。"黄苏《蓼园词选》云："二阕用议论，情景交融，笔墨入化，有神无迹矣。"此三者均从句法方面对本词给予了高度的肯定。另外，此词格律精细，而后更是被王国维《人间词话》誉为咏物词中"最工"之作，在苏轼词中属意、艺兼长的佳作，可见地位之高。

　　此词为次韵之作，故一些文人也将章质夫的原作与本词进行比较，多数人认为苏词高于章词，如朱弁《曲洧旧闻》卷五言："章楶质夫，作《水龙吟》咏杨花，其命意用事，清丽可喜。东坡和之，若豪放不入律吕，徐而视之，声韵谐婉，便觉质夫词有绣织工夫。"杨慎《草堂诗馀》正集卷五评曰："坡公词潇洒出尘，胜质夫千倍。"晁冲之以为："东坡如毛嫱、西施，净洗却面，与天下妇人斗好，质夫岂可比？"针对这一评论，魏庆之在《诗人玉屑》卷二十一却有所质疑："章质夫咏杨花词，东坡和之，晁叔用以为：'东坡如毛嫱、西施，净洗却面，与天下妇人斗好，质夫岂可比？'是则然矣。余以为质夫词中，所谓'傍珠帘散漫，垂垂欲下，依前被、风扶起'，亦可谓曲尽杨花妙处。东坡所和虽高，恐未能及。诗人议论不公如此耳。"许昂霄《词综偶评》则云"（本词）与原作均是绝唱，不容妄为轩轾"。整体来看，章楶的词作风格活泼可爱，清丽和婉，而东坡词则情感深邃，寄托遥深，二者皆为佳作，无须强分优劣。

南乡子

重九涵辉楼呈徐君猷 ①

霜降水痕收。浅碧鳞鳞露远洲。酒力渐消风力软，飕飕 ②。破帽多情却恋头 ③。　　佳节若为酬 ④。但把清尊断送秋。万事到头都是梦，休休。明日黄花蝶也愁。

【注释】

① 本词编年约有三说：一、傅藻《东坡纪年录》云："（元丰五年，1082）重九，涵辉楼作《南乡子》呈君猷。"二、王文诰《苏文忠公诗编注集成总案》卷二十则云："（元丰三年，1080）九月九日，与徐大受饮涵辉楼，作《南乡子》词。"三、吴雪涛《苏词五首杂考》、孔凡礼《苏轼年谱》等均考证作于元丰四年（1081）九月九日，而非元丰三年或元丰五年的重九。涵辉楼：一名"栖霞楼"，黄州的一处登临胜境。徐君猷：时任黄州太守。

② 飕飕：《初学记》卷一引应劭《风俗通义》："微风曰飕，小风曰飕。"

③ "破帽"句：陈鹄《耆旧续闻》卷二引《三山老人语录》："从来九日用落帽事，东坡独云：'破帽多情却恋头'，尤为奇特，不知东坡用杜子美诗：'羞将短发还吹帽，笑倩旁人为正冠。'"

④ "佳节"句：杜牧《九日齐安登高》："但将酩酊酬佳节，不用登临恨落晖。"

【评析】

本词为重阳节登高抒怀之作，作于苏轼谪居黄州之时。

词的上片描绘景物、点染节令，首句"霜降水痕收"既点明时节，又突出了当下的季节特征，接下来继续写词人登高远眺所见之景，词人"戴罪"羁旅他乡，在飕飕的秋风里，凄凉的心境与缭绕心头的思念之情纷至沓来。"破帽"句用孟嘉落帽之典，东坡化用其典，展现出诗人身处困境时的自适从容，贴切自然，别有趣味，诚如李佳《左庵词话》卷下《用事最难》所言："词中用事最难，要体认著题，融化不涩。如东坡《定风波》'破帽多情却恋头'用龙山落帽事……皆用事不为事所使，自不落呆相。"黄苏《蓼园词选》亦评曰："'破帽恋头'，语奇而稳。"沈际飞《草堂诗馀正集》卷二云："自来九日多用落帽，东坡不落帽，醒目。"可见此处用典备受后代词论家的认可。

下片抒发人生如梦的感叹，怎么打发这万家皆乐我独愁的重阳节呢？唯有借酒浇愁。最后作者发出人生如梦的叹息，"万事"句化用潘阆"须信百年都似梦，莫嗟万事不如人"之句，看似是哀叹人生，实则是将消极的情绪进行自我消解和排遣。苏轼《九日次韵王巩》诗就曾言："相逢不用忙归去，明日黄花蝶也愁。"在本词中亦直接使用此句，对此，张綖《草堂诗馀后集别录》曰："《南乡子》尾句……翻案郑谷诗句，而意殊衰飒。"黄苏《蓼园词选》言"明日黄花"句："自属达观。凡过去未来皆几非，在我安可学蜂蝶之恋香乎？"此处苏轼用重阳节菊花凋零、蜂蝶愁叹来激励自己乐对人生，珍惜当下，不必对往事耿耿于怀。"明日黄花"也演化为成语，比喻过时的事物。

三年前，在《千秋岁·湖州暂来徐州重阳作》一词中，苏轼曾言："蜂蝶乱，飞相逐。明年人纵健，此会应难复。"没想到三年后，虽依旧有蜂蝶相逐之景，而人却不再相逢。整首词反映了他政治上遭受打击后独特的人生感受，亦体现了无法与友人相见的失落，伤感落寞之情溢于言表。胡仔《苕溪渔隐丛话》前集卷四十一赞曰："绝去笔墨畦径间，直造古人不到处，真可使人一唱而三叹。"

水龙吟

公旧注云：闾丘大夫孝终公显尝守黄州，作栖霞楼，为郡中胜绝。元丰五年，余谪居于黄。正月十七日，梦扁舟渡江，中流回望，楼中歌乐杂作。舟中人言：公显方会客也。觉而异之，乃作此词。公显时已致仕在苏州①

小舟横截春江，卧看翠壁红楼起。云间笑语，使君高会，佳人半醉。危柱哀弦②，艳歌余响，绕云萦水。念故人老大，风流未减，独回首、烟波里。　　推枕惘然不见③，但空江、月明千里。五湖闻道，扁舟归去，仍携西子④。云梦南州，武昌南岸，昔游应记。料多情梦里，端来见我，也参差是。

【注释】

① 该词为苏轼在黄州时怀念前黄州太守闾丘孝终而作。傅藻《东坡纪年录》："元丰五年壬戌，正月十七日，梦扁舟渡江，中流回望栖霞楼中，歌乐杂作。舟中人言，公显方会客。觉而异之，乃作《水龙吟》。"闾丘大夫：即闾丘孝终，字公显，曾守黄州。

② 危柱：指琴。孙琼《箜篌赋》："陵危柱以颉颃，凭哀弦以踯躅。"

③ "推枕"句：白居易《长恨歌》："揽衣推枕起徘徊。"

④"五湖"三句：传说范蠡辅佐勾践灭吴后，携西施乘舟泛于五湖，此以喻闾丘公显退居苏州，家中多声妓。

【评析】

这是一首记梦抒怀之作，写对友人闾丘公显的怀念之情。

上片写梦中情景，视野由"江水——崖壁——红楼——宴会"依次拉近。梦中乘着小船横渡长江，斜卧舟中，翠壁红楼遥遥相望，一个"起"字转移了视角，与前句江面之景大不相同，郑文焯《手批东坡乐府》言此句"奇崛，不露雕琢痕"。所谓红楼，即栖霞楼。陆游《入蜀记》卷四载："乾道六年八月十九日，游东坡。郡集于栖霞楼，本太守闾丘孝终公显所作。苏公乐府云：'小舟横截春江，卧看翠壁红楼起。'正谓此楼也。"写宴会之景时，以余音袅袅、绕梁不绝来衬托宴会上酒宴正酣、难舍难分的气氛。故人宴客欢乐，而自己却只能远远地眺望，闾丘的风流好客与作者的倾慕思念惘然其中。郑文焯《手批东坡乐府》言"上阕全写梦境，空灵中杂以凄丽"，信然。

下片抒怀念之情。过片"推枕"句点明以上所写皆为梦境，只有明月映照着空荡荡的江面，然而所见的空江、明月，构建出一个更为阔大的视野和格局，"有沧波浩渺之致，真高格也"（郑文焯《手批东坡乐府》语）。视野的推广也暗示伤感情绪的淡化，"五湖"三句用范蠡典，看似是写闾丘孝终致仕后的归隐生活，实际亦寓自己对无拘无束生活的向往。接下来进一步从对方落笔，说他惦念当年在黄州的游乐，故特地在梦中来寻自己。歇拍语言幽默，亦可见词人的释怀。郑文焯《手批东坡乐府》言："'云梦'二句，妙能写闲中情景。煞拍不说梦，偏说梦来见我，正是词笔高浑不犹人处。"

全词结构精巧，运笔空灵，形象飞动，自然浑成。诚如郑文焯《手批东坡乐府》所评："读东坡先生词，于气韵、格律，并有悟到，空灵妙境，匪可以词家目之，亦不得不目为词家。世每谓其以诗入词，岂知言哉！"

定风波

咏红梅①

好睡慵开莫厌迟。自怜冰脸不时宜。偶作小红桃杏色②，闲雅，尚余孤瘦雪霜姿。　　休把闲心随物态，何事，酒生微晕沁瑶肌。诗老不知梅格在③，吟咏，更看绿叶与青枝。

【注释】

①作于元丰五年（1082）。红梅：范成大《范村梅谱》："红梅，粉红色。标格犹是梅，而繁密则如杏，香亦类杏。诗人有'北人全未识，浑作杏花看'之句。与江梅同开，红白相映，园林初春绝景也。"

②"偶作"句：杜甫《江雨有怀郑典设》："宠光蕙叶与多碧，点注桃花舒小红。"

③"诗老"句：孟郊《看花》之二："唯应待诗老，日日殷勤开。"

【评析】

苏轼自元丰三年（1080）来到黄州，途中看到梅花飘零，作《梅花二首》。此后苏轼文学作品中常常出现梅花这一意象，《和秦太虚梅花》《红梅三首》《十一月二十六日，松风亭下，梅花盛开》《菩萨蛮·峤南江浅红梅小》等都是苏轼咏梅诗词的名篇。本词是檃括《红梅三首》之一而成，寄托了词人深沉的情感。

上片词一起便运用拟人手法，花似美人，美人似花，活泼可爱，情意盎然。"自怜"句言梅花因自己高洁坚贞，坚信自己不合时宜，高傲倔强的形象顿时显现出来。"偶作"三句，正面画出红梅的孤高劲瘦的姿态和闲适典雅的神韵："小红桃杏色"言其外在形象——色如桃杏，外形明艳动人，呼应标题；"孤瘦雪霜姿"言其内在品格，不畏霜雪，凌寒绽放，红梅的气度和品格跃然纸上。刘熙载《艺概》卷四言："东坡《定风波》云'尚余孤瘦雪霜姿'……学坡词者，便可从此领取。"

下片承接上片内容，"休把闲心随物态"承"尚余孤瘦雪霜姿"，"酒生微晕沁瑶肌"承"偶作小红桃杏色"，同样是内在气格与外在形象相结合，但下片的描写更侧重其随性闲适的姿态和羞怯娇艳的外形，同样以写人的方式咏赞红梅，使其形象更加真实可感。"诗老"三句言石曼卿只从有无绿叶青枝上去看它与桃杏的区别，实则目光浅陋，既表达了对红梅孤高品格的赞叹和欣赏，也衬托出词人对红梅品格的深刻领悟。写作匠心独运，语言清新自然，词中红梅的独特风流标格，也正是词人超尘拔俗人品的绝妙写照。

定风波

公旧序云：三月七日，沙湖道中遇雨。雨具先去，同行皆狼狈，余独不觉。已而遂晴，故作此词①

莫听穿林打叶声。何妨吟啸且徐行②。竹杖芒鞋轻胜马③。谁怕。一蓑烟雨任平生。　料峭春风吹酒醒④。微冷。山头斜照却相迎。回首向来潇洒处⑤。归去。也无风雨也无晴。

【注释】

① 作于元丰五年（1082）三月七日。沙湖：在今湖北黄冈东南三十里处。

② 吟啸：边歌咏边长啸。

③ 芒鞋：草鞋。

④ 料峭：形容微寒（多指春寒）。

⑤ 潇洒：一作"萧瑟"。

【评析】

此词为醉归遇雨抒怀之作。中途遇雨，事极寻常，东坡却能于此寻常事中写出其平生学养，借雨中潇洒徐行之举动，凸显自己不畏困难、潇洒乐观的心境。

上片写词人与同伴在路途中遇雨，"何妨"二字透露出词人幽默乐观的情绪。"竹杖芒鞋轻胜马"既是实写，更是形容自己轻松自得的心态，体现自己潇洒自如的形象。"一蓑烟雨任平生"一语双关，隐含着苏轼对人生风雨的乐观态度，俞成《萤雪丛说》卷上言此句"曲尽形容之妙也"，刘永济先生在《唐五代两宋词简析》中也认为，由此"可见作者修养有素，履险如夷，不为忧患所摇动之精神"。下片言其对人生经验之深刻体会，同样运用双关，"山头"句写雨过天晴，亦是写词人心态的进一步转变，若拥有平静豁达的心境，一切风雨便都不是困难，进一步写出词人忧乐两忘的胸怀和乐观豁达的心态。

整首词轻快晓畅，运用象征的手法，借自然风雨隐喻人生波澜，体现了词人乐观通达的性格和旷达自如的精神境界，诚如郑文焯《手批东坡乐府》所言："此足征是翁坦荡之怀，任天而动。琢句亦瘦逸，能道眼前景。以曲笔直写胸臆，倚声能事尽之矣。"刘永济《唐五代两宋词简析》亦言："东坡一生在政治上之遭遇，极为波动，时而内召，时而外用，时而位置于清要之地，时而放逐于边远之区，然而思想行为不因此而有所改变，反而愈遭挫折，愈见刚强，挫折愈大，声誉愈高。此非可悻致者，必平日有修养，临事能坚定，然后可得此效果也。"

浣溪沙

游蕲水清泉寺。寺临兰溪，溪水西流^①

山下兰芽短浸溪。松间沙路净无泥^②。萧萧暮雨子规啼^③。　　谁道人生无再少，门前流水尚能西。休将白发唱黄鸡^④。

【注释】

①元丰五年（1082）三月作于黄州。蕲水：《太平寰宇记》卷一二七《淮南道》："蕲州，领县四，其一蕲水。在州西北七十一里。"清泉寺：《东坡志林》卷一："（清泉寺）在蕲水郭门外二里许。"兰溪：《太平寰宇记》卷一二七《蕲州·蕲水县》："兰溪水源出箬竹山，其侧多兰。"

②"松间"句：杜甫《中丞严公雨中垂寄见忆一绝奉答二绝》其二："何日雨晴云出溪，白沙青石洗无泥。"

③萧萧：韩愈《盆池五首》其二："从今有雨君须记，来听萧萧打叶声。"

④"休将"句：白居易《醉歌（示伎人商玲珑）》："罢胡琴，掩秦瑟，玲珑再拜歌初毕。谁道使君不解歌，听唱黄鸡与白日。黄鸡催晓丑时鸣，白日催年酉前没。腰间红绶系未稳，镜里朱颜看已失。玲珑玲珑奈老何，使君歌了汝更歌。"

【评析】

本词作于黄州，描写雨中的南方初春景象，表达作者虽处困境而百折不挠、自强不息的精神，洋溢着一种乐观豁达的人生态度。

上片写暮春三月兰溪幽雅的风光和环境，景色自然明丽。兰溪河畔的兰草刚刚吐芽，松林间的小路清爽得没有一点污泥，营造出清新雅致的自然氛围。"松间沙路净无泥"句化用白乐天诗"柳桥晴有絮，沙路润无泥"句，既是写眼前道路的清爽干净，也是词人心态的写照。暮色之中，子规啼鸣，伤感的氛围渲染开来，这正是词人被贬黄州后内心情绪的真实写照。

漫游至此，即景生情：门前的兰溪尚能西流，人为何就不能保持少年的心态？在这样的环境中，若是能保持昂扬的斗志、乐观的精神，那么心态上就回到了少年时期。冯振《自然室诗稿与诗词杂话》认为，此处"反用太白'功名富贵若长在，汉水亦应西北流'之意"，意在表明功名利禄不会长久。"白发""黄鸡"比喻世事匆促，光景催年，以此作结，是词人勉励自己不要过早地哀叹时光流逝，在遭受贬谪之际仍有如此心胸，可见东坡旷达乐观的性格和热爱生活的人生态度。陈廷焯《白雨斋词话》卷六评曰："愈悲郁，愈豪放，愈忠厚，令我神往。"

上片以淡疏的笔墨写景，景色清新明丽，下片既以形象的语言抒情，又在即景抒慨中融入哲理，不仅写出了其豪迈旷达的情怀，而且启人心智，令人振奋。语言平实浅近，又意味深长。诚如先著、程洪《词洁》卷一所言："坡公韵高，故浅浅语亦觉不凡。"

西江月

公自序云：春夜蕲水中，过酒家饮。酒醉，乘月至一溪桥上，解鞍曲肱少休。及觉，已晓。乱山葱茏，不谓尘世也。书此词桥柱①

照野弥弥浅浪②，横空暧暧微霄③。障泥未解玉骢骄④。我欲醉眠芳草。　　可惜一溪明月⑤，莫教踏破琼瑶。解鞍欹枕绿杨桥。杜宇一声春晓。

【注释】

① 元丰五年（1082）三月作于黄州。王文诰《苏文忠公诗编注集成总案》：（壬戌三月）"夜过酒家饮酒醉，月上，策马至溪桥，解鞍曲肱少休。及觉，乱山葱笼，不谓人世也，题《西江月》词于桥柱上。"

② 弥弥：满溢貌。《诗经·邶风·新台》："新台有泚，河水弥弥。"郑谷《恩门小谏雨中乞菊栽》："递香风细细，浇绿水弥弥。"

③ 暧暧：昏暗不明的样子。陶渊明《时运》："山涤余霭，宇暧微霄。"

④ "障泥"句：《晋书》卷四二《王济传》："济善解马性，尝乘一马，著连乾鄣泥，前有水，终不肯渡。济云：'此必是惜鄣泥。'使人解去，便渡。"

⑤ 可惜：可爱。

【评析】

这首词作于宋神宗元丰五年作者贬谪黄州之时。后人建春晓亭于桥旁作为纪念。李廷机《新刻注释草堂诗徐评林》卷二曰："此坡老春夜休息于桥词，又是别夜风味，与诸作不同。"词中描绘了作者在春夜漫行，沉醉在溶溶月色中、达到物我两忘境界的情形。

上片写傍晚时分，溪水波光粼粼，天空暮霭淡淡，词人酒后骑马而归，陶醉于自然景象之中。"照野"二句分别用《诗经》之语、陶潜之言，看似随意挥就，实则精心雕琢。"障泥"句化用王济的典故，言马儿因马鞍下的垫子未解开而依旧精神抖擞，但此时词人只想卧眠于芳草之中，马欲行，人欲留，体现出词人拥抱自然的天真率性。

下片"可惜"二句写出词人不忍马儿踏入水中，将美好的珍宝打碎，遂斜枕着马鞍靠在桥边，不知不觉天已发亮。卓人月《古今词统》卷六曰："山谷词：'走马章台，踏碎满街月。'坡公偏不忍踏碎，都妙。"无论是否"踏碎"，都从侧面衬托出月光的明亮皎洁，意境不同，而月光之美却是相通的。王水照、王宜瑗编撰的《苏轼及其作品选》中指出，"称马为'玉骢'、桥名'绿杨'，溪月似'琼瑶'，旷野有'芳草'，突出已非'尘世'的心理感受，实际上是他对贬谪生活的一种排遣和抗争。"结尾"杜宇一声春晓"，以杜鹃清晨的啼鸣声作结，既暗示了时间的流逝，又写出其酣睡至天亮的悠然自得，体现出词人与自然万物和谐共生、以至物我两忘的境界。沈雄《古今词话》云："'杜宇一声春晓'，东坡《西江月》句，及觉乱山葱茏，不谓人世也。"俞陛云《唐五代两宋词选释》曰："诵其下阕四句，清狂自放，有'万象宾客'之概。"

词既写清新明丽的春夜美景，又将自己陶醉自然、浑然忘我的情形加以刻画和展现。陈廷焯《词则·放歌集》卷一指出："《西江月》一调，易入俚俗，稍不检点，则流于曲矣。此偏写得洒落有致。"

满庭芳①

蜗角虚名，蝇头微利②，算来著甚干忙。事皆前定，谁弱又谁强。且趁闲身未老③，尽放我、些子疏狂。百年里，浑教是醉，三万六千场④。　　思量。能几许，忧愁风雨，一半相妨。又何须，抵死说短论长⑤。幸对清风皓月，苔茵展、云幕高张。江南好，千钟美酒，一曲《满庭芳》。

【注释】

① 作于元丰五年（1082）秋。

② 蜗角：极言其小。沈约《细言应令诗》："蜗角列州县，毫端建朝市。"蝇头：比喻微细。柳永《凤归云》："蝇头利禄，蜗角功名。"

③ 闲身：指无官清闲。张籍《题韦郎中新亭》："药酒欲开期好客，朝衣暂脱见闲身。"

④ "三万"句：李白《襄阳歌》："百年三万六千日，一日须倾三百杯。"苏轼《南乡子·东武望余杭》："醉笑陪公三万场。"

⑤ 抵死：竭力。说短论长：《文选》卷五六崔子玉《座右铭》："无道人之短，无说己之长。"

【评析】

本词以议论为主，兼有抒情，饱含贬谪黄州时内心的矛盾痛苦和自求解脱的思考。

词作以议论发端，上片"蜗角"二句分别用《庄子》《南史》

典故，先用形象的比喻表达了对世俗名利的嘲讽：人们为此碌碌终生，却不知万事皆有定数。接下来表达自己的观点：还不如趁着未老之时一醉方休，以醉忘忧，远离祸端。人生不过百年，一生不过三万六千日，亦如其《哨遍·春词》中"这些百岁，光阴几日，三万六千而已。醉乡路稳不妨行，但人生、要适情耳"之语。"放""些子""浑教"等口语化词汇的使用，增加作品可读性的同时，更体现出词人醉后豪放不羁的样态，一个愤世嫉俗而以无言抗争的词人形象呼之欲出。

下片继续议论，"风雨"自指人生中的种种不如意，此时苏轼被贬黄州，正经历人生低谷，反复思量后他自我安慰，人生半数不如意，何须说短论长。幸好还可以与清风明月、白云绿苔相伴，此处再次点明词人不愿与世俗同流合污，希望能与自然万物为一，体现了词人高洁的精神世界。最后表达了渴望摆脱烦扰、在江南美景中饮美酒赏歌舞的愿望，在酒后高唱中，情绪变得更加豁达开朗，表现了超脱功利的精神理想，塑造了一个清俊出尘、飘逸旷达的人物形象，充满了对人生哲理的领悟和思索，引人深思，诚如李攀龙《新刻题评名贤词话草堂诗馀》卷四所言："细嚼此词而绎其义，自然胸次广大，识见高明，居易俟命，而不役于蜗名蝇利间矣。"

整首词描写了词人遭受贬谪后内心的痛苦和自己寻求解脱的过程，其中饱含哲理，耐人寻味；议论充满激情又质朴感人，具有强烈的感染力，杨慎《草堂诗馀》卷四言本词"在唤醒世上梦人，故不作一深语"，《苏诗纪事》卷上评曰："东坡《满庭芳》词，碑刻遍传海内。使功名竞进之徒读之可以解体，达观恬淡之士歌之可以娱生。……达人之言，读之使人心怀畅然。"

念奴娇

赤壁怀古①

大江东去②，浪淘尽、千古风流人物。故垒西边，人道是、三国周郎赤壁③。乱石穿空，惊涛拍岸，卷起千堆雪。江山如画，一时多少豪杰。　遥想公瑾当年，小乔初嫁了④。雄姿英发。羽扇纶巾⑤，谈笑间、强虏灰飞烟灭⑥。故国神游⑦，多情应笑我，早生华发。⑧人间如梦，一尊还酹江月⑨。

【注释】

①作于元丰五年（1082）七月，傅藻《东坡纪年录》："元丰五年壬戌，公在黄州。七月，既望，泛舟于赤壁之下，作《赤壁赋》，又怀古作《念奴娇》。"赤壁：此指黄州赤壁。

②大江：长江。李白《庐山谣寄卢侍御虚舟》："登高壮观天地间，大江茫茫去不还。"

③周郎：即周瑜。《三国志》卷五四《吴书·周瑜传》："周瑜，字公瑾，庐江舒人也……坚子策，与瑜同年，独相友善……是岁建安三年也，策亲自迎瑜，授建威中郎将，即与兵二千人，骑五十四。瑜时年二十四，吴中皆呼为周郎。"

④小乔：三国时乔公之女，周瑜之妻。赤壁之战时周瑜与小乔结婚已十年。

⑤羽扇：用鸟羽做的扇。纶巾：丝帛做的便装头巾，又曰诸葛巾。

⑥强虏：一作"樯橹"，指船只、战船。

348

⑦ 神游：足迹未到，而心神如游其地。《列子》卷上《周穆王》：

"化人曰：'吾与王神游也，形奚动哉？'"

⑧ "多情"二句：刘驾《山中夜坐》："谁道我多情，壮年无鬓发。"

⑨ 酹：以酒洒地，表示祭奠。

【评析】

本词是苏轼豪放词的代表之作，词借感怀历史、歌咏周瑜，实写自己消磨殆尽的壮志与激情，千古传诵。

开篇由滚滚大江着笔，将自然与人事、空间与时间绾合，寓无穷兴亡之感。"大江东去"，起笔便包含了无限气势，并为后文议论"浪淘人物"蓄势，"大江东去"四个字也成了形容苏词风格的一种典型，后人将苏词与柳词做对比，言苏词在"杨柳岸晓风残月"之外别出一格，"学士词，须关西大汉，执铁板，唱'大江东去'。"张侃《拙轩词话》亦曾言："苏文忠《赤壁赋》不尽语，裁成'大江东去'词。"词的首三句构建出一个阔大的空间，历史人物终将随江水滚滚逝去，而他们的功名与气节却可以永存。"故垒"句起切换时空，开始"神游"，先点赤壁历史，再写赤壁景色，大笔烘染，险境奇景，惊心动魄。"江山"两句言江山之美如经过艺术加工，而雄伟江山哺育无数英雄豪杰，总结赤壁风景秀美、地灵人杰，束上启下。

下片写周瑜幸福的爱情，接写其不世的战功，突出周瑜爱情事业双丰收。"羽扇纶巾，谈笑间、强虏灰飞烟灭"，用短短的三句话就写尽了赤壁之战，对历史事件的勾勒极具概括力，周瑜运筹帷幄的英雄形象也得以体现。从"故垒西边"到"故国神游"，是词人站在赤壁旧址下的回想，"故国"三句由历史叙述转向自身，古今对照，以周瑜的得意人生，反衬自己年华渐老而事业无成的失意人生。黄苏《蓼园词选》曰："周郎是宾，自己是主。借宾定主，寓主于宾。是主是宾，离奇变幻，细思方得其主意处。不可但诵其词，而不知其命意所在也。"结句以酒自解，达观之中有沉痛，沉痛之中又见希望。由江而起，由江而结，无论是千古英雄还是平凡人物，最终都将随江水逝去，整首词构成浑然的整体。题是赤壁，心实为己而发。全词境界阔大，大气磅礴，意蕴丰厚，震撼人心，曹冠《燕喜词序》评曰："歌赤壁之词，使人抵掌激昂，而有击楫中流之心。"王世贞《艺苑卮言·东坡咏杨花词》亦言此词"雄壮，感慨千古。果令铜将军于大江奏之，必能使江波鼎沸"。

此词不仅是苏轼豪放词的代表作品，也是词文学中的杰出之作，胡仔《苕溪渔隐丛话》前集卷五十九云："语意高妙，真古今绝唱。"元好问《题闲闲书赤壁赋后》评曰："夏口之战，古今喜称道之。东坡赤壁词殆戏以周郎自况也。词才百余字，而江山人物无复余蕴，宜其为乐府绝唱。"沈雄《古今词话·词话》卷上引清人江尚质语："东坡《酹江月》为千古绝唱。"可见历代文学家对其给予的高度评价。

苏轼是"以诗为词"的代表。在苏轼以前，词的题材多有局限性，绝大部分词都是以绮丽柔靡之言描写婉转细腻的情思，而苏轼丰富了词的题材，拓展了词的风格，将咏史怀古的内容纳入词的创作范围之中。对此，杨慎《草堂诗馀》就曾概括道："古今词多脂软纤媚取胜，独东坡此词，感慨悲壮，雄伟高卓。"并以"词中之史"盛赞苏轼的地位。虽然这种创造性的行为也曾被部分人批评，如陈后山就曾言苏词"如教坊雷大使之舞，虽极天下之工，要非本色"，但亦有人赞赏苏词的风格，胡仔《苕溪渔隐丛话》后集卷二十六就评论称"后山之言过矣"，并称赞本词"绝去笔墨畦径间，直造古人不到处，真可使人一唱而三叹"。在苏轼之后，贺铸、张孝祥、陆游、辛弃疾等人亦在部分词中延续了这种风格，而据张德瀛《词徵》

卷一，《念奴娇》一词与晁无咎《摸鱼儿》、姜尧章《暗香》《疏影》并列为"后人和韵最多"的词作之一，可见其影响之深远。

念奴娇

中秋^①

凭高眺远，见长空万里，云无留迹。桂魄飞来光射处^②，冷浸一天秋碧。玉宇琼楼，乘鸾来去，人在清凉国。江山如画，望中烟树历历^③。　　我醉拍手狂歌，举杯邀月，对影成三客。起舞徘徊风露下^④，今夕不知何夕。便欲乘风，翻然归去，何用骑鹏翼。水晶宫里，一声吹断横笛。

【注释】

①元丰五年（1082）八月作于黄州。

②桂魄：指月亮。传说月中有桂树，故称。段成式《酉阳杂俎》前集卷一《天咫》："旧言月中有桂、有蟾蜍，故异书言月桂高五百丈，下有一人常斫之，树创随合。人姓吴名刚，西河人，学仙，有过，谪令伐树。"

③"望中"句：崔颢《黄鹤楼》："晴川历历汉阳树，芳草萋萋鹦鹉洲。"

④"起舞"句：李白《月下独酌》："花间一壶酒，独酌无相亲。举杯邀明月，对影成三人。月既不解饮，影徒随我身。暂伴月将影，行乐须及春。我歌月徘徊，我舞影凌乱。"

【评析】

本词是苏轼被贬黄州时的作品，中秋佳节，登高望远，借月抒怀，以此寄托人生理想。

上片"凭高眺远"四字一出，顿觉视野开阔，引人入胜。"桂魄"二句写望月所见和所感，运用通感的手法，以目之所见的皎洁月光，感秋日之清冷寒凉，进一步烘托出高远寥廓的境界。在这样的气氛中，词人展开想象，猜想清凉国里的人一定自由自在，来去无迹。因为自己周遭的环境并不如意，此处的"清凉国"实际是词人理想中的精神世界，表现出词人对自由精神和环境的向往与追求。"江山如画"二句则进一步想象在月宫眺望人间世界的场景，引发下片的叙述。

下片"我醉"三句化用李白"举杯邀明月，对影成三人"之语，想象自己与天上的明月和身边的影子共同欢乐，实则反衬其孤单落寞。"便欲"三句用庄子典，词人再次生发想象，试图乘风归到月宫，哪里还用得着骑着大鹏？想象清奇，非胸怀磊落光明之人不可写就，如李攀龙《新刻题评名贤词话草堂诗馀》卷五言："坡公襟怀寥廓，与上下同流，故其词吐清雅飘逸，至今诵之，令人翩翩然，有羽化登仙之态。"最后，月宫里传来响遏行云的笛声，似乎又将自己拉回到人间。

整首词现实与幻境交织，体现了词人想要极力摆脱周遭污浊的环境，试图寻觅超凡脱俗精神世界的追求。想象奇特，语言华美，狂放不羁，洒脱飘逸，与《水调歌头》篇同为难得的中秋佳作。杨慎《草堂诗馀》卷四评曰："东坡中秋词，《水调歌头》第一，此词第二。"

醉蓬莱

重九上君猷 [①]

笑劳生一梦，羁旅三年，又还重九。华发萧萧，对荒园搔首 [②]。赖有多情，好饮无事，似古人贤守。岁岁登高 [③]，年年落帽 [④]，物华依旧 [⑤]。　　此会应须烂醉，仍把紫菊茱萸 [⑥]，细看重嗅。摇落霜风，有手栽双柳。来岁今朝，为我西顾，酹羽觞江口。会与州人，饮公遗爱，一江醇酎 [⑦]。

【注释】

① 作于元丰六年（1083）。傅藻《东坡纪年录》云："居黄三见重九，每岁与君猷会于栖霞楼。君猷将去，念此惘然，故作《醉蓬莱》。"君猷：姓徐，名大受，东海（今江苏）人。时任黄州太守。他崇儒重道，虽负监视苏轼之责，但实多关照。元丰六年赴湘任职。

② 搔首：用手搔发。形容心有所思或烦急的样子。《诗经·邶风·静女》："爱而不见，搔首踟蹰。"

③ 岁岁登高：吴均《续齐谐记》："费长房谓桓景曰：'九月九日汝家当有灾。宜急去，令家人各做绛囊，盛茱萸以系臂，登高饮菊花酒，此祸可除。'景于是日齐家登山。夕还，见鸡犬牛羊一时暴死。"

④ 落帽：陶渊明《晋故征西大将军长史孟府君传》："九月九日，（桓）温游龙山，参佐毕集，四弟二甥咸在坐。时，佐使并着戎服。有风吹君（孟嘉）帽堕落。温目左右及宾客勿言，以观其举止。君初不自觉，良久如厕。温命取以还。"

⑤ 物华：谢灵运《撰征赋》："怨物华之推驿，慨舟壑之递迁。"

⑥茱：一作"红"。杜甫《九日蓝田崔氏庄》："明年此会知谁健，醉把茱萸仔细看。"

⑦醇酎：《礼记·月令》："天子饮酎。"郑玄注："酎之言醇也，谓重酿之酒也。"

【评析】

本词为重阳宴饮之作，兼送别友人，借酒寄情，抒发感慨。

上片回忆人生经历，首句"笑劳生一梦"奠定全词的基调，寄寓了人生如梦、时光飞逝的感慨。"羁旅三年"指苏轼被贬黄州已三年，去年重阳节，苏轼曾作《南乡子·重九涵辉楼呈徐君猷》（霜降水痕收）一词，词中"又还重九"当指去年旧事。"赖有"三句，笔锋一转，颂扬徐君猷的贤明气度和高尚人格，正如苏轼在《遗爱亭记》中对徐君猷功绩的歌颂："知黄州，未尝怒也，而民不犯；未尝察也，而吏不欺；终日无事，啸咏而已。"《南乡子》一词中，苏轼曾言"破帽多情却恋头"，时光流转，故言"岁岁登高，年年落帽"。物华依旧，而徐君猷却将要离开此地，伤感的情绪弥散开来，引发下片抒怀。

下片描写宴饮场景，酒逢知己千钟少，面对知己即将离开的事实，唯有一醉解忧愁。酒酣之时登高赏菊，古时重阳节即有"摘茱萸闻嗅，通关辟恶"之习俗，此处化用杜诗"明年此会知谁健，醉把茱萸仔细看"，夺胎换骨，不露痕迹。接下来词人感叹自己与君猷情意真挚，在《徐君猷挽词》中苏轼曾言："雪后独来栽柳处。"虽然此时已是花草飘零的时节，但柳树依旧是二人友情的见证和寄托。词人不禁想象明年今日两人分隔的场景，希望友人也能在江口为我痛饮一杯，表达了对友人依依不舍的眷恋。最后发出对友人的感谢："我和黄州的人民都饱受您的恩惠，您对我们的恩泽就如醇酿一样浓郁至深。"以美酒比喻情谊的深远绵长，韵味无穷，郑文焯《手批东坡乐府》曰："结处掉入苍茫，便有无限离景。"

词作借重阳宴饮表达了对友人的赞颂与祝福，也饱含对二人情谊的美好祝愿，情意真切，质朴感人。

醉翁操

琅琊幽谷，山水奇丽，泉鸣空涧，若中音会。醉翁喜之，把酒临听，辄欣然忘归。既去十余年，而好奇之士沈遵闻之往游，以琴写其声，曰《醉翁操》，节奏疏宕，而音指华畅，知琴者以为绝伦。然有其声而无其辞。翁虽为作歌，而与琴声不合。又依楚词作《醉翁引》，好事者亦倚其辞以制曲。虽粗合韵度，而琴声为词所绳约，非天成也。后三十余年，翁既捐馆舍，遵亦没久矣。有庐山玉涧道人崔闲，特妙于琴。恨此曲之无词，乃谱其声，而请于东坡居士以补之云①

琅然②。清圆③。谁弹。响空山④。无言。惟翁醉中知其天。月明风露娟娟⑤。人未眠。荷蕡过山前。曰有心也哉此贤。 醉翁啸咏，声和流泉。醉翁去后，空有朝吟夜怨。山有时而童巅⑥。水有时而回川。思翁无岁年。翁今为飞仙。此意在人间。试听徽外三两弦⑦。

【注释】

① 作于元丰五年（1082）。王文诰《苏文忠公诗编注集成总案》卷二一："元丰五年壬戌，为崔闲作《醉翁操》。"琅琊：王禹偁《小畜集》卷十《琅琊山》注："东晋元帝以琅琊王渡江，常驻此山，故溪、

山皆有琅琊之号。"沈遵：欧阳修《醉翁引》："太常博士沈遵，好奇之士也。"翁虽为作歌：此指欧阳修所作《赠沈博士歌》（一作《醉翁吟》）。崔闲：《永乐大典》卷二七四一引《南康志》："崔闲，字诚老，星子人。自少读书，不务进取，襟怀清旷，平日以琴自娱。始游京师，士大夫见其风表，莫不倒屣。后倦游复归，乃结庐于玉涧两山之间，号'睡足庵'。自谓'玉涧道人'。"

②琅然：玉声。

③清圆：声音清亮圆润。

④空山：空旷的山谷。李白《蜀道难》："又闻子规啼夜月，愁空山。"

⑤娟娟：美好。杜甫《狂夫》："风含翠筱娟娟静。"

⑥童巅：《释名》："山无草木曰童，若童子未冠然。"

⑦徽：通"挥"，此指弹奏。《淮南子·主术训》："邹忌一徽，而威王终夕悲感于忧。"

【评析】

此词是为沈遵写琅琊山水的琴曲《醉翁操》补词，内容、情调、音韵都很注意与琴曲协调，体现了他在书《醉翁操》后提出的自然节律感应的真同论。张志烈、马德富、周裕锴之《苏轼全集校注》云："二水同器，有不相入；二琴同手，有不相应。今沈君信手弹琴而与泉合，居士纵笔作诗而与琴会，此必有真同者矣。"

词上片写流泉之自然声响及其感人效果。"琅然。清圆。谁弹。响空山。"以短促有力的二字句领起，状鸣泉飞瀑之声，音调清脆空灵，响彻山谷，形象生动。进而追忆欧阳修：这种美妙已经无法用言语形容，唯有醉翁才能领悟山水的自然真趣吧。"荷蒉"二句用《论语》典，言自然之音的美妙自然。下片继续写醉翁的啸咏声及琴曲声。

欧阳修在琅琊幽谷听鸣泉，且啸且咏，天籁人籁，融为一体。此后的人们来此吟咏，则难以达到其境界。词接着一转，云山峦有草木衰亡的时候，川流有潆洄倒流的时候，醉翁已仙逝，但《醉翁操》依旧在，这种理解琅琊山水自然真趣的情思借着琴曲永留人间。

整首词将无形的乐曲与自然界的泉水声相比，化无形为有形，体现出词人对大自然造化之工的真切体验，对音乐的高妙领悟。施议对先生评曰："从词意上看，词作写鸣泉及其和声能将无形之声响写得如此真实可感，如果不是对大自然的造化之工有着真切的体验，无论如何不能臻于此境。"（《宋词鉴赏辞典》，北京燕山出版社，1987年版）同时，此词合于韵律，极富音乐感，如郑文焯手批《东坡乐府》言："读此词，髯苏之深于律可知。"语言清新脱俗，精巧别致，自然流畅，仿佛天成。黄庭坚《山谷题跋》卷二《跋子瞻醉翁操》言："人谓东坡作此文，因难以见巧，故极工。余则以为不然。彼其老于文章，故落笔皆超轶绝尘耳。"评价可谓精当。

洞仙歌

公自序云：仆七岁时见眉山老尼姓朱，忘其名，年九十余，自言：尝随其师入蜀主孟昶宫中。一日大热，蜀主与花蕊夫人夜起避暑摩诃池上，作一词。朱具能记之。今四十年，朱已死，人无知此词者。独记其首两句，暇日寻味，岂《洞仙歌令》乎？乃为足之 ①

冰肌玉骨 ②，自清凉无汗。水殿风来暗香满。绣帘开、一点明月窥人，人未寝、欹枕钗横鬓乱。　　起来携素手，庭户无声，时见疏星渡河汉。试问夜如何^③，夜已三更，金波淡、玉绳低转^④。但屈指、西风几时来^⑤，又不道、流年暗中偷换。

【注释】

①元丰五年（1082）作于黄州。孟昶：《十国春秋》卷四九《后主本纪》："后主昶，字保元，初名仁赞，高祖第三子也……好学，为文皆本于理。"花蕊夫人：孟昶之妃，姓徐，四川青城人，美艳聪慧。后蜀亡，被虏入宋，得宋太祖宠爱。

②玉骨：形容女子清瘦秀丽的体态。杜甫《徐卿二子歌》："大儿九龄色清澈，秋水为神玉为骨。"

③"试问"句：《诗经·小雅·庭燎》："夜如何其，夜未央。"杜甫《春宿左省》："明朝有封事，数问夜如何。"

④金波：月光。玉绳：星名。

⑤但：一作"细"。

【评析】

此词描述了五代时后蜀国君孟昶与其妃花蕊夫人夏夜在摩诃池上纳凉的情景。苏轼年幼时曾听过孟昶所作的《洞仙歌》，但时隔多年，词人只能记得前两句，遂发挥其文思才力，补足剩余部分。张炎《词源》卷下云："词以意趣为主，要不蹈袭前人语意。"并以本词为例，赞"清空中有意趣，无笔力者未易到"。唐圭璋先生在《唐宋词简释》中指出："此首补足蜀主《洞仙歌令》纳凉词，风流超逸，亦是公得意之作。"

上片写花蕊夫人帘内欹枕的情形。"冰肌"三句言花蕊夫人天生丽质，冰肌玉骨，并以水、风、香、月等澄净的气氛烘托女主人公冰清玉润的美好形象。"水殿"句化用王昌龄"水殿风来珠翠香"之句，言清风拂过，空气中传来阵阵清香，已分不清是花香还是花蕊夫人的香气，引人遐想。沈祥龙《论词随笔》曰："词韶丽处，不在涂脂抹粉也。诵东坡'冰肌玉骨，自清凉无汗。水殿风来暗香满'句，口吻俱香。""一点明月窥人"，唐圭璋先生认为"窥"字灵动，与欧公之"燕子飞来窥画栋"之"窥"字同具传神之妙。明月见到花蕊夫人仿佛也变得娇羞起来，侧面衬托出花蕊夫人的美貌。再写其发间装饰的散落，言其自然可爱。

下片描写户外偕行，乘夜纳凉的活动。上言"人未寝"，为时已晏；此言"庭户无声"，为时更晏，二人月下携手徘徊，细腻幽微的情思由此可以想见。夜凉如水，疏星点点，以星斗的转移暗示时间的流逝，转念西风将至，因行乐未央，又深惜流光之速，惋惜之情弥漫开来。

这首词写古代帝王后妃的生活，在艳羡、赞美中附着作者自身深沉的人生感慨。周紫芝《竹坡诗话》云："或谓东坡托花蕊以自解耳。"花蕊夫人形象作为一种象征运用，可能是苏轼以之暗寓自己的美人迟暮之感。全词清空灵隽，语意高妙，想象奇特，如涉仙境，郑文焯《大鹤山人词话》曰："坡老改添此词数字，诚觉气象万千，其声亦如空山鸣泉，琴筑竞奏。"读来确实令人神往。由于全篇是设想蜀主当日情事，又多处使用典故，想象大胆，文思飞扬，李日华《味水轩日记》言本词"豪华婉逸""染翰洒洒"，胡仔亦以"杰出佳词"评论此作，并在《苕溪渔隐丛话》前集卷二十六中言本词"绝去笔墨畦径间，直造古人不到处，真可使人一唱而三叹"，皆非虚语。

临江仙①

　　夜饮东坡醒复醉，归来仿佛三更。家童鼻息已雷鸣②。敲门都不应，倚杖听江声③。　　长恨此身非我有④，何时忘却营营⑤。夜阑风静縠纹平⑥。小舟从此逝，江海寄余生。

【注释】

　　① 作于元丰五年（1082）九月。

　　② 已：一作"如"。

　　③ 倚杖：拄着拐杖。

　　④ 此身非我有：《庄子·知北游》："舜问乎丞曰：'道可得而有乎？'曰：'汝身非汝有也，汝何得有夫道？'舜曰：'吾身非吾有也，孰有之哉？'曰：'是天地之委形也。'"

　　⑤ 营营：纷扰貌，形容为追逐世俗名利奔走钻营之状。《庄子·庚桑楚》："无使汝思虑营营。"

　　⑥ 縠（hú）：古称质地轻薄纤细透亮、表面起皱的平纹丝织物为縠。

【评析】

　　这首词作于谪居黄州时，写词人深秋之夜在东坡雪堂开怀畅饮，醉后返归临皋住所的情景，反映了东坡对现实处境的不满，希望摆脱当下，获得精神自由。

　　词的上片记事。开篇点明写作的时间、地点，夜饮东坡醉了醒，醒了又醉，无限愁苦及欲摆脱的心情尽于醉醒之中传出。接下来交代自己回到家却不进家门的原因——童仆已睡，无人应答。词人遂临江而望，为下片的抒情蓄势。下片写自己的所思所感。大自然的声音引发了作者对人生的思考，憾恨于命运不能自主，成天陷于尘世劳碌。"长恨"二句用《庄子》典，表达出一种无法解脱而又试图解脱的愿望，体现了对整个存在、宇宙、人生的追问和思考，直抒胸臆，充满哲理与智慧，是本词的高潮。"夜阑风静縠纹平"，既是写实，也象征着词人的内心活动由激昂亢奋的情绪转向平静，进而引发感慨。随着风平浪静，作者也好像找到了答案，"小舟"二句便是词人理想的写照：多希望自己能够驾一叶扁舟，随波流逝，就这样度过余生！还是乘上小舟，弃官归隐江湖吧。叶梦得《避暑录话》载"此语卒传至京师，虽裕陵（指宋神宗）亦闻而疑之"，可见这首词的影响力。

词既写出了作者现实生活中的苦闷，更体现了他昂首尘外、恬然自适的生命哲学。结合此时苏轼被贬黄州，可以想见这是词人不满现实而进行的自我排解，表达了词人在逆境中试图解脱困苦、超越世俗的愿望。全词风格清旷而飘逸，表现了词人厌弃世间的人生理想和要求彻底解脱的出世意念，展现了作者旷达超脱的品格。俞陛云《唐五代两宋词选释》称本词"方写江上夜归情景，忽欲扁舟入海，此老胸次，时有绝尘霞举之思"，并称《临江仙》调凡十二首，此首与《临江仙·送钱穆父》二首"最为高朗"。

鹧鸪天 ①

林断山明竹隐墙。乱蝉衰草小池塘。翻空白鸟时时见 ②，照水红蕖细细香 ③。　村舍外，古城旁。杖藜徐步转斜阳。殷勤昨夜三更雨 ④，又得浮生一日凉。

① 作于元丰六年（1083）。

② 翻空：在空中翻飞。

③ 红蕖：红色的荷花。

④ 殷勤：情意恳切的样子。

【评析】

这首词作于苏轼被贬黄州期间，描绘了夏日雨后的郊外见闻，是黄州乡间生活的细腻描绘，也是词人被贬后心境的真实写照。

上片以白描的手法呈现了一幅清新明丽的乡村图景。首二句写词人的生活环境：在树林的尽头可以看见高山，庭院的外墙在竹林掩映下依稀可辨，在杂草丛生的小池塘边，夏蝉叫个不停。仅仅两句，就写出了林、山、竹、墙、蝉、草、池塘七种景物，由远及近，层次分明，刻画出清静幽绝的乡间氛围，容量之大，堪称妙笔。三、四两句言时常能看到白鸟掠过天空，荷花静静伫立在水中，空气中隐约能闻到其清香。一动一静，颇有意趣；一红一白，让整幅乡村图景显得生机盎然；由上及下，由视觉转向听觉，描绘精妙传神，对仗工整严密，为读者呈现出一幅清新明丽的乡村图景。而这样的图景，也是词人内心的真实写照。苏轼《西斋》诗云："杖藜观物化，亦以观我生。"以上四句，正是苏轼被贬黄州后及时调节心态、乐观自适处世的观照。

下片写观景之人。夕阳西下，在荒凉的郊外，词人拄着藜杖缓缓独行，意境与上片迥然不同，言语之间流露出孤清凄凉之感。但结尾两句，笔调却又一转，"殷勤昨夜三更雨，又得浮生一日凉"。"浮生"二字暗示了词人生平的波澜起伏，本有消极之意，而"殷勤"又以拟人化的手法，感谢天公怜悯，是词人故作乐观、自我调适的写照。两种心情叠加起来，使得结尾两句包含了复杂的情感，展现出一位政治失意而思想旷达的词人形象。

结尾二句化用古人诗句，却又自出新意，目前对于此二句有两种解释：《诗人玉屑》卷八"夺胎换骨"中载《诚斋论夺胎换骨》之言："有用古人句律而不用其句意者。……唐人云：'因过竹院逢僧话，又得浮生半日闲。'坡云：'殷勤昨夜三更雨，又得浮生一日凉。'此皆以故为新，夺胎换骨。"杨万里认为，此二句是仿唐人李涉的《题鹤林寺僧舍》，又不用原意，别出心裁，仿佛是词人与天公对话，感谢天公降雨，赐予凉爽，别开生面。而郑文焯则认为此二句源自陶渊明《饮酒》其七，其《大鹤山人词话》曰："渊明诗'啸傲东轩下，聊复得此生。'此词从陶诗中得来，逾觉清异，较'浮生半日闲'句，自是诗词异调。论者每谓坡公以诗笔入词，岂审音知言者？"陶诗中弥散着消沉的情绪，有一种无可奈何之感，而本词表现的则是暂忘烦恼，怡然自适的心境，二者有所区别，这正是"清异"之根源。世间普遍认为苏轼"以诗为词"，但在郑文焯看来，苏词与陶诗以及李涉的"又得浮生半日闲"还是有所区别。两说各有道理，表达的都是对苏轼含蓄蕴藉的情感抒发方式的赞赏，也是对其妙笔生花的创新精神的肯定。

整首词通过生活环境的描绘、日常行动的叙写，表现了词人宁静淡泊的心境，随手写就却饱含生活情味，俞陛云《唐五代两宋词选释》曰："情真景真，随手写来，盎然天趣。"

水调歌头

快哉亭作①

　　落日绣帘卷，亭下水连空。知君为我，新作窗户湿青红②。长记平山堂上③，欹枕江南烟雨，渺渺没孤鸿。认得醉翁语，山色有无中。　　一千顷，都镜净，倒碧峰。忽然浪起，掀舞一叶白头翁。堪笑兰台公子④，未解庄生天籁⑤，刚道有雌雄。一点浩然气⑥，千里快哉风。

【注释】

　　① 作于元丰六年（1083）十一月。快哉亭：苏辙《栾城集》卷二四《黄州快哉亭记》："清河张君梦得谪居齐安，即其庐之西南为亭，以览观江流之胜，而余兄子瞻名之曰快哉。"

　　②"新作"句：言刚刚修建成，亭子窗户上青色红色的漆饰尚未干燥。杜甫《越王楼歌》："孤城西北起高楼，碧瓦朱甍照城郭。"

　　③ 平山堂：在今江苏扬州。王象之《舆地纪胜》："平山堂，在州城西北五里大明寺侧。庆历八年二月，欧公来牧是邦，为堂于大明寺庭之坤隅（指西南方），江南诸山，拱列檐下，若可攀取，因目之曰平山堂。"

　　④ 兰台公子：指宋玉，因其曾为兰台令，故称。

　　⑤ 天籁：《庄子·齐物论》："颜成子游曰：'地籁则众窍是已，人籁则比竹是已，敢问天籁。'南郭子綦曰：'夫吹万不同，而使其自已也。咸其自取，怒者其谁邪？'"

　　⑥ 浩然气：《孟子·公孙丑上》："'敢问夫子恶乎长？'曰：'我

知言，我善养吾浩然之气。'‘敢问何谓浩然之气？’曰：‘难言也。其为气也，至大至刚，以直养而无害，则塞于天地之间。'"

【评析】

本词是苏轼豪放词的代表作之一。全词描绘快哉亭周围壮阔的山光水色，并道出对人生的思考，体现了作者旷达豪迈的处世精神。

上片首先描绘亭下江水与碧空相接、远处夕阳与亭台相映的优美图景，充满了苍茫阔远的情致，奠定了本词苍茫阔大的格局。"长记"三句置换时空，回想其在扬州平山堂所见的烟波缥缈、空蒙迷离的景象，并将回忆之景与眼前现实相比，感叹此景诚如欧阳修咏平山堂时说的"山色有无中"。欧阳修《朝中措》一词是赠予即将赴扬州太守任的友人刘敞，而本词亦是苏轼赠予被贬黄州不久的友人张梦得，与当时的情形有多处相似，引用此句可谓妙笔。

下片重新写眼前之景，"一千顷"三句，写眼前广阔明净的江水清澈见底，碧绿的山峰倒映其中，形成了一幅平静自然的山水画卷。胡仔《苕溪渔隐丛话》后集卷十四引《谈苑》之语："予知制诰日，与余恕同考试，恕曰：夙昔师范徐骑省为文，骑省有《徐孺子亭记》，其警句云：‘平湖千亩，凝碧乎其下；西山万叠，倒影乎其中。'"认为东坡此句用徐骑省语意也。词接写江面忽然变化，波浪涌起，只见一白发老翁驾一叶小舟在波浪中行进，静中有动，为眼前的景致增添了一份灵气，诚如俞陛云《北宋词境浅说》"想见江湖豪兴，其语气清快，如以并刀削哀梨"之语也。这一变化也引发了词人对楚国兰台令宋玉《风赋》的思考，词人指出，将风分为"大王之雄风"和"庶人之雌风"是可笑的，若心中能始终保有浩然之气，就能超凡脱俗，坦然自适，无论在何种境遇中都能处之泰然，享受使人感到无穷快意的千里雄风。

整首词围绕快哉亭及周边环境进行描写，动静相宜，波澜起伏。黄苏《蓼园词选》指出："前阕从'快'字之意入。次阕起三语，承上阕写景。'忽然'二句一跌，以顿出末二句来。结处一振，'快'字之意方足。"语言雄伟刚健，恣肆挥洒，开阖自如，豪放中亦有温情，郑文焯《手批东坡乐府》曰："此等句法，使作者稍稍矜才使气，便入粗豪一派。妙能写景中人，用生出无限情思。"

满庭芳

公旧序云：元丰七年四月一日，余将去黄移汝，留别雪堂邻里二三君子。会李仲览自江东来别，遂书以遗之 ①

归去来兮，吾归何处，万里家在岷峨。百年强半，来日苦无多。坐见黄州再闰，儿童尽、楚语吴歌。山中友，鸡豚社酒 ②，相劝老东坡。　　云何。当此去，人生底事，来往如梭。待闲看，秋风洛水清波。好在堂前细柳，应念我、莫剪柔柯。仍传语，江南父老，时与晒渔蓑。

【注释】

① 作于元丰七年（1084）四月。李仲览：陆心源《宋诗纪事补遗》卷二五："李翔字仲览，湖北兴国（今湖北黄石阳新）人。元丰进士。博学，工吟咏。东坡谪黄州，每访之，作怀坡阁以寓思慕之意。"

② 鸡豚社酒：古代习俗，春秋时节祭社神，邻里皆聚会饮酒。韩愈《南溪始泛三首》之二："愿为同社人，鸡豚燕春秋。"

【评析】

苏轼在黄州停留了四年有余，如今即将赴任汝州。本词记叙了自己和黄州友人的深厚友谊，抒发即将离别黄州时依依不舍的心情。

上片首句直接采用陶渊明《归去来兮辞》首句，贴切地表达了自己思归西蜀故里的强烈愿望。"百年"二句抒发了时光飞逝、年华已去的感叹，失意的感情氛围更添一分。接下来记叙了一家人这四年在黄州的生活状态：家中儿童的口音都变成了当地的方言，山中邻里好友为我开设酒宴，都劝我终老东坡，体现了黄州人的热情淳朴以及词人与此地人民的深厚情谊。整个上片记录现实，并逐渐从时光流逝、久未归家的失落情绪中抽离出来，表达了苏轼谪居黄州期间产生的对山川人物的深厚情谊。

下片设想自己离开黄州后对此地的留恋。先感叹人生无定，来往如梭，如今又要到汝州去，离别之际的哀愁情思浓郁而真切。"待闲看"二句却笔调一转，言自己将去欣赏洛水的美景，字里行间充满了释然。"好在"二句嘱咐邻里莫折堂前细柳，恳请父老时常为自己晒渔蓑，言外之意是自己有朝一日还会重返故地。此处言来日设想，更突出了对黄州风物和当地人民的眷恋，语意流畅，情感自然，俞陛云《唐五代两宋词选释》言"细柳"以下四句"情意真切，属辞雅逸，便成佳构"，确为信言。

全词以描绘黄州的日常生活细节为主，兼有怀念和设想，情真意切，语言质朴，含蓄隽永，耐人寻味。刘永济《唐五代两宋词简释》评本词云："全首词气和平，情致温厚，如见此老当日情事。盖东坡被罪谪黄，人皆知其冤，黄州父老皆敬爱之，故临去有此依依之情也。"

阮郎归

初夏①

绿槐高柳咽新蝉②。薰风初入弦③。碧纱窗下水沉烟。棋声惊昼眠。　微雨过，小荷翻。榴花开欲然④。玉盆纤手弄清泉。琼珠碎却圆⑤。

【注释】

① 作于元丰七年（1084）四月上旬。

② "绿槐"句：陆机《拟明月何皎皎诗》："凉风绕曲房，寒蝉鸣高柳。"

③ 薰风：初夏时的东南风。

④ "榴花"句：梁元帝萧绎《咏石榴诗》："然灯疑夜火，连珠胜早梅。"李白《寄韦南陵冰余江上乘兴访之遇寻颜尚书笑有此赠》："月色醉远客，山花开欲然。"

⑤ 却：一作"又"。

【评析】

这首词描绘了一位少女在初夏时节的日常生活。整首词活泼新颖，生动可爱，充满了生活气息。

首二句描绘了一幅初夏的生活图景：树荫浓密，蝉声初歇。一个"咽"字写出了周遭环境的安静，杨慎《草堂诗馀》称"咽"字"下得妙"。沈雄《古今词话》称首二句为"定体"，亦可见东坡笔下功力。暖风吹拂，沉香袅袅，烘托出安静和煦的夏日气氛。前三句所写分别涉及视觉、听觉、嗅觉、触觉四个维度，多感官的描绘使得初夏的季节特征更加鲜明具体可感。忽然棋声将安静的环境打破，更衬托出周遭的幽静。

"棋声"之下，由静态描写转为动态描绘，听觉描写转为视觉描写。歇拍二句起便是另一番夏日的图景：小荷初绽，榴花似火，一派生机盎然的画面。少女被惊醒后来到庭院，在荷池边玩水嬉戏。跳动的水珠就像少女欢快的心情，在清泉、水滴的映衬下，画面极具动感，少女活泼可爱、无忧无虑的形象也就显得立体生动起来。

黄蓼园《蓼园词选》曰："此词清和婉丽中而风格自佳。"整首词语言清新活泼，色调明媚，手法细腻，作品中活泼健康的少女形象与初夏时节富有生气的景致相互映衬，令人向往。同时，词作音律和谐，极具音乐美感，亦受到了后人的肯定，诚如明人陈耀文《花草粹编》卷四引《古今词话》所言："观者叹服其八句状八声，音律一同，殊不散乱，人争宝之，刻之琬琰，挂于堂室间也。"

西江月

平山堂①

三过平山堂下②，半生弹指声中③。十年不见老仙翁④。壁上龙蛇飞动。　欲吊文章太守⑤，仍歌杨柳春风。休言万事转头空。未转头时皆梦⑥。

【注释】

①作于元丰七年（1084）。平山堂：在今江苏扬州。

②"三过"句：苏轼曾于熙宁四年（1071）、熙宁七年（1074）、元丰七年（1084）三过平山堂。

③弹指：指时间之短暂。唐释道世《法苑珠林》卷一引《僧祇律》："二十念为一瞬，二十瞬名一弹指，二十弹指名一罗预，二十罗预名一须臾，一日一夜有三十须臾。"

④老仙翁：指欧阳修。

⑤文章太守：欧阳修《朝中措·送刘仲原甫出守维扬》："平山阑槛倚晴空，山色有无中。手种堂前垂柳，别来几度春风。文章太守，挥毫万字，一饮千钟。行乐直须年少，尊前看取衰翁。"

⑥"未转"句：白居易《自咏》："百年随手过，万事转头空。"

【评析】

顾从敬《类选笺释草堂诗馀》卷一载："欧阳文忠公守维扬日，于城西北大明寺侧建平山堂，颇得游观之胜。金华刘原父出守扬州，文忠公作《朝中措》以饯之。后东坡亦守是邦，登平山堂有感，而赋《西江月》一阕。"本词是苏轼为官扬州期间，登上平山堂后的感怀之作，在凭吊老师欧阳修的同时，抒发自己的人生感慨。

上片主要说明写作的原因。"三过平山堂下"，词人曾分别于熙宁四年、熙宁七年路过平山堂，而在苏轼的作品中，亦有"长记平山堂上，欹枕江南烟雨，渺渺没孤鸿"之语，可见苏轼对平山堂的特殊感情。"半生"句是词人抚今追昔，言岁月蹉跎、人生如梦，抒发时间流逝之感。"十年"二句言词人路过平山堂看到了欧公亲手书写的《朝中措》，笔走龙蛇的气势令人振奋，而作为平山堂的建造者，此时欧阳修已经离世八年，而词人与恩师分别也九年有余，故同时具有深切的怀念之情。

过片睹物思人，进一步抒情，言词人歌唱欧公词作来凭吊老师。

张德瀛《词徵》卷五："欧阳文忠公在维扬时建平山堂……于堂前植柳一株，因谓之'欧公柳'。"欧阳修《朝中措》一词中即有"手种堂前垂柳"之句，如今与恩师十年未见，唱及恩师之作，自然感慨万分，从对恩师的怀念自然过渡到对人生的感慨："不要说人去楼空，如今自己在世，也仿若置身梦中。"顾从敬《类选笺释草堂诗馀》卷一云："末句感慨之意，见于言外。"其实这正是词人凭吊老师后有所感怀，从欧公的一生推及自己的一生而产生的自然感受："人生既然不过虚幻，政治失意与挫折又算得了什么？"故而陈廷焯《白雨斋词话》卷六云："'休言万事转头空。未转头时皆梦'，追进一层，唤醒痴愚不少。"

对于恩师欧阳修，苏轼始终怀着极其敬佩和感激之情。他曾在《祭欧阳文忠公文》中说："自髫龀，以学为嬉，童子何知，谓公我师。昼诵其文，夜梦见之。十有五年，乃克见公。公为拊掌，欢笑改容：'此我辈人，余子莫群。我老将休，付子斯文。'"（《东坡后集》卷十六）可见苏轼对欧阳修的怀念和崇敬。欧阳修离世后，他主持修建的平山堂就成了恩师的象征，也成了苏轼寄托怀念之情的场所。对于苏轼来说，因为平山堂的修建者对其个人而言具有特殊的意义，因此苏轼产生了复杂的个人感情；而对于今天的读者来说，正是欧、苏二人的文学创作，使得平山堂被赋予了更深厚的文化内涵，诚如王士禛《花草蒙拾》所言："平山堂一抔土耳，亦无片石可语。然以欧、苏词，遂令地重。"

虞美人

《冷斋夜话》云：东坡与秦少游维扬饮别，作此词。世传贺方回所作，非也。山谷亦云，大观中，于金陵见其亲笔，实东坡词也[1]

波声拍枕长淮晓[2]。隙月窥人小。无情汴水自东流[3]。只载一船离恨、向西州。　　竹溪花浦曾同醉。酒味多于泪。谁教风鉴在尘埃。酝造一场烦恼、送人来。

【注释】

①元丰七年（1084）十一月作。王文诰《苏文忠公诗编注集成总案》卷二十四："元丰七年（1084）甲子十一月，公至高邮与秦观会，秦观追送渡淮，与秦观淮上饮别，作《虞美人》词。"

②长淮：即淮河。

③"无情"句：庾皋之《与刘虬书》："夫山水无情，应之以会，爱闲在我。"白居易《长相思》："汴水流，泗水流，流到瓜洲古渡头。"

【评析】

词乃苏轼写给秦观的赠别之作。当时秦观在扬州，而苏轼自汴州抵扬州，与之饮别。词写临别，深厚曲折，感人至深。

上片先写二人分别之后的词人舟中过夜的场景，首句"波声拍枕"点明此刻词人正在船上，已经与友人分别，听着河水拍打小船的声音，不知不觉又到了天亮，借时间的流逝写自己思绪不宁，侧面表现二人的情深意重。"隙月"指船篷罅隙中所见之月，借月亮的视角实写自己已经离开友人，角度新奇。"无情"三句将流水赋予人的情感，突出词人绵延不绝的离别愁绪，同时又将无形的愁绪具体化，使得内心的情感以更鲜明可感的方式呈现出来，李清照"只恐双溪舴艋舟，载不动、许多愁"、郑文宝"不管烟波与风雨，载将离恨过江南"与此句有异曲同工之妙。

过片二句追忆当年两人同游的情景。元丰二年（1079），东坡自徐州徙知湖州，与秦观偕行，过无锡、惠山，游松江、吴兴，一路相伴，一路唱和。词云"竹溪花浦曾同醉"，当指此时情事。"竹溪"句回忆二人在竹溪花浦纵情畅饮的情形，极言二人情感真挚；"酒味多于泪"，言二人相对时心事重重，只能以酒水掩泪水，侧面展现离别时的伤感，诚如沈际飞《草堂诗馀正集》卷二所言："酒多于泪，意进一层。"最后二句以发问的方式作结，"风鉴"当指风采、见识，言秦观的风采与世俗之人不同，黄苏《蓼园词选》言此句"是惜少游"，谁让自己在芸芸众生之中发现并认识了少游，才有了今天的这场离别啊！伤感之情更进一层。

整首词虽言送别，却将回忆与现实交织，并将自己与少游的相识置于整个人生的维度中进行考量，展现出二人深厚的情谊。黄苏《蓼园词选》评本词曰："只寻常赠别之作，已写得清新浓厚如此。"

行香子

与泗守过南山晚归作①

北望平川。野水荒湾②。共寻春、飞步屧颜③。和风弄袖，香雾萦鬟。正酒酣时，人语笑，白云间。　　飞鸿落照，相将归去④，澹娟娟、玉宇清闲。何人无事，宴坐空山⑤。望长桥上，灯火乱，使君还。

① 作于元丰七年（1084）十二月。傅藻《东坡纪年录》："元丰七年甲子，十二月同泗州太守游南山过十里滩作《行香子》。"泗守：指泗州太守刘士彦。南山：指都梁山。

② 野水荒湾：欧阳修《沧浪亭》："荒湾野水气象古，高林翠阜相回环。"

③ 寻春：游赏春景。孟浩然《重酬李少府见赠》："五行将禁火，十步想寻春。"屛颜：险峻高耸貌。

④ 相将：一起。令狐楚《春游曲三首》："相将折杨柳，争取最长条。"

⑤ 宴坐：白居易《病中宴坐》："宴坐小池畔，清风时动襟。"

【评析】

本词记录的是苏轼与友人刘士彦出游南山时的所见所感。

上片首二句写登高所见之景，向北是一望无际的平川，荒郊野岭之地，流水蜿蜒曲折，延伸至天边，八个字就点染出荒凉凄清的氛围，初步构成了一幅末冬旷野图，诚如杨慎《草堂诗馀》卷二所言："境界高旷孤渺，无人状得出。"接下来点明自己与友人相携外出的原因：信步南山，试图寻觅春天。"和风"二句言同游的歌姬舞姿翩翩，气质绝佳，"香雾萦鬓"出自杜甫名句"香雾云鬟湿，清辉玉臂寒"。此后再言酒宴现场一片欢乐的景象。

下片回扣词题，与友人相携离去之际，鸿雁飞向落日的尽头，皎洁的月亮显露出来，天空一片清雅澄净。李廷机《新刻注释草堂诗馀评林》卷二赞叹道："形容晚景，宛如画图在目中，词令上品也。"郑文焯《手批东坡乐府》亦赞曰："天外之游，澹然仙趣。"与上片的荒凉之景不同，在经过了酣畅的宴饮后，词人兴致益然，并将目之所见赋予了灵动的生机，一动一静，相映成趣，黄苏《蓼园词选》曰："凡游览题易于平呆，最难做得超隽。'飞鸿'二句，情景交融，自具隽旨。"最后，词人将视野转向长桥之上的点点灯火，"使君"当为友人刘士彦，此三句是词人对未来的期待，希望能够再次与友人相携，共赏风景，这里将个人的期待与此时的景象相结合，韵味无穷，受到了评论家的称赞，如先著、程洪《词洁》卷二曰："末语风致嫣然，便是画意。"黄苏《蓼园词选》亦曰："结句于旁观着笔，笔有余妍，亦是跳脱生新之法。"

整首词记录了登临南山所见的场景以及当时的活动经历，将季节的更替、宴饮的欢乐、时间的流逝和自己的感慨依次呈现，语言平实自然却别有韵味。

如梦令

有寄①

为向东坡传语。人在玉堂深处②。别后有谁来，雪压小桥无路。归去。归去。江上一犁春雨。

【注释】

①傅干《注坡词》题"寄黄州杨使君二首"。傅本题下注云："公时在翰苑。"薛瑞生《东坡词编年笺证》考证云："东坡在玉堂（翰林院），盖自丙寅（元祐元年，1086）八月至己巳（元祐四年，1089）四月，此词必作于此数年间。……元丰六年（1083）五月黄州太守徐君猷离任，杨君素来代。《文集》卷五六《与杨君素三首》其三，写于苏轼

登州还朝后，中谓：'某去乡二十一年，里中尊宿，零落殆尽，惟公龟鹤不老，松柏益茂，此大庆也。'知杨为东坡前辈。"

②玉堂：指翰林院。

【评析】

这首小令是苏轼离开黄州后怀念黄州生活的作品。

首二句言自己身在翰林院，却怀念着自己在东坡的生活，试图与黄州的邻里百姓对话。"别后"二句是试图"传语"的内容，也是词人对黄州当地人民生活的想象：自从我离开之后还有谁来过吗？不会是一场大雪压断了小桥，断了道路吧？此二句通过描写自己的心理活动，抒发了对黄州的思念和向往之情。最后的"归去"三句更是直言自己希望回到黄州的愿望，两个"归去"叠加，直抒胸臆，真挚动人，"江上一犁春雨"句更是"曲尽形容之妙"，言春雨喜降，万物复苏，适宜春耕，表达了词人对回归黄州生活的期待。

整首小令语言真诚自然，风格清丽明快，同时又寄予了词人强烈的个人愿望和生活理想，诚如陈廷焯《云韶集》卷二所言："风流跌宕，是名士胸襟，是东坡本色。"

南歌子

游赏①

山与歌眉敛，波同醉眼流。游人都上十三楼。不羡竹西歌吹、古扬州。　菰黍连昌歜②，琼彝倒玉舟③。谁家《水调》唱歌头。声绕碧山飞去、晚云留。

【注释】

①邹同庆、王宗堂《苏轼词编年校注》云："东坡守杭，元祐四年七月三日到任，元祐六年三月离杭还朝，只元祐五年在杭度端午节。"故此词于元祐五年庚午（1090）端午，在杭州作。

②菰黍（gūshǔ）：粽子。昌歜（chù）：用菖蒲根为原料的一种食物。

③琼彝：指美酒。玉舟：指酒杯。

【评析】

这首词写的是苏轼游览登临西湖十三楼的所见所感。张宗橚《词林纪事》卷五引《西湖志》曰："大佛寺畔，旧有相严院，晋天福二年钱氏建，有十三间楼。楼上贮三才佛一尊。苏子瞻治郡时，常判事于此，殆即此词所云十三楼耶。"

上片先写登临所见之景：山色如同歌女的黛眉一样葱郁，碧波就像朦胧的醉眼一样流转，以人的神态描摹山水，与王观《卜算子》中"水是眼波横，山是眉峰聚"有异曲同工之妙。接着记叙西湖十三间楼游人如织的场景，并将古扬州的竹西亭拿来比较，竹西亭为扬州名胜，向来为游人羡慕，苏轼也曾言"竹西歌吹是扬州"。此处言"不羡竹西歌吹"，意思即登临西湖十三间楼之后就不必再羡慕竹西亭的美景，侧面衬托出西湖十三间楼的引人入胜。

下片写游赏之乐："菰黍"即粽子，"昌歜"是一种以菖蒲根为原料的食品，二者分别载于《风土记》《左传》，此句借写宴会的美食点明此时为端午时节。"琼彝""玉舟"分别指美酒和酒杯，典出《周礼》，以细节刻画出游人纵情饮酒的场景，烘托出端午节欢乐的气氛，也描绘出西湖繁盛的光景。此二句援引古事，却不为古用，词人着意弱化端午节的节日特征，角度新奇，诚如杨慎《草堂诗馀》卷一所言："端午词多用汨罗事，此独绝不涉，所谓善脱套者。”“谁家《水调》唱歌头”，写在宴会上听人唱《水调歌》，歌声婉转，余音在山间环绕，袅袅不绝，连云霞仿佛都被吸引，久久不散，令人神往。

整首词上片描绘了西湖秀美的自然风光，不加雕琢，引人入胜；下片集中笔力描写宴会所食所饮以及现场的笑语欢歌，极具感染力和表现力。黄苏《蓼园词选》评曰：“在苏集中，此为平调，然亦自壮丽。”

鹊桥仙

七夕和苏坚韵①

乘槎归去②，成都何在，万里江沱汉漾③。与君各赋一篇诗，留织女、鸳鸯机上④。　　　还将旧曲，重赓新韵，须信吾侪天放。人生何处不儿嬉，看乞巧、朱楼彩舫⑤。

【注释】

① 作于元祐五年（1090）七月。

② 乘槎：乘船。

③ 沱：一作“涛”。

④ “留织”句：《诗经·小雅·大东》：“跂彼织女，终日七襄。”宋之问《明河篇》：“鸳鸯机上疏萤度，乌鹊桥边一雁飞。”

⑤ 乞巧：《荆楚岁时记》：“七月七日为织女牵牛聚会之夜。是夕，人家妇女结彩楼，穿七孔针，或以金银玉石为针，陈瓜果于庭中以乞巧，有喜子网于瓜上，则以为符应。”彩舫：陈元靓《岁时广记》卷二六引

《提要录》："世俗七夕取五彩结为小楼、小舫以乞巧。"

【评析】

本词是词人与苏坚的唱和之作。苏坚，字伯固，泉州人，居丹阳。苏轼知杭州时，他以临濮县主簿监杭州在城商税，协助苏轼治理西湖。二人在杭州共事期间唱和颇多，苏轼另有《点绛唇·己巳重九和苏坚》《次韵苏伯固主簿重九》《生查子·送苏伯固》等作。本词虽为七夕之作，却另辟蹊径，借遥望天河抒思乡之情，表达了对友人的勉励和宽慰。

上片首起三句用张华《博物志》典，词人以仙人自拟，想象自己乘着浮槎归去，却不知成都在何处，只有那万里奔腾的汉江二水，开门见山，直接抒发怀乡思归的意图。"与君"二句接着展开想象，言二人共同吟诗作赋，题写在织女织成的云锦之上，实言二人的作品高妙绝伦，非凡间之语，展现出词人豪放无拘的情怀。王文诰《苏文忠公诗编注集成总案》卷三二对此评曰："放翁倾倒此词，盖以赋诗留织之语，人所不能道也。"

过片用《庄子》典，"还将"三句是词人勉励友人再续此曲，创作新词，尽情歌咏，放任自然，"须信吾侪天放"句更突出了词人放旷不羁的性格特征。"人生"二句回应七夕的时节特征，劝勉友人及时行乐，共赏良辰美景。

词虽作于七夕，却写对友人的鼓励和劝勉，从思乡之情入手，又能以奇妙的想象化解羁旅行役的忧愁，巧妙引用七夕节日的传说、典故，同时达成自己的精神解脱，新颖别致，不落筌蹄，诚如陆游《跋东坡七夕词后》所言："昔人作七夕诗，率不免有珠栊绮疏惜别之意。惟东坡此篇，居然是星汉上语，歌之曲终，觉天风海雨逼人。学诗者当以是求之。"

点绛唇

庚午重九再用前韵^①

不用悲秋，今年身健还高宴^②。江村海甸。总作空花观^③。　　尚想横汾，兰菊纷相半。楼船远。白云飞乱。空有年年雁。

【注释】

①元祐五年（1090）重九作于杭州。傅藻《东坡纪年录》："元祐五年庚午，重九日再和苏坚前年《点绛唇》韵。"

②高宴：盛大的宴会。虞世南《琵琶赋》："嘉客既醉，高宴方阑。"

③空花：佛教语，指纷繁的妄想和假相。

【评析】

这首词是重阳登高后抒怀之作，用《点绛唇·己巳重九和苏坚》韵。前一首言："顾谓佳人，不觉秋强半。筝声远。鬓云撩乱。愁入参差雁。"而本首词一扫之前沉闷的情绪，在打破文人"自古逢秋悲寂寥"传统的同时，抒发对人生的思考和感悟。

上片首句"不用悲秋"即奠定了全词的情感基调。宋玉在《九辩》中感叹"悲哉，秋之为气也"，杜甫在《九日蓝田崔氏庄》中亦言"老去悲秋强自宽"，情绪消沉；而词人以身强体健，佳节高宴宽慰自己，豁达的心胸由此可见。"空花观"用《圆觉经》中的观点，视世界如空中之花，言万事万物皆为虚空，陈廷焯《云韶集》卷二四曰："感慨系之。凄感中自有仙气。"

下片承接上片的思绪,进一步展开联想。"横汾""兰菊""楼船""白云"皆出自汉武帝《秋风辞》,此处借指汉武帝,意在表达连雄韬伟略的汉武帝也逐渐消逝在历史长河之中,成为一场"空花"。"空有年年雁"则化用李峤"不见只今汾水上,唯有年年秋雁飞"之句,由虚写转为实写,过往的一切都随着时间的流逝而消散,眼前能看到的只有悠悠的白云和高飞的大雁,再言万物皆空。连用两处典故,虚实丛生,印证了张宗橚《词林纪事》卷五所载楼敬思之语:"换头使汉武横汾事,兼用李峤诗,亦能变化,其妙在'尚想'二字。'空有'二字,便是化实为虚。"

整首词借重阳节登高远眺抒写人生感怀,在精神痛苦之际,词人从佛教的"空花观"出发,思绪纵横古今,最终达成了精神上的自我纾解。词作在有限的格式内多处化用诗句、使用典故,虚实结合,展现出词人超脱的人生态度。诚如陈廷焯《词则·别调集》卷一所评:"笔意超远,东坡本色。"

木兰花令

次马中玉韵①

知君仙骨无寒暑②。千载相逢犹旦暮③。故将别语恼佳人,要看梨花枝上雨④。　　落花已逐回风去。花本无心莺自诉。明朝归路下塘西,不见莺啼花落处。

【注释】

①作于元祐六年(1091)三月。中:一作"仲",一作"忠"。

②仙骨：比喻非凡出众的风采骨格。

③旦暮：《庄子·齐物论》："万世之后而一遇大圣，知其解者，是旦暮遇之也。"

④"要看"句：白居易《长恨歌》："玉容寂寞泪阑干，梨花一枝春带雨。"

【评析】

本词是苏轼在离杭之际与友人马中玉惜别时的次韵之作。

上片首二句有感于马中玉"来时吴会犹残暑，去日武林春已暮"而对友人加以劝勉，友人感叹秋去春来时光飞逝，相处时间过于短暂，词人就先赞扬其仙风道骨的气质，再借《庄子》中的典故表达知音难觅的不舍之情。"故将"句言马中玉以沉重的送行之语引动了在座官妓的惜别感情，"要看梨花枝上雨"句，以花枝带雨写官妓们的伤心落泪之态，借女子的情绪写二人内心的情感活动，突出分别时的伤感气氛。此句化用白诗"梨花一枝春带雨"句，却清新自然，不落言筌，有点铁成金之功，周紫芝《竹坡老人诗话》曰："虽用乐天语，而别有一种风味，非点铁成黄金手，不能为此也。"安磐《颐山诗话》亦言此句"新奇流动，尤可喜也"。

下片则转向了自我书写，眼前是落花随风、黄莺啼鸣的暮春景象，用移情的手法再次渲染送别的伤感气氛。以随风飘零的落花言自己奉诏离杭、四处飘零的人生际遇，以啼诉的黄莺喻指友人送别时的痛惜心情，词人借暮春时节的自然景象表达离别之伤感，物我为一，意味深长。"明朝"句是词人想象明日由下塘出发踏上征程，无法再见到这莺啼花落之处了。此刻虽身在友人之旁，却想象来日分别的场景，伤感与不舍之情溢于言表。卓人月《古今词统》卷八曰："余生长塘西，每恨'塘西'字不堪入咏，得此大快。"

整首词将暮春的自然场景与离别的伤感心情有机地统一起来，词人在传达二人真挚友谊的同时抒发了人生感慨，语言曲折婉转，寄托遥深，蕴含无限感慨。

八声甘州

寄参寥子^①

有情风、万里卷潮来，无情送潮归。问钱塘江上，西兴浦口，几度斜晖。不用思量今古，俯仰昔人非。谁似东坡老，白首忘机。　　记取西湖西畔，正暮山好处，空翠烟霏^②。算诗人相得，如我与君稀。约他年、东还海道，愿谢公、雅志莫相违^③。西州路，不应回首，为我沾衣。^④

【注释】

① 作于元祐六年（1091）三月。

② 烟霏：烟雾弥漫。

③ 雅志：指很早立下的归隐志愿。这里东坡以谢安归隐之志与参寥子相约，并盼实现。

④ "西州"三句：《晋书·谢安传》："羊昙者，太山人，知名士也，为安所爱重。安薨后，辍乐弥年，行不由西州路。尝因石头大醉，扶路唱乐，不觉至州门。左右白曰：'此西州门。'昙悲感不已，以马策扣扉，诵曹子建曰：'生存华屋处，零落归山丘。'因恸哭而去。"

【评析】

词为苏轼离杭赴京时别友人参寥之作。参寥子，即僧道潜，字参寥，俗姓何氏。苏轼与道潜交谊深厚，唱和颇多，此词即为其中之一。整首词表达了二人间深厚的情谊，同时也抒发了苏轼历经坎坷后出世的玄想，表现出人生空漠之感。

起句气象雄杰，破空而来，写尽钱塘江潮水的涨落来去，又可见千古之循环兴废，气势豪放，语出不凡，郑文焯《手批东坡乐府》赞曰："突兀雪山，卷地而来，真似钱塘江上看潮时，添得此老胸中数万甲兵，是何气象雄且杰！妙在无一字豪宕，无一语险怪，又出之以闲逸感喟之情，所谓骨重神寒，不食人间烟火者，词境至此，观止矣！"苏轼于元祐四年（1089）知杭州，元祐六年召为翰林学士承旨，故潮来潮归亦是写词人来杭、离杭身不由己的感慨。接三句以"问"字领起，在辽阔无际的江畔，我们共同欣赏过几次夕阳？在对钱塘江面浩阔景象的描绘中，展现出一种历史的苍茫感，也暗示二人友情长久。"不用"以下四句劝慰朋友：在漫长的历史长河中，我们不必思量今古，计较对错。"俯仰昔人非"句化用王羲之《兰亭集序》之句，言眼前人事瞬息万变，暗喻近来朝中争斗显现出的形形色色人物变化。"谁似"二句是词人的自我宽慰，言自己胸怀恬淡，没有心机，体现出词人俯仰天地、纵览古今的达观性情。

过片由眼前气势磅礴的钱塘江景转向记忆场景的叙写，"记取"二字切换了叙事时空，词人转而回忆二人在西湖边的游赏活动，感慨二人性情相投，情深谊重。"约他年"四句展开想象，言他日再见，同隐山林，此处用谢安事，意在表达离开杭州后能够尽快实现辞官归隐的愿望。"西州路"三句用谢安、羊昙典，此处词人劝慰友人不必在杭州看到有关自己的遗迹就哭泣，再言二人的情谊之深。陈廷焯《白雨斋词话》卷八言结句"寄伊郁于豪宕，坡老所以为高"，可见评价之高。

整首词既描写了气势恢宏的钱塘江景，又描写了恬静温馨的幸福回忆，气象不凡中又含蓄蕴藉，更写出了惺惺相惜的真挚情谊。胡仔《苕溪渔隐丛话》后集卷二十六以"皆绝去笔墨畦径间，直造古人不到处，真可使人一唱而三叹"评价本词；李攀龙《新刻题评名贤词话草堂诗馀》卷四赞本词"轻清潇洒，如莲花出池，亭亭净植，无半点尘俗气"；郑文焯《手批东坡乐府》亦言本词"云锦成章，天衣无缝，是作从至情流出，不假熨贴之工"，三人所言，洵非虚誉。

蝶恋花 ①

春事阑珊芳草歇 ②。客里风光，又过清明节。小院黄昏人忆别，落红处处闻啼鴂 ③。　　咫尺江山分楚越。目断魂销，应是音尘绝。梦破五更心欲折。角声吹落梅花月 ④。

【注释】

① 作于元祐六年（1091）四月。

② 阑珊：衰落、萧瑟的样子。芳草歇：谢灵运《游赤石进帆海》："首夏犹清和，芳草亦未歇。"

③ 鴂（jué）：鸟名，即杜鹃。《离骚》："恐鹈鴂之先鸣兮，使夫百草为之不芳。"

④ "角声"句：画角声吹落了梅花梢上的月亮。晏几道《鹧鸪天》："舞低杨柳楼心月，歌尽桃花扇影风。"

【评析】

这首词是他乡怀人之作。黄苏《蓼园词选》曰："通首是别后远忆之词，非赠别之作。"

上片首句"春事阑珊芳草歇"句，沈雄《古今词话》认为是从谢灵运"芳草亦未歇"句而来。此句点明暮春时节的季节特征，渲染出感伤的情调。"客里"二句言此时词人身在外地，同时点明时节，进一步为后文怀人蓄势。清明节本是祭扫先人茔墓的节日，但是他乡作客，自己的愿望无法实现，伤感的情绪更进一层。"小院"二句写词人的内心活动和所处的环境，"黄昏""落红""啼鸩"三个意象进一步增添了悲凉伤感的氛围，词人独立于院落之中回忆故人，所见是满地落花，所闻是凄凉的鹈鸩啼鸣，在双重感官的冲击下，思念之情愈发浓厚。

过片继续抒发怀念之情。"咫尺"句言虽与所怀之人的实际地理位置相隔不远，但却因种种原因被阻隔开来。"楚越"出自《庄子·德充符》"自其异者视之，肝胆楚越也"，本用于形容距离遥远，此处言词人与所怀之人无法相见，便觉相距遥远。"目断"二句言极目远望，伤心销魂，渐渐接受了从此音信断绝的事实。"梦破"二句言梦中醒来听到五更的号角，好梦不再，月亮将落，悲伤的情绪达到顶点。李攀龙《新刻题评名贤词话草堂诗馀》卷六评曰："当鸟啼花落之时，自能动人离思之苦，况梦回月落，其情尤所不堪者。"

整首词的伤感情绪通过意象的叠加而逐渐增强，沈际飞《草堂诗馀正集》卷二曰："鸟啼、花落、梦回、月落，一境惨一境。"同时通过多种感官的描绘，想象、梦境与现实的交叠，使得思念、伤感之情贯穿始终，诚如王士祯《花草蒙拾》所言："'春事阑珊芳草歇'一首，凡六十字，字字惊心动魄。"情感真挚曲折，语言质朴清丽，合秦、柳为一手，确为怀人佳作。

木兰花令 ①

霜余已失长淮阔。空听潺潺清颖咽 ②。佳人犹唱醉翁词 ③，四十三年如电抹 ④。　　草头秋露流珠滑。三五盈盈还二八 ⑤。与余同是识翁人，惟有西湖波底月。

【注释】

① 作于元祐六年（1091）闰八月。

② 颖：一作"濑"。

③ "佳人"句：欧阳修《玉楼春》："西湖南北烟波阔。风里丝簧声韵咽。舞余裙带绿双垂，酒入香腮红一抹。杯深不觉琉璃滑。贪看六幺花十八。明朝车马各西东，惆怅画桥风与月。"

④ 电抹：极言消逝之快。

⑤ "三五"句：谢灵运《怨晓月赋》："昨三五兮既满，今二八兮将缺。"

【评析】

欧阳修曾于皇祐元年（1049）知颖州，晚年亦居家于此。知颖州期间，他曾作《木兰花令》一词，颖州西湖名绝天下，大抵就是自欧阳永叔开始。本词是苏轼在颖州怀念欧阳修而写下的唱和之作。此二首词皆受到后人的赞誉，如傅干《注坡词》卷一一一引《本事曲集》曰："二词俱奇峭雅丽，如出一人，此所以中间歌咏寂寥无闻也。"

上片言霜降后淮河水减退，已失其夏日奔腾辽阔之势，颖水潺潺，声音如泣如咽。此处用移情的手法，将自己念及恩师的惆怅心情赋予流水，更显情真意切。"佳人"句言颍州西湖的歌女依旧在唱欧公之词，欧阳修皇祐元年知颍州，至苏轼作本词时刚好四十三年，时间如同闪电一样飞逝，而恩师的佳作依旧被人们铭记。此二句表达了颍州人对欧阳修浓厚的怀念之情，在词人感慨时间如梭的同时，进一步表达了对欧阳修的深切思念。

下片由景及情，深秋时节，露珠晶莹剔透，圆润光滑，十五的月亮圆润皎洁，一旦到了十六，月亮又将有残缺。南朝鲍照有诗"三五二八时，千里与君同"（《玩月城西门廨中诗》），此处借露珠、圆月的转瞬即逝象征人生的倏忽而过，慨叹时光飞逝、人生无常。结尾二句进一步彰显主旨：四十三年之后，依旧认识欧公的，恐怕只有自己与这倒映在西湖水底的明月了。欧阳修在颍州时常常夜游西湖，此句将对欧阳修的怀念与溶溶月色融为一体，空灵澄澈，韵味无穷。

整首词由游赏西湖怀想恩师欧阳修而作，将萧瑟的秋景与内心的情感相结合，婉转深折，情韵悠长，沈际飞《草堂诗馀续集》卷下载天羽居士之评："古崛。按东坡尝与弟别颍州西湖，又有'别泪滴清颍'之句。一片性灵，绝去笔墨畦径。"

减字木兰花

春月 ①

春庭月午 ②。摇荡香醪光欲舞 ③。步转回廊。半落梅花婉娩香 ④。　　轻云薄雾。总是少年行乐处。不似秋光。

只与离人照断肠。

【注释】

① 作于元祐七年（1092）。

② 月午：月亮升到天顶。李贺《感讽五首》其三："月午树无影，一山唯白晓。"

③ 香醪：美酒。

④ 婉娩：《礼记·内则》："女子十年不出，姆教婉娩听从。"《正义》："按《九嫔注》云：'妇德贞顺，妇言辞令，妇容婉娩，妇功丝枲。'则婉娩合为妇容，此分婉为言语，娩为容貌者。"

【评析】

这首词是苏轼在颍州聚星堂与友人月下赏花对酌之作。苏轼知颍州时，常在聚星堂饮酒赏花，本词即记此事。

上片描绘月下赏花的情形：午夜时分，月色如霁，词人与友人举杯畅饮，月光倒映在摇荡的酒杯中，仿佛翩然起舞。此句运用拟人的手法，刻画出月光流动的画面，想象新奇，充满情趣。"步转"二句言流连在曲折的回廊之中，闻到半落的梅花散发出阵阵芬芳。此句化用张泌《寄人》"多情只有春庭月，犹为离人照落花"之句，别出心裁，天然无迹。上片从视觉、嗅觉的角度切入，描绘出一幅空明澄净的月下落梅图，亦体现出词人高洁雅致的精神追求。

下片由所见抒所感。"轻云"二句承接上片，云雾轻笼，月色朦胧，这正是年轻人行乐的好去处。最后词人对夫人"春月色胜如秋月色，秋月令人凄惨，春月令人和悦"之言表达赞许，初春之夜的月色温柔地倾泻，与秋天离别时凄凉伤感的氛围是多么不同！景色相似，却因时节不同而产生截然不同的效果，陈师道《后山诗话》引老杜"秋月解伤神"之语作解，言此二句"语简而益工也"。

词作上片写景，下片议论，通过月色、梅花、云雾等意象的抓取，营造了清雅别致的氛围，体现了词人高雅的精神境界和追求，并于结尾阐发哲理，韵味无穷，令人回味。

生查子

诉别 ①

三度别君来，此别真迟暮②。白尽老髭须，明日淮南去。酒罢月随人，泪湿花如雾。后月逐君还，梦绕湖边路。

【注释】

① 作于元祐七年（1092）八月。

② 迟暮：屈原《离骚》："惟草木之零落兮，恐美人之迟暮。"杜甫《寄刘峡州伯华使君四十韵》："迟暮嗟为客，西南喜得朋。"

【评析】

本词是苏轼离杭还朝时与友人苏坚的赠别之作，抒发了离别的不舍之情。

上片从时间入手，"三度别君来"是回忆，言二人交往已久，情谊深重，"迟暮"一语双关，既言自己年岁已高，有"再次相见恐怕不知何时"的感慨，又用《离骚》中"美人迟暮"之典，言自己恐无法再被重用。短短十字跨越了近十年的光阴，不舍之情溢于言表，同时又寄托了个人的人生感慨。"白尽"二句言自己已然苍老，却还要奔赴新任，言语间流露出无奈和叹惋。

下片继续言别宴上的不舍和悲哀。月亮好像也知情义，从开宴一直到酒罢一直跟随着我们移动，分别时自己泪眼婆娑，好像在雾中看花般。"后月"二句想象词人与友人分别后的场景：离别后我的梦魂将随你而还，绕行湖边之路。此二句言纵然二人即将分别，但梦中依旧会相见。此时还未分别，却已经在设想别后梦中相见，不舍之情无可遏制。

整首词紧扣分别场景进行叙述，将分别时的难舍难分刻画得淋漓尽致，语言朴实自然，感人至深。诚如陈廷焯《词则·放歌集》卷一所言："语浅情深，正不易及。"

青玉案

和贺方回韵送伯固归吴中故居 ①

三年枕上吴中路，遣黄耳、随君去 ②。若到松江呼小渡 ③。莫惊鸥鹭。四桥尽是，老子经行处 ④。 《辋川图》上看春暮 ⑤，常记高人右丞句。作个归期天已许。春衫犹是，小蛮针线 ⑥，曾湿西湖雨。

【注释】

① 作于元祐七年（1092）。吴中：指今江苏苏州。

② 耳：一作"犬"。

③ 松江：即吴淞江，太湖支流三江之一。陆广微《吴地记》："松江，一名松陵，又名笠泽……其江之源，连接太湖。"

④老子：老年人的自称，此词人自指。

⑤《辋川图》：唐代王维置别业于辋川，曾于蓝田清凉寺壁上画《辋川图》。《唐朝名画录》："王维画《辋川图》，山谷郁盘，云水飞动，意出尘外，怪生笔端。"

⑥小蛮：唐代白居易家姬名。此借指朝云。

【评析】

本词是送别友人苏伯固的和韵之作。

上片抒写作者对友人归吴的羡慕和自己对吴中旧游的思念。"三年"句言友人虽身在任上，却三年未归，故时时梦回吴中故乡。"遣黄耳"句用陆机黄犬传书这一典故，言自己想遣送信的黄犬随行，以便时时能够得到友人的消息，表达了对友人离去的不舍。"若到"想象友人踏上归途后所见的场景，言松江渡口，目之所及，皆为自己经行之处，此四句将过往之事与未来之行相结合，给友人以"结伴而行"的宽慰。

下片抒发了自己欲归不能的惋惜之情。"《辋川图》上"用王维典，以王维晚年的闲适生活自况，有强作宽慰之意。"作个归期天已许"一句，明知自己尚不能归，却言自己已获得上天认可，思归之情溢于言表。结尾"春衫"三句用乐天"小蛮针线"典，借白居易所宠爱的善舞妓人小蛮，或喻指其爱妾朝云，流露出相思之情。况周颐《蕙风词话》卷二评曰："与上三句相连属，遂成奇艳、绝艳，令人爱不忍释。坡公天仙化人，此等词犹为非其至者，后学已未易模仿其万一。"

整首词借送别友人表达自己想要归隐而不成的惋惜之情，情感婉转含蓄而又真挚动人，正如陈廷焯《云韶集》卷五所评："风流自赏，气骨高绝。"

行香子

述怀^①

清夜无尘。月色如银。酒斟时、须满十分。浮名浮利，虚苦劳神。叹隙中驹^②，石中火^③，梦中身^④。　　虽抱文章，开口谁亲。且陶陶^⑤、乐尽天真。几时归去，作个闲人^⑥。对一张琴，一壶酒，一溪云。^⑦

【注释】

① 作于元祐八年（1093）。

② 隙中驹：《庄子·知北游》：“人生天地之间，若白驹之过隙，忽然而已。”疏：“白驹，骏马也，亦言日也。隙，孔也。夫人处世，俄顷之间，其为迫促，如驰骏驹之过孔隙，欻忽而已，何曾足云也！”

③ 石中火：潘岳《河阳县作诗二首》其一：“颍如槁石火，瞥若截道飚。”刘昼《新论·惜时》：“人之短生，犹如石火，炯然以过。”

④ 梦中身：尹喜《关尹子·四符》：“知夫此身为梦中身，随情所见者，可以飞神作我而游太清。”李白《春夜宴从弟桃花园序》：“浮生若梦，为欢几何。”

⑤ 陶陶：醉貌。刘伶《酒德颂》：“无思无虑，其乐陶陶。”

⑥ 闲人：清闲之人。白居易《闲行》：“五十年来思虑熟，忙人应未胜闲人。”

⑦ “对一张琴”三句：欧阳修《六一居士传》：“有琴一张，有棋一局，而常置酒一壶。”李白《月下独酌》：“花间一壶酒，独酌无相亲。”王安石《题齐安壁》：“梅残数点雪，麦涨一溪云。”

【评析】

本词为月夜抒怀之作，词人在回顾人生经历的同时，表达了对追名逐利的鄙夷，抒发了时光飞逝、人生如梦的感慨，彰显了人生的志趣和追求。

"清夜"三句言夜晚空气清新，月色皎洁，词人乘兴饮酒、开怀畅饮的场景。在空明澄净的月色下，词人对月举杯，体现出词人高洁脱俗的志趣。"浮名"二句言人生常为浮幻的名利而劳心伤神，词人进而连用三处比喻感叹人生短暂，倏忽如梦，三句分别引《庄子》、潘岳诗、《关尹子》之典，读来令人深思。苏轼的文学作品中常有类似的表达，如"人生到处知何似，应似飞鸿踏雪泥""须信人生如寄""人生底事，来往如梭"，但在这首词中，苏轼却表达得更明白、更集中，体现出词人渊博的知识储备和长久的人生思索，读来令人称道。

下片继续感慨人生：虽然拥有文章盛名，但开口之间有谁能亲近呢？苏轼曾在《与王定国书》中倾诉："平生亲友，言语往还之间，动成坑阱，极纷纷也。"当时苏轼曾经历了一段备受打击的时光，臣僚"皆云奸恶"。联想到自己过往的经历，苏轼遂感慨生活之中可与亲近之人寥寥无几，姑且借现实中的欢乐，保持自然纯真的本性，忘掉人生的烦恼。"几时归去"五句进一步表达了归隐的愿望，"一张琴，一壶酒，一溪云"成为苏轼的人生理想，清高淡泊的人生态度借此彰显，与欧阳修《六一居士传》中"有琴一张，有棋一局，而常置酒一壶"更是有异曲同工之妙。诚如沈际飞《草堂诗馀续集》卷下载天羽居士之评："天趣浮出，如不经心手。"

词作的上片由眼前生活抒发人生哲理，下片由个人经历畅想理想生活，虽然词人经历了一番思想挣扎，但最后选择了以旷达的心胸消解生活中的烦闷与苦恼，体现出词人不拘于俗务的本性和恬淡雅致的志趣追求。特别是对人生的深刻洞察和领悟，体现出东坡的胸襟和智慧，词如其人，人如其词，俞陛云《唐五代两宋词选释》即言："一气写出，自乐其天，快人快语。"

贺新郎

夏景①

乳燕飞华屋②。悄无人、桐阴转午③，晚凉新浴。手弄生绡白团扇，扇手一时似玉④。渐困倚、孤眠清熟⑤。帘外谁来推绣户，枉教人、梦断瑶台曲⑥。又却是，风敲竹。

石榴半吐红巾蹙⑦。待浮花、浪蕊都尽⑧，伴君幽独。秾艳一枝细看取，芳心千重似束⑨。又恐被、秋风惊绿⑩。若待得君来向此，花前对酒不忍触。共粉泪，两簌簌⑪。

【注释】

① 作于元祐五年（1090）夏。

② 乳燕：雏燕。杜甫《题省中壁》："落花游丝白日静，鸣鸠乳燕青春深。"华屋：华美的屋宇。曹植《箜篌引》："生存华屋处，零落归山丘。"

③ 转午：转过正午，即午后。

④ "手弄"二句：言扇、手皆呈玉色。刘义庆《世说新语·容止》："王夷甫容貌整丽，妙于谈玄，恒捉白玉柄麈尾，与手都无分别。"

⑤ 清熟：谓睡眠安稳沉酣。

⑥瑶台：华美的楼台，传说中的神仙居所。此处指梦中仙境。曲：幽僻处。

⑦"石榴"句：意为石榴花半开时如有皱褶的红色丝巾一样。蹙：皱。白居易《题孤山寺山石榴花示诸僧众》："山榴花似结红巾，容艳新妍占断春。"

⑧浮花、浪蕊：指桃杏之类的俗常花卉，它们春天绽放，石榴繁盛时，这些花已凋落。韩愈《杏花》："浮花浪蕊镇长有，才开还落瘴雾中。"

⑨"芳心"句：形容榴花重瓣，拟人之心情沉重、精神蹙束。

⑩"又恐"句：谓担心石榴花被秋风吹落后，只剩下满枝绿叶。皮日休《石榴歌》："蝉噪秋枝槐叶黄，石榴香老愁寒霜。"

⑪"共粉"二句：谓花与泪共落。簌簌：下落声。

【评析】

中国文学传统中有"香草美人"之喻，文人们常以美人迟暮写自己的处境。苏轼的这首闺怨之作亦是如此，词人在刻画落寞无依的美人的同时也暗喻了自己的心境，内涵丰富，托意高远。陈廷焯在《白雨斋词话》卷一中指出："词至东坡，一洗绮罗香泽之态，寄慨无端，别有天地。……《贺新凉》尤为绝构。"

词的上片用环境烘托，写一位高洁绝尘的幽居美人，纯洁、贞静、形神俱美，然而却寂寞无依，好梦难成。起调三句点明季节、时间、地点，为美人的出场设置了清幽的环境。"晚凉新浴"句起，在暗示时间流转外，推出本词所写的对象——一位出浴美人。"手弄"二句言美人手执团扇的样貌，展现其优美的姿态和清雅的气质。自汉代班婕妤《团扇诗》后，白团扇常常是红颜薄命、佳人失时的象征，此处亦有暗示美人命运的意味。接下来写美人欲眠，却被帘外声音惊醒，原猜想是故人归来，却发现是风敲竹声。此处用古诗"开门复动竹，疑是故人来"之意，女子的落寞与伤感得以想见。

下片写的是不与"浮花、浪蕊"为伍而愿意"伴君幽独"的榴花，它幽独、秀洁、芳心千重，忧惧西风摧折。"芳心千重似束"再次托喻美人那颗坚贞不渝的芳心，写出了她似若有情、愁心难展的情态。"又恐被、秋风惊绿"，此句由花及人，指明美人与榴花有着同样的遭遇。秋风起时，榴花快速凋谢，只剩绿叶。这何尝不是佳人迟暮之感的内心独语呢？词以榴花衬映美人，美人艳如榴花，花着人之愁情，人具花之品格，是花是人，融合为共宣迟暮之感，同发身世之叹，抒发了怀才不遇的抑郁心情。项安世《项氏家说》卷八言本词"兴寄最深，有《离骚经》之遗法，盖以兴君臣遇合之难，一篇之中，殆不止三致意焉"，确有其理。项安世认为，"瑶台之梦，主恩之难常也。幽独之情，臣心之不变也。恐西风之惊绿，忧谗之深也。冀君来而共泣，忠爱之至也。"

整首词以笔墨映心事，取景清幽，意象清隽，婉曲缠绵，寄托遥深，情景相生，令人回味。胡仔《苕溪渔隐丛话》后集卷三九言东坡此词"冠绝古今，托意高远"，陈廷焯《云韶集》卷二言"此中大有怨情，但怨而不怒，哀而不伤。词骨词品，高绝卓绝"，此二人之语亦不为过。

此词本事有多种说法：一、杨湜《古今词话》云此词是苏轼熙宁年间倅杭时为歌妓秀兰而作，毛本从之，胡仔《苕溪渔隐丛话》后集卷三十九云此说"真可入笑林"，并认为词中所咏"盖初夏之时，千花事退，榴花独芳，因以申写幽闺之情"。二、曾季狸《艇斋诗话》认为此词："在杭州万顷寺作。寺有榴花树，故词中云石榴。又是日有歌者昼寝，故词中云'渐困倚、孤眠清熟'。"孔凡礼《苏轼年谱》从之，并编庚午年（1090）夏。张志烈、马德富、周裕锴《苏轼全集校注》也编此年，并解说云：苏轼因独立不随，受到新旧两派中一些人的诬蔑攻击，不安于朝，自请外调，其来杭的基本心态中就藏着一种独立人格的孤愤。这首词中芳香满口的语言，秾丽优美的形象，回肠万转，幽意千重，婉曲缠绵，韵味无限，但其核心就是写出那绝代佳人的孤立无依、高洁寂寞，从而显现出一种孤高自洁者的愤慨，而这与苏轼元祐年间守杭时的心态完全契合一致。词的上片通过景物渲染、肖像刻画和细节描写，绘出一个心有求慕而处境孤独的绝代佳人形象。下片写佳人看榴花的情思，贯穿以榴花比喻佳人的笔意，花姿人面，浑融不分，寂寞幽伤，衷情深显。其艺术表现风范确与屈子《离骚》、杜甫《佳人》有同轨之处。《项氏家说》称其"兴寄最深，有《离骚经》之遗法"，是极有见地的评论。

三、陈鹄《耆旧续闻》卷二指出此词是东坡晚年南迁时所作，并云此说得之于晁以道。刘崇德《苏词编年考》认为这一说法值得注意。词中所描绘的榴花盛开情景恰与五代词人欧阳炯所写岭南风光相合。其《南乡子》词中就有"嫩草如烟，石榴花发海南天"的句子。又"浮花、浪蕊"一语，本自韩愈《杏花》诗。诗中云："二年流窜出岭外，所见草木多异同。冬寒不严地恒泄，阳气发乱无全功。浮花浪蕊镇长有，才开还落瘴雾中。"苏轼于词中用来反衬榴花能于岭外的瘴雾蛮风中独呈秾艳及其伴随作南迁之"幽独"的芳心。所喻的女子当为朝云。

西江月

梅花 ①

玉骨那愁瘴雾，冰姿自有仙风 ②。海仙时遣探芳丛。

倒挂绿毛幺凤③。　素面翻嫌粉涴④，洗妆不褪唇红。高情已逐晓云空。不与梨花同梦。

【注释】

① 作于绍圣三年（1096）。

② 姿：一作"肌"。《庄子·逍遥游》："藐姑射之山，有神人居焉，肌肤若冰雪，绰约若处子。"

③ "倒挂"句：庄绰《鸡肋编》卷下："东坡在惠州作梅词云（词略）。广南有绿羽丹嘴禽，其大如雀，状类鹦鹉，栖集皆倒悬于枝上，土人呼为'倒挂子'。而梅花叶四周皆红，故有'洗妆'之句。二事皆北人所未知者。"

④ 翻：一作"常"。乐史《杨太真外传》："封大姨为韩国夫人，三姨为虢国夫人，八姨为秦国夫人，同日拜命，皆月给钱十万为脂粉之资。然虢国不施妆粉，自衒美艳，常素面朝天。"

【评析】

宋人释惠洪《冷斋夜话》和王楙《野客丛书》都认为这首词是苏轼为悼念侍妾朝云而作。此说大致可信。朝云，字子霞，姓王氏，钱塘（今浙江杭州）人，能歌善舞，少归苏轼为妾，绍圣元年（1094）苏轼南贬时，只有朝云相从，绍圣三年（1096）七月十五日朝云死于惠州，年三十四。苏轼作有《朝云墓志铭》、《悼朝云》诗及这首《西江月》词。

上片从侧面写惠州梅超尘脱俗的神仙风致。"玉骨"两句说惠州梅虽然生长在瘴疠之地，却不畏瘴气的侵袭，仍然保持着冰清玉洁的高贵品质和美好姿容。"海仙"两句言海仙时常遣来探访的使者——那就是可爱的绿毛幺凤，此处受王昌龄诗的启发，用珍禽对梅花的喜爱侧面烘托梅花绰约的风姿、清冷的神韵。

下片正面写梅。"素面"两句将梅花赋予少女的形貌，言其不施粉黛，天然娇容，同时也是夸赞朝云天生丽质，容貌素雅可爱。结句感叹梅花高洁，不与凡花同梦，同时也暗指朝云已经离去，不能再像梨花一样入我梦中。一语双关，含蓄蕴藉。

全词既是写梅，也是写朝云。词作展现了梅花超脱凡俗的风姿和淡雅清丽的样貌，杨慎《草堂诗馀》高度赞扬本词，称"古今梅词，此为第一"，潘游龙《精选古今诗馀醉》卷一三亦称"咏梅绝佳"。在赞美梅花的同时，词作蕴含对朝云无限赞美和深沉怀念之情，格调哀婉，空灵蕴藉，言近旨远，情韵悠长，既是咏梅词名篇，也是悼词中的佳作。

浣溪沙

春情①

道字娇讹苦未成②。未应春阁梦多情。朝来何事绿鬟倾。　　彩索身轻长趁燕，红窗睡重不闻莺。困人天气近清明。

【注释】

① 绍圣四年（1097）二月，作于惠州。

② 苦：一作"语"。李白《对酒》："蒲萄酒，金叵罗，吴姬十五细马驮。青黛画眉红锦靴，道字不正娇唱歌。"

【评析】

这首词描写了一位少女青春期微妙的心理活动和生活状态，刻画了一个娇憨可爱的少女形象。

上片言少女清晨初醒的样貌。"道字"二句言其说话唱歌时念字不清，尚带娇稚之气，这样一位稚气未脱、天真可爱的少女，似乎不应在闺阁之中就怀作春梦。"朝来"句承上，描绘其清晨刚刚睡醒的可爱样态，这头发散乱、绿鬓倾斜的样子是何事所致呢？以问代答，真假虚实，婉转含蓄。

下片描写少女的日常生活：醒来后荡起彩绳拴的秋千，身轻如燕；酣眠时在红色的窗棂下沉睡，连黄莺的啼鸣都听不到。通过一动一静两种场景的切换，少女无忧无虑的形象进一步得以呈现。最后对少女困倦的原因作以说明——清明将至，节气使人慵懒，仿佛是在替少女辩解。语气轻松幽默，风趣生动。

词作从心理活动、外貌特征、日常活动等角度着手，将青春少女春情萌动却又无忧无虑的样子刻画得生动有趣。起笔清超，收煞沉稳，笔调轻盈，情致谐婉。王世贞《弇州山人词评》以本词反驳"苏公极不能作丽语"的评论，贺裳《皱水轩词筌》更是言"如此风调，令十七八女郎歌之，岂在'晓风残月'之下"，认为本词的婉约之风可与柳词相比。

南乡子

集句①

寒玉细凝肤②。清歌一曲倒金壶③。冶叶倡条遍相识④，争如。豆蔻花梢二月初⑤。　　年少即须臾⑥。芳时偷得醉工夫⑦。罗帐细垂银烛背⑧，欢娱。豁得平生俊气无⑨。

【注释】

① 约作于至和元年（1054）。

② "寒玉"句：吴融《即席十韵》："暖金轻铸骨，寒玉细凝肤。"

③ "清歌"句：郑谷《席上贻歌者》："花月楼台近九衢，清歌一曲倒金壶。"

④ "冶叶"句：李商隐《燕台四首》其一《春》："蜜房羽客类芳心，冶叶倡条遍相识。"

⑤ "豆蔻"句：杜牧《赠别二首》其一："娉娉袅袅十三余，豆蔻梢头二月初。"

⑥ "年少"句：白居易《东南行一百韵寄通州元九侍御……窦七校书》："岁华何倏忽，年少不须臾。"

⑦ "芳时"句：此非白居易诗，乃郑邀《招友人游春》。《全唐诗》又收入杜光庭卷。

⑧ "罗帐"句：韩偓《闻雨》："罗帐四垂红烛背，玉钗敲著枕函声。"

⑨ "豁得"句：杜牧《寄杜子二首》其一："狂风烈焰虽千尺，

豁得平生俊气无。"

【评析】

本词是集唐人诗句而成。集句诗的起源很早,现存最早的集句诗,为西晋傅咸的《七经诗》。但直到北宋,集句诗才逐渐发展、成熟起来。同时,随着词文学的发展,宋代一些文人在词作创作过程中亦采用集句的方式。张德瀛《词徵》卷一曰:"集诗句入词,惟朱竹垞《蕃锦集》篇帙最富,然苏子瞻、赵介庵均列是体,盖宋人已有为之者。"这首《南乡子》即是其中之一,目前学者普遍认为这首词是苏轼新婚纪念之作,如朱饶本云:"《南乡子》约作于宋仁宗至和元年(1054)二月或二月以后。东坡时年19岁,自称'年少'。当年娶王弗为妻,王时年16岁,正是'豆蔻'年华。此词为新婚时的纪念之作。也许是东坡填词的最早试笔。"本文亦暂从此说。

词的上片描写妻子王弗容貌美丽,多才多艺。"寒玉"句描绘王弗的外貌和气质,言其皮肤细腻,气质如玉,"清歌"句言其唱《倒金壶》时歌喉婉转。"冶叶倡条"凸显其身段的婀娜多姿,"遍相识"言其绝佳的气质引起广泛的轰动效应,最后化用杜牧的诗句对王弗的"豆蔻花梢二月初"进行概括,描绘出少女王弗娇柔可爱、能歌善舞的形象。

下片写新婚夫妻的恩爱生活。"年少即须臾",意即珍惜少年时光;"芳时偷得醉工夫",言夫妻二人沉醉在亲热的欢乐之中。"罗帐"句转向了二人生活场景的描写,此处词人以卧室布置的细节描绘代替二人欢乐的描写,给读者留下丰富的想象空间,"欢娱"二句概括了当时热烈欢快的气氛,再言夫妻二人相互恋慕的状态。

集句之作向来可以体现作者的创作水平,卓人月《古今词统》卷八曾言:"集句有六难,属对一也,合韵二也,不失粘三也,切题四也，意思接续五也，句句精美六也，其谁兼之？"苏轼这首《南乡子》虽是集句而成，但句子衔接浑然无迹，并传神地写出了妻子美貌动人和夫妻幸福美满的生活场景，与原诗句意亦恰好吻合，可谓熔铸之妙，几夺神工。诚如沈际飞《草堂诗馀别集》卷二所言："遇铁堪铸，不露一痕。"

浣溪沙

方响①

花满银塘水漫流。犀槌玉板奏《凉州》②。顺风环佩过秦楼。　　远汉碧云轻漠漠，今宵人在鹊桥头。一声敲彻绛河秋③。

【注释】

①创作年不详。方响：《通典》卷一四四《乐四》："方响，梁有铜磬，盖今方响之类也。方响以铁为之，修九寸，广二寸，圆上方下，架如磬而不设业，倚于架上以代钟磬。人间所用者，才三四寸。"

②《凉州》：《新唐书》卷二二《礼乐志》十二："开元二十四年，升胡部于堂上，而天宝乐曲，皆以边地名，若《凉州》《伊州》《甘州》之类。"

③绛河：银河。

【评析】

词乃苏轼闻《凉州曲》有感而作。上片写演奏方响所发出的美妙的声音："花满"句言月光倾泻在池塘之上，空明澄净；花儿沐浴在月光之中，袅袅婷婷；池塘边流水漫漫，正是聆听奏乐的好环境。"犀槌"指敲击方响之槌，"玉板"即拍板，此句言奏乐使用的乐器十分贵重，音乐曲调的悦耳动听由此可以想见。"顺风"句进一步渲染现场的奏乐效果，言奏乐声有如少女的环佩撞击发出的清脆响声，悦耳的音乐顺着清风绕过闺楼，余音绕梁，引人遐思。

下片言美妙的音乐所营造出的空灵境界和词人听闻的感受。"远汉"二句写方响所奏之乐使人联想到银河碧云缥缈，星河漠漠，牛郎织女仿佛正通过鹊桥相会。此二句是词人听闻方响所奏之曲引发的个人体验，言音乐仿佛惊动了天上的神仙，写出了妙曲营造出的空灵缥缈的境界，也写出了词人沉醉的感官体验。"绛河"即银河，"一声敲彻绛河秋"，言音乐直穿云霄，响彻银河，再言其震撼人心的效果。

整首词由环境至声音再到想象，记录了词人赏乐的清幽环境、音乐的美妙动听程度以及词人听闻后产生的奇妙联想，沈雄《古今词话·词品》下卷曰："廉郊弹琵琶，池内跃出方响一片，物类相感如此。"词作既写出了方响超常的艺术力量，带给听众的无与伦比的情感体验，又写出了词人陶醉其间的心理活动、高超卓越的鉴赏水平和大胆脱俗的想象能力，诚为佳作。

浣溪沙

春情 ①

风压轻云贴水飞。乍晴池馆燕争泥。沈郎多病不胜衣 ②。　　沙上不闻鸿雁信，竹间时听鹧鸪啼 ③。此情惟有落花知。

【注释】

① 创作年不详。

② 沈郎：即沈约，南朝梁文学家。《南史》卷五十七《沈约传》："（沈约）既而流寓孤贫，笃志好学，昼夜不释卷。母恐其以劳生疾，常遣减油灭火。""约久处端揆，有志台司，论者咸谓为宜。而帝终不用，乃求外出，又不见许。与徐勉素善，遂以书陈情于勉言己老病：'百日数旬，革带常应移孔，以手握臂，率计月小半分。'欲谢事，求归老之秩。"

③ "竹间"句：李白《山鹧鸪词》："苦竹岭头秋月辉，苦竹南枝鹧鸪飞。"李涉《鹧鸪词二首》："鹧鸪啼别处，相对泪沾衣。"

【评析】

此词咏春抒怀，在欢快春景的衬托下，词人有感于自己多病的身体和凄凉的境遇，抒发了对故人的怀念之情。

上片主要绘景，由景及情。"风压"句言在春风吹拂之下，白云似贴水而飞。"压""贴''飞"三个动词连贯而下，状物如在眼前，故沈际飞《草堂诗馀正集》卷一言此句"化腐为新"。"乍晴"句言雨过天晴，春燕衔泥，此句与白居易"谁家新燕啄春泥"有异曲同工之妙，与上一句共同构成了一幅充满动感与生机的池塘春燕图。"沈郎"句急转直下，言自己因病消瘦，弱不禁风，伤感忧郁的情绪弥漫开来。黄苏《蓼园词选》认为这首词是苏轼作于被贬之时，"燕争泥"句是比喻别人得意，"沈郎"句是以病瘦的沈约自比，自有其理。上片由喜至忧，由扬至抑，以欢乐的景象衬托孤凄悲凉的处境，产生了跌宕的审美效果，并为下片的抒情蓄势。

下片侧重言情。"鸿雁信"用苏武事，言自己未收到所思之人的书信，只有鹧鸪的啼鸣时时萦绕耳畔。古人常谐鹧鸪鸣声为"行不得也哥哥"，故以鹧鸪言思念之情，此二句将伤感的情绪再推进一步，对句工整，用典贴切，由所见至所闻，将思念与伤感之情推至高潮。而结句"此情惟有落花知"更是情感层次丰富，耐人寻味：思念之情无处诉说，孤寂与忧愁的情绪已十分鲜明；而这种愁怨恰好与落花同一情味，词人将心事讲给落花，以此自我排解，更说明几乎无人能够理解自己的心情，只好期待落花相知。唐圭璋《南唐二主词汇笺》引李攀龙语曰："上是惜郎病，深情最隐；下是假落花，知己难言。"

　　整首词由所见所闻言所思所感，情景相融，寄托深远。李廷机《新刻注释草堂诗馀评林》卷三以晏殊"乍雨乍晴花自落，闲愁闲闷日偏长"之语评价本词，可谓精当。